Finish line

Eine Citytrack Geschichte

Roman

Stefan Oberrieder

Bibliografische Information der Deutschen Nationalbibliothek: Die Deutsche Nationalbibliothek verzeichnet diese Publikation in der Deutschen Nationalbibliografie; detaillierte bibliografische Daten sind im Internet über dnb.dnb.de abrufbar.

© 2024 Stefan Oberrieder
Verlag: BoD · Books on Demand GmbH, In de Tarpen 42, 22848 Norderstedt
Druck: Libri Plureos GmbH, Friedensallee 273, 22763 Hamburg
ISBN: 978-3-7583-6843-1

Villingen-Schwenningen

Erschöpft lag Timo auf dem Pflasterstein vor dem Rathaus von Villingen und kämpfte damit wieder einen ruhigen Puls zu bekommen. Seine Kleidung war von oben bis unten mit Schlamm bespritzt, so dass man seine Startnummer kaum noch erkennen konnte. Den schwarzen Cross-Helm mit dem frech grinsenden gelben Smiley auf der Seite hatte er abgezogen und neben seinem Fahrrad auf dem Boden liegen.

Die Amateur-Citytrack-Rennen, vor allem hier in Deutschland, hatten nicht viel mit den großen Wettkämpfen der World Tour gemein. Sie waren eher eine Art Cross-Country-Rennen mit einem hohen Anteil der Strecke innerorts. Vor allem durch den fehlenden Traffic waren die Amateurwettbewerbe von denen der Profis zu unterscheiden. Kein Verkehr, überschaubare Zuschauer und eine Hand voll Sponsoren.

»Mann, das war der Hammer! Die Drohnen haben alles drauf!« Ben stand neben ihm und hielt Timo das Tablet unter die Nase, auf dem die Aufnahmen vom Rennen aus vier verschiedenen Kamerawinkeln zu sehen waren. »Und dann gewinnst du das Ding auch noch. Hättest du das gedacht?« Ben strahlte über beide Ohren. Timo musste über seinen Kumpel lachen, was direkt in ein nach Luft japsendes Husten überging.

»Nein, aber du könntest mir eine kühle Coke besorgen.« Es war Anfang März und noch nicht so warm, wie es in den letzten Jahren zu dieser Jahreszeit schon gewesen war, dennoch benötigte Timo dringend ein kaltes Getränk mit ordentlich Zucker.

Von der Zielgeraden nähert sich einer der Veranstalter mit einem Tablet in der Hand »Starkes Rennen, Mann!« Er klopfte

Timo auf die Schulter. »Es sind mittlerweile alle Messenger im Ziel. Wärst du so in zehn Minuten für die Siegerehrung bereit?« Timo nickte dem Organisator zu und schaute ihm nach, wie dieser zu der kleinen Bühne lief, auf der ein Bot ein Podest aufbaute.

Er raffte sich auf, nahm sein Rad und ging damit zur nahegelegenen Sporthalle, in der sich die Messenger umziehen konnten. Dort stellte er sein Rad ab, zog sein Rennshirt aus, um eine dicke Jacke drüber ziehen zu können, und nahm die Bommelmütze mit, auf dem das gleiche Smiley wie auf seinem Helm zu erkennen war. Jörg Rammel und Vik Baum, die den zweiten und dritten Platz belegten, standen am Rand der Bühne und lauschten der Bürgermeisterin, die sich überschwänglich bei den Organisatoren des Rennens bedankte.

»... darum ist es so wichtig, dass wir auch weiterhin solche tollen Sportveranstaltungen in unserer kleinen Stadt möglich machen! Aber nun habe ich genug gesprochen und darf für die Siegerehrung wieder an Markus Schneider übergeben.«

Die etwa 150 Zuschauer auf dem Rathausplatz applaudierten höflich. Schneider dankte der Bürgermeisterin für ihre Rede und wechselte dann seine Stimmlage. »Was für ein Rennen! Das Highlight des diesjährigen Villinger Citytrack Meetings hat gehalten, was es versprach. Wir haben in der Amateur-Klasse ein Rennen vom Allerfeinsten gesehen, bei dem wir am Ende durchaus eine kleine Überraschung erleben durften!

Aber kommen wir erst einmal zu unserem dritten Platz, dem Vorjahressieger vom Team Holzmann-Bau aus Offenburg. Einen kräftigen Applaus für Vik Baum!« Vik zog seine Cap zurecht und sprang lässig auf die Bühne, winkte ins

Publikum, klatschte mit Markus ab und nahm auf der Stufe für den Drittplatzierten Platz.

»Für Vik gibt es vom Fahrradladen Kurz in Neustadt gesponsert einen Gutschein über 500 Euro. Vik, da kannst du noch ein bisschen aus deinem Rad rausholen!« Markus überreichte ihm einen übergroßen Pappschein mit dem Logo des Radladens. »Kommen wir zum zweiten Platz. Von unseren Freunden vom Radsportverein Brugg in der Schweiz, Jörg Rammel!«

Jörg war nicht ganz so euphorisch wie die Ankündigung von Markus. Er hatte sich offensichtlich mehr ausgerechnet in diesem Rennen. Rammel war einer der Konkurrenten, der es am nächsten an die World Tour herangeschafft hatte. Er war immerhin ein paar Monate für den Nachwuchskader eines der Profiteams gefahren. Auch er schlug mit Markus ein, ging zu Vik, um ihm zu gratulieren, und stellte sich dann auf die Stufe für den zweiten Platz. »Jörg kann schon mal seine Freunde einladen! Für den zweiten Platz gibt es gesponsert von der Schwarzwald-Bräu-Brauerei aus Todtnau 150 Liter Freibier und 500 Euro.« Wieder applaudierte die Menge als Jörg einen übergroßen, symbolischen Check und eine Flasche Bier überreicht bekam. »So, jetzt müsst ihr nochmal richtig ausrasten, denn unser Gewinner heute ist eine kleine Überraschung. Er hat hier in Schwenningen Medienkonzeption studiert und arbeitet mittlerweile als Journalist in Freiburg. Als Messenger ist er ohne Team angetreten und erstmals auf dem Podest bei einem Citytrack-Rennen. Der Sieger des Villingen Citytrack Meetings 2077: Timo Unterfeld.«

Timo sprang auf die Bühne, riss die Arme nach oben und jubelte in die Menge. Zwei seiner vier Drohnen schwirrten um ihn herum und machten Aufnahmen von dem ganzen Szenario. Markus nahm ihn in den Arm und klopfte ihm herzlich auf den Rücken. Timo gratulierte dem Zweiten und Dritten, dann stellte er sich zwischen seine beiden Kontrahenten auf die oberste Stufe und wartete auf seinen Preis.

»Von der Sparkasse Villingen-Schwenningen gibt es für dich eine Prämie von 1200 Euro! Vielen Dank nochmal an alle Sponsoren, ohne die dieses Event nicht möglich gewesen wäre.«

Während im Hintergrund der ewige Siegerehrungsklassiker »We are the Champions« von Queen lief, standen die drei Bestplatzierten auf dem Podest und wussten nicht so recht, was sie machen sollten. Nach etwa zwei Minuten sprang Vik von der Stufe und meinte: »Mir ist kalt, ich brauche jetzt eine warme Dusche.«

Die anderen gaben ihm recht und folgten ihm in Richtung Sporthalle. Timo gab seinen Drohnen den Befehl, Feierabend zu machen und beobachtete, wie die beiden zurück zu seinem Drohnenrucksack flogen, der neben Ben auf dem Boden stand.

Todtnau

Eine Woche zuvor:

»Johann, guten Morgen. Wie liefen die Gespräche gestern Abend?«

Verena Marghäuser saß an ihrem Schreibtisch und blickte auf das Hologramm ihres Bruders. Die Technologie ermöglichte es, dass eine Miniaturausgabe von ihm in Jogginghose und T-Shirt vor ihr auf dem Tisch stand.

»Guten Mittag, Schwesterchen. Was ist denn los? Du bist so aufgeregt.«

»Gleich, gleich, erzähl erstmal, was die Amerikaner gesagt haben!«

»Das Gespräch war spitze. Mr. Smith nimmt Schwarzwald-Bräu mit auf die Karte. Man wird unser Bier als exklusives Premiumbier in neun Hotels in den USA ausschenken. 27 Tausend Liter im Monat.« Johann rieb sich die Hände und strahlte zuversichtlich.

Verena richtete sich im Stuhl auf. »Wow! Das ist ja der Hammer! Und beim Preis?«

»Ich musste ihnen nochmal ein bisschen entgegenkommen, aber wir sind jetzt bei 3,02 Euro. Mit einer Abstufung, sobald der Bedarf über 30 Tausend Liter geht auf 2,98 €.«

Verena rechnete durch, was ihnen dann abzüglich der Produktion und dem Transport übrigblieb. »Ja, ok, das ist nicht der Wahnsinn aber nicht ganz so schlecht für einen komplett neuen Markteintritt.«

Ihr Bruder nickte. »Jetzt aber raus damit Schwesterchen, was treibt dich zu solch einer sichtbaren Euphorie?«

»Wir haben heute Morgen eine Mail von der Citytrack Crew bekommen.«

Johann trat einen Schritt näher an den Holoscanner. Dadurch wurde die untere Hälfte seines Körpers abgeschnitten, aber sein Gesicht war besser zu erkennen. Er war sichtlich gespannt.

Verena hielt es kaum noch auf ihrem Stuhl »Wir haben eine Wettbewerbslizenz für den Allen-Clay-Cup erhalten!«

»Was? Ist das dein Ernst?« Johanns Augen wurden groß und er fuhr sich mit einer Hand übers Gesicht.

»Ja, wir sind eines von zwei Teams, die dieses Jahr zusätzlich zu den World Tour Teams am Allen-Clay-Cup teilnehmen dürfen!«

»Wow, das ist ja der Hammer!« Johann sprang aufgeregt im Hotelzimmer herum. Der Holoscanner hatte Mühe ihn vernünftig aufzunehmen. Verena stemmte ihre Ellenbogen auf den Tisch und die Mundwinkel gingen ein wenig nach unten.

»Ja, ich kann es auch kaum glauben. Aber…«

»Oh oh« Johann verstummte nach Verenas »Aber« und blickte sie konzentriert an.

»Wir müssen innerhalb von drei Monaten unsere Messenger bekannt geben. Wir haben also ein wenig Arbeit vor uns.«

»Aber du hast bestimmt schon einen Plan?«

»Ja, nächste Woche findet das Citytrack-Meeting in Villingen-Schwenningen statt. Du erinnerst dich, wir sind dort einer der Hauptsponsoren in diesem Jahr. Ich habe Hoffnung, dort zumindest einen talentierten Messenger zu finden. Ansonsten müssen wir vor allem auf die gehen, die bei anderen durch das Raster fallen. Ich habe gestern Abend damit begonnen, die Listen der Nachwuchskader der Top Teams der letzten Jahre zu durchforsten und zu schauen, wo die Talente von damals gelandet sind. Vielleicht gibt es dort den ein oder anderen den wir uns schnappen können, weil er in Vergessenheit geraten ist.«

Johann setzte sich auf etwas, das Verena nicht sehen konnte, da es von der Technologie herausgerechnet wurde. Er blickte besorgt auf seine Schwester. »Bist du dir sicher, dass wir das gestemmt bekommen? Ich meine die Brauerei, die Expansion und jetzt noch Citytrack? Haben wir uns mit dem Ganzen nicht vielleicht etwas übernommen?«

Verena zuckte mit den Schultern. »Ich weiß es auch nicht so genau, aber wir haben eine super Belegschaft und ich werde den Glauben nicht verlieren. Du kümmerst dich weiterhin um die Expansion und den Vertrieb. Ich schaue, dass der Laden hier am Laufen bleibt, und baue das Citytrack Team auf. Irgendwie bekommen wir das schon hin! Wir müssen!«

Johann klatschte in seine Hände. »Du hast recht, ich habe heute Abend nochmal ein Dinner mit einem Brauereibesitzer hier aus der Nähe von New York. Wir wollten einmal lose über Kooperationsmöglichkeiten sprechen. Aber morgen früh nehme ich gleich den ersten Hyper-Jet nach Frankfurt. Ich sollte so gegen Nachmittag wieder in Todtnau sein.«

»Das ist gut, ich freue mich auf dich.« Sie winkte ihrem Bruder zu, ehe sein Hologramm schwächer wurde und verschwand. Verena stand vom Schreibtisch auf und ging hinüber zur gemütlichen Sitzecke ihres Büros. Dort ließ sich auf den alten, dicken Ledersessel ihres Vaters fallen und blickte auf das Familienfoto, das neben ihr an der Wand hing. Im Moment konnte sie keinen klaren Gedanken fassen, in ihrem Kopf herrschte ein Durcheinander aus Freude und Sorge. Auf der einen Seite war sie euphorisch wegen der Lizenz, auf der anderen Seite hatte sie Respekt vor dem, was die nächsten Monate auf sie zukommen würde. Ihr Bruder hatte Recht, sie mussten aufpassen, dass sie sich mit den ganzen Projekten nicht zu viel vornahmen.

Vor zwei Jahren war ihr Vater, Alphons Marghäuser, der Bierbaron aus dem Schwarzwald, gestorben. Der Brauerei ging es zu dem Zeitpunkt nicht gut und Verena und ihr Bruder hatten dringend etwas unternehmen müssen. Sie hatten das Marketing umgekrempelt und mit der Expansion begonnen. In nur einem Jahr schafften sie es, die Firma wieder auf die richtige Spur zu bekommen. Dadurch, dass sie ein Vertriebsnetz im ganzen deutschsprachigen Raum aufgebaut hatten und sogar schon kleine Vertriebspartner in London, Marseille, Kopenhagen und Stockholm belieferten, war die Produktionsmenge auf mehr als das doppelte gestiegen. Sie hatten eine neue Abfüllanlage in einer neuen Halle bauen können und neue Mitarbeiter und Bots zur Produktion gestellt. Irgendwann, Ende des letzten Jahres, hatten sie dann den Mut, den Wunsch ihres Vaters anzugehen.

Seit sie sich erinnern konnten, war Citytrack ein Ding in der Familie. Regelmäßig saßen sie beisammen und schauten die Rennen. Alphons Marghäuser träumte davon, ein eigenes World Tour Team zu unterhalten. Doch die Möglichkeiten der Brauerei ließen es damals nicht zu. Bis zum Ende des letzten Jahres.

Das Geschäft war stabil wachsend und sie hatten einen guten Anteil der neuen Anlage finanziert. Also setzten sich die Geschwister zusammen und bewarben sich spaßeshalber um eine Wettbewerbslizenz für den Allen-Clay-Cup. Mit solch einer Lizenz gehörte man noch nicht zu den World Tour Teams, man konnte jedoch an dem größten und wichtigsten

Meeting in der World Tour, dem Allen-Clay-Cup teilnehmen.

Dieser Wettbewerb, ausgetragen bei fünf Rennen in den USA, war das Wimbledon des Citytracks. Dass ihre Bewerbung von Erfolg gekrönt sein sollte, hatte Verena nicht erwartet. Deshalb hatte sie auch noch keine größeren Anstrengungen in den Aufbau eines Teams investiert. Nun hatten sie aber die Zusage. Das hieß, sie mussten sich ranhalten, um rechtzeitig ein Team zu melden. So eine Chance würden sie nie wieder bekommen. Verena blickte aus dem Fenster auf die schneebedeckten Tannenspitzen und schüttelte den Kopf.

Villingen-Schwenningen

Timo kam frisch geduscht sowie dick eingepackt in Jacke und Trainingsanzug aus der Turnhalle. Im Rucksack hatte er die durchnässte, schmutzige Rennkleidung und den Helm. Sein Rad schob er neben sich her. Er wollte gerade aufsteigen und zur Hyperloop Station radeln, als eine Frau in Multifunktionsjacke und Mütze auf ihn zu kam. Sie zog ihren Handschuh aus und streckte Timo die Faust entgegen.

»Hallo Timo, mein Name ist Verena Marghäuser, von der Schwarzwald-Bräu-Brauerei. Hättest du Zeit, mit mir einen Kaffee trinken zu gehen? Ich würde mich gerne mit dir unterhalten.«

Timo warf einen kurzen Blick auf seine Smartwatch. Den Hyperloop nach Freiburg würde er verpassen, aber er könnte den Nächsten in einer halben Stunde nehmen. Außerdem hatte er heute keine großen Pläne mehr. Er gab ihr eine Fistbump. »Klar, warum nicht.«

»Da vorne, im *Schneiders,* soll es guten Kaffee geben. Auf jeden Fall haben sie exzellentes Bier.« Sie grinste schelmisch und blickte Timo dabei direkt in die Augen.

Sie gingen auf das Café zu, welches offensichtlich eine Vertragsgaststätte der Brauerei war, zu erkennen an der Leuchtreklame mit dem Schwarzwald-Bräu-Schriftzug davor. Timo stellte sein Rad unter dem Vordach ab und aktivierte das Sicherheitssystem des Rades per Fingerabdruck. Sie gaben ihre Jacken ab und nahmen an einem der Tische am Fenster Platz, so dass Timo sein Rad draußen immer im Blick hatte. Die meisten Gäste waren zuvor beim Rennen gewesen. Sie begannen zu tuscheln, als sie Timo erkannten.

Auch die Kellnerin gratulierte ihm freundlich zum Sieg, als sie das Tablet brachte, über das man die Getränke bestellte.

»Alles noch etwas altmodisch hier, aber ich mag das«, sagte Verena Marghäuser mit Blick auf das Gerät. Unter der Jacke trug sie eine schicke, weiße Business-Bluse; unter der Mütze einen Pferdeschwanz. Timo kam sich etwas schäbig vor, wie er ihr im Jogginganzug und der Bommelmütze mit dem Smiley gegenübersaß.

»Starkes Rennen! Ich hatte ehrlich gesagt nicht mit dir gerechnet, aber das war beeindruckend!«

Timo musste grinsen. »Vielen Dank. Ich hatte auch nicht damit gerechnet, dass es so gut läuft. Aber irgendwie hat's heute gepasst.«

»Fährst du öfter Rennen?«

»Eher selten. Ich sitze viel auf dem Rennrad, fahre ab und an ein Amateurrennen. Zuhause habe ich einen Citytrack Simulator gebaut, den ich vor allem im Winter benutze.«

»Einen eigenen Simulator?« Verenas Augen wurden groß. Sie hatte das Tablet zur Seite gelegt und nickte Timo anerkennend zu.

»Ja, war ein Projekt von mir und einem Kumpel. Das Ding ist nicht so gut wie die professionellen Simulatoren. Aber ich habe eine ganz gute Holo-Brille von der Arbeit aus, damit lassen sich Rennen in guter Qualität simulieren.«

»Du arbeitest als Journalist, nicht wahr?«

»Genau, ich mache das Sportressort bei der Badischen Zeitung. Bin durch meine Citytrack Vlogs irgendwie da reingerutscht. Erst als Kolumnist und dann irgendwann mit einer Festanstellung.« Timo bemerkte, dass er noch immer nicht wusste, was die Brauereibesitzerin von ihm wollte.

»Ach jetzt wird für mich ein Schuh daraus. Klar, du bist Trakx! Ich kenne deinen Kanal, habe schon einige Berichte von dir gesehen, gerade über die lokalen Rennen.«

Er nickte und zog sich dabei die Mütze von den nassen Haaren. Neben seiner Haupttätigkeit betreute er einen Vlog, in dem er vor allem vor und nach den Rennen Analysen zu den Messengern abgab und ihre Leistung bewertete. Da seine Videos auf Deutsch waren, hatte er nur eine kleine Followerschaft. Die Sportart hatte in Deutschland eine überschaubare Fanbase. Das lag vielleicht auch daran, dass es keinen deutschen Messenger in der World Tour gab.

»Du bist früher aber Citytrack gefahren?«

»Ja, in der Jugend hatte ich mal ernsthaft das Ziel verfolgt, Profi zu werden. Ich hatte es in ein halbprofessionelles Jugendteam geschafft. Dann haben mich andere Dinge mehr interessiert und ich habe es aufgegeben. Es war absehbar, dass es mit der Profikarriere nichts wird. Mittlerweile bin ich fitter als zur damaligen Zeit, glaube ich.« Er lachte, wuschelte sich dabei durch sein Haar und versuchte, zu erahnen, warum Verena mit ihm hier saß. »Darum hatte ich mir vorgenommen, es mal bei ein paar lokalen Citytrack-Rennen zu probieren. Dass es gleich beim Ersten so läuft, hätte ich nicht gedacht.«

Die Kellnerin hatte den Kaffee gebracht und Timo nahm einen Schluck. Dann stellte er endlich die Frage: »Aber warum wollen Sie das alles wissen?«

Nun lächelte Verena Marghäuser. Sie ließ sich Zeit mit ihrer Antwort und nahm ebenfalls erst einmal einen Schluck von ihrem Kaffee. Dann stellte sie die Tasse wieder ab und blickte ihn durchdringend an. »Timo, das, was ich dir jetzt erzähle, muss erstmal unter uns bleiben, in Ordnung?« Es fehlte nur, dass sie sich nach Verfolgern umschaute.

Er zog die Augenbrauen nach oben und kratzte sich mit der Hand die Bartstoppeln an seinem Kinn. Die ganze Sache wurde ihm langsam etwas dubios.

»Du kennst die Schwarzwald-Bräu-Brauerei. Wir unterstützen diesen Sport auf lokaler Ebene schon seit vielen Jahren. Unser Vater war ein riesiger Fan des Citytracks und auch mein Bruder und ich lieben diesen Sport. Ein großer Traum meines Vaters war es, ein eigenes World Tour Team zu besitzen. Leider hat das zu seiner Zeit nicht funktioniert. In den letzten Jahren ging es unserer Brauerei erheblich besser und wir konnten ein kleines Polster aufbauen. Wir haben beschlossen, dieses Vorhaben erneut anzugehen.« Sie nahm einen Schluck von ihrem Kaffee und blickte sich um, als wolle sie tatsächlich sichergehen, dass niemand ihr Gespräch mitverfolgen konnte. Bevor sie weitersprach, senkte sie die Stimme und beugte sich etwas zu ihm vor.

»Wir haben uns für eine Wettbewerbslizenz für den diesjährigen Allen-Clay-Cup beworben. Vor einer Woche haben wir die Bestätigung der CtC erhalten. Es wird also in diesem Jahr ein Schwarzwald-Bräu-Team am Allen-Clay-Cup teilnehmen.«

Timos Mund ging weit auf. Schnell fasste er sich wieder und schloss ihn wieder. Ein deutsches Citytrack Team, und dann aus seiner Region? Das war der absolute Hammer! Am liebsten würde er sofort nach Hause, um ein Video über diese sensationellen News zu drehen.

»Na ja, und nun bin ich dabei, ein kleines Team auf die Beine zu stellen«, fuhr Verena fort. »Ich hätte dich gerne als Messenger für das Team. Du bekommst die Chance, gegen die Fahrer zu fahren, von denen du immer berichtest.«

Tim war sich nicht sicher, ob das hier ein schlechter Prank einer dieser Influencer war, die regelmäßig Leute auf Social Media Plattformen verarschten. Er blickte sich um. Er konnte nirgends eine Drohne oder eine Kamera sehen.

»Du verarschst mich, oder?«

Sie lächelte ihn leicht verzweifelt an. »Nein, das ist mein Ernst, du hast heute die Konkurrenz in Grund und Boden gefahren und die Jungs und Mädels, die da zum Teil dabei waren, sind gut. Wenn du deinen Fokus bis zum Wettbewerb auf das Training legst, glaube ich, dass du eine Chance hast.«

Timo konnte nicht fassen, was Verena ihm erzählte.

»Wir haben nicht das Budget, um die großen Superstars zu verpflichten. Daher war es meine Idee, talentierten, lokalen Messengern die Chance zu geben, sich auf der großen Bühne zu zeigen. Wir hatten über Pay Driver diskutiert, sind aber zu dem Entschluss gekommen, wir wollen nur Messenger aus der Region Süd-West-Deutschland.« Erwartungsvoll schaute sie ihn an, als würde sie eine Reaktion von ihm erwarten.

»Ich kann es nicht ganz fassen…«

»Was hältst du davon? Hättest du Interesse?«

»Die Frage stellt sich nicht. Klar habe ich Interesse! Ich würd alles dafür geben, mich einmal mit den ganz Großen dieses Sports zu messen, das ist unglaublich. Ich bin mir nur nicht sicher, ob du mich verarschst.« Er sah, wie ihre Anspannung nachließ. Noch immer hatte er Bedenken, ob sie nicht gleich laut loslachte und von einem Nachbartisch dieser Skozzzy mit einer Kameradrohne aufsprang, um ihm zu erklären, dass er geprankt wurde.

»Oh Gott, nein Timo, ich will dich sicher nicht verarschen. Ich glaube, dass du die Chance verdient hast. Schlafe nochmal eine Nacht darüber und komme dann morgen zu uns in die Brauerei. Wir fixieren das Ganze in einem Vertrag, damit du die Sicherheit hast, dass ich dich nicht verarsche. Außerdem möchte ich dir zeigen, was ich mir bis jetzt überlegt habe. So wie ich dich verstanden habe, kennst du dich bestens im Citytrack-Zirkus aus. Ich habe die Hoffnung, du könntest mir Helfen dem Projekt noch mehr Antrieb zu verleihen.«

»Ich glaube, die Nacht darüber schlafen, kann ich gut gebrauchen.« Timo bedankte sich für den Kaffee, zog die Jacke über und die Kapuze tief ins Gesicht, ehe er in wilden Gedanken verloren das Café verließ.

Todtnau

Da es von Freiburg nach Todtnau keine Hyperloop-Verbindung gab, nahm Timo am nächsten Morgen ein Flugtaxi, um zur Brauerei zu gelangen. Das autonome Fortbewegungsmittel flog am Münster vorbei über Kirchzarten in den Schwarzwald hinein. Timo blickte aus dem Fenster auf die Stadt, in der er sonst mit dem Fahrrad durch die Straßen fuhr. Er war sich nicht sicher, warum er tatsächlich Verena und die Brauerei aufsuchte. Noch immer ging er davon aus, dass er in Todtnau aus dem Taxi steigen und von ihr ausgelacht werden würde. Er hatte die ganze Nacht nicht geschlafen und nur darüber nachgedacht, was sie ihm erzählt hatte. Er hatte sogar vergessen, dass er das Rennen gewonnen hatte, und war am Morgen verwirrt gewesen, als einige Kollegen ihn anriefen und ihm zum Sieg gratulierten.

In Todtnau hatte es über Nacht kräftig geregnet, so dass die Tannen tief und schwer hingen, während das Wasser von den Ästen tropfte. Das Taxi landete und ließ ihn auf dem Innenhof der Brauerei raus. Zu einer Seite war die Abfüllung und Produktion in hohen Backsteinhallen untergebracht, die mehr als hundert Jahre alt waren. Die offene Lagerhalle gegenüber, in der Flaschen und Fässer gelagert wurden, war aus der gleichen Zeit wie die Produktionshallen. Nur das Hauptgebäude, in dem auch die Verwaltung saß, schien wesentlich jünger. Timo schätze, dass es innerhalb der letzten zehn Jahre gebaut wurde.

Aus der Produktionshalle kam ein mit mehreren Fässern beladener Lasten-Bot und sauste über den Hof Richtung Lagerhalle, ohne ihn zu beachten. Timo betrat das Verwaltungsgebäude und wurde von einem freundlichen, älteren Herrn am Empfang begrüßt.

»Guten Tag, wie kann ich Ihnen helfen?«

Timo war überrascht. Mittlerweile hatte jedes halbwegs vernünftige Unternehmen einen Empfangs-Bot.

»Timo Unterfeld, ich bin mit Frau Marghäuser verabredet.«

»Ach natürlich, Herr Unterfeld, schön dass Sie da sind. Nehmen Sie doch da drüben Platz. Frau Marghäuser wird gleich da sein. Wollen Sie ein Bier?« Der freundliche Herr bemerkte den irritierten Blick von Timo. Er zeigte auf den Tresen, wo von jedem Schwarzwald-Bräu Bier eine Flasche zur Dekoration stand. »Wir haben auch alkoholfreies Pils oder Radler.«

Am Vormittag trank er selten ein Bier, ob mit oder ohne Alkohol. Aber er war in einer Brauerei und daher war er sich nicht sicher, ob sie überhaupt etwas anderes dahatten.

»Ach, warum nicht, ich würde ein alkoholfreies Radler nehmen.« Der Mann nickte ihm zu. Timo nahm in der gemütlich wirkenden Sitzecke auf einem roten Sofa Platz und bestaunte die großen Panoramabilder des Schwarzwaldes, die überall in der Lobby hingen. Die Brauerei war sehr tief in der Region verwurzelt, das zeigte sie in der Werbung und auch im Eingangsbereich. Die Möbel waren aus dunklem Holz. Als Farbe wurde nur mit dem tiefen Grün der Tannen gearbeitet, und Timo glaubte, den Geruch von Fichtenharz in der Luft wahrzunehmen. Dennoch fühlte er sich hier willkommen, was auch an dem großen Kamin lag, in dem ein wärmendes Feuer loderte.

Bald kam ein Service Bot um die Ecke gerollt. Die kleinen, nützlichen Helfer erinnerten Timo ein bisschen an Dackel aus Metall mit Rädern. Die Klappe auf der Oberseite öffnete sich, als der Bot vor den Sofas zum stehen kam. Ein Greifarm reichte ihm eine Flasche des bestellten Radlers.

Timo nahm sie und bedankte sich. Auch wenn das den Service Bot nicht interessierte, hatte er das Gefühl, sich bedanken zu müssen.

Er hatte gerade zwei Züge getrunken, als Verena Marghäuser über die große Treppe herunter geeilt kam. »Timo, schön dich zu sehen. Ich hatte nach dem Aufstehen ein wenig Angst, dass du nicht kommen würdest.«

Timo stand auf und gab ihr eine Fistbump. »Diese Chance kann ich mir nicht entgehen lassen. Ich hatte eher Angst, ich steige hier aus und merke, dass alles nur ein Traum war.«

Sie lächelte ihn an. »Ich verstehe dich, aber ich kann dich beruhigen. Es ist alles wahr. Komm mit, ich zeige dir erstmal das Gelände. Wir kommen dann an der Scheune vorbei. Dort bauen wir das Teamquartier auf.«

Sie gingen etwa 20 Minuten durch die Brauerei. Verena zeigte ihm die großen Kessel, in denen das Bier gebraut wurde, die Silos zur Lagerung und die Abfüllanlage. Sie erklärte Timo, wie die sieben modernen Transportgleiter von Schwarzwald-Bräu das Bier in Deutschland, der Schweiz und Österreich verteilten und wo die Besucher der Brauereiführung im Anschluss eine Kostprobe der Produkte erhielten.

Zum Abschluss des Rundgangs kamen sie an eine kleinere Backsteinhalle, die etwas abseits der Hauptgebäude lag.

»Das ist unsere alte Fässerhalle. Dort lagerte bis vor fünf Jahren ein Teil der Bierfässer, die wir an Gaststätten ausliefern. Aber der Platz wurde zu klein und die Logistik war nicht optimal. Wir haben es eine Zeit lang als Scheune verwendet, jetzt ist es das neue Zuhause des *Schwarzwald-Bräu-Bike-Teams*.«

Stolz zeigte sie mit beiden Armen auf das Logo über dem großen Holztor. Darauf war ein grinsender Totenschädel zu sehen, der einen Schwarzwälder Bollenhut trug und darunter zwei gekreuzte Bierflaschen hatte. Timo betrachtete das Logo eine Weile und ließ es auf sich wirken. »Irgendwie ziemlich cool!«

»Den ganzen Auftritt hat Lilly gemacht. Sie ist aus unserem Marketing- und Social-Media-Team. Du musst den Gleiter sehen! Komm!« Verena öffnete die Tür, die in das Tor eingelassen war, und trat einen Schritt zurück, damit sie Timo den Vortritt lassen konnte. Jetzt wusste er, welchen Gleiter sie meinte. Von innen wirkte die Halle größer als von außen. Die Innenwände waren unverkleidet, man sah den nackten Backstein. An der Decke hingen LED-Strahler, welche die ganze Halle ausleuchteten und von allen Seiten dröhnte Rock aus dem 20. Jahrhundert.

Doch Timos Blick blieb auf dem Transportgleiter hängen, der in der Mitte der Halle stand. Es war ein Modell der früheren Generation, die eine gewisse Ähnlichkeit mit einem auf der Straße fahrenden LKW hatte, nur etwas voluminöser.

Der Gleiter war in einem schwarzen Grundton lackiert. Begeistert ging Timo am Transporter entlang und schaute ihn sich von der Seite an. Dort war eine gelb-rot-gelb gestreifte Bordüre angebracht die von oben rechts bis unten links über die komplette Seite ging und hinten auf der Tür wieder nach oben. In der Mitte war in Übergröße das gleiche Logo wie über dem Eingang. Links daneben stand Schwarzwald-Bräu und rechts davon Bike Team. Timo pfiff anerkennend zwischen den Vorderzähnen hindurch.

»Also beim Auftritt spielen wir definitiv auf World Tour Niveau mit!«

»Du sprichst schon von „wir", das ist gut!«, stellte Verena freudig fest, während sie ihr Grinsen hinter ihrer Hand zu verstecken versuchte. »Der Transporter ist noch nicht fertig, aber das wird bis in ein paar Monaten.« Verena schaute sich suchend in der Halle um.

»Jetzt stell ich dir aber den wichtigsten Mann im Team vor. Wo ist er denn? Christoph!«

Den Namen rief sie so laut, dass sie die Rockmusik übertönte, die daraufhin verstummte. Ein rothaariger Wuschelkopf schaute hinter der Heckklappe des Transportgleiters hervor. Verena und Timo gingen um den Gleiter herum.

»Da ist er ja, unser Lackierer, Innenausstatter, Zeugwart, Zweiradmechaniker, Koch und Transportgleiterkapitän, Christoph. Ich darf dir vorstellen, unser Ein-Mann-Service-Team.« Sie zeigte auf den zwei Meter-Bären, der in schwarzer Latzhose und T-Shirt vor ihnen stand. Zwischen dem wilden Vollbart und den herzlichen grünen Augen hatte er etwas Schmieröl auf der Wange.

Bevor er Timo eine Fistbump gab, versuchte er die letzten Ölreste von seinen Händen zu entfernen. »Und das ist dann wohl unser erster Messenger. Verena hat schon von dir erzählt. Freut mich, dich kennen zu lernen, Timo. «

Er zeigte mit dem Daumen über seine Schulter in das Innere des Gleiters. »Bin gerade dabei, eine verstellbare Arbeitsplatte in der Werkstatt anzubringen. So kann man sie sowohl zum Kochen, als auch zum Reparieren der Räder nutzen.

Die hintere Hälfte wird der Service-Bereich, in dem die

Räder, Material und eure Ausrüstung gelagert werden.

Der vordere Teil des Transporters wird zu einem Aufenthaltsbereich umgebaut mit Schlafplätzen für fünf Personen. Es soll dort alles ein bisschen gemütlicher werden. Ihr müsst euch zwischen den Rennen ja gut erholen.« Er stützte sich mit seinen Armen auf der Laderampe des Gleiters auf, um sich auf die Kante hochzudrücken. »Bin aber noch nicht so weit. Die kleinen Bettkonstruktionen kommen erst nächste Woche. Dafür ist die Trainingshalle schon so gut wie fertig.«

Er zeigte in den hinteren Teil der Halle. Timo pfiff leise zwischen den Zähnen hindurch und nickte anerkennend. Dort standen zwei sichtlich gebrauchte Citytrack-Simulatoren, ausrangierte Produkte des Green Drink Teams. Auch wenn jemand die Logos vom giftgrünen Lack gekratzt hatte, war der Look des niederländischen Top-Teams eindeutig zu sehen.

»Ich habe ein paar Kontakte zu einem unserer Großhändler spielen lassen. Das Green Drink Team war so freundlich und hat uns die Simulatoren bis Anfang Juni ausgeliehen. Damit könnt ihr euch optimal auf den Wettbewerb vorbereiten.«

»Wenn die das mal nicht noch bereuen«, scherzte Christoph. Neben den Simulatoren war mit Hanteln, Gewichten, Laufband und Gummimatten eine Fläche zum Kraft- und Kardiotraining eingerichtet.

Die andere Ecke der Hallenrückseite sah nicht nach Training aus. Dort stand ein Getränkekühlschrank der Brauerei und daneben drei Sofas in U-Form zu einem Screen ausgerichtet.

»Diesen Bereich nenne ich Comfortzone«, erklärte Christoph, als er Timos Blick auf die Sofas und den

Kühlschrank bemerkte. »Da könnt ihr nach den Trainingseinheiten chillen.«

Timo spürte Verenas prüfenden Blick, während er mit großen Augen das Team-Quartier begutachtete. »Und? Was hältst du davon?«

Er drehte sich strahlend zu den beiden um. »Es ist keine Green-Academy, aber das ist der Hammer. Hier fühlt man sich gleich wie zuhause. Ich kann es kaum erwarten loszulegen!«

»Das ist das Stichwort. Lass uns ins Verwaltungsgebäude gehen, dann können wir dort den Vertrag fertig machen. Außerdem brauche ich deine Hilfe!«

Das Büro von Verena Marghäuser lag im obersten Stockwerk. Es war hell eingerichtet mit einem weißen Glas Schreibtisch, der zum Fenster ausgerichtet stand. Der Eichenholzboden passte nicht zum Mobiliar des restlichen Gebäudes. Durch die Ecklage hatte man an zwei Seiten uneingeschränkten Blick auf die Tannen, was einen Kontrast zu ihrem Interieur war.

Verena setzte sich in die Sitzecke mit schwarzen Ledersesseln, welche an der fensterlosen Wand zum Flur standen. Sie nahm ein Tablet von dem kleinen Tisch vor ihr und öffnete darauf die Vertragsdokumente.

»Im Prinzip verpflichtest du dich bis Ende September für uns als Messenger zu arbeiten. Sollte die Schwarzwald-Bräu-Bike-Team GmbH während deiner Vertragslaufzeit und ein Jahr danach Gewinn erwirtschaften, hast du Recht auf 7,3% diesen.« Sie blickte nicht vom Tablet auf, sondern tippte etwas zögerlich darauf rum. Erst dann schaute sie ihm in die Augen. »Das ist sicher nicht viel, aber ich hatte bereits erwähnt, dass wir keine großen Sprünge machen können.«

»Ich habe gesagt, dass das für mich in Ordnung ist und ich hier nicht mitmache, weil ich die Hoffnung auf Reichtum habe.« Er ging zu ihr hinüber und setzte sich aufrecht auf den anderen Sessel. »Ich hätte noch eine kleine Ergänzung: Du weißt, ich bin Influencer. Ich würde gerne die Bildrechte von dem Material, welches ich während meiner Zeit im Team aufnehme, frei verwenden dürfen.«

Verena laß sich die Ergänzungen durch, die die Vertrags-KI auf dem Tablet automatisch integrierte und gelb gefärbt hatte. »Ja, ich denke, das passt so. Du musst aufpassen, dass du nicht die Lizenzrechte der CtC verletzt, wenn du Aufnahmen während der Rennen machst. Aber dafür bist du selbst verantwortlich. Wir übernehmen keine Haftung.«

Ein weiterer gelb markierter Textblock wurde ergänzt. Timo nickte es ab und die beiden bestätigten per Fingerabdruck die Gültigkeit des Vertrags.

»Herzlichen Glückwunsch. Damit bist du der erste offizielle Messenger des Schwarzwald-Bräu-Bike-Teams!«

Sie legte das Tablet zur Seite und ging an den riesigen Screen, der an der Wand hing und sich automatisch einschaltete, als sie nähertrat. Verena öffnete per Fingerwischen eine Datei und es erschien eine lange Liste mit Namen.

»Jetzt brauche ich deine Hilfe. Wir benötigen zwei weitere Messenger. Ich habe eine Liste herausgefiltert von Kandidaten, die hier aus der Umgebung kommen und Potential haben.«

Timo trat neben sie und überflog die Namen. Die meisten sagten ihm etwas. Diejenigen, die er nicht kannte, konnte er anklicken und es öffnete sich ein Profil mit den wichtigsten Daten.

»Ich arbeite mit Farben und Skalen. Die graumarkierten sind quasi raus, die gelben finde ich interessant«, erklärte Verena, ohne den Blick vom Screen abzuwenden.

»Darf ich?« Er trat vor den Bildschirm.

»Oh ja, ich bitte darum! Ich bin froh, wenn mir ein Experte hilft.«

Timo ging durch die Liste und strich sieben Namen direkt raus, die noch nicht markiert waren. »Ehrlich gesagt ist niemand dabei, dem ich die Rolle wirklich zutraue. Ich glaube, wir müssen kreativer denken.«

Verena grinste und öffnete eine weitere Liste. »Das ist meine kreative Liste.«

Die meisten Namen sagten Timo nichts. Ein oder zwei kannte er vom Straßenradfahren. Er öffnete eine Athletin, von der er noch nie gehört hatte. Die Offenburgerin war amtierende Deutsche Vizemeisterin im 100-Meter-Sprint.

»Das ist weit gedacht, spannend. Aber ich habe einen Kandidaten für dich, der in keiner deiner Listen auftaucht.«

Timo schob die Tabelle zur Seite und öffnete die Website einer Schreinerei in Katzenmoos bei Waldkirch.

»Marcel Framer. Er ist ein guter Freund von mir. Wir sind früher zusammen im Südbadischen-Junioren-Kader gefahren. Mittlerweile hat er den Betrieb seines Vaters übernommen und baut hochwertige Möbel, aber wenn er nicht in der Werkstatt steht, dann heizt er mit dem Mountainbike durch den Schwarzwald. Ich kenne niemanden, der unerschrockener und sicherer auf einem Rad sitzt wie er.«

Verena schaute sich das Bild des jungen Mannes genau an und blickte dann zu Timo, als würde sie die beiden vergleichen. »Wie alt ist er?«

»Wir sind ein Jahrgang, er ist 27.«

»Und du traust ihm das zu?«

Timo nickte. »Ja, ich glaube, es gibt wenige Sportler, die auf diesem Niveau eine Sportart betreiben, aber keine Wettbewerbe bestreiten.« Während Verena stirnrunzelnd da stand, dachte Timo an die Alpenüberquerung mit dem Mountainbike. Auf den schmalen Trails hatte er sich reichlich unwohl gefühlt. Dagegen ist Marcel in vollem Tempo jauchzend über die Steine gesprungen, obwohl es rechts von ihnen gut 100 Meter den Hang hinunter ging.

»Wo ist der Haken?«

»Er macht den Sport aus Spaß am Fahrradfahren. Er ist kein Wettkampftyp. Ich weiß nicht, ob er Lust hätte, an solch einem Wettbewerb teilzunehmen.«

»Dann fragen wir ihn!«

Timos Mine erhellte sich. Wenn es jemanden gab, mit dem er solch ein Abenteuer erleben wollte, dann war es Marcel. Der Typ war kaum aus der Ruhe zu bringen und war mit seiner lässigen, positiven Art der ideale Weggefährte. Seit der Schulzeit waren sie schon regelmäßig gemeinsam unterwegs. Alpenüberquerungen mit dem Rad, Roadtrips mit dem Campinggleiter durch Osteuropa oder Partyurlaub in Barcelona. Jetzt konnte er seinen Freund auf das nächste große Abenteuer mitnehmen.

Timo nickte. »Fehlt uns aber immer noch einer, selbst wenn Marcel zusagt.« Timo wandte sich wieder der Liste zu und blieb an einem Namen hängen, den Verena gelb markiert hatte. Er öffnete die Akte. Das Bild war schon älter, zeigte aber einen Teenager in einem Green Drink-Trikot, der mit ernsten Gesichtszügen selbstsicher in die Kamera blickte. Das Markante war die kurze Irokesenbürste auf dem sonst kahlen

Schädel, die im gleichen giftgrün wie der Schriftzug auf seinem Trikot strahlte.

»Wow, das ist spannend! Ich habe seit zehn Jahren nichts mehr von ihm gehört.«

»Du kennst Martin?«

»Na ja, nicht persönlich.« Timo erinnerte sich daran, wie er als Teenie nachts vor dem Laptop saß und zuschaute, wie zum ersten Mal ein Deutscher beim Allen-Clay-Cup startete und sensationell gewann. Doch seine Karriere war genauso schnell wieder zu Ende. Seit diesem einen Rennen hatte er nichts mehr von ihm gehört. Timo tippte auf den Artikel, der in der Akte verlinkt war.

Auf dem Titelbild war ein Mann mit Dreitagebart, Tattoos auf dem Oberarm und Sonnenbrille, der vor einer kleinen Strandbar aus Holz stand. Er hatte die Beine weit auseinander und die Hände in der Hüfte, als warte er darauf, dass es gleich zu einem Duell kam. Ein selbstgeschriebenes Schild wies die Bar als »die Green Snake« aus.

Im Artikel wurde von einem Martin gesprochen, der aus Freiburg stammte. Weitere Informationen über seine Identität gab es nicht.

Das Bild ließ nicht erahnen, dass es sich dabei um die gleiche Person, wie die mit dem grünen Iro handeln sollte. Dennoch war Timo sich sicher, dass da Martin *„Green Snake"* Gaum vor der Bar stand. Anerkennend stellte er fest:

»Green Snake wäre natürlich eine Nummer. Er würde auf jeden Fall für Publicity und Interesse bei Sponsoren sorgen. Aber keiner weiß, ob er noch was drauf hat.«

Verena markierte in dem Artikel eine Passage.

»Das stimmt. Dort steht, dass er seit drei Jahren das

Radfahren wieder für sich entdeckt hat und jede Woche mehrere Stunden auf dem Rad verbringt. Das sagt aber nicht wirklich was darüber aus, ob er ernsthaft trainiert oder nur gemütlich über die Insel radelt.«

Sie blickten beide auf das Bild mit dem braungebrannten Mann. Verena unterbrach die nachdenkliche Ruhe.

»Wir haben nichts zu verlieren. Du besuchst deinen Freund Marcel und fragst ihn, ob er sich uns anschließen möchte. Ich fliege nächstes Wochenende nach Kuba und suche unseren Barbesitzer.«

Timo gefiel der Vorschlag. Er stellte sich vor, wie er gemeinsam mit seinem Kumpel Marcel und der Legende Martin Gaum in der Halle trainieren würde.

Für den Abend hatte Timo sich bei Marcel per Nachricht auf ein Bier angekündigt. Sein Freund empfing ihn in dessen Werkstatt, die sich in der Scheune eines mehr als 200 Jahre alten Schwarzwaldhofes befand. Früher wurden hier Kühe und Schweine gehalten.

Timo musste schmunzeln, als er eintrat und Marcel schon zwei Flaschen Schwarzwald-Bräu auf der Werkbank bereitgestellt hatte. Er stand vor einem Kleiderschrank und fuhr mit der Hand über die Kante der Tür.

»Na, was hältst du davon?«, fragte er, ohne seinen Blick vom Möbelstück zu nehmen.

»Mein Stil ist es nicht.« Er stellte sich zu Marcel und klopfte ihm auf die Schulter, bevor dieser sich umdrehte und ihn in den Arm nahm.

»Schön dich zu sehen, wir haben es schon lange nicht mehr geschafft.«

Er war etwa so groß wie Timo, jedoch einen Ticken

drahtiger. Marcel gehörte zu den Menschen, die essen konnten, was sie wollten, ihr Stoffwechsel verhinderte, dass es ansetzte. Wie immer waren seine Haare wild zerzaust und er hatte ein paar Späne darin hängen. Seine Augen lachten den alten Freund jedoch herzlich an.

»Es tut mir leid, ich hatte immer gehofft, ich schaffe es über den Winter zum Rodeln. Ich glaube das letzte Mal haben wir uns im September zum Biken getroffen, oder?«

Marcel nickte und ging zur Werkbank, wo er die Bierflaschen öffnete und sich auf die leicht mit Sägespäne bestreute Oberfläche setzte. Timo nahm neben ihm Platz. Sie stießen an und saßen eine Weile schweigend nebeneinander.

»Und, was macht dein YouTube-Kanal? Habe ehrlich gesagt schon länger kein Video mehr von dir angeschaut.«

Timo lachte. »Ach, ist ok, bis ich davon leben kann, dauert es aber noch ein bisschen. Und bei dir? Verkaufen sich die Möbel?« Neben dem Kleiderschrank an dem Marcel vorhin gearbeitet hatte, standen ein Tisch und ein halbfertiges Bett. Im hinteren Teil des Raumes waren weitere Möbel mit einer Plane abgedeckt und darauf waren Dosen mit Holzlasur und verschiedenes Werkzeug platziert.

»Ich könnte das Dreifache an Schränken und Esstischen bauen, wenn es nach der Nachfrage geht. Es gibt erstaunlich viele Menschen, die bereit sind, ein Schweinegeld für schöne Möbel auszugeben. Aber irgendwie fehlt mir zurzeit die Motivation.«

»Und jetzt hast du vor, etwas anderes zu machen?«

Marcel zuckte mit den Schultern. »Ich kann mir meine Aufträge nur zu einem gewissen Grad aussuchen.«

»Wie wäre es, für ein halbes Jahr tatsächlich etwas ganz anderes zu machen?«

Marcel runzelte die Stirn, bevor sich ein Grinsen in seinem Gesicht ausbreitete. »Hast du wieder eine deiner blöden Geschäftsideen und suchst einen Partner?«, fragte er, wofür er eine Faust auf die Schulter kassierte.

»Nein, aber es hat sich eine einzigartige Gelegenheit ergeben. Du bist finanziell unabhängig, du könntest deinen Laden bestimmt auch mal für ne Weile schließen, oder nicht?«

»So einfach ist das nicht. Ich müsste einiges organisieren, aber erzähl erstmal von deiner Idee, mach es nicht so spannend.« Timo wackelte grinsend mit seinen Augenbrauen und genoss es, seinen Kumpel ein wenig auf die Folter zu spannen.

»Diesmal kommt die Idee nicht von mir, sondern von Verena Marghäuser.«

Marcel blickte ihn schief an. »Marghäuser? Der Name sagt mir was.« Timo drehte die Flasche in Marcels Hand so, dass beide auf das Rücketikett blickten. Dort stand »Ein Bier, stark und frisch wie der Schwarzwald selbst.« Darunter stand der Verfasser dieses Spruches; Alphons Marghäuser. »Bringen wir ein neues Bier raus?« Timo lachte und er erzählte ihm von dem Rennen, seinem Sieg, dem Besuch in der Brauerei und dem Citytrack-Team.

Marcel pfiff anerkennend. Selbst der Möchtegern-Eremit Marcel kannte den Allen-Clay-Cup »Die Brauerei hat mich gefragt, ob ich nicht als Messenger für das Team fahren wolle.« Timo konnte seine Freude für diese Idee nicht verbergen.

»Du? Ich weiß, du bist ein überragender Biker, aber ist die World Tour nicht eine Nummer zu groß?« Marcels hochgezogene Augenbrauen zeigten, dass er sich um seinen

Freund sorgte.

»Wahrscheinlich schon, doch wenn man mir die Chance gibt, dann kann ich nicht nein sagen.«

»Da hast du recht! Und was hat das jetzt mit mir zu tun? Als dein Pressesprecher tauge ich nicht.« Timo schüttelte schmunzelnd den Kopf und spielte am Bügel der Bierflasche herum.

»Nein, das bestimmt nicht! Im Moment ist nur eine Messengerposition besetzt und ich kenne niemanden, der so sicher im Rad sitzt wie du, und gleichzeitig so halsbrecherisch eine Piste runterfährt.« Erwartungsvoll schaute Timo seinen Freund an. Verstand er noch immer nicht? »Ich dachte, du könntest mit mir auf Punktejagd gehen.«

Marcel rutschte von der Werkbank herunter, so dass er seinem Kumpel gegenübertreten konnte. »Dein Ernst?« Timo fühlte sich, als würde er auf seinen Geisteszustand geprüft werden. »Ja, wir werden damit nicht reich, aber es wäre ja nur für ein halbes Jahr und das wäre auf jeden Fall ein unglaubliches Abenteuer.«

Marcel wandte sich von Timo ab und ließ seinen Blick durch die Werkstatt schweifen, als versuchte er zu ermitteln, ob er mit den Möbeln bis dahin fertig werden würde. Das zumindest war Timos Hoffnung.

»Unglaublich, das trifft es ziemlich gut.« Timo beobachtete Marcel weiterhin und wartete gespannt auf eine Antwort. Als nach einer Pause noch immer keine kam, räusperte er sich, um seinen Freund aus den Gedanken zu reißen. Dieser schaute mit gerunzelter Stirn auf. »Ich weiß nicht. Ich meine, der ganze Trubel ... Mal abgesehen davon, dass wir da nur hinterherfahren werden.«

»Ach was, da wäre ich mir nicht so sicher. Wie viele

Stunden verbringst du in der Woche auf dem Rad?«

Marcel zählte in Gedanken ab. »15-17 oder so.«

»Wir haben die perfekte Grundlage, um mithalten zu können. Dreieinhalb Monate professionelles Training und wir brauchen uns nicht verstecken.« Timo hatte Marcel an den Schultern gepackt und schaute ihn in die Augen. »Und du hast doch gesagt, du benötigst mal Abwechslung. Ende August bist du wieder zuhause und kannst dich um deine Möbel kümmern.« Timo beobachtete seinen Freund. Marcel ging in der Werkstatt auf und ab und fasste sich dabei immer wieder ans Kinn. »Lass uns dieses Abenteuer zusammen erleben, so eine Chance bekommen wir nur einmal.«

»Lass mich eine Nacht darüber schlafen. Morgen früh sage ich dir Bescheid.«

Timo nickte. »Das ist ein Deal.« Er hielte ihm die offene Hand hin und der Tischler schlug ein.

Bevor Timo ging, warfen sie ein paar Pfeile auf die Dartscheibe, die Marcel in der Werkstatt hängen hatte, und tranken das Bier ihres zukünftigen Teams, ehe Timo sich gegen Mitternacht ein Flugtaxi bestellte, um nach Hause zu kommen.

»Ich mach's.«

Timo war völlig irritiert. Im Halbschlaf hatte er den Anruf über die Haus-KI angenommen und dann kam nur dieser kurze Satz. Es war erst gegen sechs Uhr morgens.

»Ich mach's. Wenn du nochmal nachfragst, überlege ich es mir vielleicht anders. Hab ich dich geweckt?«

Jetzt erkannte Timo die Stimme.

»Was? Nein. Doch. Eigentlich schon. Egal!« Timo saß mittlerweile in seinem Bett und rieb sich den Schlaf aus den

Augen. »Du bist dabei! Das ist so gut! Ja Mann! Wir treffen uns um acht Uhr in Todtnau. Ich zeige dir unser neues Zuhause für die nächsten drei Monate und stelle dir Verena und Christoph vor.«

»Wer ist Christoph?«

»Unser Team, später. Komm einfach nachher nach Todtnau.«

»Alles klar, soll ich das Bike mitbringen?«

»Hast du Spikes drauf?«

»Ist die Erde rund? Klar hab ich Spikes drauf.«

»Perfekt, dann rüste ich meins um und bringe es auch mit.«

Über Nacht war es kälter geworden, so dass der Regen der Vortage sich in Schnee gewandelt hatte und die Brauerei in eine malerisch düstere Winterlandschaft eindeckte. Timo kam kurz nach Marcel an der Schwarzwald-Bräu-Brauerei an. Ausnahmsweise kam sein Freund nicht zu spät.

Er grinste, als Timo das Rad aus dem Taxi lud und schaute demonstrativ auf seine Uhr.

Timo seufzte. »Ja, ja ich weiß, aber du hattest das Bike ja schon betriebsbereit zuhause stehen. Jetzt gehen wir erstmal rein und ich stelle dir Verena vor.«

Marcel machte die gleiche Prozedur wie Timo durch. Nach einer kurzen Brauereiführung und der Besichtigung des Teamquartiers ging es in das Verwaltungsgebäude zur Vertragsunterschrift. Nachdem auch das geschafft war, schien Verena sichtlich erleichtert.

»Ihr wisst gar nicht, wie glücklich ihr mich macht! Bis jetzt war es nur ein Hirngespinst, aber mit zwei richtigen Messengern wird es langsam real.«

Sie umarmte die beiden fest und Timo meinte eine Träne bei der sonst so souveränen Brauereichefin zu sehen.

»Ich hab gesehen, dass ihr eure Räder dabei habt? Geht das Training gleich los?«

Die Freunde schauten sich grinsend an, während Timo nickte. »Klar, wir haben nicht mehr viel Zeit. Jetzt geht es eine Runde Radfahren und heute Mittag müssen wir uns um einen Trainingsplan kümmern, damit wir rechtzeitig fit werden.«

Havanna

Schon auf dem Flugfeld hatte sie das Wetter fast aus den Latschen gehauen. Als sie in Basel in den Hyperjet gestiegen war, hatte es gut 35 Grad weniger gehabt als in der Karibik. Auch sonst hatte der Interkontinentalhafen der kubanischen Hauptstadt nicht viel mit dem Pendant in Basel gleich. Zwar wurden die Hyperjets von ähnlich modernen Bots geprüft und für den nächsten Flug vorbereitet wie in Europa, die fleißigen Helfer wurden hier allerdings mit einem alten Pickup mit großer Ladefläche zum Landeplatz des Jets gebracht. Auch das Flughafengebäude sah aus, als wäre es aus dem letzten Jahrtausend. Man musste sogar ein Stück über das Rollfeld laufen, um in das Flughafengebäude zu kommen.

Der mobile Verkäufer vor dem Flughafen hatte genau das, was Verena jetzt benötigte: einen Strohhut, der sie vor der Sonne schützte.

Auf der gegenüberliegenden Straßenseite im Schatten einer Palmenallee wartete eine Flotte altmodischer Taxis mit Rädern. Daneben standen Taxifahrer, von denen fast jeder einen Strohhut trug. Der erste in der Reihe war ein etwas untersetzter Mann mit langem Schnauzer und offenem Hawaiihemd. Darunter war er mit einem leicht verschmutzten Unterhemd bekleidet.

Verena ging auf ihn zu und lächelte ihn freundlich an. Sofort hatte sie seine Aufmerksamkeit.

»Ähm, entschuldigen Sie, Sir. Wo bekomme ich hier ein Flugtaxi?« Verenas Spanisch war durchaus passabel, sie hatte es in der Schule als Leistungskurs gehabt.

»Flugtaxi? Sie sind Amerikanerin?« Der Taxifahrer lachte sie eher aus, als an.

»Nein, Europäerin«, antwortete sie ihm. Sie spürte, wie

ihre Wangen vor Scham rot wurden.

»Ahh, si, si. Sie waren noch nie in Kuba?«

»Nein, tatsächlich, ich bin zum ersten Mal in diesem wunderbaren Land.« Es herrschte geschäftiges Treiben auf der Straße vor dem Terminal. Taxis fuhren ab und kamen an. Touristen versuchten, sich mit ihren Smartwatches zu orientieren. Eine Familie direkt neben ihnen, vermutlich Amerikaner, suchte wie Verena nach den Flugtaxen und wurden sogleich von einem anderen Taxifahrer angesprochen. Er sah dem ersten verblüffend ähnlich und sie überlegte kurz, ob es sich bei dem Taxiunternehmen um einen Familienbetrieb handelte.

»Dann müssen sie wissen, hier auf Kuba gehört die Luft noch den Vögeln.« Er machte eine ausschweifende Bewegung. »Aber ich bringe Sie auf dieser Insel überall hin. Nicht so schnell wie ein Flugtaxi, aber ich zeige Ihnen auf dem Weg die schönsten Ecken der Stadt. Das kann kein Flugtaxi. Wo wollen Sie hin?«

Verena stieg in den Wagen. Die Sitze waren weich und durchgesessen. Sie fuhr mit der Hand über das dunkelbraune, rissige Leder des alten Mercedes. Das letzte Mal in einem Auto saß sie als Kind, ebenfalls auf der Rückbank, als sie mit ihren Eltern zu Verwandten fuhren. Der Taxifahrer lud ihren Koffer in den Kofferraum und stieg an der Fahrertür ein. Er drehte sich zu ihr und grinste sie breit an. Dabei viel Verena auf, dass er vorne rechts zwei blitzende Goldzähne hatte. »Bringen Sie mich an die Playa del Chivo.«

»Ah Señora, direkt an den Strand! Wollen Sie nicht zuerst in Ihr Hotel?« Der Mann hatte recht, auch wenn sie Martin am liebsten sofort suchen würde, sollte sie erst einmal im Hotel vorbei, einchecken und sich den Temperaturen entsprechend kleiden. Für den Flug hatte sie sich in einen ihrer Businessanzüge gekleidet, bei diesen Temperaturen war dies jedoch eindeutig die falsche Wahl. »Sie haben recht Señor, bringen Sie mich zum Hostal Casa Blanca.«

Sie hatte sich ein einfaches Hotel in der Nähe des Strandes gesucht, an dem sie Martin vermutete. Die ganze Insel schien wie aus der Zeit gefallen zu sein. Zuerst fuhren sie an Steinbauten vorbei, die alle mindestens 100 Jahre alt waren. Mehrstöckige Wohnhäuser, dazwischen immer wieder eindrucksvolle Regierungsgebäude. Je weiter sie vom Zentrum wegkamen, desto kleiner wurden auch die Gebäude, bis sie durch ein Viertel mit Einfamilienhäusern aus Holz fuhren. Die Häuser hatten maximal zwei Stockwerke, ein Flachdach und waren allesamt bunt angemalt. Die meisten hatten eine Veranda direkt vor der Haustüre, auf die vom Gehweg eine Treppe führte.

Der Taxifahrer stoppte vor eben einem solchen Haus mit einer grünen Front und gelben Fensterrahmen, deren Farbe durch die Sonne in Mitleidenschaft gezogen war und abblätterte.

Trotz ihrer rustikalen Erscheinung war die Unterkunft selbst überraschend sauber. Eine freundliche, ältere Kubanerin nahm sie in Empfang. Sie wollte ihr den Koffer abnehmen, doch Verena lehnte dankend ab und folgte ihr auf eines der vier Zimmer.

Die Frau empfahl ihr ein paar Sehenswürdigkeiten und Restaurants, dann konnte Verena sich endlich in Ruhe umziehen.

Sie wählte ein kurzes, rotes Kleid und musterte sich vor dem Spiegel. Sie war nicht sonderlich zufrieden mit den bleichen Beinen, die unter dem Rock hervorschauten. Da sie aber nichts von Sonnenstudios hielt und für so etwas auch keine Zeit fand, musste sie wohl damit leben.

Verena kramte die Sonnenbrille aus der Tasche und nahm den neuen Strohhut vom Bett, dann verließ sie das Zimmer.

Der Taxifahrer hatte auf der gegenüberliegenden Straßenseite auf sie gewartet. Er lag auf dem Fahrersitz und hatte die Augen geschlossen, doch das Fenster war geöffnet. Verena klopfte auf das Dach.

Der Taxifahrer öffnete nur ein Auge und musterte sie.

»Señora, Sie waren schneller, als ich erwartet hatte. Steigen Sie ein, ich bringe Sie direkt zum Strand.«

Verena hatte sich kurz überlegt, ob sie laufen sollte, doch sie kannte sich nicht aus und Taxifahren kostete nur einen Bruchteil von dem, was sie zuhause für ein Flugtaxi zahlte und das, obwohl davon ein Mensch leben musste. Also stieg sie ein und musterte sich noch einmal im Rückspiegel.

Zur Playa del Chivo dauerte es mit dem Taxi kaum fünf Minuten. Sie dankte dem freundlichen Taxifahrer, gab ihm ein großzügiges Trinkgeld und begab sich von der Straße weg zum Strand.

Als sie den ersten Sand unter ihren Füßen hatte, zog sie die Schuhe aus und genoss das feine Kitzeln zwischen ihren Zehen.

Sie schloss einen Moment die Augen und ließ die Umgebung auf sich wirken, die leichte Brise, die vom Meer her zu ihr zog. Es roch nach der salzhaltigen Luft und nach einem Hauch Fisch.

Sie kramte das Thinpad aus ihrer Tasche und öffnete das Foto von der Strandbar, dann blickte sie sich um. Der Strand war weitestgehend leer. Ein paar hunderte Meter östlich von ihr war eine Gruppe Surfer am Wasser. Sie saßen auf dem

Boden und hatten die bunten Boards senkrecht in den Sand gesteckt. Verena lief zu ihnen hinüber und warf dabei immer wieder einen Blick auf das offene Meer und die seichten Wellen, die auf den Strand zurollten. Wirklich Urlaub hatte sie nie.

Ihre Eltern hatten ihr Leben der Brauerei verschrieben, weshalb sie höchstens mal ein verlängertes Wochenende in Südtirol waren. Weiter traute sich ihr Vater nicht von seiner Firma weg.

Mit der Schule war Verena mal eine Woche in Rimini gewesen. Ansonsten kam sie nur geschäftlich in andere Länder und dann blieb selten Zeit für einen Ausflug zum Strand.

Mit ihrem auffallenden Äußeren hatte sie sofort die Aufmerksamkeit der Jungs.

»Ola, keine guten Wellen zum Surfen heute?« Einer von ihnen, höchstens 25 Jahre alt, hatte sich aus seiner liegenden Position aufgerichtet und strich sich eine Strähne seines schulterlangen schwarzen Haars aus dem Gesicht.

»Si, es fehlt der Wind, aber vielleicht wird es gegen Abend besser.« Er warf einen Blick auf ein breites Pad-Armband. Das robuste, portable Device war vor allem bei Extremsportlern beliebt.

Der junge Mann hatte darauf eine Wetterkarte offen. Sie versuchte, einen Blick zu erhaschen.

»Ihr könnt mir vielleicht helfen. Kennt ihr diese Bar und wisst ihr, wo sie ist?« Sie zeigte den Jungs das Bild auf dem Thinpad. Ein zweiter Mann in ähnlichem Alter mischte sich ins Gespräch ein, stand auf und kam zu ihr hinüber. Er hob seine Sonnenbrille an, um das Bild genau anzuschauen. Dann nickte er wissend.

»Si, claro, die Green Snake-Bar. Wenn sie noch fünf Minuten den Strand runter laufen, kommt sie etwas weiter oben auf halbem Weg zu den Häusern.« Er zeigte entlang der Küste Richtung der Dünen, wo Verena die Konturen eines kleinen Gebäudes erkennen konnte.

Sie bedankte sich freudig bei den Surfern und wünschte ihnen noch ein paar gute Wellen.

Umso näher sie ihrem Ziel kam, desto klarer wurden die Konturen. Es handelte sich mehr um eine Hütte als wirklich um ein Haus. Es war vollständig aus Holz zusammengezimmert.

Auf einer großen Holzveranda standen einige Stehtische. Darum war ein hüfthohes Geländer gezimmert. Die giftgrünen Holzläden vor den Fenstern waren zu.

Verena betrat das Holzkonstrukt und näherte sich der verschlossenen Tür. Neugierig schaute sie, ob sie einen Spalt entdecken konnte, um in die Bar hineinzuschauen.

»Kann ich helfen?«

Verena erschrak und drehte sich um. An der Treppe zur Veranda stand ein Typ in weißen Shorts, dunkelblauem, weitem Muscle-Shirt und tätowierten Armen. Seine Haare trug er als Undercut und seine Augen hatte er hinter einer Sonnenbrille versteckt. Unter dem Arm hatte er ein Handtuch und ein Buch geklemmt.

»Oh, entschuldigen Sie, ich suche Martin Gaum. Das ist doch seine Bar.« Verena zeigte auf das Schild über der Tür auf dem handgeschrieben Green Snake -Bar stand.

»Was wollen sie von ihm?«

»Mit ihm sprechen.«

Der Typ ging an Verena vorbei und öffnete die Tür mit einem ganz normalen Schlüssel. Die Hütte hatte weder einen

Key-Card Schloss, noch wurde sie per Fingerabdruck geöffnet.

»Du bist Martin?« Verena wechselte auf Deutsch. Sie schaute zu, wie der Mann im Inneren der Hütte die Fenster öffnete, um die Läden davor freizumachen. Nun fiel Licht in die Hütte. Es war ein Raum mit einem großen Tresen zu sehen. Auf der Rückseite der Bar standen mehrere Kühlschränke.

»Coke?«, fragte er.

»Ja gerne«, antwortete Verena. »Ich dachte, so etwas gibt es auf Kuba nicht.«

»Wir sind nicht mehr in den Zwanzigern.« Er holte zwei Stühle raus, ging nochmal rein, öffnete zwei Flaschen Coke und gab eine Verena, während er vor dem Tresen Platz nahm. »Was willst du von mir?«

»Ich bin Verena, Verena Marghäuser. Ich bin Geschäftsführerin…« »…der Schwarzwald-Bräu-Brauerei. Den Namen Marghäuser kenne ich. Du willst mir aber keinen Schankvertrag anbieten, oder?«

Verena blickte sich kurz in der Bar um, als würde sie prüfen, ob sich daraus ein Geschäft ergeben könnte. »Nein, ich glaube, deine Ausschankmenge ist zu gering, als dass sich die Lieferung nach Kuba rentieren würde. Darum bin ich nicht da.«

Er hob die Augenbrauen und presste die Lippen zusammen, bevor er antwortete.

»Du musst bis heute Abend bleiben, dann ist hier die Hölle los.« Verena nahm einen Schluck von der kühlen Coke und versuchte, ihren Gegenüber einzuschätzen. Er machte einen fitten Eindruck. Er hatte kein Bierbauch unter dem lässigen Muscle-Shirt und stramme, sehnige Waden, wie die eines Radfahrers.

»Du kannst hier Radfahren?« Mit dieser Frage hatte sie Martin offensichtlich überrascht. Er zuckte und richtete sich etwas auf. »Klar, Rennradfahren ist hier zwar nicht so geil, aber mit dem Mountainbike kommt man auch auf diesen Straßen zurecht. Man muss halt damit klarkommen, dass noch allerlei andere Verkehrsteilnehmer unterwegs sind. Worauf spielt die Frage an? Ich bin mir nicht sicher, ob mir gefällt, wohin das Gespräch verläuft.« Ohne zu zögern, legte Verena ihre Karten offen.

»Die Schwarzwald-Bräu-Brauerei hat eine World Tour-Lizenz für den diesjährigen Allen-Clay-Cup ergattert und ich stelle ein Team aus lokalen Messengern zusammen.« Sie achtete auf jede seiner Reaktionen, doch er saß da und schaute sie durch seine Sonnenbrille an. »Ich würde dich gerne als Messenger verpflichten. Aber natürlich nur, wenn du es noch drauthast.«

Jetzt stand er auf, sein ganzer Körper war angespannt. Verena wich etwas zurück.

»Vergiss es, bei diesem Zirkus mache ich nicht mehr mit. Ich denke, wir brauchen hier auch nicht mehr weitersprechen.«

Verena nickte und stand auf. Langsam ging sie Richtung Treppenstufen, die von der Veranda herunter führten. »Martin, überlege es dir. Du könntest es allen zeigen. In zwei Tagen fliege ich wieder zurück, aber morgen Abend würde ich nochmal vorbeischauen.« Ohne auf eine Reaktion von ihm zu warten, drehte sie sich um und ging in einem weiten Bogen um die Bar Richtung Straße. Der erste Schritt war gemacht. Es war ausgesprochen und er konnte sich seine Gedanken dazu machen. Dass es nicht einfach werden würde, hatte sie sich gedacht.

Den nächsten Tag nutze Verena, um sich Havanna etwas genauer anzuschauen. Es war wie eine Zeitreise. Nirgendwo waren Flysegs oder die Detroit Dynamic Roboter zu sehen, die heutzutage in jeder Großstadt einfache Arbeiten erledigten. Stattdessen waren Menschen damit beschäftigt, die Grünanlagen um das Kapitol zu pflegen, oder die Mülltonnen mit einem Müllwagen abzutransportieren. Fasziniert ließ sie sich auf das Szenario ein und machte Erinnerungsfotos von Gebäuden, Menschen und Autos.

Am Abend zog sie ein engeres, schwarzes Kleid an und nahm ihre Handtasche für die Wertsachen. Draußen war es noch immer angenehm warm und ihr fröstelte, wenn sie daran dachte, morgen wieder im kalten Schwarzwald zu sein.

Martin hatte nicht zu viel versprochen. Schon von weitem konnte sie die karibischen Klänge und die bunten Lichter hören und sehen. Die Veranda der Bar war voll mit jungen Menschen, die ausgelassen tanzten, feierten und sich laut unterhielten.

Verena betrat die Veranda und wurde direkt von einem jüngeren Mann zum Tanzen aufgefordert. Sie hatte schon lange nicht mehr getanzt und war im ersten Moment überfordert, konnte jedoch recht schnell die tolle Atmosphäre genießen. Sie kam mit den Kubanern ins Gespräch, es gab Rum Cola und für einen Augenblick vergaß sie, weshalb sie zur Green Snake Bar gekommen war.

Die Stunden vergingen und erst, als sich die Veranda langsam wieder leerte, gönnte Verena sich eine Verschnaufpause und suchte sich einen Platz am Eck der Theke. Martin stellte ihr eine Coke hin.

»Na, schönen Abend gehabt?«, fragte er. Sie strich sich

erschöpft eine Strähne aus dem Gesicht.

»Oh ja, die Leute hier sind toll. So offen, so freundlich. Es war ein großer Spaß.«

»Dann verstehst du ja, warum ich hier nicht weg möchte.« Er spülte gerade einen riesigen Stapel Gläser, während er sich mit Verena unterhielt. Dazwischen musste er ab und an einen Gast bedienen, doch die meisten hatten mittlerweile genug.

»Es ist toll hier, keine Frage, aber es ist ein Zufluchtsort und du bist kein Typ, der flüchtet.«

»Du weißt nichts über mich«, unterbrach Martin sie scharf.

Sie ließ ihn nicht aus den Augen. »Ich weiß genug. Zum Beispiel, dass du eine Rechnung offen hast. Das Green Drink Team hat eines ihrer größten Talente gehen gelassen. Es wird Zeit, dass sie sehen, dass es dich noch gibt. Du trainierst regelmäßig, du bist bereit, um es allen zu beweisen. Ich gebe dir die Chance dafür. Komm mit mir mit und zeige der ganzen Welt, dass du es draufhast.«

Martin winkte ab. »Meine Zeit ist um und ich habe sie nicht genutzt. Ich habe eine zweite Chance bekommen, und zwar hier.«

Verena schlug mit der Faust auf den Tresen. »Das ist doch Quatsch. Du redest dir was ein. Klar, hier ist es schön, hier kann man seinen Altersruhestand verleben oder, wenn man Surfer ist, von mir aus auch sein ganzes Leben. Aber du bist ein Messenger! Du hattest die große Chance und hast dich zu viel mit dem Drumherum beschäftigt. Aber du bist kein Kind mehr, du bist erwachsen geworden und das kannst du jetzt allen zeigen. Dein Talent hat nie jemand bezweifelt. Jetzt kannst du zeigen, dass du dich auch auf das Rennen fokussieren kannst. «

»Was ist denn deine Vorstellung? Glaubst du, ich steige wieder aufs Rad und gewinne die Rennen, als wäre nichts gewesen?«

»Ach Quatsch, ich bin keine Idiotin. Es geht darum, allen da draußen zu zeigen, dass du dich nicht mehr vor dir selbst versteckst. Warum hast du als Kind mit diesem Sport begonnen?.« Martins Blick ging durch sie hindurch, doch es war deutlich, wie er an der Frage arbeitete. Immer wieder blitzte etwas in seinen Pupillen auf. Verena beantwortete für ihn die Frage. »Weil du Bock darauf hattest auf dem Bike zu sitzen und durch die Straßen zu heizen. Weil du der Schnellste sein wolltest, wenn du mit deinen Kumpels unterwegs warst.« Ihre Stimme begann leicht zu zittern. »Martin Gaum, ich gebe dir diese Chance. Zeig der ganzen Welt, dass du noch immer der Schnellste sein willst!«

»Wen hast du bis jetzt schon in deinem Team?«, fragte er, nachdem er eine Weile schweigend seine Gläser poliert hatte.

»Zwei Amateure. Der eine kommt aus Freiburg, fährt erfolgreich lokale Amateurrennen und liebt diesen Sport über alles. Der andere ist ein Mountainbiker aus dem Schwarzwald. Es gibt wahrscheinlich wenige Menschen, die so sicher auf dem Rad sitzen, wie er, aber er ist noch nie ein Rennen gefahren.« Verena hoffte das stimmte, was Timo über Marcel erzählt hatte. Martin lachte nur.

»Das wird doch eine absolute Lachnummer, ein abgewrackter Ex-Messenger, ein Fanboy und ein Freizeit-Mountainbiker. Du wirst dich mit deinem Team lächerlich machen.«

Wenn du wüsstest, dachte Verena. »Das klingt, als wärst du dabei?« Martin warf das Handtuch hinter sich an den Rand der Spüle, griff ein Bier aus dem Kühlschrank, ging um die

Theke herum und setze sich neben Verena in den mittlerweile recht leeren Gastraum.

»Natürlich werde ich nicht für dieses Unterfangen bezahlt und fahre rein zu meinem eigenen Spaß mit?« Verena senkte beschämt den Kopf, hob ihn dann wieder und blickte ihm in die Augen. »Martin Gaum, du bist kein Typ, den man mit Geld lockt. Ich beteilige euch an den Gewinnen, die wir durch diese Aktion generieren.«

»Wenn wir welche generieren und nicht einfach nur Letzter und ausgelacht werden.«

»Hast du ein Tablet da?«

Martin nickte, ging um die Bar und kramte aus einer Schublade ein älteres Modell. Mit einer Schiebebewegung ihres Fingers von ihrer Smartwatch zu seinem Tablet genehmigte sie eine Datenübertragung.

Es dauerte etwas länger als gewöhnlich, dann hatte Martin den Vertrag vor sich, den sie auch schon Marcel und Timo vorgelegt hatte.

»Ich kann nicht glauben, dass ich mir das überhaupt durchlese.«

Verena stand auf und drückte seinen Oberarm. »Morgen...« Sie blickte nochmal kurz auf die Uhr. »...oder besser gesagt: heute Mittag, geht unser Hyperjet nach Frankfurt. Tickets sind bereits gekauft. Wir treffen uns am Terminal.«

Mit diesen Worten ließ sie Martin in seiner Bar stehen.

Die frische Meeresluft fühlte sich großartig auf der verschwitzten Haut an. Zufrieden lächelnd ging Verena den Strand entlang Richtung Stadtzentrum.

Todtnau

Timo stieg aus einem der beiden Citytrack-Simulatoren, schnappte sich das schwarze Handtuch, wischte sich den Schweiß von der Stirn und ging zu Marcel, der auf der Hantelbank lag und ein paar Gewichte stemmte.

»Verena müsste gleich ankommen, mit unserem neuen Kollegen.« Diese Info hatte er über seine Smartwatch erhalten. Marcel stellte die Gewichte neben sich auf dem Boden. Blieb aber auf der Bank liegen.

»Sie konnte diesen Typen tatsächlich überreden?«

»Hey, Martin Gaum ist eine Legende, nicht irgendein Typ!«

»Er hat ein Rennen bestritten und das war vor wie vielen Jahren? Findest du diesen Hype nicht etwas übertrieben?«

Marcel richtete sich auf, nahm einen Schluck aus der Wasserflasche und stand von der Bank auf. »Wenn er mich am Feldberg abhängt, dann bekommt er vielleicht meinen Respekt.«

Timo grinste und schlug seinem Freund auf die Schulter. Der Ehrgeiz, mit dem sein Kumpel mittlerweile dabei war, freute ihn.

Nacheinander verschwanden sie unter der Dusche, um Verena und ihren neuen Kollegen vor dem Hauptgebäude in Empfang zu nehmen.

Das Flugtaxi landete in dem Moment, als die beiden in den dicken schwarzen Winterjacken mit dem Schwarzwald-Bräu-Team Logo auf dem Rücken aus der Halle kamen. Verena hatte einen weißen Wintermantel an, während Martin Gaum bloß eine dünne lange Leinenhose und eine sommerliche Jeansjacke trug. Dementsprechend wirkte er nicht begeistert über die Minusgrade, die es im Schwarzwald hatte. Verena deutete mit einer Hand zur Teamhalle. »Jungs, lasst uns gleich rein gehen, ich stelle euch Martin drinnen vor.«

Sie nickten dem Gast zu und folgten den beiden ins Hauptgebäude, wo Christoph wartend am Empfangstresen lehnte.

»Damit ist unser Team vollständig! Ich darf euch Martin Gaum vorstellen, direkt aus Kuba eingeflogen. Martin, das sind deine beiden Messenger Kollegen, Timo Unterfeld und Marcel Framer.«

Sie gaben Martin die Hand und begrüßten ihn freundlich.

»Und das ist unser wichtigstes Teammitglied, Christoph Träger. Er ist unser Servicetechniker, Transportgleiterpilot und Mädchen für alles.«

Auch Christoph gab ihm eine Fistbump. »Toll, dass du da bist!«

»Kannst du unseren Gast mit Kleidung ausstatten und ihm sein Zimmer zeigen?«

»Das mach ich gerne.« Christoph schnappte sich die große Sporttasche des Neuankömmlings und schob ihn in Richtung Teamquartier. Als sie schon ein paar Schritte gegangen waren, rief Marcel ihm etwas nach.

»Und anschließend schnappen wir die Bikes und drehen gleich mal eine Runde im Schnee!« Es war weniger eine Aussage als vielmehr eine Aufforderung. Martin verstand, dass er wohl keine Wahl hatte.

Keine halbe Stunde später standen Timo und Marcel mit ihren Mountainbikes auf dem Hof und warteten auf Martin, der von Christoph den Sattel eingestellt bekam.

»So Jungs, ich bin startklar! Dann zeigt mal, was ihr

draufhabt.« Martin hob einen Daumen und stellte sich neben sie.

Marcel deutete auf die Tannen hinter dem Hauptgebäude. »Wir fahren über Hasenhorn, Herzoghorn, Richtung Feldberg. Ihr schaut, dass ihr so lange wie möglich dranbleibt. Wenn wir am Stübenwasen sind, schauen wir, wer als Erstes wieder von dort aus an der Brauerei ist.«

Martin nickte und zog sich die Handschuhe an. »Na dann mal los!«

Marcel legte ein gutes Tempo vor, als er das Rad einen beschneiten Forstweg Richtung Hasenhorn hinauftrieb. Sowohl Timo als auch Martin konnten gut mithalten und so führte er das Trio auf den Feldberg, wo ein heftiger Wind dafür sorgte, dass sie nicht lange verweilten, sondern direkt den Rückweg über den Stübenwasen antraten.

Sie fuhren den Kamm entlang, als Marcel stoppte. »So, hier geht es runter.«

Timo konnte den kleinen Downhilltrail im Schnee kaum erkennen. »Der Trail führt etwa 500 Meter senkrecht bergab, dann kreuzt er wieder einen Forstweg. Dem folgt ihr 300 Meter Richtung Süden. Er gabelt sich dort auf einen etwas schmaleren Forstweg, der im Prinzip bis direkt hinter die Brauerei führt. Das sind noch rund 6 Kilometer, geht eigentlich nur bergab. Wer als Letztes auf dem Hof ankommt, lädt das Team heute Abend auf Pizza ein.«

»Das klingt spitze, ich hatte seit beinahe fünf Jahren keine Pizza mehr und sie wird noch besser schmecken, wenn du sie zahlen musst.«

Mit diesen Worten trat Martin in die Pedale und steuerte sein Bike auf den Trail. Marcel ließ Timo den Vortritt und folgte dann als Letztes auf dem rutschigen, schmalen Pfad.

Timo konzentrierte sich ausschließlich auf das Hinterrad von Martin. Auf diesem Track machte es keinen Sinn, einen Angriff zu versuchen. Es ging nur darum an ihm dranzubleiben und auf dem schmalen Trail halbwegs durchzukommen.

Unten auf dem Forstweg rechnete er sich bessere Chancen aus. Doch dann hörte er ein Zischen und warf einen kurzen Blick nach rechts. Er sah, wie Marcel zwischen den Bäumen hindurch schanzte und parallel zu ihnen im Schnee landete.

Timo konnte sich das Grinsen nicht verkneifen. Der Verrückte probierte alles.

Als sie auf den Forstweg kamen, hatte sich Marcel ein paar Meter abgesetzt. Timo ging aus dem Sattel, zog an Martin vorbei und konnte die Lücke zu ihm schließen, ehe sich der Forstweg gabelte und sie einen Streckenabschnitt befuhren, der noch gänzlich unberührt war.

Timo hielte sich hinter Marcel und lauerte auf die Chance zu überholen. Auf dem frischen, über Nacht gefrorenen Schnee musste man bei Lenkbewegungen höllisch aufpassen. Martin hatte etwas Probleme, dem Tempo der beiden zu folgen. Er musste ein paar Meter abreißen lassen.

Timo blieb im Windschatten seines Kumpels, bis die Dächer der Brauerei hinter den Tannenspitzen zu sehen waren. Da wusste er, es waren nur noch wenige hundert Meter. Mit einem beherzten Tritt in die Pedale zog er aus dem Windschatten heraus. Wie zu erwarten, schlitterte er beim Ausscheren, doch er bekam das Rad gleich wieder eingefangen und zog an Marcel vorbei.

Der Weg führte direkt hinter der langen Lagerhalle der Brauerei heraus. Sie mussten nur um die Halle herumfahren, ehe sie auf dem Hof waren.

Der Hof und deren Zufahrt waren vom Schnee befreit, so dass Timo die Kurve in vollem Tempo nehmen konnte. Die Spikes kreischten auf dem harten Untergrund, doch er konnte das Rad stabil halten und war somit der Erste.

Marcel rutschte in der Kurve um die Halle herum weg und konnte einen Sturz gerade noch mit dem Fuß abfangen. Er kam vor Martin als Zweites an. Timo hatte das Rad an die Wand gelehnt und lag ausgepumpt auf dem Boden. Marcel klopfte ihm auf den Bauch und setzte sich neben ihm auf die Bank, die in unmittelbarer Nähe zum Haupteingang stand.

Martin blieb auf dem Rad und hing mit dem Oberkörper über dem Lenker, während er schwer atmend versuchte, seinen Puls zu kontrollieren.

Martin japste. »Jungs, ihr seid echt spitze in Form.« Zwischen seinen Worten musste er immer wieder Luft holen. »Für Amateure ist das beeindruckend.« Er grinste zu den beiden rüber, während er drei Atemzüge nahm. »Die Pizza geht auf mich, aber zieht euch warm an. Wenn ich wieder im Training bin, wird das nicht mehr so leicht.«

Verena öffnete oben vom Hauptgebäude ein Fenster und schaute streng nach unten. »Hey! Seid ihr verrückt? Geht schnell nach drinnen, da draußen holt ihr euch eine Erkältung. Das können wir uns nicht erlauben.«

Detroit

Das Convention Center war bis auf den letzten Platz gefüllt mit Journalisten und Fans. Alle waren sie da, um die Mannschaftspräsentation des Detroit Dynamics Teams mitzuerleben.

Die kreisrunde Bühne war in der Mitte der Halle aufgebaut, eine bekannte Pop-Band spielte einen ihrer Hits und die Fans grölten lauthals mit.

Im Pressebereich war die Stimmung gelassen. Die Journalisten waren weniger wegen der Show gekommen, als für das, was Olivia Vence und ihr Team zu erzählen hatten.

Nach dem dritten Song verabschiedete sich die Band und verschwand durch die gigantische Hebebühne im Boden. Als die Bühne wieder nach oben kam, stand Steve Hatty darauf, ein bestens bekannter Talkshowmaster.

»Hallo Detroit Dynamic Fans! Seid ihr heiß auf die Saison?«

Im Gegensatz zu den anderen großen Teams begann Detroit Dynamic seine Saison in diesem Jahr erst mit dem Capitol Triple in Australien, welches am nächsten Wochenende startete. Die Fans jubelten Hatty zu.

»Bevor wir gleich unsere Messenger begrüßen dürfen, möchten wir euch erst einmal die Bikes vorstellen, mit denen unser Team in diesem Jahr auf die Jagd nach World Tour-Trophäen geht. Begrüßt daher jetzt mit mir den Cheftechniker des Detroit Dynamic Teams: Dr. Kelvin Lamar.«

Das Licht begann zu flackern, Nebelmaschinen betteten das Szenario in dunkelroten Rauch und die Spot-Scheinwerfer schweiften durch die Halle, als suchten sie nach einem flüchtigen Verbrecher. Dann fokussierten sie sich auf die Mitte der Bühne und als sich der Rauch langsam verflüchtigte, sah man drei Räder auf Ständern stehen und dazwischen einen charmant wirkenden Mann in schwarzem Anzug, weißem Shirt und Sneakers. Seine Brille war ein leichtes Gestell aus mattsilberglänzendem Metall.

Er hatte die eine Hand lässig in der Hosentasche und in der anderen hielte er ein Tablet.

»Dr. K, schön dass du bei uns bist!« Die Fans kreischten. Die Journalisten hatten sich dem Geschehen zugewandt und ihre Drohnen sausten um die Bühne herum. Sie versuchten, so nah wie möglich an die Bikes zu kommen, ehe sie von der unsichtbaren Barriere zurückgehalten wurden, die einen drohnenfreien Korridor um die Bühne bildete.

»Hi Steve, schön, dass du heute die Präsentation moderierst!« Sie gaben sich die Hand, als wären sie alte Kumpels und Kelvin Lamar winkte freudig in die Zuschauermenge.

»Du hast uns was mitgebracht! Stelle uns doch mal die Beauties hinter dir vor!«

»Klar gerne, ich würde sagen wir starten mal mit dem Backet XT6G2T, welches wir zusammen mit unserem Ausrüster für Paul Hinteregger entwickelt haben.«

Er tippte auf seinem Tablet und über der Bühne erschien ein riesiges Hologramm des Bikes.

»Im Prinzip ist das Bike identisch mit dem XT5G2T, welches Paul letzte Saison gefahren ist. Ihr wisst ja, Paul Hinteregger ist ein Mann, der auf Verlässlichkeit Wert legt.« Er zoomte auf seinem Tablet mit den Fingern näher dran und sofort änderte sich das riesige Hologramm und zeigte nur noch das Hinterrad mit Schaltung, Bremse und Sattelstütze.

»Das Bike hat eine leicht angepasste Radaufhängung im hinteren Bereich. Diese sorgt dafür, dass es etwas robuster bei gleichem Gewicht ist. Wir wollten damit sicherstellen, dass Paul auch in diesem Jahr keine technischen Defekte auf der Strecke erleben soll.«

Die Fans jubelten. Der Technik-Chef und Steve schauten sich die neuen Räder der anderen beiden Messenger an, ehe sich Dr. Kelvin Lamar wieder verabschiedete und mit den Bikes im Boden der Bühne verschwand.

Dann erloschen alle Lichter im Stadion und ein epochaler, tiefer Bass im Takte eines Herzschlages erfüllte die Halle. Das Wummern wurde immer lauter, bis Strahler auf drei zylinderförmige Kapseln gerichtet wurden, die langsam von der Decke hinab schwebten. Die Menge hielte spürbar ihren Atem an.

Als die metallenen Kapseln auf dem Boden aufsetzten, dampfte und zischte es, als würden sie auf der Oberfläche eines Planeten landen. Die Fans rasteten aus, als sich die Türen öffneten, die drei Messenger strahlend ausstiegen und in die Menge winkten.

Sie trugen Trainingsanzüge in blutrot und schwarz. Jannik Stern hatte zusätzlich eine Base Cap auf dem Kopf. Vince Langleys blonde, lange Surfermähne war streng nach hinten gebunden. Der erfahrene Paul wirkte neben den beiden Sternchen nahezu unscheinbar. Die drei ließen sich ein paar Minuten feiern, dann trat Steve Hatty zu ihnen.

»Da sind sie! Unsere neuen und alten Champions. Paul, erzähl mal, wie ist es, den Jungen zu zeigen, wie man richtig Fahrrad fährt?«

Paul Hinteregger, beinahe ein österreichischer Nationalheld und zweifacher Allen-Clay-Cup Sieger, grinste den Moderator an.

»Ach Steve, den beiden brauche ich nichts mehr

beibringen. Ich bin froh, dass sie mich mit zum Training nehmen und ab und zu auf den alten Mann warten.«

Hatty wartete das Lachen des Publikums ab, bevor er seine nächste Frage stellte. »Viele waren überrascht, dass du ein Jahr verlängert hast. Was sind deine Ziele für diese Saison?«

»Ich war auch überrascht, dass D.D. mir einen weiteren Vertrag angeboten hat. Jetzt geht es vor allem darum, das Vertrauen zu bestätigen. Das große Ziel des Teams ist klar: Wir wollen Vince' Titel verteidigen. Ich persönlich möchte bei der Alpen-Challenge im Herbst nochmal zeigen, was in mir steckt, aber erst einmal ist der ganze Fokus auf den Allen-Clay-Cup gerichtet.«

Steve Hatty schlug mit Paul Hinteregger ein und wandte sich Jannik Stern zu, der auf der anderen Seite stand. »Jannik, deine erste Saison hast du bravourös hinter dich gebracht, der Welpenschutz fällt jetzt weg. Was sind deine Ziele für diese Saison?« Jannik kratzte sich an der Nase, ehe er die Arme hinter dem Rücken verschränkte. Er ließ den Blick nochmal zu seiner Linken und Rechten streifen eher er antwortete.

»Klar, geht es für das ganze Team in erster Linie um den Allen-Clay-Cup. Ich möchte unter die Top-Five kommen, aber so ein bisschen schiele ich auch auf die Mexico City Challenge. Ich liebe dieses Rennen, die engen Gassen in der mexikanischen Hauptstadt, die Massen an Menschen direkt an der Strecke. Das Rennen hat mich letztes Jahr so geflasht und ich möchte unbedingt oben auf dem Treppchen stehen.«

»Wir haben verstanden! In L.A. auf fünf und in Mexiko auf eins. Das ist kein Tiefstapeln, da ist einer heiß auf die Saison!«

Jannik nickte und winkte in die Menge. Der Amerikaner

war ein ganzes Stück kleiner als seine beiden Teamkollegen, ansonsten wirkte er wie der jüngere Bruder von Vince Langley.

Steve Hatty schritt weiter zum Superstar des Teams.

»Vince, ...« Schon die Begrüßung ging im ohrenbetäubenden Geschrei der Fans unter. Hatty musste kurz warten, bis sich die Situation beruhigte. »Vince, du hörst es, die Fans sind froh, dass du heute wieder da bist. Zwei Allen-Clay-Titel in Folge. Kommt dieses Jahr der Dritte dazu?«

»Wir werden sehen, die Konkurrenz ist stark, aber natürlich werde ich alles dafür geben, dass es auch in diesem Jahr reicht.« Langley war vor drei Jahren auf der World Tour aufgetaucht und hatte direkt in seiner Debütsaison gezeigt, dass er zum Star taugte. Nicht nur seine Leistung im Rennen, sondern auch sein ganzes Auftreten zahlten darauf ein. Langley grinste eigentlich immer. Er nutzte jede Gelegenheit, um sich auf der Bühne zu zeigen, und war unglaublich charismatisch. Sein perfektes Äußeres ließen ihn wie einen Superhelden aus einem Comic wirken. Doch gerade dieses Makellose nahmen ihm seine Kritiker übel.

»Aber ich hab gehört, es formt sich Widerstand in Asien, Daiki Itawa hat dort bei den ersten World Tour Events bewiesen, dass er dich dieses Jahr besiegen möchte.«

»Ja, Itawa war schon im letzten Jahr ein starker Gegner. Ich gehe davon aus, dass er auch in diesem Jahr wieder der Messenger ist, den es zu schlagen gilt. Aber ich denke, da gibt es noch eine Hand voll Messenger, die in den Kampf um den Allen-Clay-Cup eingreifen können. Einer steht da neben dir.«

Er nickte zu seinem Team-Kameraden hinüber, der frech zurück grinste.

»Das wird ja eine richtig heiße Nummer, wenn es dieses Jahr direkte Konkurrenz aus dem eigenen Team gibt. Wir hoffen, da kommt es nicht zum Streit.«

»Nein, da brauchst du dir keine Sorgen machen. Die Stimmung bei uns im Team ist spitze!«

Todtnau

Martin lag auf der Hantelbank und stemmte Gewichte, während Timo neben ihm auf dem Laufband ein Intervall Lauf hinlegte. Marcel hielte nicht viel vom Training in der Halle und verbrachte am liebsten jede Minute auf dem Mountainbike im Wald.

Oberhalb der Sprossenwand hing ein Fernseher, auf dem die Vorberichterstattung zum dritten Rennen des Capitol-Triples in Sydney lief. Gerade wurde Daiki Itawa interviewt. Der Kronprinz der Messenger war kurz davor das zweite wichtige World Tour-Event dieser Saison zu gewinnen.

Nachdem er im Februar den Nippon Cup souverän gewonnen hatte, stand er beim Capitol Triple bei zwei Siegen und hatte damit die Chance, sich in den erlauchten Kreis der Capitol Triple Triple Sieger einzureihen. Zuvor hatte es erst vier Messenger gegeben, denen es gelungen war, alle drei Rennen zu gewinnen.

»Ich kann es immer noch nicht fassen, im Sommer treten wir gegen die an!« Timo schnaufte, nutze aber das langsame Intervall, um seinen Gedanken freien Lauf zu lassen. Martin unterbrach sein Training und richtete sich auf.

»Ich glaube nicht, dass er unsere Konkurrenz ist. Während wir um die Qualifikation für die Rennen kämpfen, geht es für ihn um den Sieg.« Martin wischte sich den Schweiß von der Stirn, bevor er mit dem nächsten Satz Übungen begann.

»Glaubst du, er hat eine Chance gegen Langley?«

»Langley, Itawa. Alles dreht sich nur um diese beiden. Irgendwie würde es mich nicht überraschen, wenn jemand anderes ihnen in die Suppe spuckt und den Allen-Clay-Cup gewinnt.«

»Aber er ist schon verdammt stark dieses Jahr. Also, ich meine Itawa.« Timo zeigte auf den Bildschirm. Das Surren des Laufbands wurde wieder schneller und ihr Gespräch wurde durch den Beginn des nächsten Intervalls in Timos Training unterbrochen.

Es dämmerte, als Marcel, von oben bis unten mit Schlamm bedeckt, das Rad in die Halle schob. Timo kam aus der Dusche, während Martin mit Christoph an der Küchenzeile stand und sie gemeinsam für das Team kochten.

»Du hast es dir ja wieder richtig gegeben.« Timo lachte, als er an Marcel hinabschaute.

»Klar, morgen müsst ihr auch wieder mitkommen!«

»Morgen kommen wir mit! Und dann schauen wir, wer in den letzten Wochen besser trainiert hat!«, rief Martin aus der Küche. Er rührte mit einem Löffel die Soße, während er genau beobachtete, wie Marcel sein Rad neben dem Gleiter abstellte.

»Sollen wir wieder um eine Runde Pizza wetten?« Marcel kam auf Martin zu und rempelte ihn leicht an, als er neben ihm nach einer der Wasserflaschen griff. »Morgen geht sie dann aber auf dich!«

Ihr Geplänkel wurde unterbrochen, als Verena die Halle mit ihrem Tablet in der Hand betrat. »Perfekt, ihr seid alle da! Ich wollte mit euch den morgigen Media-Day durchsprechen!« Sie setzte sich an den gedeckten Tisch und war so auf die Informationen auf dem Bildschirm in ihrer Hand fixiert, dass sie fast eines der Gläser umwarf.

»Willst du mitessen? Es gibt Pasta mit Parmesan-Avocado-Soße.«

»Gerne. Dann erzähle ich euch, wie das abläuft.« Timo hatte sich gegenüber von ihr hingesetzt und trommelte mit den Fingern gespannt auf dem Tisch herum.

»Ich hoffe doch so ähnlich, wie bei Detroit Dynamic!«

Alle mussten lachen. Sie hatten sich gestern schon auf YouTube die beeindruckende Teampräsentation aus dem März angeschaut, bei der das US-Spitzenteam keine Kosten und Mühen gescheut hatte.

Martin stellte den großen, dampfenden Topf mit Pasta auf den Tisch und nahm zwischen Christoph und Marcel auf der Bank Platz. Das Team begann sich über das Essen her zu machen, nur Timo ließ seinen Teller unberührt stehen.

»Also, raus damit. Wie läuft das morgen? Ihr habt die Messehalle in Freiburg gebucht, überall Bierfontänen und über der Bühne baumelt der riesige Totenkopf mit dem Bollenhut?«

»Du Quatschkopf.« Verena warf Timo einen ernsten Blick zu. »Unser Media-Day findet im alten Kesselhaus statt. Zuerst gibt es eine Pressekonferenz mit meinem Bruder, euch drei und mir. Anschließend veranstalten wir eine Art Market Place. Jeder von euch wird einen kleinen Stand haben und die Reporter können zu euch kommen und euch befragen. Draußen, auf dem Hof, können sich die Reporter noch den umgebauten Transportgleiter anschauen und Christoph beantwortet ihnen Fragen rund um das Gerät.« Verena schob sich eine Gabel mit dampfenden Nudeln in den Mund, ehe sie wieder auf das Tablet blickte. »Außerdem haben wir für jeden Reporter eine Cap aus der Schwarzwald-Bräu-Bike-Team-Kollektion und ein Sixer Bike-Bier. Lilly wird am Ausgang einen kleinen Stand haben, an dem sich jeder Gast eine Goodiebag mitnehmen kann. Es haben sich 22 Journalisten angemeldet, hauptsächlich Lokalreporter. Dazu einer vom

Deutschland Resort der L'Equipe und eine Vloggerin von Netsport. Außerdem nehmen ein paar Unternehmer aus der Gegend teil. Ich habe die Hoffnung, dass der ein oder andere von ihnen mit ins Sponsoring einsteigt.«

»Was ist mit den Bikes? Wann stellen wir die vor?« Marcel hielt kurz inne, bevor er sich die nächste Portion in den Mund schob.

»Wir haben eure Maße ja schon genommen und Christoph hat auch ein paar passende Bikes bestellt, aber ich habe die Hoffnung einen Partner zu finden, der euch als Equipment Sponsor individuelle Race Bikes baut. Wenn das nicht klappt, müssen wir mit den Standard Race Bikes klarkommen.«

Christoph putze sich mit einer Serviette zufrieden den Mund ab.

»Die sind auch nicht schlecht. Ich habe beim Umbau des Gleiters so viel Geld wie möglich gespart, damit wir genug Kohle in die Bikes stecken können. Sie müssten Anfang nächster Woche kommen, dann könnt ihr sie einfahren.«

Tatsächlich zeigte sich das Wetter schon am kommenden Morgen beim Media-Day von seiner besten Seite. Strahlender Sonnenschein und blauer Himmel sorgten dafür, dass die Temperaturen zum ersten Mal in diesem Jahr über 15 Grad kletterten.

Neben den Brauereiflaggen wehte eine schwarze Flagge mit dem Bollenhut-Schädel an der Hofeinfahrt in einer leichten Brise. Verena stand bei dem glänzenden Transportgleiter auf dem Hof und wartete auf die Journalisten. Timo und Marcel hielten sich bei Christoph am Truck auf und ließen sich nochmal die ganzen Details des Fahrzeugs zeigen, die er in den letzten Tagen eingebaut hatte.

Martin hingegen war mit Johann Marghäuser im Gebäude. Sie beobachteten das Szenario aus dem Fenster.

Er sollte als die große Überraschung den Journalisten präsentiert werden. Noch hatte keiner mitbekommen, dass sie den ehemaligen Teeniestar wieder zurückgeholt hatte.

»Bist du aufgeregt?«, fragte ihn Johann, der in einer traditionellen Schwarzwälder Tracht mit dunkelbrauner Cordweste neben ihm stand und beobachtete, wie die ersten Journalisten aus den Flugtaxen stiegen. Verena schritt sofort auf das Flugtaxi zu.

»Ich? Nein, nervös war ich noch nie. Also, nicht wegen der Aufmerksamkeit. Ich hatte es immer genossen. Du?« Martin schaute zu dem Braumeister, der an einer Cordel seines Kostüms fingerte.

Johann zuckte mit seinen stämmigen Schultern. »Ach weißt du, ich habe mich sehr gefreut, als Verena erzählte, dass wir die Lizenz bekommen haben. Damals war ich aufgeregt. Jetzt bin ich eher ein bisschen besorgt, ob wir uns mit der ganzen Aktion nicht übernommen haben. Aber das werden wir erst merken, wenn ihr in Amerika seid.«

Martin beobachtete seinen momentanen Chef, während er seine Worte abwog. »Du meinst finanziell?«

»Ja, wenn wir nicht ein bis zwei Sponsoren finden, dann wird es schwierig, die gesamte US Citytrack Tour durchzustehen. Außer du gewinnst ein paar Rennen. Dann wird es kein Problem.« Johann klopfte Martin auf die Schulter und ließ ihn allein. Die Pressekonferenz begann gleich.

Das alte Brauhaus war gut gefüllt. Die Journalisten saßen auf den Bierbänken, die Christoph aufgestellt hatte. Über ihnen schwebten ihre Drohnen, die Bilder und

Videoaufnahmen machten.

Dem gegenüber stand eine lange Tischreihe, dahinter war eine Wand aus Bierkisten bis in zwei Meter Höhe aufgetürmt. Martin hielt sich hinter einer großen Schiebetür an der Seite versteckt und beobachtete das Szenario durch ein kleines Fenster in der Tür. Die Drohnen richteten sich auf die Bühne aus, als Verena zusammen mit ihrem Bruder in den Saal kam und sie sich nebeneinander in die Mitte der Tischreihe setzen. Sie lächelten freundlich in die Kamera, bevor sie zu sprechen begann.

»Liebe Journalisten, liebe Kollegen befreundeter Unternehmen, wir freuen uns, euch heute zum ersten Media-Day des Schwarzwald-Bräu-Bike-Teams begrüßen zu dürfen. Schon in den Anfangszeiten des Citytracks begann unser Vater die Sportart zu verfolgen. Er saß spät nachts vor dem Laptop und schaute sich die ersten Rennen aus Übersee an. Anfangs verstanden wir nicht, wie er solch eine Begeisterung für eine amerikanische Nischensportart entwickeln konnte, für eine Sportart, die so sehr von Sub-Kulturen geprägt war und das, obwohl er immer eher ein Traditionalist war.«

Beim Gedanken an ihren verstorbenen Vater musste sie schlucken und Johann legte behutsam seine große Hand auf ihre.

»Entschuldigt.« Eine kurze Pause entstand, dann sprach Verena weiter. »Vater liebte diesen Sport und wir wurden mit der steigenden Popularität der Sportart in das Fieber hineingezogen. Vor etwa fünf Jahren hatte er – bei einem Weihnachtsessen, glaube ich – die Idee vom Schwarzwald-Bräu-Bike-Team. Doch unsere Buchhaltung riet ihm davon ab. Zum Glück.«

Ein Lächeln huschte über ihre Lippen und auch die

Journalisten mussten schmunzeln. »Die Zahlen des Unternehmens erlaubten es nicht. Als wir vergangenes Weihnachtsfest wieder mit der Familie verbrachten, erzählten wir uns die Geschichte, wie Vater vor fünf Jahren von seinem Traum träumte. Da es uns als Brauerei mittlerweile wesentlich besser geht, ließ mich der Gedanke, eine World Tour-Lizenz zu beantragen, nicht los. Vielleicht sollten wir es probieren, für Papa. Mein Bruder Johann gab mir recht.«

Sie lächelte ihren Bruder an und er drückte ihre Hand fester. »Und nun, nicht einmal fünf Monate später, sitzen wir zusammen hier und dürfen euch unser World Tour-Team vorstellen.«

Die Besucher klatschten und Verena hatte eine kurze Verschnaufpause, um nach der emotionalen Ansprache durchzuatmen.

»Zwei Namen hatten wir bereits verkündet, heute lernt ihr aber auch Nummer drei unserer Messenger kennen. Wir fangen in der Reihenfolge an, wie sie zum Team gestoßen sind:

Als Erstes darf ich euch daher einen ihrer eigenen Kollegen vorstellen: Timo Unterfeld.

Diejenigen, die die lokale Radsport-Szene verfolgen, haben sicher schon von ihm gehört. Timo fährt regelmäßig bei Straßenrennen mit und überzeugt dort vor allem durch seinen Durchsetzungswillen und seine Energie. Außerdem ist er als Journalist immer wieder bei World Tour-Rennen in Europa dabei und berichtet davon. Sie kennen vielleicht seinen YouTube-Kanal. Timo brennt für die Sportart und daher freuen wir uns, dass er Teil unserer kleinen Citytrack-Familie geworden ist.«

Sie hob ihren Arm und Timo betrat den Raum, winkte ein

paar bekannten Journalisten zu und nahm rechts neben Verena Platz.

»Unser zweiter Kandidat dürfte wesentlich unbekannter sein. Marcel Framer hat noch nie ein Radrennen außerhalb der Juniorliga bestritten, dennoch kann ich euch versichern, dass das lange nichts heißt. Wenn er nicht in seiner Schreinerei arbeitet, dann sitzt er auf dem Rad. Und der Mann lebt im Schwarzwald. Glaubt mir also, dass wir mit Marcel einen Messenger gefunden haben, der für die ein oder andere Überraschung sorgen wird. Begrüßt mit mir Marcel.«

Wieder klatschten die Gäste, als der zweite Messenger den Raum betrat. Marcel nickte den Reportern zu, ließ die Hände dabei aber in der Hosentasche und hatte den Kopf tief zwischen den Schultern. Er setze sich neben Johann und nahm direkt einen Schluck aus der Wasserflasche, die vor ihm stand.

»Kommen wir zu unserem Mr. X. Jeder, der es in Deutschland mit diesem Sport hält, kennt ihn. Er ist bis heute der erfolgreichste deutsche Messenger. Lange war er untergetaucht, doch nun freue ich mich, dass er zurückgekommen ist, um mit dem Schwarzwald-Bräu-Bike-Team an der US-Citytrack-Tour teilzunehmen. Bekannt unter dem Namen Green Snake: Begrüßt mit mir den ehemaligen Green Drink Messenger und einzigen Deutschen Sieger eines US-Citytrack-Tour-Rennens: Martin Gaum!«

Neben dem Klatschen wurde vor allem das aufgeregte Tuscheln unter den Journalisten immer lauter. Sie steckten die Köpfe zusammen und konnten nicht glauben, wer da den Raum betrat. Martin hatte sich eine der schwarzen Caps mit dem markanten Logo von Lilly geschnappt und setzte sich neben Timo an den langen Tisch.

»Damit fehlt nur noch unser wichtigstes Mitglied:

70

Christoph unser Service-Mann.«

Verena gab ihm ein Zeichen. Christoph, der am Eingang an den Türrahmen gelehnt hatte, winkte freundlich zurück, machte jedoch keine Anstalten, nach vorne zu kommen, daher fuhr sie fort.

»Ich denke, ihr habt einige Fragen an das Team. Dafür ist jetzt die Zeit.« Sie überließ das Feld den Reportern.

Zuerst durfte der französische Journalist von der L'Equipe seine Frage stellen. Die Zeitung, die damals die Tour de France begründete, war noch immer das Leitmedium im Radsport, auch wenn sich deren Berichterstattung mittlerweile hauptsächlich online abspielte.

»Mademoiselle Marghäuser, wie sieht es mit den Zielen für den Allen-Clay-Cup aus? Was möchten Sie mit ihrem Team erreichen?«

Ohne zu zögern, stellte sie ihre schon bereitliegende Antwort vor. »Wir werden vermutlich eher nicht um die Podestplätze mitfahren, doch die Jungs sind topfit und konkurrenzfähig. Wir treten nicht bloß an, um fünfmal am Samstag die Qualifikation zu fahren und dann wieder nach Hause zu gehen. Ich denke, das Team ist gut genug um in den Kampf um die Punkte einzugreifen.«

Eine Reporterin eines deutschen Fußballmagazins räusperte sich. »Martin, uns interessiert alle: Wo waren Sie die letzten Jahre? Was haben Sie gemacht? Was ist damals passiert, dass Sie vor 16 Jahren von der Bildfläche verschwunden sind?«

Verena blickte zu Martin, doch der nickte nur. Er hatte gewusst, dass diese Fragen kommen würden, daher hatte er schon von Anfang an keine wirkliche Lust auf diese Veranstaltung gehabt. Er und Verena hatte sich darauf geeinigt, dass er nur Informationen zur neuen Saison geben musste. Also antwortete sie für ihn.

»Wir wollen heute über das Schwarzwald-Bräu-Team und die anstehenden Aufgaben sprechen, jedoch nicht über Geschichten von vor so vielen Jahren.«

Die Journalistin errötete kurz. Ob aus Scham oder Ärger, konnte man nicht erkennen. »Gut, dann Martin, erzählen Sie uns, sind sie noch fit? Wollen Sie ihren zweiten World Tour-Sieg ins Auge fassen?«, hakte sie nach. Martin nickte. »Im Moment bin ich platt, aber das liegt daran, dass wir die letzten Wochen hart trainiert haben. Ich glaube, ich bin gut in Form, aber wie Verena schon sagte: Wir müssen realistisch sein und schauen, was möglich ist.«

»Timo, ich weiß du bist ein großer Citytrack-Fan, doch jetzt kannst du deinen Idolen ganz nah sein und sogar gegen sie fahren. Wie fühlt sich das an?« Einer von Timos Kollegen von der Lokalzeitung stand auf, Timo hob zum Gruß die Hand.

»Noch weiß ich nicht, wie sich das anfühlt«, antwortete er und lachte. »Aber es ist unglaublich. Im Moment kann ich es mir noch nicht vorstellen. Als Kind habe ich davon geträumt, an der Startlinie bei einem World Tour-Rennen zu stehen, in wenigen Wochen wird dieser Traum wahr. Ich freue mich darauf und zähle schon die Tage.«

»Hey Martin, auf was freust du dich am meisten, wenn du an das Rennwochenende denkst?«

Es war die Journalistin von Netsport. Eine blonde Frau Mitte Dreißig, die Martin nur zu gut kannte. »Hey Nell, freut mich, dass du es zu Netsport geschafft hast! Ich würde gerne am ersten Rennwochenende mit dir einen Kaffee trinken gehen.«

Alle Anwesenden mussten lachen. »Aber Spaß bei Seite, am meisten freue ich mich auf diesen Moment, wenn ich an der Startlinie stehe, kurz bevor die Ampel auf grün springt. Das Adrenalin pumpt in deinen Adern und du willst nur in die Pedale treten. Diese ein, zwei Minuten, dieses Gefühl ist einfach der Wahnsinn!«

»Verena, können wir darauf hoffen, ein festes Citytrack-Team im Schwarzwald zu bekommen, oder handelt es sich um eine einmalige Aktion?« Der Fragenstellende war Rudi Hess, ein anderer Kollege von Timo von der Badischen Zeitung.

»Die Lizenz ist eine Gastlizenz für die US-Citytrack-Tour, es handelt sich also um eine einmalige Möglichkeit. Leider besitzen wir hier nicht die Strukturen, um ein dauerhaftes Citytrack-Team im Schwarzwald zu etablieren.« Die Frage war die Steilvorlage um Werbung für das Abenteuer zu machen.

»Wir freuen uns über jeden, der den Weg mit uns gehen möchte und dieses Team unterstützt.« Sie zeigte auf die Bierkistenwand hinter ihr, um zu verdeutlichen, dass kein anderer Sponsor sich dem Unterfangen angeschlossen hatte, obwohl Verena in den letzten Wochen ihre Kontakte informiert hatte, um mögliche Co-Sponsoren zu finden. Es wurden drei weitere Fragen zur Form des Trios gestellt, ehe Verena sich bei den Medienvertretern bedankte und sie alle auf ein Bier an der Theke einlud. Zwei Mitarbeiter aus dem Vertrieb füllten die ersten Gläser, aus einem Hahn, der direkt an einem großen Biertank angebracht war.

Timo, Verena und Johann nahmen jeweils an einem der Marktstände Platz und die Gäste konnten das Gespräch mit ihnen suchen. Marcel verschwand direkt nach Hause. Er hatte sich für die zweite Hälfte des Tages entschuldigt, da er noch einen Auftrag erledigen wollte, den er schon lange vor seinem Engagement beim Team angefangen hatte.

Martin flüchtete in Richtung des Team-Lagers, als er am Ärmel gepackt wurde. »Stopp, stopp, Freundchen, so einfach kommst du mir nicht davon.«

Es war Nell in ihrem königsblauen Hoodie. Ihre Drohne schwebte über ihr und filmte alles, was ihre Besitzerin tat. Sie breitete ihre Arme aus und wartet, dass Martin sich zu ihr runter beugte, um sie in den Arm zu nehmen. »Freut mich, dich wiederzusehen!«, sagte Martin, als er sie umarmte.

»Da bin ich mir noch nicht ganz sicher. Ich finde es auf jeden Fall super, dass du wieder da bist.« Sie strahlte bis über beide Ohren wie die junge aufstrebende Vloggerin, als die Martin sie kennengelernt hatte. Er musste sich eingestehen, dass sie sich kaum verändert hatte. Nell war für ihn damals eher Mittel zum Zweck gewesen. Sie und ihre YouTube-Doku sorgten dafür, dass er quasi von Beginn seiner Karriere im Rampenlicht stand. Diese Doku, so hatte er gedacht, wäre seine Chance mit den Großen des Sports mitzuhalten. 14 Jahre später musste er sich eingestehen, dass genau dieser Grad an Aufmerksamkeit der Anfang vom Ende gewesen war.

»Du musst mir alles erzählen! Was hast du die letzten Jahre getrieben? Warum bist du wieder zurück? Brauchst du die Kohle, oder willst du der ganzen Welt zeigen, dass es ein Fehler war, dich damals hängen zu lassen?«

»Nell, mach erstmal das Ding aus.«

»Was? Früher warst du schon fast beleidigt, wenn wir uns ohne Kamera über den Weg gelaufen sind. Was ist denn mit dir los?«

Er zog seine Augenbrauen hoch und schaute die kleine Reporterin ernst an. »Nell!«

»Na gut.« Sie zuckte mit den Schultern und gab ihrer Drohne per Handzeichen zu verstehen, dass sie das Filmen beenden soll. Die rote LED ging aus und sie landete auf der Halterung, die an Nells rechter Schulter baumelte.

»Erzähl, was war los? Wo warst du all die Jahre? Ich habe immer mal wieder an dich gedacht und mich gefragt, ob du noch lebst.«

Sie gingen nebeneinander in Richtung des Ausgangs zum Hof.

»Das ist eine lange Geschichte. Ich kann sie dir erzählen, aber nicht heute und ohne, dass du eine Story draus machst.« Er bemerkte die Enttäuschung in ihren Augen, die Nell zu überspielen versuchte. »Es geht mir nicht immer um eine gute Story! Mir geht es dieses Mal wirklich um dich! Wir sind doch Freunde.«

Martın musste grinsen. »Sind wir das? Das finde ich gut! Wie wäre es mit einem Burger in New York. Ein Stammkunde in meiner Strandbar war Taxifahrer in Brooklyn, bis die Flugtaxen übernommen haben. Er hat immer von einem super Burgerladen geschwärmt.«

»Strandbar?« Martin schüttelte den Kopf und Nell schien zu merken, dass sie heute nichts mehr aus ihm herausbekommen würde.   »Burger in New York klingt großartig! Freue mich schon jetzt darauf.« Sie umarmte ihn nochmal zum Abschied. Als sie sich umdrehte, ergänzte Martin: »Ach Nell, und du lässt das Teil zuhause, wenn wir Burger essen gehen.« Er zeigte auf den kleinen Kasten, der an ihrer Seite herunterbaumelte. Sie grinste und winkte ihm zu, ehe sie auf dem Hof in eines der wartenden Flugtaxen stieg.

New York

Timo saß auf dem komfortablen Feldbett, das die letzten vier Monate sein Schlafplatz gewesen war und packte seine Sachen in die Sporttasche. Es war so weit: heute Abend würden sie in den Hyperjet steigen und nach New York fliegen. Die harte Zeit der Vorbereitung war zu Ende.

Christoph war schon vor zwei Tagen aufgebrochen, um mit dem Transportgleiter rechtzeitig am Zielort anzukommen. Da dieser nicht für Interkontinentalreisen gebaut war, dauerte die Überführung länger. Martin hatte ebenfalls schon gestern gepackt, da er vor dem Abflug noch jemanden besuchen wollte.

Sie hatten vereinbart, dass sie sich heute Abend in Basel am Interkontinentalhafen trafen.

Marcel kam von einer Runde Joggen zurück. Da Christoph die Bikes im Transportgleiter mitgenommen hatte, konnte er sein Training nur zu Fuß fortsetzen. Für die Race Bikes hatte Verena tatsächlich einen Partner gefunden, der dabei war die individuellen Räder herzustellen.

Timo hatte Verena bekniet, ihnen zu verraten, wer ihr geheimer Sponsor sei, doch sie machte sich einen teuflischen Spaß daraus, dieses Geheimnis für sich zu behalten.

»Jungs, habt ihr gepackt?« Gerade kam sie in die Halle, die noch einmal viel größer wirkte, wenn der Transportgleiter nicht die Hälfte der Fläche in Beschlag nahm.

Timo schaute auf. »Bin dabei, Marcel ist noch unter der Dusche. Aber so, wie ich ihn kenne, hat der in fünf Minuten gepackt.«

»Und dann die Hälfte vergessen«, ergänzte Verena. Beide mussten lachen.

Interkontinentalhäfen waren das Erbe der klassischen Flughäfen. Nachdem sich der Verkehr zum Großteil in die Luft verlagert hatte, war es nicht mehr notwendig, an einen traditionellen Flughafen zu fahren, um in ein anderes Land zu fliegen. Einzig für Transkontinentalflüge war das Konzept eines Massentransports noch sinnvoll. Die Hyperjets waren mit Überschallgeschwindigkeit in der Lage die Flugzeit erheblich kürzer zu halten als herkömmliche Flugautos.

Während die kleinen, lokalen Flughäfen langsam zu Grunde gingen, veränderten sich die zentralen Flughäfen der Länder zu gigantischen Interkontinentalhäfen, die zum absoluten Knotenpunkt des Transport- und Personen-Verkehrs wurden. Der in Basel war im Verhältnis zu seinen großen Geschwistern in Amsterdam, Frankfurt und Berlin noch überschaubar. Dennoch war Timo immer wieder beeindruckt von der Masse an Menschen, die sich in den Häfen herumtummelten, und von den gigantischen Hyperjets, die in der Lage waren bis zu 1000 Passagiere auf einmal zu transportieren.

»Auf geht's, Jungs, kommt mal in die Gänge! Die warten sicher nicht auf uns, so berühmt seid ihr noch nicht.« Verena trieb die beiden zu einer Transportplattform, die die Passagiere vom Hauptportal an die Gates brachte. Tatsächlich waren sie etwas zu spät in Todtnau gestartet, weil Marcel seine Tasche auf den letzten Drücker gepackt hatte und seinen Helm nicht finden konnte.

Eine halbe Stunde später saßen sie dann aber doch an ihrem Tisch im Hyperjet, zusammen mit Martin, der am Gate auf sie gewartet hatte. Das Innere des Jets hatte eher etwas von einer großen Kantine als von einem Transportfahrzeug.

Überall standen Tische mit fest installierten Bänken, an denen verschiedenen Gruppen von Personen saßen, sich unterhielten, aßen oder auf einer Holografik einen Film schauten. Es gab zwei weiter Klassen, die jeweils in anderen Stockwerken untergebracht waren und entsprechend ein bisschen luxuriöser waren. Das Budget des Teams reichte nur für die einfachste.

Marcel war bei der Ankunft von New York beeindruckt. Staunend betrachtete er schon aus der Luft die Skyline der Weltstadt. Er war niemand, der sich gerne unter große Menschenmassen begab. Einzig für Rock am Ring machte er jedes Jahr eine Ausnahme. Nun stand er mit den anderen in der gigantischen Haupthalle des New Yorker Interkontinentalhafens. Die Fläche war so groß wie sechs Fußballfelder und in der Mitte war die Halle so hoch wie ein zehnstöckiges Hochhaus. Rund herum verteilten sich auf der gesamten Höhe verschiedene Ebenen, an deren Außenseite die Hyperjets anlegen konnten. Überall wuselten Menschen, die versuchten ihre Jets zu erreichen oder die, wie das Quartett, gerade angekommen waren.

Was Marcel am meisten faszinierte, waren die drei gigantischen Hologramme, die frei in der Luft schwebten, so hoch wie vier Stockwerke. Die drei Top-Messenger Vince Langley, Jannik Stern und Daiki Itawa schauten sich in diesen siegessicher an.

Auch sonst schien New York im Allen-Clay-Cup Fieber zu sein. Überall waren die Logos der CtC und der US Citytrack Tour angebracht. Über die Werbewände flimmerten Werbespots der Hauptsponsoren der Tour. In der Hälfte aller Spots sah man Vince Langley, wie er seine neue Smartwatch zum Joggen anzog, mit einem schnittigen Flugauto über weite Wälder hinweg flog oder sich eine saftige Pizza Salami von einer Drohne liefern ließ. Marcel war sich sicher, dass Langley sich nie im Leben so ein fettiges Ding einverleiben würde.

Auch Timo sog die Atmosphäre regelrecht in sich auf und hatte den Mund leicht offen. Einzig Martin schien von dieser Reizüberflutung recht unbeeindruckt und packte stattdessen einen Müsliriegel aus.

»Schaut mal, da hinten, das sind doch wir!« Timo zeigte auf eine etwas kleinere LED-Wand, auf der eindeutig der Totenschädel des Schwarzwald-Bräu-Citytrack-Teams zu sehen war. Er stürzte sofort darauf zu, die anderen folgten ihm.

Tatsächlich war auf dem LED-Bildschirm ihr Logo abgebildet. Darunter reihten sich Marcel, Timo und Martin in einer Reihe mit verschränkten Armen auf, während sie selbstsicher ihr eigenes Gegenüber anblickten.

»Das ist so cool! Kommt, stellt euch neben mich. Wir machen ein Foto.« Er ließ seine kleine Drohne aufsteigen und platzierte sich so vor die Werbewand, dass sowohl er als auch sein virtuelles Ich zu sehen waren. Martin und Marcel gesellten sich etwas widerstrebend zu ihm und grinsten in die Kamera der Drohne.

»Ich kann es immer noch nicht glauben! Wir sind wirklich hier und werden bald gegen diese Jungs Citytrack-Rennen fahren.« Mit glitzernden Augen blickte Timo an die Decke zu den riesigen Konterfeis der Stars.

»Genug geschwärmt Jungs, wir müssen weiter. Unser Gastgeber holt uns persönlich ab und wartet bereits.«

Verena brachte die Drei zurück in die Realität. Ein

befreundeter Unternehmer, der nahe New York seinen US-Hauptsitz hatte, bot ihnen eine Unterkunft an, die sie während der US-Citytrack-Tour als Stützpunkt verwenden konnten.

Der Geschäftsführer der Schneider-Maschinen-GmbH stand mit seinem privaten Flugauto auf einer der Landeplattformen und empfing sie freundlich mit ein paar Brocken Deutsch.

»Hallo lieber Gäste, ich freue mich, euch willkommen zu heißen.« Nach diesen Worten wechselte er ins Englisch. »Ich bin Bob. Wenn ihr irgendwas braucht, meldet euch jederzeit bei mir.«

Bob war Ende fünfzig, ein rundlicher, leicht untersetzter Mann mit grauem Schnauzer und kleinen Augen, die ihn wie den netten Onkel von nebenan wirken ließen.

»Vielen Dank für deine Gastfreundschaft. Ich bin Verena, von der Schwarzwald-Bräu-Brauerei.«

»Euer Bier ist großartig! Als wir vor zwei Jahren bei unserem Strategietag vor Ort waren, hatten wir am Abend eine Brauereiführung bei euch.«

Verena lächelte freudig. Auch, wenn sie wusste, dass der Amerikaner alles erst einmal großartig fand, schmeichelte ihr das Lob. »Das sind Martin, Timo und Marcel, unsere Messenger.«

Bob gab auch ihnen die Hand. »Ihr seid die drei, die unserem Vince den Allen-Clay-Cup streitig machen wollen? Na, da bin ich mal gespannt!«

Martin schmunzelte, beließ die Aussage aber ohne Kommentar. »Bob, vielen Dank, dass sie uns aufnehmen.«

»Ich zeige euch, wo ihr unterkommt. Wir haben am Firmengelände ein Gästehaus, in dem normalerweise Mitarbeiter wohnen, die für eine Zeit aus Deutschland kommen. Für die nächsten zwei Wochen habt ihr die Unterkunft für euch.«

Zwei Tage nach ihrer Ankunft kamen Timo und Marcel vom Joggen zurück als Martin und Christoph vor einer großen Holzkiste vor dem Gästehaus der Schneider-Maschinen-GmbH standen. Eine große Transportdrohne flog davon, während Martin das Paket neugierig umkreiste.

»Sind das unsere Bikes?«, fragte Marcel leicht außer Atem.

Christoph, der mit dem Transportgleiter einen Tag nach ihnen im Norden von New York angekommen war, nickte. »So sieht es aus. Der Hersteller ist gestern Abend mit den Spezialanfertigungen fertig geworden und hat sie per Overnight Express hergeschickt.«

»Wer hat die Räder jetzt eigentlich bezahlt? Weißt du das?«, hakte Timo nach.

»Häberle Kettensägen aus Stuttgart.« Verena kam aus dem Haus und gesellte sich zu den dreien. »Ich bin gespannt wie euch das Design gefällt.«

»Häberle? Da hast du ja einen richtig großen Fisch an Land gezogen«, stellte Marcel anerkennend fest. Er selbst hatte zuhause eine Säge des Weltmarktführers aus der Landeshauptstadt.

»Na ja, ich kenne Julia Häberle schon lange. Immer, wenn es um weibliche Führungskräfte in traditionellen Familienbetrieben geht, werden wir eingeladen. Wir haben so einige Abende auf irgendeiner Konferenz miteinander verbracht.« Sie ging um das Paket und die Gruppe herum.

»Leider konnte ich sie nicht motivieren, in den Citytrack einzusteigen, da Häberle schon aktiv im Sponsoring von Timber Sports Event ist.

Dennoch hat sie sich bereit erklärt, die Anfertigung der Bikes zu unterstützen. Lilly hat sich zusammen mit der Häberle Marketing-Abteilung ein sehr cooles Design überlegt.«

»Komm, Christoph, mach das Ding jetzt auf! Ihr macht es so spannend«, forderte Timo den großen Servicemann auf.

Christoph ging kurz in den Gleiter und kam wenig später mit einem Brecheisen zurück. Damit löst er die Holzummantelung an einer Seite der Kiste. Zum Vorschein kamen drei in Papier gehüllte Bikes.

Vorsichtig hob er eines von ihnen heraus und Timo machte sich daran die Hülle zu entfernen. Darunter kam ein dunkelbraunes, 28 Zoll Cyclocross mit orangenen Lenkerbändern und einem gleichfarbigen Sattel zum Vorschein. Auf das Hauptrohr war im selben Orange »Häberle« geschrieben. Bei genauerer Betrachtung erkannte Timo, dass die Haupt-Lackierung nicht nur dunkelbraun war, sondern es sich um ein Rinden-Design handelte. Das ganze Bike sah aus, als wäre es aus einem alten Baum aus den Tiefen des Schwarzwaldes gewachsen.

»Wow! Das sieht stark aus!« Timo war sehr zufrieden. Nach und nach fielen ihm immer mehr Details auf. Auf dem Oberrohr war das Teamlogo aufgedruckt, als hätte man es mit einem Messer eingeritzt. Etwas weiter unten stand im selben Style »I love black forest«.

»Ok, diese Details sind wirklich der Hammer!« Christoph beseitigte die Folie über den Lenkergriffen und stellte es so neben sich, dass er gut die Höhe des Oberrohres abschätzen konnte.

»Von der Größe her müsste das Martins Bike sein.«

Der schnappte sich das Teil sofort, während Marcel und

Timo das zweite Bike aus der Kiste holen. Es handelte sich dabei offensichtlich um Marcels Rad, da er sich ein 29 Zoll Hardtail Mountainbike gewünscht hatte.

Als Mountainbiker kam er mit der Rennradergonomie des Cyclocross nicht zurecht. Das Design war genauso auf sein Rad übersetzt: Rindenlook auf dem kompletten Rahmen, orangene Griffe und gleichfarbiger Sattel.

Zuletzt packten sie Timos Rad aus, eine kleinere Version von Martins Bike.

»Wir sollten sie gleich ausprobieren!«, schlug Marcel vor. Verena zog ihre Stirn in Falten.

»Aber bitte, bitte keine Rennen! Seid vorsichtig! Es wäre toll, wenn wir wenigstens beim Ersten noch einigermaßen unverkratzte Bikes hätten.« Die vier Jungs schauten sie nach dieser Aussage etwas mitleidig an.

Christoph sprang für die Messenger in die Bresche. »Ich glaube, von diesem Wunschgedanken müssen wir uns gleich verabschieden. Es sind acht Tage bis zum ersten Qualifying und die Jungs müssen sich auf die Bikes einspielen. Aber ich verspreche dir, ich werde sie, so gut es geht, wieder herrichten.« Christoph holte eine letzte kleine Kiste aus der großen und öffnete diese. Darin waren mehrere Farbdosen, die von Hand beschriftet waren. »Ich habe ihnen gesagt wir bräuchten eventuell noch etwas Farbe.«

Verena drückte ihren Servicetechniker. »Du bist der Beste!«

Acht Tage um sich mit einem Fahrrad vertraut zu machen war keine lange Zeit. Die drei verbrachten jede mögliche Minute auf den Bikes und rasten damit durch die Suburbs im Norden New Yorks.

Am Donnerstag vor dem Rennwochenende saß Christoph mit Pinseln und dem Farbkasten auf der Veranda des Gästehauses und besserte mit feinen Pinselstrichen die Kratzer und Macken aus.

Während Martins und Timos Cyclocross noch gut aussahen, hatte Marcel sein Hardtail ordentlich rangenommen und einige üble Schrammen in den Carbonrahmen gefräst.

»Habt ihr schon gepackt?«, fragte Verena die Messenger, die auf den Stufen der Veranda saßen und nach einer leichten Laufeinheit zur Regeneration ein kühles Getränk zu sich nahmen.

»Klar, schon heute Morgen«, erwiderte Timo, während er grinsend zu Marcel blickte.

»Ähm, ja, bin fast fertig.«

Auch Verena kannte Marcel mittlerweile gut genug, um zu wissen, dass seine Antwort eher geschwindelt war. »Wir reisen heute Abend pünktlich um 18:00 Uhr ab. Ich habe uns im Fahrerlager für 18:30 Uhr angemeldet und möchte keinen schlechten Eindruck bei den Organisatoren hinterlassen, wenn wir am ersten Tag zu spät kommen.« »Geht klar, vielleicht geh ich dann doch jetzt gleich schon duschen.« Marcel zog seine Coke leer und stand auf, um ins Haus zu gehen.

Martin war schon einen Tag früher nach New York geflogen und hatte sich für eine Nacht ein Hotel gebucht, da er am Abend mit Nell zum Burger essen verabredet war. Sie trafen sich vor Jimmy's Burger in der Quincy Street.

Der kleine Laden mit der blinkenden Leuchtreklame hatte einen ebenerdigen Eingang und war komplett auf der Erdgeschoss-Ebene, was nicht für die Qualität des Restaurants sprach. Die Groundebene von Brooklyn war wahrlich keine

Gegend, in der man sich gerne lange draußen aufhielte, weshalb Martin etwas früher da war. Nell sollte nicht auf der Straße warten.

Sie hatte einen ähnlichen Gedanken, denn sie wurde um Punkt 19:00 Uhr von einem Flugtaxi abgesetzt.

Sie trug ein einfaches gelbes Sommerkleid und darüber einen leichten olivgrünen Parka. Wie versprochen hatte sie die Drohne ausnahmsweise zuhause gelassen oder zumindest in ihrem Rucksack verstaut.

»Ich hoffe, du wartest noch nicht so lange hier draußen?«

»Alles gut. Außer einem stark alkoholisierten Typen, der mir erklärte, dass die US-Präsidentin seine große Schwester sei, war es echt ruhig.«

Sie drückte ihn zur Begrüßung. »Das ist also der Laden, den dir dein Freund empfohlen hatte?«

Mittlerweile war sich Martin nicht mehr sicher, wie er dem alten Louis hatte glauben können, als der ihm nach drei Cuba Libre versicherte, dass die besten Burger der Welt in einem Ground-Floor-Burgerladen in Brooklyn gab.

»Schauen wir rein!«

Drinnen sah es aus, als hätte sich die letzten 60 Jahre nichts mehr an der Innenausstattung geändert. Es gab schwarzweiße Fußbodenkacheln und eine lange Theke, die sich bis nach hinten in den Laden zog, sowie Vierer-Sitzgruppen an der gegenüberliegenden Wandseite, ganz wie die alten Diner vergangener Jahrzehnte. Auf einem der Barhocker am vorderen Ende saß ein Typ mit Schieberkappe, der in sein Tablet starrte.

Hinter der Theke kam eine Frau mit grauem, krausem Haar und einer weißen Schürze hervor und begrüßte sie herzlich.

»Hallo meine Süßen, schön dass ihr hier seid! Sucht euch einfach einen Platz aus. Ich komme gleich zu euch.«

Nell entschied sich für den Tisch in der Mitte des Schlauches und setzte sich gegenüber von Martin.

Nachdem sie aus der Karte etwas zu trinken und einen Burger gewählt hatten, schauten sich die beiden an und begannen herzlich zu lachen.

»Ich weiß nicht, wann ich das letzte Mal eine Bestellung bei einer Bedienung abgegeben habe. Da hast du wirklich einen speziellen Laden von deinem Kumpel empfohlen bekommen! Du kennst ihn aus Havanna, hattest du gesagt? Ich will die ganze Geschichte hören! Von Anfang an.«

Martin machte große Augen. »Was heißt von Anfang an?«

Sie stütze ihre Ellenbogen auf dem Tisch ab, legte ihr Gesicht in ihre Hände und beugte sich nach vorne.

»Ich habe noch gefeiert, als du nach deinem ersten US-Citytrack-Tour-Rennen ganz oben auf dem Podest standest. Zwei Tage später bekam ich nur die dünne Pressemitteilung, dass du nicht mehr Teil des Green Drink Teams bist. Danach warst du wie vom Erdboden verschwunden. Ich habe noch ein paar Mal versucht, dich zu kontaktieren, doch du hast nicht reagiert und dein Team hat keinen Kommentar zu deinem Verschwinden abgeben wollen.« Wirklich oft hatte er darüber nicht gesprochen. Die Leute auf Kuba interessierten sich nicht für seine Vergangenheit, für sie war er nur der Europäer mit der Strandbar. Aber in der Welt, in die er wieder zurückkam, war die Vergangenheit noch präsent. Nell war eine der wenigen positiven Erinnerungen, die er an die Zeit hatte. Deshalb verkrampfte sich nicht sein ganzer Magen, wenn er mit ihr sprach.

»So weit vorne also. Puh, na gut. Du musst mir aber

versprechen, dass du keine große Homestory machst. Ich will nicht, dass die Leute mich wegen der alten Geschichten belagern.«

Sie nahm einen Zug aus ihrer Coke und lehnte sich zurück in die weichen roten Lederbezüge.

»Verstanden, ich mache keine Story.«

»Du weißt, was für ein Idiot ich war. Ich hielt mich schon im Jugendbereich für den Größten. Ich wollte gefeiert werden, alles andere zählte nicht. Als ich bei der US Citytrack Tour meine erste Chance in der World Tour bekam, war ich natürlich mächtig stolz. Dass ich das erste Rennen gewann, war im Prinzip mein Untergang. Ich hielt mich für unbesiegbar. Die ganze Woche machte ich Party mit meinen vermeintlichen Freunden, die sich alle nur in meinem Erfolg sonnen wollten.« Er blickte hinaus auf die dunkle Straße, die wie ausgestorben war. Dann schaute er wieder zu Nell, nur um seinen Blick im nächsten Moment beschämt auf den Tisch zu richten. »Ich verpasste Trainingseinheiten und schlussendlich auch den Abflug nach Washington vor dem zweiten Rennen. Ich war mir sicher, sie würden auf ihren Star warten und nicht ohne mich fliegen, doch als ich im Hotel ankam, saß dort nur noch Hugo, unser Zeugwart, die einzige Person, die ich im Team wirklich respektierte.

Er war wie ein Großvater für mich. Er saß da und bat mich, sich zu ihm zu setzen. Dann fing er an, mit mir zu sprechen. Ich hatte zwei Möglichkeiten. Entweder würde ich hier und jetzt vom Team fallengelassen und ich könne schauen, wie es mit mir weitergeht oder ich greife nach dem letzten Strohhalm: Sie hatten mir einen Studienplatz an der Universität für Forstwirtschaft in der Region Nunavut in Kanada besorgt.« Kurz kam er ins Stocken. Warum war die erste Person, der er die ganze Geschichte erzählte, ausgerechnet eine Journalistin? Nein, es lag an Nell. Bei ihr fühlte er sich aufgehoben, wie sie da saß und ihn mit ihren großen blauen Augen gespannt anstarrte. »Sie wollten für meine Unterkunft dort aufkommen, wenn ich versprach, das Studium durchzuziehen, ohne irgendwie negativ aufzufallen.

Er hatte einen Werbeflyer der Universität dabei. Ich war so wütend auf ihn, auf das Team, auf einfach alle. Es war mir unerklärlich, wie man seinen Star sitzen lassen konnte. Ich stand auf, ließ Hugo zurück und ging. Gefühlt waren es vier, fünf Stunden, die ich planlos durch Manhattan lief und meine Gedanken sortierte. Irgendwann verstand ich, was da gerade passiert war und wie ich mich verhalten hatte.

Ich ging zurück ins Hotel und Hugo saß noch immer da, den Flyer vor sich auf dem Tisch liegen. Ich nahm den Zettel und er nickte mir nur zu.« Martin ließ beide Hände mit der Innenseite auf die Tischplatte fallen. »Ich verbrachte vier Jahre lang ein Leben im kanadischen Niemandsland in einer Gegend, in der die Welt seit Beginn der Zweitausender stillzustehen schien.

Ich ließ mich auf die Abgeschiedenheit ein und mein altes Leben komplett hinter mir. Es war einfacher, als ich dachte, denn meine Freunde ...« Martin setzte das Wort mit den Fingern in Anführungszeichen. »... wollten auf einmal nichts mehr von mir wissen. Ich lernte einiges über moderne Forstwirtschaft, kann mittlerweile ganz passabel angeln und so ziemlich jeden amerikanischen Baum an seinen Blättern identifizieren, aber ich lernte vor allem mich selbst kennen.

Nach dem Studium hatte ich dann genug von der Kälte im Norden und ging nach Cuba. Ich hatte mit dem Citytrack abgeschlossen. Da ich in Kanada kaum etwas von meinen

Prämien benötigte, konnte ich mir in Havanna ein entspanntes Leben gönnen. Ich eröffnete eine Strandbar, lebte in den Tag hinein, drehte täglich meine Runden auf dem Fahrrad über die Insel und machte mir keine Gedanken darüber, was sonst so auf der Welt geschah.«

Nell klebte an Martins Lippen. Zwischendurch biss sie immer mal wieder von ihrem Burger ab, der inzwischen von der Kellnerin gebracht worden war. Martins war bereits kalt geworden.

»Und du hast Citytrack all die Jahre nicht vermisst?«, fragte Nell.

»Nein, ich habe es nicht eine Sekunde vermisst. Ich musste mir eingestehen, dass ich diesen Sport nie geliebt hatte. Ich habe damit angefangen, weil ich gut darin war und weil er mir das brachte, worauf ich so viel Wert legte: Die Anerkennung anderer Menschen.

Ich machte Citytrack, weil er mich ins Rampenlicht brachte. Das war die wichtige Lektion, die ich schon nach wenigen Wochen in Kanada verstand.«

»Warum kommst du dann jetzt zurück?«

Martin zuckte mit den Schultern, während er einen großen Bissen von seinem Burger nahm. »Ich glaube, weil ich es mir selbst beweisen möchte. Ich habe neun Jahre lang ohne jeden Antrieb auf Kuba so vor mich hingelebt. Irgendwann habe auch ich gemerkt, dass da noch etwas in mir steckt, etwas Unvollendetes. Als Verena mich besuchte, machte sie mir das klar. Sie kitzelte einen versteckten Ehrgeiz, den ich nicht gedacht hatte, noch in mir zu haben. Vielleicht genoss ich auch nur ihre Aufmerksamkeit.

Ich weiß, dass ich keine Chance habe. Selbst die anderen beiden Jungs sind um Längen besser als ich. Dennoch möchte ich ein versöhnliches Ende mit dieser Sportart.«

Nell starrte ihn noch immer an. »Diese Geschichte ist einfach Wahnsinn. Das würde eine so tolle Story geben.« Martin zog die Augen zusammen und sein Ton wurde bestimmter.

»Nein Nell, vergiss es. Ich hab dir das als Freundin erzählt. Du warst einer der Menschen, die sich nach mir erkundigten. Es tut mir leid, dass ich nie auf deine Nachrichten geantwortet habe.«

Sie hob die Arme und legte ihre Hände dann auf die seinen. »Ist ok, ich hab es verstanden. Ich bin froh, dass du wieder da bist.«

Sie lächelte ihn an.

»Was ist mit dir? Was hast du die ganze Zeit getrieben?«, unterbrach Martin die knisternde Stille. Sie saßen noch bis die Restaurantbesitzerin sie rausschmiss an dem Tisch in dem kleinen Burger-Laden auf dem Ground-Level von Brooklyn und Nell erzählte, was sie in den letzten Jahren erlebt hatte. Sie lachten viel und die Stunden vergingen wie im Flug.

Christoph bekam den Standort ihres Platzes im Fahrerlager direkt auf das Navi gespielt. Dennoch begleitete sie eine Scout-Drohne, als sie in die Nähe der Fifth Avenue kamen.

Sein Ziel lag in der Verlängerung der Zielgerade auf der einstigen Prachtstraße New Yorks. Mittlerweile wurden die Straßen nur noch von Obdachlosen und Herumtreiber betreten.

In den USA herrschte eine klare Zweiklassengesellschaft. Unten auf waren diejenigen, die die Sonne kaum noch zu sehen bekamen. Menschen, die sich mit einfachen Jobs durch den Tag retteten und froh waren, wenn die Familie nicht hungrig zu Bett gehen musste. Die, die sich keine Gedanken darüber machen mussten, lebten hingegen ausschließlich in den oberen Stockwerken der Wolkenkratzer.

Dank der Flugtaxen und der Flysegs war es problemlos möglich, sich frei zu bewegen, ohne etwas vom Leben der unteren Schichten mitzubekommen. Durch die zunehmende Verwahrlosung der Ground-Ebene war es auch für die CtC jedes Jahr schwieriger, die Straßen vor dem großen Rennen freizubekommen, um dort den streng bewachten Citytrack Kurs aufzubauen.

Herzstück war die Zielgeraden mit den gigantischen Holo-Leinwänden, den Zuschauertribünen und der großen Showbühne, die über der Ziellinie schwebte.

Dahinter erstreckte sich über einen Kilometer das Fahrerlager mit den Motohomes der einzelnen Teams und großen Sponsoren.

Aktuell sah man vor allem Konstruktionsbots und vereinzelte Mitarbeiter herum wuseln. Sie stellten die Konstruktionen für das Rennwochenende auf.

Das Schwarzwald-Bräu-Bike-Team war offensichtlich eines derer, die die Chance nutzten und ihren Platz gleich am ersten offenen Tag des Fahrerlagers bezogen. Da sie eines der beiden ungesetzten Teams waren, wies die Scout-Drohne ihnen eine Position am Ende des langgezogenen Lagers zu. Hinter ihnen war nur noch ein weiterer Stellplatz und dann kam schon das kleine Fusionskraftwerk, welches den gesamten Track mit Strom versorgte und leicht vor sich hin surrte.

Christoph stellte den Transportgleiter so ab, dass die Nase Richtung Ziellinie zeigte.

Kaum waren sie gelandet, begann er vor dem Gleiter ein Zelt aufzuspannen, unter dem sie sich bei dem schönen Wetter aufhalten konnten.

Auch die drei Messenger hielten sich nicht lange im Transporter auf, sondern sprangen gleich auf die Bikes, um ein erstes Mal die Strecke in umgekehrter Richtung abzurollen.

Jetzt wo noch nicht alles aufgebaut war und die Straßen schmutzig waren, konnte man die faszinierende Aussicht aus der Häuserschlucht auf die gigantischen Wolkenkratzer genießen.

Das Verkehrsaufkommen in New York überstieg bei weitem alles, was Marcel bisher miterlebt hatte. In vier oder fünf Ebenen flogen Flugtaxen, Drohnen, Flugautos, Transportgleiter und fliegende Geräte, die er noch nie zuvor gesehen hatte, im perfekten Chaos kreuz und quer. Weder berührten sie sich, noch musste irgendwer oder irgendwas abstoppen, um etwas anderes durchzulassen.

Er hatte schon viel über die Verkehrsleitsysteme gelesen, die in den großen Städten die Fahrzeuge steuerten und dafür sorgten, dass jedes Gefährt schnellstens an seinen Zielort kam. In Deutschland hatten nur Frankfurt und Hamburg ein solches Leitsystem und es war lange nicht so beeindruckend, wie das, was er hier sehen durfte.

Die drei hatten die Hälse in die Luft gestreckt und schauten immer nur kurz vor sich auf die Straße, um sicher zu gehen nicht gegen die Streckenbegrenzung zu donnern.

»Hey Jungs, wenn ihr so viel nach oben starrt, bekommt ihr einen steifen Hals. Das ist nicht gut fürs Rennen.«

Wie auf Kommando blickten die drei auf die junge Frau,

die neben ihnen aufgetaucht war. Sie fuhr ebenfalls ein Cyclocross, nur dass ihres komplett hellblau war, wie auch der Trainingsanzug, den sie offen über einem weißen Top trug.

Das Beeindruckendste an der freundlich-lächelnden jungen Frau war jedoch der Wash'n'Go Afro. »Ihr seid die Neuen, die Deutschen, oder? Ich bin…«

»Samy Embala«, ergänzte Timo und sie nickte.

»Freut mich, euch kennenzulernen. Ihr seid früh dran. Die meisten Teams beginnen erst morgen mit dem Aufbau.«

»Wir müssen jede Minute nutzen, um uns an die Umgebung zu gewöhnen«, stellte Timo unschuldig fest, worauf Samy zu lachen begann. »Entschuldigt, das ist irgendwie süß. Ich finde es super, dass ihr dabei seid! Wenn ihr Hilfe braucht, meldet euch!«

Sie winkte den dreien zu, trat stärker in die Pedale und setzte sich schnell von ihnen ab.

»Samy Embala?«, fragte Marcel an Timo gerichtet.

»Ja! Sie ist eine, der eine große Zukunft vorausgesagt wird. Ihr gelang letztes Jahr das Kunststück, gleich in ihrer Premierensaison ein Rennen beim Nordic Race zu gewinnen.«

»Also ich find sie sympathisch«, konstatierte Martin.

Auf dem Rückweg erklärte er seinen beiden unerfahrenen Kollegen, auf was sie bei der Streckenbesichtigung zu achten hatten. Besonders wies er auf die tückischen, gelben Zebrastreifen hin, da sie um ein Vielfaches rutschiger waren als ihre europäischen Verwandten.

»Schaut einfach, dass ihr nicht lenken müsst, wenn ihr über diese Dinger fahrt. Bei Regen meidet sie.« Timo klebte Martin förmlich an den Lippen und versuchte alles, was er sagte, abzuspeichern.

Als sie zurück ins Fahrerlager kamen, war Hektik direkt am Zugang vom Zielbereich ausgebrochen. Eine ganze Armada an Konstruktionsbots verlegten Bodenplatten. Sie wurden angeleitet von einer Frau in einem schwarzen Dress mit silbernen Elementen.

Die Grundfläche des Aufbaus war so groß wie ein großzügiges Einfamilienhaus. Ein paar Meter dahinter waren weitere Konstruktionsbots dabei, ein ebenso großes Gebäude aufzubauen.

Die zweite Truppe war schon ein gutes Stück vorangekommen und setzten Wandelemente aus Glas auf die Grundfläche. Timo stand mit offenem Mund neben seinem Rad und hielte es mit beiden Händen am Lenker.

»Wow, so läuft das also! Ich habe mich immer gefragt, wie sie diese Gebäude einmal die Woche so flott aufbauen.«

»Was ist das?«, fragte Marcel in die Runde.

»Das sind die Motohomes von Detroit Dynamics.« Timo zeigte auf die Baustelle, an der die ersten verglasten Wandelemente standen. »Und Denwa Technologies.« Nun deutete er auf die zweite Baustelle mit der Instruktorin, die in hektischem Japanisch zwei Bots anwies, eine der Bodenplatten wieder zu verschieben.

Die dritte, große Fläche war noch leer. Marcel schaute sich um und suchte nach weiteren Aufbauten.

»Wo bleibt dein Ex-Team? Die haben doch auch so ein gigantisches Motohome.«

Martin schaute sich um und zeigte dann in den Himmel.

»Da drüben.« Auch Timo entdeckte die drei, herannahenden, schneeweißen Transportgleiter der neuesten Serie.

Am Boden stand ein Instruktor im weiß-giftgrünen Dress

des Teams, sowie zwei Konstruktionsbots, die neben ihm warteten.

Angestrengt blickte der Mann mit dem Tablet in der Hand in den Himmel und sprach dabei gestikulierend vor sich her. Während einer der drei gigantischen Gleiter zur Landung ansetzte, warteten die anderen über dem Fahrerlager. Die beiden Konstruktionsbots halfen durch leichte Korrekturen, damit Millimeter genau gelandet werden konnte.

Als alle drei Gleiter an ihrem geplanten Standort positioniert waren, begann die Magie. Wie bei ›Transformers‹ begannen sich die Seitenelemente der Transportgleiter zu bewegen. Sie wurden breiter und wuchsen in die Höhe. Es kamen Fensterfronten zum Vorschein und die Einzelelemente verschmolzen zu einem Ganzen.

Nach knapp zwanzig Minuten war der Spuk vorbei und das fertige Motohome des Green Drink Teams erstrahlte in glänzendem weiß mit den bekannten giftgrünen Elementen.

Über der dunklen Fensterfront auf der Vorderseite prangte der Green Drink-Schriftzug.

»Da müssen wir wohl noch ein bisschen arbeiten, bis unsere Transportgleiter das auch kann«, stellte Marcel nüchtern fest. »Die Frage ist: Warum mühen sich die anderen Teams so ab?« Er blickte auf die beiden Baustellen, wo die letzten Wandelemente des ersten Stockwerks eingesetzt wurden.

»Man muss zugeben, der Komfort im Detroit Dynamics Motohome ist nachher schon nochmal ein anderes Level, wie in diesem IKEA-Baukasten.«

Als sie sich umdrehten, stand auf einmal ein Mann Mitte dreißig im dunkelroten Detroit-Dynamic-Trainingsanzug hinter ihnen. Es war Paul Hinteregger, der eine Cap bis tief ins

Gesicht gezogen hatte.

»Wenn das Teil fertig ist, lade ich euch gerne mal auf ein BBQ auf unserer legendären Dachterrasse ein. Ihr müsst aber das Bier mitbringen.«

»Daran scheitert es sicher nicht. Schön dich zu sehen!« Martin begrüßte den Weltklasse-Messenger mit einer freundlichen Umarmung.

»Das ist also das mysteriöse Team aus dem tiefen dunklen Schwarzwald. Freut mich, euch kennenzulernen, Jungs.« Er gab allen die Hand. Marcel war sich nicht sicher, was er von dem Österreicher halten sollte. Eigentlich wirkte er sympathisch, war aber auch ihr Konkurrent. Hinteregger schien zu bemerken, wie er ihn musterte, und zwinkerte Marcel zu. »Ich erinnere mich daran, als ich das erste Rennwochenende bei der CtC verbrachte. Das war beim Capitol Triple in Canberra. Ich glaube, ich bin den ganzen Tag mit offenem Mund durch das Fahrerlager gelaufen und kam aus dem Staunen nicht mehr heraus. Der kleine Junge aus der Steiermark zwischen all den Top-Messengern. Genießt diese Tage, saugt sie in euch auf und schöpft daraus die Kraft für die Rennen.« Hinteregger wirkte mit den leichten Grübchen um die Augen und dem beim Sprechen wippenden Kopf wie ein Mann, der in sich ruhte.

Gerade wurde die Bodenplatte für das zweite Stockwerk auf das Denwa Technologies Motohome gesetzt. Die Platte wurde von zwei Dutzend Konstruktionsbots auf die Wände abgelegt und anschließend mit Schnellspannern verbunden.

»Na ja Jungs, ich muss dann auch mal wieder zurück ins Hotel. Wollte nur mal schauen, wie die Lage hier ist. Wir sehen uns. Und wie gesagt, spätestens in L.A. treffen wir uns da oben zum BBQ.« Er zeigte auf das Detroit Dynamic

Motohome, wo die zweite Ebene eingesetzt wurde.

Am Donnerstag vor den ersten offiziellen Trainingsläufen sah das Fahrerlager schon anders aus. Alle Teams hatten ihre Motohomes und Servicestationen aufgebaut und es herrschte ein buntes Treiben. Während die Top-Teams die gigantischen Motohomes hatten, wurden die Servicestationen nach hinten immer kleiner.

Die Teams aus dem Mittelfeld besaßen zwei oder drei Transportgleiter in den Teamfarben, die entweder in einer U-Form oder parallel zueinander mit etwas Abstand aufgebaut waren.

Smitzek Meble war, neben der Schwarzwald-Bräu-Crew, das einzige Team, welches nur einen Transportgleiter besaß. Selbst das zweite Wildcard-Team, East Oil Cycling, hatte drei nagelneue, in tiefem blaumetallic strahlende Transporter.

Neben den Teammitgliedern und Journalisten waren es vor allem Sponsoren und deren Gäste, die die engen Straßen hoch und runter schlenderten, um zu sehen, was die einzelnen Teams so trieben.

Verena hatte Besuch von einem fränkischen Wurstfabrikanten, der mit dem Gedanken spielte, die Schwarzwald-Bräu zu unterstützen. Er war mit seiner dreizehnjährigen Tochter gekommen, die versessen darauf war, endlich Vince Langley kennenzulernen. Während ihr Vater und Verena an einem Campingtisch vor dem Transportgleiter saßen und Verena dem massigen Mann mit Glatze die Vorteile eines Sponsorings beim Schwarzwald-Bräu-Team schmackhaft machen versuchte, gängelte das Mädchen ihren Vater. Er sollte doch endlich mitkommen zum

Motohome von Detroit Dynamics.

»Vielleicht kann einer ihrer Messenger mit Viola zum Detroit Dynamics Motohome gehen? Dann könnten wir in Ruhe weiter über eine mögliche Zusammenarbeit sprechen.«

Marcel erhaschte diesen Satz in dem Moment, als er aus dem Transportgleiter treten wollte, und drehte auf dem Absatz wieder um. Timo lag auf seinem Stockbett und schaute auf dem Tablet Aufnahmen vom New York-Rennen aus den letzten Jahren an.

»Hey Timo, ich glaube, Verena will was von dir.« Marcel blickte ihn ernst an. Sie hatten heute Morgen eine kurze und intensive Trainingseinheit hinter sich und warteten darauf, dass sie auf die Strecke durften, um ihre ersten gemessenen Zeiten zu fahren.

Mühsam zog sich Timo aus dem Bett, sprang auf den Boden, schlupfte in seine Latschen und trat aus dem Transportgleiter.

»Ach Timo, gut dass du da bist. Könntest du mal mit Viola losgehen und ihr ihr das Detorit Dynamics Motohome zeigen?«

Eigentlich hatte er keine sonderlich große Lust, den Tourguide für einen pubertierenden Teenie zu spielen, doch er wusste, wie wichtig es war, dass sie weitere Sponsoren für das Team auftrieben. Wenn es den Verhandlungen etwas brachte, dann tat er, was gemacht werden musste. »Klar! Viola, einen Augenblick ich zieh mir nur kurz Schuhe an.«

Auf dem Weg durch das Fahrerlager nach vorne, war das Mädchen nur damit beschäftigt, Videos zu drehen und ihren Freundinnen zu schicken.

»Kennst du Vince? Können wir mit ihm sprechen? Oh man, er ist so süß!«

»Ich weiß ehrlich gesagt nicht, ob er schon da ist. Wenn ich es richtig verstanden habe, dann fährt das Detroit Dynamics Team morgen seine Trainingseinheiten. Ich vermute daher, dass er noch im Hotel ist.«

Viola blickte sichtlich enttäuscht drein. »Ich dachte, die Messenger übernachten alle im Fahrerlager.«

»Nein, nein, das sind nur die kleineren Teams, die es sich nicht leisten können, zusätzlich ein Hotel zu buchen. Ich glaube, außer uns, sind das nur die Messenger von Smitzek Meble die noch im Fahrerlager schlafen. Alle anderen sind irgendwo anders untergebracht.«

Die anfängliche Euphorie des Mädchens war verflogen und sie trottete neben Timo her.

Das dreistöckige Motohome von Detroit Dynamics glänzte in dunklem Rotmetallic, die tiefschwarz verspiegelten Fenster setzten stylische Akzente. Vor dem Eingang des Motohomes stand ein Bot, der kontrollierte, wer den Bau betreten durfte und wer nicht. Davor lungerten ein paar Journalisten, die hofften, Vince Langley würde sich heute schon zeigen.

Viola ging selbstsicher in Richtung des Eingangs. Timo hatte Schwierigkeiten, mit ihr Schritt zu halten. »Hey Stopp, du kannst da nicht einfach reinlaufen.«

Das Mädchen blieb nicht stehen, sondern stampfte voran. »Aber du bist doch Messenger?«

»Ja, aber nicht von Detroit Dynamics. Die lassen nur ihre eigenen Teammitglieder und deren Sponsoren rein.«

»Vielleicht muss mein Papa dann Detroit Dynamics unterstützen und nicht euch.«

Timo zuckte hilflos mit den Schultern, sie hatte ja recht. Plötzlich brach Hektik unter den Journalisten aus. Sie spurteten hinüber zum Denwa Technologies Motohome, wo Sicherheitspersonal in silbernen Jacken und strengem Blick den Platz frei räumten, während die Menge versuchte, dagegen zu wirken, um näher am Geschehen zu sein.

»Was ist da los? Komm, wir schauen mal!« Sie zog Timo am Trainingsanzug in Richtung der Menschentraube. Als er das edle Flugauto am Himmel entdeckte, ahnte er, warum Hektik ausgebrochen war. Nach der Landung bestätigte sich seine Vermutung. Es war Daiki Itawa, der ausstieg.

Der Japaner trug einen schwarzen Anzug und eine Sonnenbrille. Ohne eine Miene zu verziehen, warf er einen kurzen prüfenden Blick über das Geschehen, ignorierte jedoch die Journalisten und Fans und ging in das Motohome. Enttäuscht trottete Viola zurück zu Timo.

»Das hätte der Vince nicht gemacht. Darum finde ich den Daiki blöd. Lass uns wieder rüber gehen, damit wir ganz vorne sind, wenn der Vince kommt.«

»Ich habe doch schon gesagt, ich weiß nicht, wann oder ob Vince Langley heute noch herkommt. Soviel ich weiß, lässt er das Donnerstagstraining gerne mal aus. Außerdem muss ich mich in einer halben Stunde fertig machen für das Training.«

Die beiden trotteten noch eine viertel Stunde um das Motohome von Detroit Dynamic, dann zog Timo das Mädchen zurück und übergab einen offensichtlich unzufriedenen Teenie an seinen Vater.

»Tut mir leid, Vince Langley war nicht da, aber wir haben die Ankunft von Daiki Itawa gesehen. Scheint, als würde zumindest einer der Top-Messenger heute schon einsteigen. Ich muss mich jetzt fertig machen für meinen Trainingsblock.«

Als er zum Transportgleiter ging, kam Martin in vollem Rennanzug und auf dem Rad hinter dem Gleiter hervor. Der schwarze Endurohelm mit den darauf lackierten, roten Bommeln, sah albern aus und Timo schmunzelte.

Auch wenn es nur das Training war, spürte Martin schon das einzigartige Kribbeln. Er fühlte den Herzschlag in seiner Brust und versuchte, den Takt zu kontrollieren. Die Ampel zählte runter, dann sprang das etwa 50 Zentimeter hohe Starttor auf und er trat in die Pedale.

Die ersten Meter gab er Vollgas, dann nahm er Geschwindigkeit raus, um die Kurve sauber anzufahren.

Sie waren gestern Abend ein paar mögliche Fahrlinien durchgegangen. Beim Rennen war es unmöglich, auf eine Ideallinie zu achten, da man vor allem damit beschäftigt war im Traffic überhaupt eine Linie zu finden, doch im Qualifying zählte jeder Meter. Es war wichtig, eine Route zu identifizieren, die einen möglichst geschmeidig ans Ziel brachte.

Jeder von ihnen wollte heute die aggressivere Linie austesten und morgen die sichere im ersten Durchgang nutzen, um sich im Zweiten auf eine Linie für das Qualifying einzufahren.

Martin zog mit einem guten, aber nicht übertriebenen Tempo seine Strecke durch, während Verena ihm durch den Funk die Anfahrt für die nächste Kurve meldete.

Beim Training war reger Funkkontakt erlaubt, beim Qualifying musste die Kommunikation komplett ruhen. Beim Rennen durften zumindest Informationen über Platzierungen, Abstände oder Probleme durchgegeben werden, auf keinen

Fall aber irgendwelche Routen, Tipps oder Strategien. Darauf achteten die Rennkommissare der CtC.

Die Zeit, die am Ende auf der großen Holowand neben dem Zielbereich aufleuchtete, war erst einmal nebensächlich. Martin warf dennoch einen kurzen Blick darauf und entdeckte sich auf dem dritten Platz.

Zurück am Transportgleiter schlich sich Martin in die Fahrerkabine, die während der Wettkämpfe als Kommandostation diente.

Die um die Kabine herum liegende Frontscheibe, war abgedunkelt, wodurch diese als riesiger Screen funktionierte. Davor saß Verena im eigentlichen Fahrerstuhl mit nach vorne gebeugtem Oberkörper. Auf dem Stream wurde das Geschehen auf der Strecke gezeigt, wo Marcel unter ihrer Regie seinen ersten Trainingslauf abspulte.

Links vom Livestream waren Marcels Leistungsdaten zu sehen. Seine Trittfrequenz, seine Trittleistung, sein Puls, der Gang, in dem er sich befand, die Laktatwerte seiner beiden Beine und die Sauerstoffsättigung seines Körpers. Alles war im grünen Bereich. Auch Marcel ging es noch verhalten an.

Auf der rechten Seite waren die Gesamtstatistiken und dazwischen die einzelnen Sektorzeiten vom Messenger.

Martin nahm neben Verena Platz, die ihn jedoch nicht beachtete und ununterbrochen Befehle von sich gab.

Erst, als Marcel in den Zielbereich rollte, nickte sie zufrieden, tippte ein paar Kommentare in ihr Tablet und wandte sich Martin zu.

»Du hattest einen sauberen Lauf. Marcel hatte deutlich mehr Probleme, sich die Linie zu merken. Er kommt anders aus der vorherigen Kurve raus.«

»Du musst Geduld mit ihm haben, das ist sein erstes offizielles Citytrack Rennen und dann gleich beim Allen-Clay-Cup!«

Verena seufzte. »Ich weiß, aber ich fände es super, wenn du ihn nochmal ein bisschen an die Hand nimmst. Seine Werte sind top ...«, sie zeigte auf den linken Teil des Bildschirms, wo jetzt alle Balken im blauen Bereich waren, was hieß, dass Marcel sich nicht mehr anstrengte. »... aber bei der Renntaktik hat er von euch dreien das größte Defizit.«

»Klar Boss, ich gehe mit ihm sein Video heute Abend nochmal durch.«

Sie klopfte Martin auf die Schulter. »Du hast es gut gemacht. Jetzt geh duschen und lass dich eine Runde durchkneten.«

Die beiden Freitagstrainings verliefen unspektakulär. Marcels Linie wurde nochmal deutlich besser und Martin nutzte die letzte Einheit für einen Härtetest. Er versuchte, auf Qualifying-Tempo einen gestoppten Lauf zu fahren. Neben ihm schienen das Rasheed Frazier vom Flux Team und Dawin Zucc vom Team Green Drink ebenfalls zu versuchen. Die Zeiten der drei waren fast zehn Sekunden schneller als die der anderen. Der 25-jährige Amerikaner Zucc legte die beste Runde hin und gewann damit einen kleinen Geldpreis für den Trainingsschnellsten. Marcel und Timo hingegen konzentrierten sich darauf, eine möglichst saubere Linie zu fahren und sich so etwas mehr Sicherheit für das morgige Qualifying zu holen.

Nach dem Abendessen schlenderte das Trio durch das Fahrerlager. In manchen der kleineren Servicelagern standen die Rolltore der Transportgleiter offen und man sah, wie die Servicetechniker die Bikes für das erste Qualifying bereit machten.

Die großen Motohomes waren ruhig, da sich die Messenger in den Hotels befanden und die Sponsoren den Abend lieber in den noblen Restaurants und Bars New Yorks ausklingen ließen.

Timo brach als Erstes das Schweigen. »Jungs, morgen geht es richtig los! Ich kann es noch immer nicht so recht glauben!«

Sie stiegen eine Treppe hinauf und nahmen auf der stationären Tribüne direkt auf Höhe der Ziellinie Platz.

»Morgen sitzen hier gut 5000 Menschen und jubeln uns zu. Am Sonntag ist es das Vierfache. Da wird die Bühne über der Ziellinie schweben.« Timo zeichnete eine Linie in den roten Himmel.

Ein Securitybot riss ihn aus seiner Träumerei. »Bitte identifizieren Sie sich!«

»Wir sind Messenger des Schwarzwald-Bräu-Teams«, erklärte Martin der vor ihnen schwebenden Blechbüchse.

Der Bot leuchtete jedem mit einer Lampe ins Gesicht.

»Identifikation bestätigt, Herr Unterfeld, Herr Framer, Herr Gaum, ich wünsche Ihnen noch einen schönen Abend.« Dann surrte der Bot ab und ließ die Drei wieder allein.

»Bist du nervös?«, fragte Marcel an Martin gewandt. Dieser zuckte mit den Schultern. »Noch geht es, aber ich glaube, wenn es losgeht und die Leute beim Einschreiben durchdrehen, dann werde ich auch nervös sein.«

»Hey Jungs, müsstet ihr nicht schon längst im Bett sein?« Sie brauchten kurz, bis sie die Person auf dem Rad unten auf der Zielgerade erkannten. Es war Samy Embala, die wohl nochmal eine letzte Runde gedreht hatte.

»Dasselbe könnten wir dich fragen. Solltest du nicht schon längst in deinem Luxus-Hotel sein?«, rief Martin zurück. Samy winkte ihnen zu und radelte davon Richtung Fahrerlager.

»Die Frau ist mir ein Rätsel. Sie taucht auf und verschwindet dann genauso schnell wieder«, stellte Timo kopfschüttelnd fest. Marcel klopfte ihm auf den Rücken. »Kommt, lasst uns ins Bett gehen. Ihr könnt dann morgen auf der Strecke über Samy Embala nachdenken, wenn sie euch stehen lässt.«

Die Stimmung, die am Samstagmorgen herrschte, war eine andere als die, der vorherigen beiden Tage. Sie waren alle ein bisschen angespannter, die Crewmitglieder der Teams grüßten nicht so freundlich, die Journalisten wurden mit ihren Interviewanfragen öfter abgeblockt und die Fans, die durchs Fahrerlager rannten, störten eher.

Timo stand vor dem Spiegel im Bad des Transportgleiters und kämmte mit seinen Fingern seine Frisur zurecht. Den Rennanzug hatte er angezogen und auch die anderen beiden waren bereit für das offizielle Einschreiben.

Die CtC hatte diese Tradition von der Tour de France übernommen: Vor jedem Qualifying musste jeder Messenger sich auf einer Bühne vor den Fans präsentieren und sich dabei handschriftlich in eine Startliste eintragen. Was bei der Tour de France eine höchst ernste Sache war, hatte die CtC eher als Spaß eingeführt und die etablierte Radsportszene damit etwas durch den Kakao gezogen. Doch mit steigender Popularität hatte diese Veranstaltung an Professionalität gewonnen und war mittlerweile für die Hauptsponsoren ein wichtiger Teil des Rennwochenendes.

Verena musterte ihre Messenger wie bei einer

Wareneingangskontrolle und nickte dann zufrieden. »Christoph hat die Räder geputzt, ihr müsst jetzt los. Ihr seid das erste Team, was vorgestellt wird.«

Sie nahmen die Räder entgegen und fuhren zum Zielbereich, wo auf der Ziellinie eine mobile Bühne stand und Steve Hatty den Highlightfilm des letztjährigen Allen-Clay-Cups ankündigte.

Timo, Martin und Marcel rollten von hinten an die Bühne, als schon ein Servicebot zu ihnen geschwebt kam. »Team Schwarzwald-Bräu ist vollständig. Der Film dauert 3 Minuten und 42 Sekunden. Anschließend leitet Mr. Hatty zur Teamvorstellung über und wird Sie aufrufen. Über die Rampe fahren Sie auf die Bühne. Verstanden?« Timo nickte.

»Gut, noch 2 Minuten und 16 Sekunden.«

Als der Film damit zu Ende ging, dass man einen glücklich strahlenden Vince Langley den Pokal hochheben sah, begann Steve Hatty wieder zu sprechen. »Es war ein unglaublich toller Wettkampf im letzten Jahr, doch jetzt werden die Punkte auf null gestellt und wir beginnen mit einer neuen Rechnung. Eine oder einer der Messenger, die ich Ihnen in der nächsten Stunde vorstelle, wird in fünf Wochen in LA zum neuen Allen-Clay-Cup-Sieger gekürt! Schauen wir uns an, wer die Herausforderer sind.«

Er warf einen kurzen Blick neben die Bühne und vergewisserte sich, ob seine Gäste bereitstanden. »Zum ersten Mal in den dreißig Jahren der Citytrack-Geschichte, haben wir ein Team aus Good Old Germany am Start. Sie kommen aus dem tiefen, dunklen Schwarzwald und sind eine Truppe wilder, ungestümer Messenger. Begrüßt mit mir eines der beiden Wildcard-Teams der US-City-Track-Tour 2077: das Schwarzwald-Bräu-Team aus Deutschland mit seinen

Messengern: Timo Unterfeld, Marcel Framer und Martin »Green Snake« Gaum!«

Besonders Martins Nachname zog Hatty wie ein Ringsprecher beim Boxen in die Länge. Als Einlaufmusik spielte die amerikanische Regie eine Elektro-Version des Radetzky Marsches ein, was Timo fast zum Lachen brachte, als er auf die Bühne trat und von den Zuschauern verhalten begrüßt wurde. Sie blieben nebeneinander in der Mitte stehen und winkten freundlich in die Menge. Dann stellte Hatty sich wieder neben sie. »Timo, du bist im normalen Leben Journalist und schreibst für den Sportteil einer lokalen Zeitung. Jetzt stehst du auf der anderen Seite und die Journalisten berichten über dich. Hättest du jemals damit gerechnet?«

»Als Kind schon«, erwiderte Timo wahrheitsgemäß. »Als ich klein war, war ich fest davon überzeugt, dass ich mal Messenger werde. So mit fünfzehn, sechzehn kam dann so langsam die Einsicht, dass das nichts mehr werden würde. Dass wir jetzt doch die Chance bekommen, ist irgendwie surreal.«

»Hach, wer kann schon von sich behaupten, seine Kindheitsträume zu erfüllen. Also ich wollte immer US-Präsident werden.«

Das Publikum johlte und Hatty ging eins weiter. »Marcel, auch du bist ein unbeschriebenes Blatt. Ich habe gehört, du bist normalerweise eher mit dem Mountainbike im Schwarzwald unterwegs. Nimm uns mal mit! Wie ist es dort?«

»Sehr schön!«

Hatty wartete, ob noch etwas kommt, doch Marcel tat ihm diesen Gefallen nicht. »Marcel Framer, liebe Fans, kein Mann großer Worte. Nun zum bekanntesten Gesicht des Schwarzwald-Bräu-Teams, Martin Gaum! Willkommen zurück im Zirkus!«

»Danke, Steve! Es ist toll, wieder dabei zu sein!«

»Beim ersten Mal, als ich dich auf dieser Bühne begrüßen durfte, bist du wie eine Bombe eingeschlagen. Wird die grüne Schlange auch dieses Mal wieder zubeißen?«

»Das sage ich dir heute Abend nach dem Qualifying. Ich habe ehrlich gesagt keine Ahnung, wo ich stehe.« Martin wirkte sehr souverän, als hätte er die letzten Jahre täglich solche Interviews gegeben.

»Na, dann warten wir doch mal ab, was bei euch rauskommt. Jedenfalls sind wir alle gespannt, ob die Deutschen aus dem Schwarzwald zum Geheimfavoriten werden oder hinterherfahren. Nun aber ab ans Buch mit euch.« Dann wandte er sich an die Zuschauer. »Nochmal einen kräftigen Applaus für das Schwarzwald-Bräu-Team!«

Das Trio ging zum anderen Ende der Bühne, an dem ein erhöhter Tisch aufgebaut war. Auf diesem lagen ein großes, schwarzes Buch und ein Füllfederhalter.

Timo nahm den Stift und trug seinen Namen ein. Er hatte gestern Abend extra nochmal einen Kugelschreiber und ein Blatt Papier hervorgekramt und seine Unterschrift ein paarmal darauf geschrieben. Vermutlich hatte er seit fünf Jahre keinen Stift mehr in der Hand gehabt.

Bei Marcel hingegen sah die Bewegung wesentlich flüssiger aus. Er wusste, dass der Schreiner noch viele seiner Zeichnungen auf Papier machte und diese dann beschriftete. Auch Martin schien damit keine sonderlichen Probleme zu haben. Scheinbar war es auf Havanna gang und gäbe, ab und an mal etwas analog aufzuschreiben.

Während Marcel und Martin wieder zurück zum Transportgleiter radelten, blieb Timo neben der Bühne stehen, um sich das Spektakel noch einen Moment anzuschauen.

Als Nächstes wurde das East Oil Cycling Team, das zweite Wildcard-Team der diesjährigen US-Citytrack-Tour, vorgestellt. East Oil war ein ehemaliges Öl-Konsortium, das sein Geld mittlerweile mit Solar-Farmen in Nord-Afrika verdiente.

Was das Konsortium mit dem Team vorhatte, war vielen unklar. Die Investitionen waren eher überschaubar. Bisher waren nur zwei der drei Messenger bekannt, doch das würde sich spätestens jetzt ändern.

»...Begrüßen Sie mit mir die Messenger des East Oil Cycling Team. Hier sind Claude Vlaard, Jacek Palov und unser zweites großes Comeback an diesem Tag: die wunderbare Fenja Rehm!«

Ein Raunen ging durch die Zuschauer. Auch Timo war überrascht. Fenja war ähnlich wie Martin ein One-Hit-Wonder der 66er Saison. Sie war die erste Frau, die ein World Tour-Rennen gewann. Mit einem Sieg in Melbourne trug sie sich in die Geschichtsbücher ein. Sie wurde Zweite beim Allen-Clay-Cup-Rennen in Washington und Dritte in Montevideo. Doch nach der Saison gab sie ihr Karriereende bekannt. Man sah sie im deutschen Fernsehen noch in ein paar Werbespots, doch recht schnell wurde es ruhig um sie, bis sie vergessen wurde.

Nachdem Hatty Vlaad und Palov interviewt hatte, kam er zu Fenja. »Fenja, Fenja, heute ist mein absoluter Glückstag, erst taucht Snake Gaum auf und nun die einzig wahre Fenja Rehm. Ist es dir in den Schweizer Bergen langweilig geworden?« Fenja hatte ihr glattes blondes Haar zu einem Zopf zusammengebunden und trug, wie ihre Teamkollegen, den East-Oil-Cycling-Trainingsanzug. Das Blau des Stoffs begann durch die Sonneneinstrahlung zu schimmern, wodurch sie einen regenbogenfarbenen Streifen entlang ihrer rechten Seite trug. Ihre Hände hatte Fenja auf dem Rücken verschränkt und sie wippte leicht auf den Fußspitzen hin und her.

»So ungefähr. Ich dachte, ich brauche mal wieder einen Tapetenwechsel.«

»Und wie sieht es mit dir aus, bist du so fit wie früher?«

»Klar, wenn du im Sommer jeden Tag mit dem Rad zur Talstation radelst, um einkaufen zu gehen, und jeden Wintermorgen drei Stunden mit Schneeschippen verbringst, da kannst du aber davon ausgehen, dass ich fit bin.«

»Oho, hört, hört. Das Schweizer Energiebündel gibt eine Kampfansage!« Steve Hatty stellte sich neben Fenja und zeigte mit ausgestrecktem Arm auf das Team.

»Sind wir gespannt und freuen uns, dich die nächsten Wochen wieder biken zu sehen. Vielen Dank, East Oil Cycling Team!«

Timo hatte genug gesehen und schwang sich ebenfalls aufs Rad, um zurückzuradeln und den anderen von dieser Neuigkeit zu berichten.

Da das Qualifying beim ersten Rennen eines Wettkampfes immer in umgekehrter Reihenfolge zur Weltrangliste durchgeführt wurden, wussten die drei Schwarzwald-Bräu-Messenger, dass sie zu Beginn ranmussten. Unter den Messenger ohne Punkte in der aktuellen Saison wurden die ersten Startplätze ausgelost. Da das Detroit Dynamic Team diese Saison noch kein Rennen bestritten hatte, waren auch Langley, Hinteregger und Stern in der Verlosung.

So kam es zu der außergewöhnlichen Situation, dass Jannik Stern das Qualifying der diesjährigen US-Citytrack-

Tour eröffnen musste. Da Timo an Position fünf direkt vor Vince Langley dran war, konnte er sich den ersten Lauf im Aufwärmbereich anschauen.

Dort, wo die Messenger ihre Räder auf eine Rolle spannen konnten, um sich warm zu fahren ohne sich vom Fleck zu bewegen, war auch ein Holobeamer angebracht, der das Geschehen auf der Strecke zeigte.

Timo verfolgte gespannt, wie sich Jannik Stern in der Startbox den Helm zurechtrückte, dann zum Startsignal hin bereit machte und sich auf den vor sich liegende Abschnitt fokussierte. Es piepste dreimal und die Startklappe sprang auf. Wie ein Geschoss federte Stern aus dem Startblock.

»Hey Timo, viel Glück!« Timo nahm die Augen vom Bildschirm und erwiderte Martins Gruß mit einem Winken.

Da Martin genau nach Stern starten musste, hatte er jetzt knapp vier Minuten, bevor es für ihn losging.

»Du machst das! Zeig ihnen, was du draufhast.«

Auch Timo wünschte seinem Teamkollegen viel Glück, schaute aber wieder auf das Hologramm, als Martin hinter dem Starthaus verschwunden war. Stern schien einen wirklich guten Lauf hinzulegen. Auf jeden Fall war der Kommentator aus dem Häuschen. Auch Timo konnte keinen Fahrfehler erkennen.

Auf der Geraden war er im vollen Tempo und die Kurven stellten ihn vor keine großen Herausforderungen. Doch dann kam die Abzweigung von der 84sten aus dem Central Park heraus auf die Fifth Avenue.

Eigentlich eine einfache Kurve, da sie keinen 90 Grad Winkel hatte, sondern eher in Richtung 45 Grad ging. Bei der Besichtigung war Martin sich sicher, dass man sie im vollen Tempo fahren konnte.

Jannik musste sie falsch angefahren sein. Er kam viel zu steil aus der Kurve heraus und bremste hart, um nicht auf den Stufen der Middleschool auf der anderen Straßenseite zu landen. Dieser Verbremser kostete ihn entscheidende Sekunden und so war es nicht verwunderlich, dass Stern kopfschüttelnd hinter der Ziellinie stand.

Die Kamera beschäftigte sich nicht lange mit dem lamentierenden Stern und wechselte zu Martin, der mehr als die Hälfte des Tracks zurückgelegt hatte. Timo hätte seinen eigenen Start beinahe verpasst, weil er so aufgeregt mitfieberte. Zum Glück rannte ihm Langley durch das Bild des Holobeamers und unterbrach Timos Aufmerksamkeit.

Leicht hektisch klipste er sein Rad von der Rolle und beeilte sich zur Startrampe zu kommen. Ron Vlaar vom East Oil Cycling Team, der die Nummer vor ihm hatte, war gestartet, so dass Timo direkt dessen Platz einnehmen konnte.

»Ihr Start ist in einer Minute«, gab ihm einer der Serivcebots auf der Startrampe zu wissen. Timo ärgerte sich, nicht auf die Zeit geachtet zu haben, doch nun musste er sich schnell fokussieren und auf seinen Lauf konzentrieren. Er schloss die Augen und versuchte, seinen Puls unter Kontrolle zu bringen, alles um sich herum auszublenden.

»Noch 30 Sekunden«, unterbrach der Bot. Er nahm zwei tiefe Atemzüge, öffnete die Augen und war wild entschlossen, alles abzurufen, worauf sie sich vorbereitet hatten.

»Noch zehn Sekunden.«

Das nächste Geräusch, das er hörte, war das dreimalige Piepsen der Startanlage. Dann sprang das Tor vor ihm auf und Timo katapultierte sich aus der Startluke. Sein erster Tritt ging gleich ins Leere.

Irgendwie hatte er es nicht geschafft, seinen rechten Schuh richtig in die Klickpedale einzurasten, und so verpasste er die Pedale und schlug mit seinem Schienbein dagegen. Der stechende Schmerz zog sich durch seinen ganzen Körper.

Er versuchte, sich zusammenzureißen, klickte den zweiten Schuh endlich ein und konnte mit beiden Beinen Vollgas geben, eher er vor der ersten Kurve wieder das Tempo drosseln musste, um die Ideallinie zu halten.

Auf etwa der Hälfte der Strecke ließ er sich dazu hinreißen einen Blick auf eine der Holowände am Streckenrand zu werfen, um zu sehen, wie er zeitlich stand, aber das war ein Fehler. Es ging nur um das Rennen gegen sich, darauf musste er sich fokussieren.

Vor der letzten Kurve kam er ins Zögern. Sie hatten klar gesagt, voll durchziehen, doch das Missgeschick von Jannik verunsicherte ihn. Er nahm vor der Kreuzung etwas raus und konnte sie dann sauber fahren. Allerdings fehlte ihm die Kraft, auf der Zielgerade auf volles Tempo zu beschleunigen.

Timo kämpfte sich ins Ziel und merkte, wie es direkt schwarz vor seinen Augen wurde. Er spürte kräftige Arme, die ihn festhielten und dafür sorgten, dass er nicht vom Rad kippte.

»Komm, nimm einen Schluck.« Die Stimme drang langsam zu ihm vor und er merkte, wie ihm jemand den Helm abnahm und ihm eine Flasche hinhielt.

Er nahm einen kleinen Schluck von dem extrem süßen Getränk. Der Schleier aus seinem Kopf verschwand langsam. Schnell nahm er noch einen weiteren großen Schluck und er merkte, wie seine Muskeln den Körper wieder selbst trugen.

Es war Christoph, der ihn gepackt hatte und an den Rand des Zielbereichs geschoben hatte. »Alles gut? Bist du wieder da?«

Timo nickte und nahm ihm die Flasche Coke ab, um sie komplett runterzustürzen.

»Zeit?«, war das erste Wort, was er herausbrachte.

»Für das erste Mal gar nicht so schlecht. 27:13, das ist im Moment P2 hinter Jannik Stern.«

Timo ließ den Kopf sinken und er spürte, wie die Freude ihn überkam. Gleichzeitig fühlte er jetzt den stechenden Schmerz an seinem Schienbein. Er blickte an sich herunter. Tatsächlich hatte er eine ordentliche Schramme. Das Blut war bis auf die Schuhe geflossen.

Auch Christoph sah die Verletzung und beugte sich runter, um die Wunde zu begutachten.

»Das war gleich am Anfang, oder?«, fragte er mitfühlend.

Timo nickte. »Tut auch weh.«

Christoph winkte einen der beiden Medi-Bots heran, die sich im Zielbereich um die Messenger kümmerten. Dieser scannte Timos lädiertes Bein und reinigte die Wunde, während er einen Statusbericht abgab.

»Herr Unterfeld, es handelt sich um eine oberflächliche Verletzung und um eine leichte Prellung des Schienbeins. Dies sollte Sie beim morgigen Rennen nicht sonderlich behindern.«

Als die Wunde nicht mehr blutete, schwebte der Bot auf die Kopfhöhe der beiden. »Kann ich Ihnen sonst irgendetwas Gutes tun?« Timo schüttelte den Kopf und der Bot zischte ab.

Plötzlich wurde es laut im Zielbereich und ein Blick auf das große Holobild verriet, dass Vince Langley auf die Zielgerade eingebogen war und sich in vollem Tempo der Ziellinie näherte. Als er sie überquerte, gingen alle Blicke sofort auf die Anzeige auf dem Hologramm. Dort leuchtete eine 27:02, die vorübergehende Top-Zeit.

»Wow, das ist eine Hausnummer. Nochmal vier Sekunden schneller als Jannik.« Timo musste sich eingestehen, dass ihm zu den Top-Zeiten ein paar Prozentpunkte fehlten.

Sie blieben noch im Zielbereich und warteten auf Marcel, der mit Startnummer elf einer der letzten ungesetzten Starter war.

Auch Marcel hatte, ähnlich wie Jannik, mit der Kurve zu kämpfen, hielt sich dennoch mit größter Balance auf dem Rad, ohne allzu viel Tempo zu verlieren.

Das Ergebnis zeigte eine 27:15, womit er genau zwischen Martin und Timo landete. Christoph führte ihn an den Rand des Zielbereichs. Marcel saß wesentlich stabiler auf dem Rad als Timo nach seiner Zieleinfahrt.

»Mensch Jungs, ihr seid ja ganz schön schlecht!«, stellte er fest und versuchte zu lachen. Es war eher ein röchelndes Husten.

»Sagt der Richtige!«, konterte Timo.

Zurück am Transportgleiter wurden sie von Verena mit Umarmungen begrüßt. »Ihr habt das Spitze gemacht. An der ein oder anderen Stelle haben wir noch Potential.« Sie hatte Campingstühle im Schatten des Zeltes aufgebaut und auf einem kleinen Holobeamer ließ sie das restliche Qualifying laufen.

Die Messenger setzten sich, während Christoph die Räder versorgte und gleich für das morgige Rennen vorbereitete.

»Hey Verena! Wo ist eigentlich unser neuer Sponsor?«

»Ach vergesst es, der Typ war eine Katastrophe. Vermute mal, der hat seiner Tochter versprochen im Fahrerlager vorbei zu schauen und hat in den Verhandlungen die Chance gesehen. Das war ein Idiot. Aber macht ihr euch darüber keine

Sorgen. Ihr fokussiert euch auf die Rennen. Das mit den Sponsoren ist erstmal allein mein Problem.«

Das Trio schaute gemeinsam das Qualifying. Der viertgesetzte Starter war eine erste, kleine Überraschung. Toni Cancello, der Italiener vom Team Flux Jeans, verbesserte die Zeit von Vince Langley nochmal deutlich und schob sich damit auf P1.

»Oh 26:59! Muss man den kennen?«, fragte Marcel in die Runde. Während Martin nur mit den Schultern zuckte, kannte Timo eine Antwort. »Toni ist seit zwei Jahren dabei. War bei einem Wildcard Team eines italienischen Nudelherstellers bei der Nordic-Tour gestartet und hat dort für Furore gesorgt. Aggressive Fahrweise, keine Angst vor Konfrontationen. Flux Jeans hat ihn sich dann gleich geschnappt. Ist letztes Jahr, glaube ich, bei drei Pick Six Events unter die Top Five gefahren. Allerdings verfranzt er sich zu oft in irgendwelchen Scharmützeln. Er polarisiert auf jeden Fall.«

Kurz vor Ende war klar, dass es für Martin nicht ganz gereicht hatte. Trotz eines weitestgehend fehlerfreien Laufes trennten ihn drei Messenger vor Platzierung Nummer 21. Bei 20 Startern im Rennen war klar, dass er nicht dabei sein würde.

Der letzte Starter des Qualifyings war Daiki Itawa, der die Saison bisher dominierte.

»Lasst uns Wetten, ob Itawa den Italiener abfängt.«, schlug Martin vor. »Der Verlierer zahlt das Abendessen.«

»Itawa wird das machen!«, antwortete Verena, die hinter ihnen auf der Stufe des Transportgleiters saß.

»Ich traue es dem Cancello zu! 26:59 ist schon eine Bomben-Zeit.«, wettete Martin dagegen. Die anderen hielten die Treue mit Itawa.

Der Japaner enttäuschte nicht. Mit einer Präzision und Ruhe steuerte er sein Rad in hohen Geschwindigkeiten durch New Yorks Straßenschluchten.

»Bei ihm sieht das aus, wie die Sonntagsausfahrt im Urlaub.«, stellte Marcel ernüchtert fest. Am Ende rollte er mit einer 26:57 ins Ziel und verfestigte seine Favoritenstellung.

»Ok, ich gebe zu, das war beeindruckend. Ich glaube, das Abendessen geht auf mich.« Verena stand auf, trat zwischen ihre Messenger und klatschte in die Hände.

»Jetzt geht ihr erstmal duschen. Anschließend analysieren wir gemeinsam eure Läufe. Dann habt ihr Feierabend und wir können uns Gedanken darüber machen, wo wir unser Abendessen herbekommen.«

Martin wachte am nächsten Morgen vor dem Klingeln des Weckers auf. Es war vermutlich die Nervosität, die ihn nicht mehr schlafen ließ.

Er musste schmunzeln. Irgendwie freute ihn die Tatsache, dass der ganze Citytrack Zirkus ihn doch noch packen konnte und dass, obwohl es heute für ihn nur darum ging, seine beiden Teamkollegen bestmöglich zu unterstützen. Er hatte die Schlafbox unter Timo, der noch seelenruhig zu schlafen schien. Allgemein war es ruhig in dem kleinen Wohnbereich im vorderen Teil des Transportgleiters. Martins Nase erfasste feine Röstaromen. Anscheinend war schon jemand wach.

Er stand auf und versuchte, möglichst keine Geräusche zu machen, während er dem Geruch folgte. Durch das Lager, in dem ihre Rennanzüge und das ganze andere Equipment hingen, ging es zu einer Tür, die in die Werkstatt führte. Als er diese aufmachte, musste er die Augen zusammenkneifen. Durch die offene, hintere Ladeklappe des Gleiters strahlte die aufgehende Sonne durch die Häuserschlucht direkt in sein Gesicht.

Als sich seine Augen an die Helligkeit gewöhnt hatten, sah er Christoph, der vor einem der Crossräder kniete und mit einem Tuch und etwas Öl die Ketten reinigte.

Martin schloss die Tür zum Schlafbereich hinter sich, erst dann begrüßte er den Servicemann. »Guten Morgen Chris, du bist schon wach?«

»Du noch nicht so ganz, oder? Was hat dich geweckt? Die Nervosität, der Kaffeegeruch oder Marcels Schnarchen?«

»Von allem etwas, aber der Kaffee duftet wirklich hervorragend!«

»Mach dir gerne einen. Die Espressomaschine habe ich von meiner Oma geerbt.«

Er deutete auf die kleine Maschine, die auf der Werkbank stand. Daneben war ein Korb mit Früchten angerichtet. Martin goss sich einen Espresso in eine Tasse und setzte sich daneben.

Er genoss die wärmenden Sonnenstrahlen, den wunderbar cremigen Espresso, und schaute dabei Christoph bei der Arbeit zu.

»Oh, da sind aber zwei schon früh wach!« Ein Kopf schob sich von draußen in die Werkstatt. Martin musste die Augen zusammenkneifen, damit er den Schemen identifizieren konnte.

Als er sich sicher war, dass es Fenja Rehm war, sprang er freudig von der Werkbank auf und ging auf sie zu.

»Was machst du denn hier? So früh schon unterwegs?«

»Ich habe die letzten Jahre auf einer Alm verbracht. Da steht man jeden Morgen um fünf auf, um die Kühe zu melken. Wie geht es dir?« »Super, ich habe mich gefreut, als ich mitbekommen hatte, dass noch ein zweites Urgestein am Start ist. Willst du einen Kaffee?« Er bot ihr mit einer Handbewegung einen Platz auf der Werkbank an, doch sie hob die Hände und schüttelte den Kopf.

»Sorry, ich muss gleich weiter. In einer halben Stunde gibt's im Hotel Frühstück und ich muss noch zurücklaufen. Ich wollte nur Hallo sagen. Wir seh'n uns.« Sie winkte in die Werkstatt rein und verschwand.

Christoph widmete sich wieder dem Rad und Martin schaute ihm dabei zu. Seine Bewegungen waren ruhig und bedacht. Sie saßen eine Weile schweigend so da, bis sich die Tür erneut öffnete. Dieses Mal schob sich Timo mit denselben, zugekniffenen Augen wie Martin in die Werkstatt. Erst der Kopf und dann sprang die ganze Tür mit viel Schwung auf. »Hey Jungs, alles fit? Seid ihr bereit?«

Die motivierte, gute Laune des Neuankömmlings ruckelte Martin aus seiner Morning Mood. »Espresso?«, fragte er.

»Nee, mag ich nicht.«

»Wahrscheinlich besser so.«, murmelte Christoph und bekam dafür einen Lumpen angeworfen, der neben Martin auf der Werkbank gelegen hatte.

Timo nahm sich einen Apfel aus dem Obstkorb und setzte sich neben seinen Teamkollegen. Dabei klopfte er seinem Sitznachbar auf den Oberschenkel, so dass dieser fast seine zweite Tasse Espresso verschüttete. »Ich weiß nicht, wie es euch geht, aber ich bin absolut heiß und kann es kaum erwarten, dass es endlich losgeht.«

»Schlafen die anderen noch?«, fragte Martin.

»Verena ist mit mir aufgewacht. Aber Marcel hat sich vom Lichtwecker nicht irritieren lassen. Das braucht ein bisschen, bis der hier auftaucht.«

Als Nächstes trat Verena ein. »Morgen Jungs, ich hoffe, ihr

habt gut geschlafen?« Auch sie ging sofort an Christophs Kaffeemaschine und ließ sich einen Espresso raus. »Heute ist der Tag! Es geht los! Fehlt nur unsere Schlafmütze.«

»Soll ich ihn wecken gehen?«, fragte Timo mit einem spitzbübischen Grinsen. »Gib ihm noch fünf Minuten, vielleicht schafft er es ohne deine Hilfe.«

Genau nach fünf Minuten sprang Timo freudig auf und ging zum Wohnbereich zurück. »Ist der Typ immer so drauf, wenn er aufgedreht ist?«, fragte Martin in die Runde. Die anderen lachten.

Nach einem energiereichen Frühstück machte sich das Team auf einen ausgiebigen Spaziergang entlang der Strecke auf. Rund um die abgesperrten Bereiche herrschte schon reges Treiben. Es waren einige Fans unterwegs, die sich an den Ständen hinter den Tribünen mit Snacks und Merchandise eindeckten.

Das dunkle Rot des Detroit Dynamic Teams dominierte die Kleiderwahl. Jeder zweite Fan trug ein entsprechendes Cap oder ein Trikot.

»Wir sind auch das einzige Team, das vor dem Rennen hier durchlaufen kann, ohne von den Fans überrannt zu werden«, stellte Martin fest.

»Dann ändern wir heute mal was daran, dass uns in Washington die Leute nächste Woche erkennen.« Timo grinste.

Marcel war es recht, dass sich die Fans nicht für sie interessierten. Er beobachtete mit Vergnügen, wie ein paar Kids einen Securitybot ärgerten und Popcorn auf ihn warfen. Der Bot blickte sich immer wieder um, doch sein Programm identifizierte die beiden Mädels nicht als potenzielle

Gefahrenquelle, weshalb er sich seiner eigentlichen Aufgabe zuwendete und darauf achtete, dass sich niemand in der Schlange zum Stand des Green Drink Teams vordrängelte. Der Erfrischungsgetränke-Hersteller hatte eine riesige Fun Arena aufgebaut in dem die Green Drink Fans an echten Trainingssimulatoren gegeneinander fahren konnten. Oder sie machten mit verblüffend echtaussehenden Messengerfiguren von Ference Geisler, Dewin Zucc und Joris Avormaat Selfis.

»Wir sollten da anstehen und ein paar Selfies mit den Figuren machen.«, Marcel gefiel die Vorstellung, doch die anderen beiden machten darauf aufmerksam, dass sie so langsam wieder zurück mussten, um sich vorzubereiten.

Im Startbereich herrschte kurz vor dem Rennen nochmal ein ganz anderes Gedränge als vor dem Qualifying. Alle Messenger waren gleichzeitig vor Ort.

Jedes Team hatte ein kleines Zelt, unter dem die Athleten ihre Räder auf Rollen gespannt hatten und sich einrollten.

Während bei den meisten eine ganze Hand voll Betreuer, Physios, Servicetechniker und Medienbetreuer in den Outfits des jeweiligen Teams herumschwirrten, war da nur Christoph bei den drei Schwarzwald-Bräu-Messengern.

Verena war im Transportgleiter geblieben, um von dort aus das Team während des Rennens mit den relevanten Informationen zu versorgen. Fasziniert beobachtete Timo, wie bei Denwa Technologies ein Dutzend Mitarbeiter im silber-schwarzen Teamdress Schulter an Schulter um das offene Zelt herumstanden, nur um Daiki Itawa vor den neugierigen Blicken zu schützen.

Paul Hinteregger hatte seinen Helm aufgezogen und schob sein Rad in Richtung Startlinie. »Hey Jungs, viel Erfolg heute. Aber ihr wisst, wenn der alte Hinteregger von hinten angerauscht kommt, dann macht ihr Platz und lasst mich durch.«

Als zehnter hatte er noch als Letztes die Chance einen Platz in der ersten Startreihe zu wählen, nahm jedoch bewusst den hinter Vince Langley, um seinen Teamkollegen beim oftmals hektischen Start zu schützen.

»Sollten wir uns auch fertig machen?«, fragte Timo in die Runde. »In sieben Minuten geht es los. In fünf müsst ihr an eurem Startplatz stehen.« Christoph warf einen letzten Blick auf die Räder, während Timo und Marcel ihre Helme anzogen und sich noch einmal gemeinsam auf den Wettkampf einschworen.

Während Timo den letzten Platz in Startreihe eins hatte, war Marcel in der Mitte der zweiten. Das war insoweit unangenehm, dass es in der Startphase dort immer besonders abging. Links neben ihm platzierte sich Eli Chen, die 25-jährige Chinesin aus dem Denwa Technologies Team.

Auf Marcels rechter Seite stellte sich Patricio Huerez, ein ehemaliger Tour-de-France-Teilnehmer, dem aufgrund seines aggressiven Fahrstils ans Herz gelegt worden war zum Citytrack zu wechseln.

Huerez hatte Feuer in den Augen und sein linkes Bein wippte nervös auf dem Pedal hin und her.

Marcel war angespannt, doch blieb ruhig. Auch sein Puls war mit 80 Schlägen völlig in Ordnung. Martin hatte ihm vor dem Start den entscheidenden Tipp gegeben: Er sollte nicht auf die Ampel schauen, sondern nur auf die Wade des Messengers vor ihm. Sobald die zuckte, musste er Gas geben.

Der Rennkommissar stand auf einem Flyseg neben der

Startlinie.

»Messenger alle bereit? Ich wünsche euch viel Erfolg. Bleibt fair und messt euch sportlich. Möge der beste Messenger gewinnen.«

Dann erleuchteten die roten Ampeln. Sobald sie aus gingen, würde das Rennen beginnen.

Marcel hatte das rechte Bein auf dem Pedal und den Schuh eingeklickt. Die Wade, die er hochkonzentriert anstarrte, war die von Ference Geisler. Der Top-Messenger des Green Drink Teams war auf P4 im Qualifying hinter Cancello, Langley und Stern gelandet und stand daher direkt vor ihm.

Dann zuckte Geislers Wade und er drückte die Pedale nach unten. Explosionsartig folgte Marcel dieser Bewegung, während er sich mit dem anderen Bein vom Boden abstieß. Aus der völligen Ruhe um ihn herum wurde ein hektisches Treiben. Der ganze Block an Messenger bewegte sich.

Marcel berührte mit seinem Vorderrad immer wieder das Hinterrad von Geisler, während er von Zucc den Ellenbogen in die Seite gerammt bekam. Die erste Kurve ging nach links weg, weshalb vor allem die Messenger, die auf der rechten Seite gestartet waren, in die Mitte drängten und das Feld verengten. In zwei Aktionen blieb Marcel nur auf dem Rad, weil er sich mit dem Arm am Fahrer neben ihm abstützte.

Das Rennen ging erst nach dieser Kurve richtig los, denn nun kam der Virtual Traffic dazu.

Marcel versuchte gar nicht, sich einen eigenen Weg zu suchen, sondern orientierte sich weiter an Ference Geisler und bemühte sich eng an seinem Hinterrad zu bleiben. Mit rund 30 km/h quetschten sich die beiden zwischen den gelben Taxis hindurch auf die Mittelspur, um dort die breitere Fahrbahn zu nutzen.

Plötzlich zog Geisler rechts an zwei Autos vorbei. Marcel konnte so schnell nicht reagieren. Etwa 20 Meter vor ihm klemmte ein Messenger quer zwischen zwei Fahrzeugen. Marcel hatte keine Chance, auszuweichen.

Mit einem beherzten Ruck zog er den Lenker nach oben und sprang auf die Heckklappe der Limousine zu seiner Rechten. Er fuhr auf dem Dach am Hindernis vorbei, ehe er von der Motorhaube zurück in seine Fahrspur sprang. So kam er auf der nächsten großen Kreuzung wieder heraus. Mit einem schnellen Blick orientierte er sich und suchte sich eine Lücke hinter einem Bus.

Zielstrebig korrigierte er seinen Kurs und fuhr darauf zu. Kurz bevor er hinter dem Bus verschwand, erkannte er einen Schatten zu seiner Linken. Als er reagieren wollte, rammte ihn ein Messenger mit vollem Körpereinsatz. Marcel blieb nur mit Mühe und Not auf dem Rad und musste in die Eisen steigen, um nicht in den Bus zu krachen.

Sofort korrigierte er sein Rad und folgte dem Angreifer durch die Lücke. Mit Wut im Bauch gab Marcel Vollgas und war schnell wieder hinter dem Unbekannten. Es war Toni Cancello in dem weißen Rennanzug.

Mit voller Wucht rammte er mit seinem breiteren Mountainbike-Reifen den schmalen Rennradreifen seines Vordermannes. Dieser verriss fast sein Rad.

Nach der nächsten Kurve konnte er neben Cancello fahren und ihm einen bösen Blick zuwerfen.

Mit der Aufholaktion hatte er sich etwas übernommen. Seine Oberschenkel brannten und er konnte nicht mehr mithalten, als Cancello neben ihm auf die Fifth Avenue abbog und zum Zielsprint ansetzte.

Die Strafe war, dass er kurz vor der Ziellinie von zwei

Tolero Sole Messenger überholt wurde. Wutentbrannt warf er direkt hinter der Ziellinie sein Rad in die Bande und stapfte zu Cancello, der neben seinem Physio auf dem Rad hing und mit Getränken versorgt wurde.

Kurz, bevor er beim Italiener ankam, stellte sich Timo in seinen Weg. »Alles gut?«, fragte sein Freund.

»Lass mich durch, dem gebe ich eins aufs Dach!« Marcel wollte seinen Kumpel zur Seite schieben, doch Timo blieb standhaft und packte ihn an beiden Schultern.

»Komm, trink erstmal was!« Marcel griff nach der Trinkflasche, die ihm sein Freund hinhielt und nahm einen Schluck. Er spürte, wie das Getränk seinen Kopf wieder etwas klarer werden ließ.

Timo klopfte ihm auf die Schulter. »Komm, wir holen unsere Räder und gehen zurück.«

»So ein Penner! Ich war echt gut unterwegs und dann kommt der von der Seite allein mit dem Ziel, mich weg zu checken. Das war kein normaler Zweikampf, sondern ein bewusster Angriff.«

»Die Kommissare werden das sicher nochmal prüfen.«

Marcel nickte und warf einen Blick auf das Hologramm mit dem Ergebnis. Seinen Namen fand er auf Platz 17, weit entfernt von den dicken Punkten. Timos entdeckte er dort unten auf der Anzeige nicht, also ging sein Blick nach oben.

Überrascht starrte er Timo an. »Dein Ernst? Platz vier? Das ist ja unglaublich!«

Timo zuckte mit den Schultern. »Konnte es auch nicht so ganz fassen, als ich das auf der Tafel gesehen habe.«

Marcel nahm seinen Kumpel in den Arm und drückte ihn fest. »Das ist der Hammer und du bist sogar vor diesem Langley!«

Verena kam angerannt und umarmte die beiden Messenger überschwänglich. Sie hatte Tränen in den Augen, als sie Marcel und Timo fest umklammerte. »Das ist so unglaublich, wir sind ein Citytrack-Rennen gefahren. Wenn Papa das miterlebt hätte. Er wäre vor Freude geplatzt.« Timo löste sich einen kurzen Moment aus der Umklammerung, dass er ihr bei den Worten ins Gesicht blicken konnte.

»Er ist irgendwo da oben und hat mit Stolz zugeschaut, was du alles aufgebaut hast. Das hier ist dein Verdienst!«

Sie blieben einen Moment so stehen, dann fragte Marcel: »Wo ist eigentlich Martin?«

Sie blickten sich um, doch sahen sie das dritte Teammitglied nirgendwo.

Timo und Marcel holten ihre Räder und wollten aus dem abgesperrten Bereich raus, als Paul Hinteregger neben ihm auftauchte.

»Timo, Respekt! Starkes Rennen. Willst du da jetzt wirklich einfach rauslaufen?«

Timo schaute den Sportler verwirrt an. »Vielen Dank. Was meinst du?«

»Schau mal da raus. Die warten nicht auf mich, sondern auf die große Sensation des Rennens. Ihr solltet ein Flugtaxi nehmen.«

»Ach was, die wollen alle Embala sehen.«

Die junge Französin hatte das Rennen sensationell gewonnen.

»Wenn du meinst, dann mal viel Glück.« Paul zog mit seinem Physio davon. Timo, Marcel und Verena gingen zum Ausgang und verließen den Zielbereich. Kaum hatten sie die Absperrung verlassen, war Timo von Journalisten und deren Drohnen umlagert. Marcel und Verena wurden regelrecht von ihm separiert.

Jeder hielt ihm seine Smart Watch unter die Nase und redete wild auf ihn ein.

»Hey zusammen, es freut mich, dass ihr alle so interessiert seid. Könnten wir es so machen, dass ich erst zum Transporter gehen kann, um zu duschen, und anschließend würde ich dann rauskommen und eure Fragen beantworten.«

Die Journalisten wussten nicht so recht, wie sie auf die Aussage reagieren sollten. Marcel nutzte den Moment der Irritation, packte Timo und schob sich zwischen den Reportern hindurch.

Auch an ihrem Teamlager war ordentlich Betrieb. Sowohl Fans als auch Journalisten standen um den Transportgleiter herum. Ein Servicebot baute eine Absperrung um den Gleiter und das Zelt auf.

Christoph war wieder am Camp und empfing die Drei glücklich. Er nahm ihnen die Räder ab und drückte den beiden Messengern Teamcaps in die Hand. »Geiles Rennen Jungs, ihr habt das spitze gemacht.«

»Ist Martin schon da?«

Christoph nickte. »Der steht unter der Dusche.«

Timo nahm einen tiefen Schluck aus der Coke, die er aus der Kühlbox holte.

»Erzählt, wie war's?«, fragte Christoph, während er die Bikes vorsichtig auf die Ständer stellte und mit einem ersten Blick prüfte ob alles noch heile war.

»Total verrückt. Am Anfang war es ein furchtbares Durcheinander, aber irgendwann hatte ich Langleys Hinterrad im Blick. Na ja, da konnte ich ganz gut dranbleiben. Auf der Fifth Avenue habe ich aus dem Windschatten raus genug Punch, um an ihm vorbeizuziehen. Als ich dann das Ergebnis gesehen habe, war ich auch komplett überrascht.«

Als Martin im Trainingsanzug aus dem Transportgleiter kam, unterbrachen die beiden ihre Erzählungen.

»Glückwunsch Jungs, starkes Rennen!« Er schlug mit ihnen ein, wirkte jedoch nicht ganz so begeistert wie Marcel und Timo.

»Kopf hoch, Martin. Beim nächsten Rennen bist du dann am Start«, versuchte Marcel ihn aufzumuntern, doch seine Augen brachten etwas anderes zum Leuchten.

»Hey Martin, willst du nicht mal deinen Teamkollegen für ein Exklusivinterview zu mir rüberschicken?«, rief Nell. Die Netsport-Vloggerin stand direkt an der Absperrung neben dem Zelt und winkte zu den Messengern rüber.

»Ich glaube, sie meint dich.«, stellte Martin nüchtern fest. Timo stand auf, stellte die leere Flasche auf den Boden und ging Richtung Transporter. »Ich geh jetzt erstmal duschen. So lange kannst du mit deiner Freundin sprechen.«

Der Spiegel in dem kleinen Bad ließ sich als Bildschirm nutzen, so dass Timo beim Duschen die Pressekonferenz nach der Siegerehrung anschauen konnte.

Samy Embala saß überglücklich an einem Tisch vor einer großen Werbewand. Rechts von ihr saß Daiki Itawa mit versteinertem Blick, links von ihr Jannik Stern, der mit einem Journalisten in der ersten Reihe scherzte.

»Herzlich willkommen zur Post-Race-Pressekonferenz mit den Top-Drei des Auftaktrennens der US-Citytrack-Tour. Als aller Erstes gratulieren wir Samy Embala zu diesem Sensationssieg und fragen: Wie fühlt es sich an?«

»Ach, eigentlich ganz gut. Ich wusste, dass ich gut in Form bin. Aber, dass es so gut läuft, hätte ich irgendwie nicht gedacht.«

»Glückwunsch auch an Daiki Itawa zu Platz zwei. Heißt die große Konkurrenz um den Allen-Clay-Cup jetzt Samy Embala oder schauen Sie nach Vince Langley?«

»Vielen Dank. Langley ist der amtierende Champion. Das war jetzt Rennen Nummer eins. Nach drei Rennen können wir einen Blick auf die Gesamtwertung werfen.« Die Antwort Itawas war ähnlich nüchtern wie seine Mimik. Dass er immer fokussiert war, war eine seiner großen Stärken. Doch das er nicht einmal nach einem Rennen diesen Modus verließ, überraschte Timo.

»Kommen wir zum Dritten auf dem Treppchen. Jannik Stern. Glückwunsch zu diesem starken Ergebnis. Wird die Teamhierarchie jetzt durcheinander gewürfelt?«

»Wer hat den behauptet, dass ich dieses Jahr nicht die Nummer eins bei uns im Team bin?« Jannik grinste frech den Moderator an. »Nein, Spaß bei Seite. Klar ist Citytrack auch ein Teamsport, aber in erster Linie sitzt jeder von uns alleine auf dem Rad. Wir haben jetzt das erste Rennen hinter uns, da wird noch einiges passieren. Sollte ich vor dem letzten Rennen bessere Chancen als Paul oder Vince haben den Allen-Clay-Cup zu gewinnen, werden mich die beiden natürlich unterstützen. Aber das dauert noch ein bisschen und so lange ist Vince als Titelverteidiger unsere Nummer eins.«

Der Moderator übergab das Wort an einen Journalisten eines amerikanischen Sportsenders. »Samy mit ihrem zweiten Sieg in der World Tour sind Sie die erfolgreichste Frau in dieser Sportart. Was bedeutet das für sie?« Die Frage war eine Steilvorlage für Samy und sie setzte mit fester Stimme zu einem Appell an.

»Ich glaube, wir Frauen beweisen regelmäßig, dass wir im

Citytrack genau die gleichen Chancen wie die männlichen Teilnehmer haben. Es ist mir wichtiger, dass die vielen Mädels da draußen das erkennen und es in dieser Sportart versuchen. Wenn es mehr Frauen in die Teams schaffen, bin ich sicher nicht so lange Rekordhalterin mit zwei Siegen. Dann werden wir regelmäßig Frauen und queere Menschen sehen, die um die Siege mitfahren.«

»Sehen Sie sich als Vorbild?«

»Wenn dank mir ein paar junge Menschen den Weg in den Sport finden, dann bin ich gerne ein Vorbild.«

Timo trocknete sich ab, schaltete die Pressekonferenz aus, zog sich den schwarzen Trainingsanzug an und ging wieder hinaus zum Rest des Teams.

Nell stand an der gleichen Stelle der Absperrung. »Da bist du ja endlich. Du hast mir ein Interview versprochen.«

Timo schnappte sich ein Wasser aus der Kühlbox und ging zu ihr. »Ist ja gut, ich komme ja schon.«

»Wie fühlt es sich an als Nobody vorne mitmischen zu können?« Sie hob ihm ihr Handy unter die Nase, um seine Stimme deutlicher einzufangen. Timo zog in einer Reaktion seinen Kopf ein kleines bisschen zurück.

»Es ist irgendwie verrückt. Bin mir noch nicht sicher, ob ich verstanden habe, was hier gerade abgeht.«

»Glaubst du, du kannst ein Wörtchen im Kampf um den Allen-Clay-Cup mitmischen?«

»Ich glaube das wäre vermessen. Wir sind hier dabei und über jeden Punkt froh.« Immer abwechselnd hielte sie da Handy sich selbst vor den Mund und dann wieder Timo, während ihre Drohne um die beiden herum sauste.

»Was konnte Martin euch schon beibringen?«

»Martin im Team zu haben ist ein Segen. Er erklärt uns

alles, was wir wissen müssen. Ohne seine Tipps hätten wir wahrscheinlich nicht mal die Startlinie gefunden.«

»Letzte Frage: Wer gewinnt den Allen-Clay-Cup?«

Timo zuckte mit den Schultern. »Müsste mir erst einmal das Rennen in Ruhe anschauen, um beurteilen zu können, wer gut drauf ist. Ich fände es aber ziemlich cool, wenn Samy Embala möglichst lange den Langley und Itawa ärgert.« Timo verabschiedete sich von Nell und setzte sich wieder zu Martin, der auf einem Tablet das Rennen in der Wiederholung anschaute.

Seit dem Ende des Wettkampfs stand das Handy bei Verena nicht mehr still. Die ganzen Sponsoren, die sie vor dem Rennen kontaktiert hatte, riefen plötzlich zurück. Was sich zuvor noch verhalten angehört hatte, war nun ernsthaftes Interesse.

Verena setzte sich zu ihren beiden Messengern. »Ich glaube, es sieht gut aus. Dank eurer Leistung sind die potenziellen Sponsoren total euphorisch. Es gibt ein paar, die mit uns arbeiten möchten. Morgen kommt uns der amerikanische Smartwatch-Hersteller Jupiter besuchen. Sie wollen sich das Team anschauen.«

»Wow, Jupiter? Das ist 'ne große Nummer! Was wollen die investieren?«, wollte Timo wissen.

»Das weiß ich noch nicht, aber wir erfahren es morgen.«

Timo musste sich im Laufe des Nachmittags immer wieder aus seinem Stuhl erheben, weil ein Reporter ein Interview mit ihm führen wollte oder erste Fans vorbeikamen, um ein Selfie mir ihm zu machen.

Geduldig kam Timo all den Anfragen nach.

Auch Toni Cancello kam in seinem weißen Trainingsanzug und Sonnenbrille vorbei. »Hey Unterfeld, sag deinem Freund, er soll nächstes Mal Platz machen, wenn die Profis mit ihm auf der Strecke sind.« Mit der Hand formte Cancello eine Pistole in seine Richtung.

Marcel sprang aus seinem Campingstuhl auf. »Was willst du Penner?«

Cancello grinste die beiden herablassend an und ging weiter.

»Beruhige dich! Das ist genau das, was er möchte. Dass du dich nicht im Griff hast und etwas Unüberlegtes machst. Cancello hat sich schon so mit dem einen oder anderen angelegt. Das ist seine Art. Er liebt es, zu provozieren.« Timo machte ein Foto mit einem Amerikaner in einem Vince-Langley-Fanshirt und setzte sich dann wieder zu den anderen in den Schutz des Zeltes.

Während es Abend wurde und die anderen Messenger direkt nach dem Rennen abreisten und die Teams begannen, ihre Motohomes abzubauen, saßen die drei Freunde des Schwarzwald-Bräu-Teams vor ihrem Transportgleiter und tranken ein Bier.

»Guten Abend die Herren.« Es war eine schlanke Frau Mitte 50 mit graumelierter Kurzhaarfrisur und einem edlen Hosenanzug.

»Wie können wir helfen?«, fragte Timo freundlich, doch da hatte Martin schon seine Hand auf seinen Arm gelegt. »Ich glaube, das ist Besuch für mich. Gebt mir eine Minute.«

Die Frau hatte ein feines Lächeln auf den kirschroten Lippen, doch ihr Blick wirkte kalt und einschüchternd. Martin stand auf und folgte ihr außer Hörweite der beiden. Sie sprachen miteinander, ehe sie ihn freundschaftlich drückte und dann ging.

»Was war denn das?«, fragte Timo, als Martin wieder zurückkam und einen tiefen Schluck aus seiner Bierflasche nahm. »Eine alte Bekannte aus meiner Zeit beim Green Drink Team.« Er stellte seine Flasche wieder ab und verschwand im Transportgleiter. Timo und Marcel schauten sich fragend an.

Washington D.C.

Vor dem Rennen in der Hauptstadt zog sich das Schwarzwald-Bräu-Team für ein paar Tage in ihr Quartier im Norden New Yorks zurück. Während Christoph den Nachmittag damit verbrachte, eine Anpassung an Marcels Gangschaltung zu testen, waren die drei Messenger mit Regeneration beschäftigt. Das hieß, sie machten etwas Yoga und nahmen die Trainingsräder für eine entspannte Ausfahrt.

Als sie von dieser zurückkamen, stand Verena auf den Fußspitzen wippend vor dem Gebäude und blickte im Sekundentakt abwechselnd auf die Uhr und in den Himmel. »Da seid ihr ja endlich! Beeilt euch! Gleich kommt die Delegation von Jupiter, die wollen euch kennenlernen und ihr wollt denen doch nicht verschwitzt gegenübertreten. Auf, auf, schnell duschen und dann zieht ihr eure Trainingsanzüge an. Kommt in den Besprechungsraum, den Bob für uns vorbereitet hat.«

Kaum waren die drei Messenger im Gebäude verschwunden, landete ein luxuriöses Flugauto neben dem Transportgleiter und es stiegen zwei Frauen und ein Mann aus.

Die Frau, mit der Verena bereits telefoniert hatte, war Nancy Graham. Sie war CEO von Jupiter Watches und laut Forbes eine der 150 reichsten Menschen Amerikas und das, obwohl sie zwei Jahre jünger als Verena selbst war. Graham trug eine riesige Sonnenbrille, die ihr halbes Gesicht verdeckte. Ihr langes, blondes Haar hatte sie zu einem Dutt hochgebunden. Ihre weißen Sneakers waren ein auffallender Kontrast zu der schwarzen Stoffhose und dem engen schwarzen T-Shirt.

»Hallo Verena, schön dass wir uns live kennenlernen.« Sie

hatte einen breiten Südstaatenakzent und ein umwerfendes Lächeln. Verena überlegte, ob die Zähne korrigiert worden waren und ob sie das auch mal machen lassen sollte. Doch sie verwarf den Gedanken schnell wieder und gab ihren Gästen die Hand. »Das ist Dr. Tate, unser Rechtsanwalt und Megan Heals, unsere Verantwortliche für Marketing and Sponsorship. Ich dachte, ich bringe alle mit, die es braucht, einen Deal fix zu machen.«

»Schön, dass Sie da sind. Kommt doch erstmal rein. Die Jungs müssten gleich dazu kommen.« Verena führte sie in einen großen Raum, wo Getränke und ein paar Snacks bereitstanden.

Der Besprechungsraum der Schneider Maschinen GmbH war schlicht eingerichtet. Einzig der Druck eines bekannten Warhol-Gemäldes fiel ein wenig aus dem Muster, verlieh dem Raum dadurch aber etwas Farbe.

Nachdem die Delegation Platz genommen hatte, begann Verena mit ihrer kleinen Präsentation über das Team und die Schwarzwald-Bräu-Brauerei bis sie davon unterbrochen wurde, dass Marcel, Martin und Timo den Raum betraten.

Auch sie begrüßten die Gäste freundlich und ließen Verena fortfahren. »... mit dem aktuellen verfügbaren Budget und dank des super Ergebnisses von Timo vergangenes Wochenende, bekommen wir die US Citytrack Tour bis New Orleans finanziert, doch schon die kleinste Unsicherheit würde uns schneller über das Limit bringen. Sei es, dass eines der Räder zerstört wird oder der Gleiter ausfällt.

Daher würden wir es bevorzugen mit einem Partner wie Ihnen zusammenzuarbeiten. Unsere Marketingexpertin hat sich heute die Nacht um die Ohren geschlagen, um Ihnen folgenden Vorschlag zu machen:« Verena ging in der

Präsentation eine Folie weiter. Auf dem Hologramm erschien eine 3D-Animation eines gesichtslosen Messengers im schwarzen Schwarzwald-Bräu-Rennanzug. Auf dem Rücken war weiterhin der große Totenschädel mit dem rot glänzenden Bollenhut und den beiden gekreuzten Schwarzwald-Bräu-Bierflaschen, sowie dem Schriftzug der Brauerei. Auf der Brust war der Totenschädel verschwunden. Dort prangte nun die stilisierte Kugel mit dem Schweif darum, die den Jupiter darstellen sollte, und der Schriftzug des Unternehmens. Auch auf den Oberarmen war der Jupiter-Schriftzug angebracht. »Sie unterstützen uns mit 50.000 Dollar und dafür bekommen Sie dieses Sponsorenpaket.«

Nancy schwieg eine Weile und ließ die Animation auf sich wirken. »Um ehrlich zu sein, haben wir uns ein etwas größere Engagement vorgestellt. Wir möchten Sie mit 150.000 Dollar in diesem Jahr unterstützen, als gleichwertiger Partner. Wenn die Saison weiter so erfolgreich verläuft, kann ich mir gut vorstellen das Engagement im nächsten Jahr auszuweiten.«

»Momentan haben wir keine Pläne im nächsten Jahr weiterzumachen. Es gibt für uns nach dem Allen-Clay-Cup keine restliche Saison. Dieses Team existiert einzig und alleine für dieses Event. Daher lasst uns doch erst einmal über die Zusammenarbeit in den nächsten Wochen sprechen.« Verena klatschte in die Hände. »Jetzt lassen sie uns eine kurze Pause machen, bevor wir zu den Details kommen. Ich denke Martin, Marcel und Timo sollten wieder zum Training.«

Die drei Männer nickten, doch in der kurzen Pause blieben Timo und Martin noch da und unterhielten sich freundlich mit den Gästen. Nur Marcel war vorgegangen.

»150.000 Dollar sind eine Menge Geld, wir würden natürlich Ihr Logo hervorheben. Ich kann mir durchaus vorstellen, es auch mit auf den Transportgleiter aufzunehmen, auf den Caps und den Trainingsanzügen.«

Nancy Graham nickte, doch Verena merkte sofort, dass es etwas gab, was die ehrgeizige Geschäftsfrau wollte. Sie ließ sich nicht darauf ein, sondern wartete, bis sie zum Ende des Gesprächs selbst damit rausrückte. »Es gibt da eine Kleinigkeit. Als zukünftiges deutsch-amerikanisches Team sollte sich das in der Teamzusammensetzung widerspiegeln. Timo als der Überraschungs-Messenger wird das Zugpferd, das ist klar. Auch Martin Gaum ist mit dem Glamour und der Geschichte, die er mitbringt, ein wichtiger Teil, man kann ihn gut vermarkten. Doch Marcel Framer wäre kurzfristig ersetzbar. Wir sollten einen amerikanischen Messenger statt ihn im Team positionieren. Nur so bekommt unser Werbe-Engagement auch die Sichtbarkeit in unserem Hauptzielmarkt.«

Verena musste schlucken. »Ich verstehe das richtig? Marcel soll innerhalb dieser US Citytrack Tour durch einen amerikanischen Messenger ersetzt werden?«

»Nicht innerhalb der Tour, sondern sofort. Wir brauchen einen amerikanischen Messenger, um die Aufmerksamkeit hier in Amerika ab der ersten Woche auf das Team zu lenken.«

»Puh, das ist schwierig. Wir haben Verträge mit unseren Messengern. Außerdem, wo sollen wir so schnell einen Neuen herbekommen?« Verena gefiel es gar nicht, wo das Gespräch hinzuführen schien.

»Wir haben gute Kontakte zu einem sehr ambitionierten Messenger, der sofort für das Team bereitstehen würde. Sie kennen Tammy Fischer? Und das mit den Verträgen ihrer Messenger sollte das kleinste Problem sein. Soviel ich weiß, ist deren Gage überschaubar und dementsprechend sollten die Vertragsstrafen nicht allzu groß sein, wenn es überhaupt welche gibt.«

Verena schluckte. War das ihr Ernst? Nancy Graham wollte nicht nur Sponsor werden, sie wollte ihr Team übernehmen. Die Jungs hatten sich auf dieses Abenteuer eingelassen und viel dafür aufgegeben und jetzt sollte sie einen von ihnen austauschen wie eine Ware? Sie spürte, wie die Wut langsam in ihr hochkochte und hoffte, dass sie nicht rot anlief. Mit klarer Stimme trat Sie Graham gegenüber. »Nancy, ich bin Ihnen sehr dankbar für dieses Angebot. Ich dachte jedoch nicht, dass wir solche weitreichenden Einschnitte im Teamgefüge haben werden. Daher bitte ich Sie um eine Nacht Bedenkzeit.«

Nancy Graham nickte. »Natürlich, das kann ich verstehen. Wir sind noch eine Nacht in New York. Lassen sie uns morgen darüber sprechen und dann die Verträge fertig machen. Wir könnten auch gleich Tammy mitbringen. Wie es der Zufall will, war sie beim New York Rennen unser Gast.«

Verena nickte nur, verabschiedete sich freundlich von ihren Gästen und begleitete sie zu deren Flugauto.

Timo, Marcel und Martin hielten sich im Garten des Gästehauses bei einer Stretching Session auf, als Verena sich auf die Stufen der Veranda setze.

»Was ist los? Du siehst nicht aus, als haben wir einen neuen großen Sponsor? Die waren doch ganz vernarrt darauf uns 150.000 Dollar zu schenken.« Timo kam zu ihr hinüber und lehnte sich ans Geländer, wo er mit seinen Dehnübungen weiter machte.

»Ich glaube, wir kommen nicht überein. Ihre Forderungen als Gegenleistung waren zu viel.« Die drei Messenger schauten sich enttäuscht an.

»Aber macht ihr euch da mal keinen Kopf darüber, ich hatte gestern nach dem Rennen einige gute Telefonate. Ich denke, es wird sich eine andere Option ergeben.«

Zwei Tage später ergab sich die erste kleine Einnahmequelle. Martin war für den Dreh zu einem Werbespot eines Pizza-Lieferdienstes angefragt worden und befand sich auf dem Weg nach Philadelphia zu einem alten Stahlwerk. Es war selten, dass Werbe-Spots mit den echten Stars gedreht wurden, doch bei diesem war es günstiger gewesen, die Messenger einzuladen, statt Avatare von ihnen zu erstellen.

Die Produktionsfirma hatte groß aufgefahren. Vor dem Eingangstor zur Fertigungshalle standen drei Transportgleiter und überall rannten Menschen und Servicebots herum. Es hatte Industrieflair. Es wirkte wie ein Areal, das mindestens 80 Jahre nicht mehr genutzt worden war.

Als Martin mit dem Flugtaxi ankam, wurde er sofort von einer jungen Dame empfangen, die sich als Zoe und Produktionsassistentin vorstellte.

»Cool, dass du da bist. Die anderen beiden sind in der Maske, das ist dort vorne im zweiten Transportgleiter. Die Visagisten warten auf dich.« Martin wog den Kopf nach links und rechts und legte seine Hände auf die Wangen. »Dieses Gesicht braucht doch keinen Visagisten.« Die junge Produktionsassistentin lächelte und deutete abermals auf den Transportgleiter.

Auf einer der Türen des genannten Gleiters stand »Maske« und Martin betrat einen hellausgeleuchteten, weißen Raum mit Spiegeln auf der einen Seite und einer Regalwand voll mit kleinen Behältnissen auf der anderen.

Vor den Spiegeln saßen in Friseursessel Fenja Rehm und Josh McGeady.

»Oh Mann, ich scheine wirklich schon zum alten Eisen zu gehören, wenn ich mit euch beiden Werbespots drehen muss«, scherzte der 34-jährige Australier zur Begrüßung.

»Klar, wir drei sind halt günstig. Die wussten, dass wir nochmal alles mitnehmen, bevor wir in Rente gehen.«

Martin klatschte die beiden ab und setzte sich auf den dritten Stuhl und sofort machte sich einer der Visagisten an ihm zu schaffen.

»Nein im Ernst, schön mit euch zu drehen. Habe mich echt gefreut, als bekannt war, dass ihr wieder zurückkommt.«

Josh McGeady, Fenja Rehm und Martin kannten sich seit vielen Jahren. Sie waren schon in der Juniorenklasse gegeneinander Rennen gefahren. McGeady entstammte sogar aus der legendären Green Drink Academy, genauso wie Martin.

»Josh, du fährst deine letzte Saison? Was ist los? Musst du dich zuhause um deine Rinderfarm kümmern?«

»Ach Martin, sind wir doch ehrlich, ich bringe es nicht mehr. Die fast 200 Rennen sind nicht spurlos an mir vorbeigegangen. Mein Körper ist ein Frack. Dieses Jahr konnten sie mich nochmal überreden mitzufahren, aber nur um den Jungen in unserem Team als eine Art Stütze zu dienen. Nächstes Jahr freue ich mich darauf, mit meinem Mann und unseren Pferden durch das Outback zu reiten. Du hast deine Knochen die letzten Jahre scheinbar in Havanna geschont? Du müsstest ja topfit sein!«

»Auf jeden Fall tut mir nicht alles weh.«

Zoe, die Produktionsassistentin, unterbrach sie, als sie sich in die Maske drängte. »In einer Viertelstunde wollen wir mit den ersten Takes starten. Eure Rennanzüge hängen da drüben. Fenja, wir können für dich kurz den Produktionswagen freiräumen, dann kannst du dich dort in Ruhe umziehen.«

Fenja winkte ab. »Ach kein Problem, mit den beiden habe ich mich schon oft genug umgezogen.«

»Haben sie euch gesagt, was wir genau machen müssen?«

Als die Visagistin und Assistenten den Wagen verlassen hatten, musterte Martin misstrauisch die Rennanzüge mit den riesigen Pizzastücken darauf. Fenja verdrehte die Augen und warf ihn mit einem Handschuh ab, auf dem ebenfalls ein Pizza-Slice abgebildet war.

»Oh Mann, der Herr Gaum hat das Briefing natürlich nicht gelesen!«

»Ich bekenne mich schuldig, das war mir zu viel Text. Aber so wild kann es ja nicht sein.«

»Wir müssen in diesem Clownkostüm aus einem alten Hochofen herausfahren, abbremsen und einen Spruch in die Kamera sagen«, erklärte Josh.

»Ein Hochofen?«

»Ja, der ist schon längst stillgelegt. Aber die fügen dann im Hintergrund den flüssigen Stahl ein, der uns aus dem Hochofen heraus verfolgt.«

»Klingt ja reichlich spektakulär«, stellte Martin fest, während er den Reißverschluss des Rennanzuges zu zog.

Vor dem Hochofen waren mehrere Kameradrohnen in der Luft und ein Regisseur gab ihnen letzte Instruktionen, eher er sich an die Neuankömmlinge wandte. »Ah, da sind ja meine Messenger. Schön, dass ihr da seid. Also, im Prinzip ist es ganz einfach. Da vorne liegen die Pizza-Bikes. Ihr fahrt nacheinander aus der Öffnung des Hochofens heraus und kommt etwa hier bei der Markierung zum Stehen. Gerne mit etwas Action, Reifen querstellen oder so. Dann sagt ihr in die Kamera: ›XO-Pizza, heiß geliefert‹ und du, Fenja, ergänzt ›mit Frische-Garantie‹.« Der Regisseur blickte in die Gesichter der Messenger. »Verstanden? Dann starten wir jetzt!«

Der Dreh war nicht so einfach, wie Martin es sich vorgestellt hatte. Fast vier Stunden fuhren die drei Messenger immer wieder aus dem Hochofen, bremsten bei der Markierung und sagten ihren Spruch auf, bis der Regisseur endlich zufrieden mit dem Ergebnis war.

Als die drei bei einer XO-Pizza in der Maske zusammensaßen, sagte Martin: »Ich glaube, ich habe heute mehr Kilometer gemacht als an einem normalen Rennwochenende.«

Die anderen beiden mussten lachen.

»Fenja, jetzt mal raus damit. Warum bist du wieder zurückgekommen? Ich dachte, auf das ganze Theater hier hast du keinen Bock.«

Fenja kaute ihr Stück Pizza zu Ende und zuckte mit den Schultern. »Keinen Bock? Ich hasse es. Die ganze Aufmerksamkeit, die Menschen, das Theater. Aber, na ja. Fakt ist nun mal: Eas Oil Cycling zahlt mir einen Arsch voll Geld und ich brauche es. Meine Schwester und ich haben uns bei der Renovierung der Alm etwas übernommen. Die einfachste Möglichkeit, schnell wieder flüssig zu werden, war dieses Angebot.«

»Das ist mal verdammt ehrlich!«, stellte Josh anerkennend fest. »Martin, was war es bei dir?«

»Na, die Kohle sicher nicht. Mein Team macht da keine großen Sprünge. Nein, irgendwie hat es mich gepackt es

142

nochmal allen zu zeigen. Ich will der Welt zeigen, dass ich nicht der arrogante, abgehobene Kerl bin, als der ich mich damals präsentiert hatte. Ich habe in den letzten Jahren viel dazugelernt und die Menschen sollen jetzt sehen, dass ich kein Arsch bin.«

Sie ließen sich zur Pizza noch Bier in den Transportgleiter liefern und unterhielten sich dort, bis Zoe sie rauswarf, weil das Produktionsteam abreisen wollte. »Wir sollten das wiederholen!« Josh schaute die beiden anderen erwartungsvoll an. »Vielleicht nach der Saison. So viel Pizza und Bier können wir uns während eines Wettkampfes nicht leisten.«

Verena hatte am Donnerstag vor dem ersten Training für das ganze Team eine Stadtführung mit Flysegs gebucht. Die kleinen, fliegenden Transportplattformen waren dafür gedacht in großen US-Städten die Menschen von einem Hochhaus zum anderen zu bringen.

Sie ähnelten ihren Vorgängern den Segways nur, dass sie statt Rädern, Rotoren hatten, die sie in der Luft hielten. Ein Energiefeld um die kleine Standplattform sorgte dafür, dass der Passagier während des Fluges nicht herunterfallen konnte. In Washington waren die Flysegs die idealen Transportmittel für eine Tour von einer Sehenswürdigkeit zur nächsten.

Der Tourguide landete seinen Flyseg direkt vor dem Washington Monument und die der anderen folgten. Während Martin nicht besonders interessiert an dem war, was der Guide erzählte und stattdessen lieber die Leute beobachtete, hörten Timo, Christoph, Verena und Marcel dem Geschichtsstudenten begeistert zu.

»Hey, schaut mal da.« Martin unterbrach den jungen

Mann mitten in seinem Vortrag und zeigte auf eine Familie, die alle ein schwarzes T-Shirt mit dem Schwarzwald-Bräu-Bike-Team-Logo trugen.

»Wir haben unsere ersten Fans!«, stellte Marcel amüsiert fest.

Verena grinste breit, als sie das Staunen der Jungs sah. »Lilly hatte mich heute Morgen schon informiert. Unser On-Demand-Onlineshop geht durch die Decke. Die Leute reißen uns unser Merchandise aus der Hand. Ella Tumay hatte unsere Teamjacke vorgestern Abend in einem Instagram-Video an. Seither will jeder eine haben.« Marcel schaute die anderen Messenger prüfend an.

»Wahrscheinlich oute ich mich jetzt als ahnungslos, aber Ella Tumay?« Martin und Timo schüttelten beide den Kopf,

Timo erklärte es ihm: »Ella Tumay, Model, Schauspielerin aber vor allem Influencerin. Sie hat etwa 150 Millionen Follower auf Instagram und ähnlich viele auf Frienzly. Was Ella Tumay isst, wollen die Kids in Japan auch essen, was Ella Tumay trägt, trägt ganz Amerika. Modeunternehmen zahlen Unsummen, damit sie ihre Kleidung trägt.«

»Das ist doch spitze! Dann brauchen wir keinen neuen Sponsor, um die Saison zu finanzieren?« Christoph, dem Verena als einzigen von ihrem Dilemma erzählt hatte, schürte Hoffnung.

»Leider bringt ein On-Demand-Merchandise-Shop nicht sonderlich viel Marge. Dadurch, dass wir die Produkte nicht selbst produzieren, bekommen wir nur einen kleinen Anteil an den Gewinnen.«

»Dann müssen wir halt mit Jupiter gehen. Was war denn deren Forderung?« Timo hatte gemerkt, dass Verena nicht darüber sprechen wollte, doch jetzt musste er wissen, weshalb sie so an einer Zusammenarbeit mit Jupiter zweifelte.

»Na ja, das ist so eine Sache.« Verena blickte zu Christoph, bevor sie mit der Nachricht rauskam. »Sie wollen, dass wir einen von euch durch einen amerikanischen Messenger ersetzen, damit ihre Marke in den USA mehr Sichtbarkeit bekommt. Ihr habt euch auf dieses Abenteuer eingelassen und ich werde euch nicht durch einen anderen Messenger ersetzen. Wir werden einen anderen Sponsor finden und wer weiß, vielleicht kann uns der Merch-Verkauf ja doch ein wenig über Wasser halten.«

Während des Gesprächs folgten sie ihrem Guide über die gigantische Parkanlage zum Lincoln Monument, als ein kleines Mädchen angerannt kam und sich an Timos Bein klammerte. »Ich kenne dich!« Das Mädchen, vielleicht fünf Jahre alt, strahlte den Messenger mit großen Augen an.

»Hallo Junge Dame, wer bist denn du?«

»Olivia, mein Daddy und ich schauen jedes Wochenende zusammen Citytrack.« Sie ließ ihn los und zeigte auf einen Mann, der etwas entfernt die Szene beobachtete. Timo bückte sich zu dem Mädchen herunter.

»Mein Papa ist ein großer Jannik-Stern-Fan. Aber ich mag dich viel lieber! Du hast dich so toll gefreut.«

Timo musste lachen. Er hatte sich wirklich wie ein Kleinkind gefreut, als er vergangenes Wochenende völlig überraschend als viertes im Ziel angekommen war.

»Das freut mich sehr, dass du unser Team magst. Schaust du auch das Rennen am Wochenende?«

»Ja, ganz bestimmt und dann gewinnst du und bekommst den Allen-Clay-Cup.«

»Ja, das wäre toll. Ich gebe mein Bestes.« Er zog sein Teamcap ab und gab sie dem Mädchen. »Möchtest du die haben?«. Der Anblick ihrer großen strahlenden Augen war unbezahlbar. Sie drückte das Cap an ihren Körper. »Danke!« Dann rannte sie zurück zu ihrem Vater.

»Wir haben wohl wirklich unsere ersten Fans«, stellte Verena freudig fest.

Das Fahrerlager in Washington war in einem Park aufgebaut und die Motohomes und Teamlager verteilten sich über mehrere Wiesen, zwischen denen Schotterwege hindurchführten. Die Topteams hatten die Plätze direkt am Kreisverkehr, während das Schwarzwald-Bräu-Team ihren Platz am Fluss aufgebaut hatte.

Timo kam vom Joggen zurück, als Verena aufgeregt aus dem Transporter kam. »Du hast Post bekommen.« Sie hielte einen weißen Umschlag in der Hand.

»Du meinst wirklich Post, Post?« Er nahm die Packung entgegen und drehte ihn um. Auf der Lasche war das Emblem der USA. Er konnte sich nicht daran erinnern, je einen Brief in der Hand gehalten zu haben. Höchstens mal von Freunden, die ganz altmodisch ihre Hochzeitseinladung per Post verschickten.

»Von wem ist denn das?«

»Mach es auf.«

Timo öffnete vorsichtig den Umschlag. Das Papier fühlte sich schwer und hochwertig an. Es war leicht perforiert. Auf dem Briefpapier war der Weißkopfseeadler, das Wappentier der US-Präsidentin.

Er las die ersten Sätze des Briefes und konnte kaum glauben, was da stand. Es war eine Einladung für das Festbankett der US-Präsidentin.

Jedes Jahr am Allen-Clay-Cup-Wochenende in

Washington fand am Abend nach dem Rennen ein großes Bankett im Weißen Haus statt. Zu diesem waren die wichtigen Vertreter aus Kultur, Sport und Wirtschaft geladen. Außerdem wurden seit geraumer Zeit immer auch ein paar der Messenger eingeladen.

Es war unnötig zu erwähnen, dass Langley einer der Stammgäste war. Die Bilder mit ihm und der Präsidentin ließen die Beliebtheitswerte der Politiker immer am Folgetag um ein paar Prozentpünktchen klettern. So, wie es aussah, würde Timo ihn in diesem Jahr begleiten. »Wow, was verschafft mir diese Ehre?«

»Ich vermute, du hast die Präsidentin mit deiner Leistung beeindruckt!« Verena klopfte ihm auf die Schulter. »Aber jetzt konzentrierst du dich erstmal auf das Rennen.«

Während Timo am Donnerstag zwei offizielle Trainingsläufe absolviert hatte, um sich am heutigen Freitag individuell auf das Qualifying vorzubereiten, hatten die anderen sich dazu entschlossen, sich vor allem in den Freitagssessions die Route anzuschauen. Daher war Christoph mit den beiden vor Ort.

Timo gönnte sich eine erfrischende Dusche, ehe er sich zu Verena gesellte, die draußen unter dem Zelt vor zwei Tablets saß und ungläubig den Kopf schüttelte. »Schon wieder schlechte Nachrichten?«

»Im Gegenteil. Das ist wirklich verrückt. Der Dienstleister, der unseren Merchandisingshop betreut, ist komplett ausverkauft. Kein Schwein kennt unser Team, aber alle finden unseren Merch cool. Schau hier.« Sie ging auf Instagram und gab den Hashtag Blackforest ein.

Es kamen jede Menge Urlaubsbilder von Leuten auf dem

Feldberg oder an den Todtnauer Wasserfällen. Aber ebenso viele Bilder zeigten junge Menschen mit schwarzen T-Shirts, Hoodies oder Caps, auf denen der Totenschädel mit dem roten Bollenhut prangte.

»Da hat Lilly mit ihren Entwürfen ganze Arbeit geleistet. Ich gehe sogar so weit, dass wir damit unser Team finanzieren können.«

»Dein Ernst? Wir müssen nicht mehr zittern?«

»Na ja, ein weiterer Sponsor wäre an der ein oder anderen Stelle sicher nicht schlecht, aber wenn nichts dazwischenkommt, sollten wir zumindest mit dem Budget bis Las Vegas kommen.«

»Top! Und wie läuft es bei Martin und Marcel auf der Strecke?«

Verena wippte mit dem Kopf hin und her und schaute auf ihr zweites Tablet. »Washington mit seinen breiten Straßen ist keine technisch anspruchsvolle Strecke. Es geht mehr um die Power in den Beinen, das kommt Marcel nicht ganz so entgegen. Er ist vorhin mal einen gezeiteten Lauf gefahren und dennoch nur auf P12 gelandet. Ich glaube, diese Woche wird eine harte Nuss.«

»Wo man vom Teufel spricht.«

Es war Martin, der auf seinem Rad zurück zum Transportgleiter gerollt kam. Den Helm hatte er um den Unterarm.

»Und? Irgendwas entdeckt, wo man ein paar Sekunden rausholen kann?« Timo nahm ihm das Rad ab und warf ihm eine Wasserflasche zu.

»In Washington geht es nur darum, Vollgas zu geben. Diese Strecke hat quasi keine Herausforderung. Ich hab jetzt schon keinen Bock auf das Rennen. Wegen mir könnte man auf das Washington-Wochenende verzichten.«

»Aber gerade das macht den Allen-Clay-Cup doch so spannend, da ist für jeden was dabei.« Verena tippte auf dem Tablet herum und warf Martin nur einen kurzen Blick zu »Ach, vor einer halben Stunde war eine Frau hier, sie hat nach dir gefragt. Sie meinte, sie schaut heute Abend nochmal vorbei.«

Martins Gesicht versteinerte sich. »Wie sah sie aus?«

»Schlank, Mitte sechzig, sie wirkte vermögend und trug auffällig roten Lippenstift.«

Timo begann breit zu grinsen. »Ach, die Frau von Sonntagabend wahrscheinlich. Du wolltest uns nicht verraten, wer das war.«

»Das geht euch einen feuchten Dreck an! Ich muss jetzt duschen.« Mit diesen Worten betrat Martin den Transporter und ließ den verdutzten Timo und die irritierte Verena zurück.

Martin stand unter der Dusche und ließ das eiskalte Wasser auf seinen Rücken prasseln. Als er Verena zugesagt hatte, hatte er gehofft, dass Gras über die Sache gewachsen war. Doch dieser Wunsch ging nicht in Erfüllung und nun musste er sich mit den Geistern seiner Vergangenheit auseinandersetzen.

Amanda Pertic war eine Beraterin, die viele Sportler aus verschiedensten Sportarten betreute. Sie hatte damals auch Martin umgarnt und wollte ihn für ihre Agentur gewinnen. Sie versprach ihm das Blaue vom Himmel und garantierte ihm Reichtum und Ruhm.

Martin wollte nach der US Citytrack Tour die Zusammenarbeit mit ihr bekannt geben. Dazu kam es dann nicht mehr.

Amanda hatte Martin vor seiner ersten US-Citytrack-Tour eine kleine Gefälligkeit zugesteckt, quasi als Vorleistung. Sie hatte ihm eine Dosis Nano-Bots besorgt.

Die leistungssteigernden Nano-Bots waren mikroskopisch kleine Roboter auf biologischer Basis, die man sich spritzen konnte. Sie förderten im Körper den Transport der weißen Blutkörperchen und halfen, das Laktat abzubauen. Sie sorgten für einen klaren körperlichen Vorteil, weshalb die Bots auf der Dopingliste standen und strengstens verboten waren.

Während es vor zehn Jahren so gut wie unmöglich war, die Bots nachzuweisen, reichte mittlerweile ein Bodyscan bei der Dopingkontrolle, um die kleinen Biester zu identifizieren.

Martin hatte sie damals vor dem ersten Rennen schlicht vergessen, doch er war entschlossen gewesen, sie einzusetzen, sobald er merkte, er bräuchte einen extra Boost. Diese Geschichte hing wie ein Damoklesschwert über ihm. Damit hatte Amanda ihn in der Hand.

Wenn sie veröffentlichen würde, dass er vor der US-Citytrack-Tour illegale Mittel angenommen hatte, würde das sein Ende sein. Aber vor allem waren die Auswirkungen für das Team nicht vorherzusehen.

Was Amanda von ihm wollte, hatte sie ihm am Sonntag noch nicht gesagt. Sie hatte ihm deutlich gemacht, dass sie ihr einen »Gefallen« schulde. Plötzlich pochte es laut an der Badezimmertür und Martin zuckte vor Schreck zusammen. »Hey, bist du da drinnen umgekippt, oder was? Ich würde auch mal gerne duschen.« Marcel schien ebenfalls von der Trainingssession zurück zu sein.

Am Abend zogen dicke, schwarze Regenwolken auf und

ergossen sich über die Strecke. Das Schwarzwald-Bräu-Team konnte den Tag nicht vor dem Transportgleiter ausklingen lassen, sondern mussten sich in das Innere des Wagens zurückziehen.

Marcel und Verena saßen mit Christoph in der Werkstatt und spielten Karten, Timo lag im Bett und schnitt Videomaterial, welches er die letzten eineinhalb Wochen aufgenommen und noch nicht verarbeitet hatte. Auch Martin lag in seinem Bett, starrte jedoch einfach an die Decke.

Irgendwann wurde er von einem heranfliegenden Kissen getroffen und kam aus seiner Traumwelt zurück.

»Was ist denn los? Du bist den ganzen Abend schon so ruhig? Nervös?« Timo hatte die komische Stimmung bei Martin direkt nach dem Training bemerkt.

»Ach nee, alles gut.«

»Jetzt komm schon, was hast du?«

»Kennst du das? Du hast vor Jahren mal Scheiße gebaut und gedacht, du hast alles hinter dir gelassen. Dann holt es dich plötzlich ein. Jetzt muss ich das irgendwie regeln.«

Timo setzte sich auf und widmete Martin die volle Aufmerksamkeit. »Es hat etwas mit dieser Frau zu tun, die Verena erwähnt hat? Alte Liebschaft?«

»Was? Ach was! Also keine Liebschaft. Ich kann dir das nicht erzählen und muss das alleine lösen, verstehst du?«

»In Ordnung, aber du weißt, wir sind ein Team und wir helfen dir, wo wir können.« Martin nickte und steckte sich dann die Kopfhörer in die Ohren. Für Timo war es das klare Signal, dass er mit ihm nicht weiter darüber sprechen wollte.

Am Samstagmorgen war das Unwetter wieder verzogen und die Sonne sorgte dafür, dass die Strecke in Windeseile trocknete.

Vor dem Green Drink Motohome war ein riesiger Auflauf an Reportern. Eine ganze Reihe Security Bots war damit beschäftigt das Motohome halbwegs abzuschirmen.

»Was ist denn da los?« Martin, Marcel und Timo waren auf dem Weg zur finalen Streckenbesichtigung. Martin entdeckte Nell in ihrem gelben Kleid, die ebenfalls in Richtung Green Drink Motohome stürmte.

»Hey Nell! Warum die Eile? Was ist los?«

»Habt ihr es noch nicht mitbekommen?« Sie kam zu ihnen herüber. »Heute Morgen hat jemand unter einem Tweet auf dem Green Drink Account einen Screenshot von einer Mail gepostet, auf der ein Messenger vom Green Drink Team den Erhalt von Nanobot-Technologien bestätigt.«

»Was? Einer der Drei dopt?«, hakte Timo nach.

»Nein, nein, man weiß weder, um wen es sich handelt, noch, ob das Dokument ein Original ist. Aber das Green Drink Team hat sich dazu noch nicht geäußert. Jetzt warten alle auf eine Stellungnahme.«

»Man weiß noch nicht mal, ob das wahr oder ein Fake ist und es gibt dennoch solch ein Auflauf? Das ist doch Quatsch.« Marcel hakte die Sache schnell ab und drängte darauf, endlich zur Streckenbesichtigung aufzubrechen. Die anderen zwei folgten ihm und Nell machte sich auf in das Getümmel.

Als sie zurückkamen, stand ein Reporter vor ihrem Transportgleiter und stellte sich Martin in den Weg.

»Herr Gaum, ihr ehemaliges Team wird des Dopings mit Nano-Bots verdächtigt. Was sagen Sie dazu? Gab es diese Praxis zu Ihrer Zeit schon?«

Der Reporter überfiel Martin regelrecht und er brauchte kurz, bis die Frage in seinem Kopf ankam. Doch bevor er reagieren konnte, sprang Verena dazwischen. »Wir äußern uns nicht zu Themen, die die anderen Teams betreffen. Die Jungs müssen sich auf das Qualifying vorbereiten. Bitte entschuldigen Sie uns.«

Die Messenger übergaben die Räder an Christoph und bedienten sich an dem Obst und den Snacks, die er unter dem Zelt bereitgestellt hatte.

»Verena, weiß man schon, was da los ist? Wir haben Nell getroffen. Sie hat uns von dem Tweet erzählt.« Timo war gespannt zu erfahren, was da abging, doch Verena schüttelte den Kopf.

»Nein, das Green Drink Team hat nur ein kurzes Statement veröffentlicht.«

Sie drückte Timo das Tablet in die Hand. In einem Video, das darauf abgespielt wurde, war die Pressesprecherin des Green Drink Teams umringt von Reportern zu sehen:

»Ich kann Ihnen versichern, dass diese Mail in keiner Weise etwas mit dem aktuellen Green Drink Team zu tun hat. Wir sind hierzu mit der CtC im Austausch und stellen den Kommissaren alle Leistungsdaten unserer Messenger zur Verfügung. Des Weiteren überprüfen wir die Herkunft der Nachricht, sowie ihre Authentizität. Das Green Drink Team engagiert sich vehement gegen Doping in jeglicher Form. Mehr kann ich dazu im Moment nicht sagen. Bitte lassen Sie unsere Messenger ihren Job machen.« Dann war das kurze Video zu Ende.

»Dachte, Doping wäre unmöglich. Wir sind doch gläserne Athleten und die CtC kann jederzeit auf unsere Daten zugreifen. Oder habe ich das falsch verstanden?« Man merkte, dass sich Marcel immer mehr in der Thematik auskannte.

Verena nickte. »Ja, das stimmt. Es ist eigentlich nicht

möglich, mit irgendwelchen Mitteln oder Technik nachzuhelfen. Die CtC kann von euch jederzeit ein Bodyscreening machen. Dadurch kann so gut wie alles identifiziert werden. Sollte diese Nachricht ein Original sein, dann stammt sie nicht aus den 70ern, sondern muss älter sein.«

Martin spürte wie Verenas Blick eine Sekunde länger auf ihm als auf den anderen Messengern blieb. Es war zu kurz, als dass es jemand aufgefallen wäre, doch Martin spürte den Vorwurf. Ahnte sie etwas? Ihr Blick ging kurz auf den Boden und dann wieder zum Rest. »Aber das Ganze soll euch jetzt nicht beschäftigen. Das Qualifying beginnt in einer Stunde. Ihr solltet euch jetzt darauf vorbereiten.«

Martin stand im hinteren Teil des Gleiters und präparierte seine Bike-Brille mit einem Spray, das Wasser abperlen ließ, als Timo reingeplatzt kam. Martin zuckte zusammen und das Spray fiel ihm auf den Boden.

Timo hob es auf, drückte es seinem Teamkollegen in die Hand und schaute ihm dabei tief in die Augen.

Es war Christoph, der die beiden aus diesem komischen Moment riss und die Heckklappe öffnete, um die Räder auszuladen.

»Seid ihr startklar? Martin ist der Erste, Timo du hast etwa eine halbe Stunde Zeit und kannst dich ein wenig hier aufhalten. Es beginnt wieder leicht zu tröpfeln. Daher solltest du so lange wie möglich im Trockenen bleiben.« Timo nahm Martin in den Arm. »Also lass es heute krachen!«

»Ich gebe mein Bestes«, erwiderte er mit einem gequälten Lächeln.

»Hallo liebe Freunde des Radsports, es freut mich ganz besonders, dass Sie heute schon zugeschaltet haben. Wir berichten hier live von der Strecke in Washington D.C., Qualifying des zweiten Rennwochenendes beim Allen-Clay-Cup. Nachdem es in der letzten Woche einige faustdicke Überraschungen gab, schauen wir heute gespannt auf die Messenger.

Da ich dies aber nicht alleine kann, habe ich, wie jedes Jahr, einen kompetenten Experten bei mir, Ian Calcacy. Ian, sag, hast du mit dem Ergebnis letzte Woche gerechnet?«

»Hi Tara, freut mich, wieder mit dir das Qualifying zu begleiten. Ich muss zugeben, Samy Embala hatte ich nicht zum erweiterten Favoritenkreis gezählt. Umso mehr habe ich mich über ihre beeindruckende Leistung gefreut. Die Frau fährt mit so viel Power und es macht einfach Spaß, ihr zuzusehen.«

»Neben einer überraschenden Gewinnerin überraschte auch, dass es der Vorjahressieger gerade so unter die Top fünf schaffte und dabei von einem Rookie-Amateur abgekocht wurde.«

»Ehrlich gesagt, war ich vor dem Allen-Clay-Cup schon etwas verhalten bezüglich meiner Einschätzung zu Vince. Das Detroit Dynamic Team hat sich dieses Jahr erst spät in die Saison eingeschaltet und damit fehlen dir als Messenger einfach die nötigen Rennkilometer, um gleich vorne mitzufahren. Umso mehr hat mich das Rennen des Rookie-Amateurs überrascht, wie du ihn nennst.

Timo Unterfeld, der quasi aus dem Nichts aufgetaucht ist und dann so eine Performance hinlegt. Es ist wirklich beeindruckend, wie das Schwarzwald-Bräu-Team hier mithalten kann.«

»Das ist eine wunderbare Überleitung, denn der erste

Schwarzwald-Bräu-Messenger Martin „Green Snake" Gaum ist gerade ins Ziel gefahren und wir haben hier nochmal die Highlights seines Laufes. Vielleicht magst du deine Analyse dazu abgeben?«

»Ja, was soll ich sagen, Washington ist ein Roadcyclists Course. Hier haben die Techniker kaum eine Chance, etwas zu reißen, da es nur auf die Kraft in den Beinen ankommt.

Besonders ohne Verkehr beim Qualifying. Martin hat sein Bestes gegeben, aber er hat nicht mehr die Spritzigkeit, wie zu seinen Green Drink Zeiten und wahrscheinlich auch etwas Trainingsrückstand. Wie ich hörte, hatte er noch Anfang des Jahres eine Bar auf Cuba betrieben.

Mit Cuba Libre im Tank wäre ich damals nicht zu zwei Allen-Clay-Cup-Titeln geradelt.«

Tara Muffet und ihr Experte, die Messenger-Legende Ian Calcacy, lachten. »Dennoch reicht es, um zumindest Ardal, Palov und Burgis hinter sich zu lassen. Glaubst du, die Zeit reicht, damit er sich für das Rennen morgen qualifizieren kann?«

Calcacy verzog das Gesicht und sog die Luft durch die Zähne. »So toll ich das Märchen vom großen Comeback liebe, glaube ich, auch heute wird es für ihn schwer unter die besten 20 zu kommen.«

»Hast du denn Fehler ausgemacht, die er abstellen muss?«

»Nein, das war ein feiner Lauf, vielleicht hier und da die Linie ein wenig zu weit gewählt, aber das ist nicht das Entscheidende. Er ist auf dieser Strecke einfach zu langsam.«

Timo zog den Kopfhörer ab. Er war wütend darüber, wie abwertend Calcacy über seinen Teamkollegen sprach. Er stieg vom Rad und nahm es von der Rolle, um sich ein letztes Mal zu dehnen, bevor es für ihn zur Startrampe ging.

Im Moment hatte der Nieselregen aufgehört, doch das bedeutete nichts. In wenigen Minuten konnte es schon wieder losgehen.

Er schaute auf seinen Radcomputer. Marcel musste jetzt auf den letzten Metern sein. Als er mit seinem Rad rüber zur Startrampe ging, stand Langley bereits da. Der amerikanische Superstar würde dieses Mal unmittelbar vor ihm starten. Er stellte sich vor, wie er dem von sich überzeugten Amerikaner die ultimative Schmach einbrachte und ihn beim Qualifying überholte. Doch das geschah eigentlich nur, wenn ein Messenger stürzte, und das wünschte er nicht einmal seinen direkten Konkurrenten.

»... die Hälfte der 30 Messenger waren auf der Strecke und es bewahrheitet sich deine Einschätzung Ian, die Mädels und Jungs mit den dicken Waden liegen auf den Top-Positionen.

Den Fünftplazierten nach 17 Messenger haben wir jetzt am Mikro. Hallo Marcel, zweites Qualifying und das zweite Mal die Qualifikation fürs Rennen. Wie schmeckt Ihnen das?«

Marcel war noch völlig außer Atem, als ihn die Kamera-Drohne direkt hinter der Ziellinie abpasste und um ein Interview bat. Er hatte gar nicht die Chance, zu reagieren und ehe er zweimal tief durchatmen konnte, war er live ins Studio durchgeschaltet. »Sorry, können Sie die Frage nochmal wiederholen?«

»Aber klar. Wie fühlt es sich an, sich im zweiten Versuch, überhaupt zum zweiten Mal, für ein Rennen zu qualifizieren?«

»Hauptsache ich bin vor dem Italiener aus dem Jeanshosen-Team.«

»Oho, das klingt nach einer Kampfansage. Haben Sie

schon einen Kontrahenten im Feld ausgemacht? Toni Cancello?«

»Ach was, kein Kontrahent. Ich brauch jetzt erstmal was zu trinken.« Mit diesen Worten brach er die Live-Schalte ab und ging aus dem Bild.

Die Drohne versuchte, ihm zu folgen, doch schnell gab die Regie wieder zurück ins Studio.

»Kein Mann großer Worte, aber er schlägt sich gut. Werfen wir nun unseren Blick auf die Top Six. Ference Geisler ist gerade gestartet. Der Top-Mann vom Green Drink Team muss zeigen, dass ihn die heute Morgen aufgekommenen Gerüchte nicht beeinflussen. Was sagst du zu den Spekulationen um einen möglichen Dopingskandal?«

»Na ja, Tara, ich bin mir hundert Prozent sicher, dass die Mädels und Jungs die hier heute am Start sind, sauber sind. Die Messenger sind mittlerweile so transparent, ich kann ja online die Leistungsdaten von jedem Einzelnen abrufen. Es ist quasi unmöglich, etwas zu sich zu nehmen, ohne dass das auffällt und schon gar keine Nano-Bots. Sollte an den Gerüchten etwas dran sein, dann stammen diese aus der Vergangenheit. Aktuell wissen wir aber noch viel zu wenig, um irgendwelche Mutmaßungen anzustellen.«

»Na gut, du hast wahrscheinlich recht. Konzentrieren wir uns lieber auf die Strecke, denn dort sehen wir die zweite Zwischenzeit von Geisler und die bestätigt, dass sich die Top-Fahrer an der Power einer Bahnrad-Olympiasiegerin die Zähne ausbeißen. Gammon hat schon an dieser Zeitmessung fünf Sekunden Vorsprung und sie ist in der zweiten Hälfte nicht langsamer geworden.«

Bis zum Ende des Qualifyings konnte niemand mehr die

Spitzenzeit der ehemaligen Bahnradfahrerin Kylie Gammon schlagen. Jedoch meldete sich Vince Langley mit einem starken, zweiten Platz an der Spitze zurück, während Daiki Itawa erwartungsgemäß bei dieser Vorentscheidung nicht seine Stärken ausspielen konnte. Er platzierte sich auf Platz vierzehn vor Marcel Framer. Die große Hoffnung Itawas bestand in einer ordentlichen Ladung Verkehr beim Rennen, so dass selbst auf den breiten Straßen der Hauptstadt das fahrerische Können etwas stärker ins Gewicht fiel.

Timo blickte zufrieden auf das Endergebnis im Zielbereich. Er hatte es als Achter abermals unter die Top-Ten geschafft und auch Marcel konnte sich für das Rennen qualifizieren.

Einzig das erneute Scheitern von Martin stimmte ihn missmutig. Es war Samy Embala, die ihn aus den Gedanken riss.

»Hey Schwarzwälder, bist ja morgen schon wieder dabei.« Sie hatte ihren Helm auf und ihr Rad an einen Techniker der Equipe Remo Automobile abgegeben.

»Klar, was anderes erwartet?«

»Nicht schlecht für einen Amateur.« Damit ließ sie ihn stehen und ging zu ihrem Betreuer, der ihr direkt eine Jacke reichte.

Auch Timo machte sich umgehend auf den Weg zum Transportgleiter des Teams, da niemand im Zielbereich bei dem Wetter auf ihn warten wollte. Christoph nahm ihn in den Arm. »Du bist echt ein krasser Typ. Das hätte ich nicht erwartet. Du solltest aber direkt unter die heiße Dusche, ein Infekt bei dem Wetter fehlt jetzt gerade noch.«

Am Abend saßen sie zusammen in einem taiwanesischen

Restaurant in einem der Wolkenkratzer. Das Etablissement war topmodern und schien nagelneu zu sein. Die Bestellungen konnten direkt über die eigene Smartwatch abgegeben werden und es war möglich die Speisen und Getränke inklusive der Zutaten als Hologramm zu begutachten. Jeder Tisch hatte zwei eigene Bots, die das Gewünschte umgehend brachten. Verena war regelrecht euphorisch und bestellte ein Glas Sekt für alle. »Es ist total verrückt. Unsere Instagram-Follower gehen durch die Decke, der Hersteller unseres Merchs kommt nicht hinterher mit der Produktion. Wir sind gerade der hottest Shit.

Lilly bekommt jetzt noch Unterstützung von zwei Studenten, die ihr helfen unsere Kanäle zu betreuen und die Aufmerksamkeit so gut wie möglich auszuschlachten.«

»Und was ist mit Sponsoren?«, fragte Timo, während er vor sich durch die Hologramme der Speisen swipte.

»Ja, daraus ergeben sich einige kleinere Deals, weshalb wir von euch nächste Woche auch 3D-Scanns machen, damit man mit euch Werbespots erstellen kann, ohne, dass ihr jedes Mal zu einem Dreh gehen müsst.«

Marcel konnte nur den Kopf schütteln. »Wie haben wir im Griff, dass mit unseren 3D-Scans kein Unfug getrieben wird?«

»Da hast du keine Chance. Spätestens in zwei Wochen findest du im Internet Pornos mit dir in der Hauptrolle.« Timo versuchte einen mitleidigen Gesichtsausdruck. Es hielt nicht lange, schon begann er laut zu lachen. Die anderen stimmten mit ein.

Einzig Martin blieb in seine Gedanken versunken. Er ließ das Glas Sekt stehen und schlürfte seine Beef Noodle Soup eher lustlos. Als er diese leer hatte, verabschiedete er sich mit der Ausrede, früh ins Bett zu wollen.

Der Regen hatte wieder etwas zugenommen und Martin zog die Kapuze tief ins Gesicht, als er aus dem Restaurant hinausging. Von den Hologrammen an den Fassaden der umliegenden Hochhäuser strahlte ihm Vince Langley und die anderen Top-Messenger entgegen. Die Bebauung war in Washington nicht so dicht wie in den meisten Städten, dennoch hatte er keine Chance von seiner aktuellen Position das Capitol oder überhaupt eines der Regierungsgebäude zu sehen.

Als er auf der Landeplattform stand und auf sein Flugtaxi wartete, näherte sich jemand. Martin drehte sich zu der Person um und war nicht sonderlich überrascht, dass es sich um Amanda Petric handelte.

»Hallo Martin, schade dass es heute wieder nicht gereicht hat. Du solltest dich mal ein wenig mehr anstrengen.«

»Was willst du?« Petric hob ihren Regenschirm etwas an, so dass das Licht der Plattformbeleuchtung in ihr Gesicht schien und Martin ihr süffisantes Lächeln sehen konnte.

»Es ist ganz einfach, ich habe da noch eine kleine Rechnung mit dem Green Drink Team offen und ich möchte diese begleichen.«

»Was willst du?«, fragte Martin abermals, während das erste Taxi vor ihm landete und er es einem anderen wartenden Gast überließ.

»Ich möchte, dass einer der drei Green Drink Messenger das Rennen nicht beendet. Dafür benötige ich jemanden auf der Strecke, der dafür sorgt, dass einer der Vögel mal frontal in den Traffic rauscht oder in einer Kurve raus gedrängt wird. Es wäre natürlich hervorragend gewesen, wenn derjenige, der mir was schuldet, endlich seinen Arsch hochbekäme und sich qualifizieren könnte. So muss das wohl einer seiner Teamkollegen übernehmen. Ich gebe dir noch ein Rennwochenende, um das selbst zu erledigen, ansonsten schicke ich den zweiten Teil der Mail an die Presse und du weißt genau, was da drin steht.«

Das nächste Flugtaxi landete und Amanda Petric trat vor, um einzusteigen. Martin stand da und ließ sie, ohne mit der Wimper zu zucken, gewähren.

Am nächsten Morgen wurde Martin von lautem Gebrabbel von draußen vor dem Wagen geweckt. Auch Timo reckte seinen Kopf aus dem Bett. »Was ist denn da los?«

Christoph war seit einer Weile wach, so dass er die Antwort kannte. »Das sind eure Fans. Da draußen sind vier Sicherheits-Bots damit beschäftigt, dass eure Groupies nicht den Gleiter stürmen.«

»Wir haben Groupies?« Noch nicht ganz wach, beugte sich Marcel aus seiner Schlafkoje. Timo hatte sein Tablet im Anschlag und scrollte wild darauf herum. »Ich weiß auch warum.«

Per Fingerbewegung schob er ein Instagram-Video auf den Bildschirm an der Tür zur Fahrerkabine. Ein junger Mann, der in einem dunklen Zimmer vor einer Lampe saß und rote Kopfhörer trug, schaute darauf mit großen Augen in die Kamera.

»Hey Leute, ich bin's Fari. Habt ihr auch schon einen Schwarzwald-Bräu-Hoodie? Das ist der heiße Scheiß. Aber ich sag euch, was die nächste Stufe ist.

Ihr müsst an die Originalkleidung ihrer Messenger kommen. Also falls ihr dieses Wochenende in DC abhängt, dann schaut doch mal bei Unterfeld und den anderen

Messenger vom Schwarzwald-Bräu-Team vorbei, vielleicht gibt euch einer von ihnen seine Cap oder, noch krasser, das Shirt vom Rennen.

Also ich wäre dabei, dafür richtig Steine hinzulegen!« Dabei fuhr er mit einer flachen Hand mehrmals über die andere, ehe er kurz das Victory Zeichen in die Kamera machte und das Video endete.

»Und wer war der Typ jetzt schon wieder?« Marcel rieb sich den Sand aus den Augen und fuhr sich mit den Fingern durchs Haar.

»Man merkt, dass du im tiefsten Schwarzwald wohnst.« Timo lachte und öffnete das Instagram-Profil von Fari Fazekias.

»Fari ist wohl einer der einflussreichsten Influencer der amerikanischen Teenager. Wenn der Typ einen Tipp gibt, wo es in L.A. die besten Milchshakes gibt, dann rückt die Polizei sofort aus, um den Laden irgendwie zu schützen.« Timo zeigte ein weiteres Video. Darauf war eine Eisdiele direkt an einer Landeplattform zu sehen. Jedoch hätte die Landeplattform auch das Front of House eines Rock-Konzerts sein können. Aufgrund der Menge an Menschen war nichts mehr von der Plattform zu sehen. Die Masse drängte in Richtung des kleinen Geschäfts.

»Seh ich das richtig? Der Typ mit dem Flaum ums Kinn hat 89 Millionen Follower, die ihm zuhören und der hat gerade dazu aufgerufen, uns die Kleider vom Leib zu reißen?«

»89 Millionen auf YouTube, eher so 180 Millionen auf Insta. So drastisch würde ich es nicht bezeichnen, aber ich vermute mal da stehen einige Teens vor unserem Gleiter, die gerne eine unserer Caps hätten.«

»Zu dumm, dass du deine diese Woche schon verschenkt

hast. Wenn die Kleine merkt, was sie da hat, kann sie ordentlich Kohle machen.«

Es klopfte an der Tür zum Gleiter. »Jetzt haben sie es an den Bots vorbei geschafft.«

Verena schüttelte mit Blick auf die Außenkamera den Kopf. »Nein, das ist ein Offizieller der CtC. Den sollten wir vielleicht rein lassen.«

Sie ging an die Tür und öffnete sie. Ein schlaksiger Mann in ihrem Alter betrat schnell den Gleiter und drückte hinter sich die Tür zu.

»Entschuldigt für die frühe Störung, aber habt ihr schon mitbekommen, was da draußen los ist.«

»Ja, haben die Kids alle eine Akkreditierung für das Fahrerlager?«

»Nein, ein paar der Besucher müssen Coding-Kids sein. Die haben eine Sicherheitsschleuse gehackt und die ganzen Teens rein gelassen. Wir versuchen gerade, das Chaos in den Griff zu bekommen. So lange können Sie leider nicht den Gleiter verlassen.«

»Wie viele rennen den da draußen rum? Das kann doch nicht so schwer sein. Bei Langley und Co ist doch immer so viel los?« Beschämt blickte der Mann auf den Boden.

»Nein, das haben wir noch nie erlebt, es sind mindestens 500 Teenager, die nur irgendwelche Kleidungsstücke von euch wollen, weil so ein Typ auf Instagram dazu aufgerufen hat.«

Martin zupfte an seinem T-Shirt, als würde er es sich gleich vom Leib reißen.

»Ja, das haben wir schon mitbekommen, aber was sollen wir jetzt machen? Wir können uns schlecht nackt ausziehen und alles, was wir im Transporter haben aus dem Fenster schmeißen?«

164

Der Offizielle der CtC hob beschwichtigend seine Hände, als schiene er Angst zu haben, dass Martin direkt zur Tat schreiten würde.

»Nein, nein, die Bots versuchen, das in den Griff zu bekommen. Aber das kann noch etwas dauern.«

»Vielleicht habe ich eine Idee.« Timo sprang aus dem Bett und ging an den Schrank, um dort sein Renntrikot zu holen und es anzuziehen. Dann pfiff er seine Drohne her und startete eine Live-Übertragung auf allen seinen Social-Media-Kanälen.

»Hey Fari, du hast uns heute um den Schlaf gebracht! Deine Crew steht hier vor der Tür und versucht, uns das hier vom Leib zu reißen.« Er zeigte auf sein Trikot. »Ich würde dir ein Angebot machen. Du kennst doch Viva Con Aqua. Wenn du und deine Crew 10.000 Dollar, ach was, du hast so viele Follower, wir machen 100.000 Dollar. Also, wenn du und deine Crew bis zum Ende des Rennens 100.000 Dollar an Viva Con Aqua unter dem Hastag #Shirtsforwater spenden, dann lade ich dich nächstes Wochenende zu uns ein und überreiche dir das Shirt persönlich. Ist das ein Deal?«

Er gab seiner Drohne das Zeichen, die Aufnahme zu beenden, und erklärte ihr, sie solle den Link unter dem Video von Fari posten.

»Und jetzt?«, fragte Marcel, der mittlerweile auf der Kante seines Bettes saß und die Füße in den schmalen Flur baumeln ließ. Timo blickte durchs Fenster und nickte zufrieden.

»Jetzt warten wir, die ersten sehen das Video schon, guck.« Er zeigte auf das Bild, welches von der Außenkamera aufgenommen wurde. Die ersten Groupies hatten das Video auf ihren Watches bereits geöffnet. Ein Lied pfeifend ging Timo nach hinten in die Werkstatt, um sich einen Smoothie zum Frühstück aus dem Kühlschrank zu holen. Gemeinsam beobachteten sie mit dem Offiziellen der CtC das Geschehen vor dem Gleiter.

Nach einer halben Stunde bekam Timo eine Benachrichtigung auf seinem Tablet, dass Fari ein Video gepostet hat, in dem er markiert war. Er warf es wieder auf die Tür und ließ es ablaufen.

»Hey Timo, bra nicer move, das ist ein Deal! Leute, ihr habt den Mann gehört. Lasst die Jungs sich mal in Ruhe auf das Rennen vorbereiten und wenn jeder von euch die Sache mit nur einem Dollar unterstützt, dann haben wir schon was Gutes getan. Und ich verlose das Shirt unter allen, die gespendet haben.«

Timo musste lachen. »Anders wäre er aus der Nummer nicht herausgekommen. Wenn er das Shirt jetzt für sich behalten hätte, hätte es einen feinen Shitstorm gegeben.«

Bald hatte sich das Video unter den Groupies verbreitet, denn so langsam löste sich die Menschentraube auf und die Security-Bots konnten die Jugendlichen ohne Zutrittsberechtigung aus dem Fahrerlager begleiten.

Verena schaute auf ihre Smartwatch und anschließend auf ihr Tablet mit den Plänen. »Leute, jetzt müsst ihr euch aber sputen. Durch den Zwischenfall haben wir etwa eine dreiviertel Stunde verloren. Das Frühstück muss heute etwas schneller laufen. Es wird Zeit, dass ihr ein bisschen rauskommt und euren Kreislauf in Schwung bekommt.« Also zogen sich die drei ihre Trainingsanzüge an, schnappten sich ein Stück Obst und verließen den Gleiter.

Ein paar Fans sprachen sie noch an und wollten ein Autogramm, ein Foto oder fragten vorsichtig nach ihren Caps, aber es war im Verhältnis zu den tumultartigen Szenen zuvor regelrecht entspannt.

Sie liefen bis zum Zielbereich und trafen ein paar der Messenger, die ebenfalls auf ihrer morgendlichen Runde unterwegs waren. Einzig Fenja Rehm kam ihnen verschwitzt mit dem Rad entgegen.

»Hey Fenja, das Rennen ist erst in drei Stunden.« Es war gefühlt das erste Mal seit Tagen, dass Martin so etwas wie einen Joke machte.

»Jungs, nicht jeder kann sich so ein entspanntes Aufwärmprogramm leisten, wie ihr.« Sie zeigte auf die Kaffee-ToGo-Becher in den Händen von Martin und Marcel, dann zog sie mit dem Rad davon.

»Martin, hast du für uns noch ein paar abschließende Tipps zum Rennen heute?« Timo hatte die Hoffnung, endlich wieder so etwas wie eine Art Connection zu ihm aufzubauen. Seit dem ersten Kennwochenende lebte Martin wie in einer eigenen Blase. Er beteiligte sich zwar an den Gesprächen, doch es wirkte, als wäre er mit seinen Gedanken in einer anderen Welt. Alle Versuche von Timo, an ihn heranzukommen, endeten damit, dass Martin zurückzog.

»Hier hängt alles vom Traffic ab. Nach den Trainings und dem Qualifying denkt man immer, was kann hier schon schief gehen? Die Strecke bietet keinerlei Herausforderung, aber wenn dann im Rennen der Verkehr dazu kommt, ist es etwas anderes. Durch die breiten Straßen und einfache Verkehrsführung sind die Fahrzeuge hier verdammt schnell, selbst wenn viel los ist. Es ist nicht so wie in New York oder den meisten anderen Strecken in den USA. Der Virtual Traffic ist nicht nur ein Haufen im Stau stehender Hindernisse oder ein paar in Schrittgeschwindigkeit rollende Autos.« Martin hob mahnend den Finger und zog, um seine Worte zu verdeutlichen, die Augenbrauen nach oben. »Nein, der Verkehr hat hier richtig Tempo. Ihr müsst höllisch aufpassen. Hier kann es sogar sein, dass er euch von hinten überholt. Ihr müsst ständig hellwach sein.« Wie bei einer Aufzählung ging er die entscheidenden Punkte durch.

»Das Nächste sind die Menschentrauben. Ihr glaubt, ihr könnt die breiten Fußgängerwege nutzen, um der Gefahr aus dem Weg zu gehen? Weit gefehlt. Plötzlich kommt eine Virtual Traffic Reisegruppe ums Eck und ihr steht mitten in einer Traube von Bots und kommt nicht mehr raus. Nutzt die Gehwege nur, wenn ihr weit und breit keine großen Gruppen seht und nie an Kreuzungen, die man nicht einsehen kann.«

Timo und Marcel nickten eifrig, während sie den Ausführungen ihres Kollegen lauschten.

Als sie wieder zurück am Gleiter waren, standen die Räder schon frisch geputzt leicht glänzend von den Sonnenstrahlen unter dem Zelt.

»Was ist denn das?« Marcel fielen sofort die dünnen Verlängerungen des Lenkers auf, an dessen Ende sich eine eiförmige Scheibe befand.

»Rückspiegel«, antwortete Christoph stolz. »Martin hatte heute Morgen gemeint, es könnte euch helfen.«

»Das sieht ja total scheiße aus. Mit sowas können wir doch nicht auf die Strecke.« Auch Timo begutachtete kritisch die kleinen Hörnchen, die oben von seinem Rennradlenker abstanden.

Christoph räusperte sich. »Ja, sieht scheiße aus. Kann euch aber, im wahrsten Sinne des Wortes, den Arsch retten. Wenn ihr in einem hitzigen Duell aus dem Windschatten rauszieht, werft einen kurzen Blick darauf. Ihr erkennt nicht viel, aber wenn die sich verdunkeln, ist das ein Indiz dafür, dass von hinten ein Virtual-Traffic-Truck angerauscht kommt und ihr lieber mit dem Überholmanöver wartet. Ansonsten wäre es das Letzte, für eine längere Zeit.«

Timo zuckte mit den Schultern, während er an den kleinen Rückspiegeln herumspielte und sich vorsichtig mit ihnen anfreundete.

»Nix da, schraub die Dinger bei mir wieder ab. Das nervt mich jetzt schon.« Marcel war weniger kompromissbereit und Christoph schraubte die kleinen Spiegel im Handumdrehen ab.

Verena beobachtete ihn von der Tür des Gleiters. »In einer Viertelstunde beginnt das Einschreiben, ihr solltet euch umziehen und an den Start rollen.« Lächelnd ging sie auf Timo zu und zupfte an seinem Shirtärmel.

»Ach und Timo, mach beim Rennen dein Shirt nicht kaputt, das gehört jetzt quasi Feris.«

»Die 100k sind schon geknackt?« Timo war überrascht, seine Augen begannen zu strahlen.

»157, macht euch fertig!«

Marcel pfiff anerkennend. »Krass, hatte dich für verrückt gehalten, als du die 100.000 Dollar ausgerufen hast. Warum sollte jemand so viel für ein Shirt von uns zahlen.«

»Diese Welt ist verrückt mein Freund, diese Welt ist verrückt!« Timo klopfte seinem ungläubigen Freund auf die Schulter, als er an ihm vorbei in den Gleiter stieg.

»Liebe Freunde des Citytracks, es ist endlich so weit!« Auch heute begrüßte Tara Muffet die Millionen von Zuschauern vor den Livestreams auf der ganzen Welt. Dank modernster KI-Technologie war es nicht mehr notwendig, dass nationale Sender Übertragungen in der eigenen

Landessprache durchführen mussten. Es war kein Problem, Taras und Ians Worte in Echtzeit zu übersetzen, so dass es sich für die Menschen egal wo auf der Welt anfühlte, als würden die beiden das Turnier in ihrer Sprache kommentieren. »Rennen zwei des Allen-Clay-Cups und pünktlich zum Wettkampf zeigt sich Washington von seiner schönsten Seite. Wir haben schon jetzt knapp zwanzig Grad und nur leichte Schäfchenwolken am Himmel. Mein Experte ist zwar keine Wetterfee, sondern eine Citytrack-Legende, dennoch die Frage Ian, hättest du damit gerechnet, dass es dieses Wochenende so schön wird, und welchen Einfluss hat das auf das Rennen?«

»Tara, tatsächlich habe ich gestern nochmal auf das Wetterradar geschaut, und da war noch eine große graue Wolke zu sehen. Die hat sich aber verflüchtigt und wir brauchen jetzt die Sonnenbrille, um das Rennen zu kommentieren. Das ist auch die einzige Veränderung, die für die Messenger eine Rolle spielt. Sie werden die wasserabweisenden Gläser ihrer Bike-Brillen durch die getönten ersetzen. Auf die Strecke hat es kaum Einflüsse, da diese selbst bei etwas Feuchtigkeit gut zu meistern ist. Ich gehe davon aus, dass wir ein tolles Rennen sehen werden.«

»Wir schauen nochmal auf das Qualifying von gestern zurück. Kylie Gammon auf eins ist bei einer Highspeed Strecke wie dieser nicht die große Überraschung. Es ist seit jeher bekannt, dass die ehemalige Bahnradolympiasiegerin Wattzahlen treten kann, an die sonst kaum ein Messenger rankommt. Auch dass Daiki Itawa es nicht unter die Top Ten schafft, war zu erwarten. «

»Ja, Itawa hadert seit jeher mit dem Rennen in Washington, ich glaube, wenn er eines der Rennen um den Allen-Clay-Cup ersetzen würde, dann wäre es dieses. Aber genau das macht diesen Cup ja so einzigartig in der Welt. High-Speed-Strecken gefolgt von technisch hoch anspruchsvollen Kursen wie dem der nächsten Woche in New Orleans. Am meisten hat mich ganz klar Nauko von Denwa überrascht. Eigentlich auch eher ein technisch starker Messenger, der nicht unbedingt für seine dicken Waden bekannt ist. Doch er scheint mächtig drauf gelegt zu haben seit dem letzten Jahr und hat sich auf P6 geschoben. Er startet damit aus Startreihe eins.«

»Langley auf P2, Itawa mit P14 eher im hinteren Feld, kann das heute schon die Vorentscheidung werden?«

»Nein, da sind wir noch zu weit entfernt von Las Vegas. Außerdem sind wir ja nicht beim Motorsport. Das heißt: Klar hat man mit einer Startposition in der ersten Reihe einen Vorteil, aber diesen kann man auch ganz schnell verspielen. Gerade bei so einer Highspeed-Strecke schadet es nicht von Beginn an einen Windschattenspender zu haben.

Da ist die zweite Startreihe manchmal sogar besser als die Erste. Die größte Herausforderung an der hinteren Startposition ist eigentlich nur unbeschadet durch die erste Kurve zu kommen.«

»Ian, ich sehe, die CtC hat den heutigen Traffic bekannt gegeben. Der Zufallsgenerator will wohl auch ein Highspeed-Rennen. Wir haben den Verkehr aus dem Juli 2032 aber von elf Uhr abends. Also zu einer Uhrzeit zu der nicht mehr so viel auf den Straßen los war. Gibt es dennoch Tücken?« Natürlich wusste der Experte auch darauf eine Antwort.

»Klar, die Geschwindigkeit des Virtual Traffics ist zu solch später Stunde nochmal höher. Man muss höllisch aufpassen, dass man nicht von hinten überrollt wird.«

»Und zu dieser Uhrzeit kann man entspannt auf dem

Gehsteig unterwegs sein. Touristen-Gruppen sind jedoch eher untypisch.«

»Das ist in Washington trügerisch. Wenn doch eine Touristen-Gruppe auftaucht, dann steckst du mitten zwischen den Bots und verlierst zu viel Zeit.«

»Gut, dann schauen wir mal, wie es ausgeht, und richten unseren Fokus auf das Rennen. In wenigen Sekunden ertönt das Startsignal. Die Messenger sind jetzt schon im Tunnel und warten nur darauf, dass die Ampel auf Grün springt, und diesen Gefallen tut sie ihnen just in diesem Moment.« Das Bild in der Übertragung ging in die Totale, sodass man den kompletten Startblock überblicken konnte. Tara fuhr mit ihrem Kommentar fort.

»Das zweite Rennen des diesjährigen Allen-Clay-Cups läuft! Die Messenger sortieren sich, bevor es in 150 m in die erste Kurve geht. Da wird es gleich mal eng. Oh ja! Und als hätten wir es vorausgesagt, gibt es einen Sturz. Da sind sich ein paar Messenger in die Quere gekommen. Jetzt liegt da eine ganze Gruppe, das sind mindestens 5-6 Messenger. Der hintere Teil des Feldes konnte dem Unglück ausweichen. Dennoch haben sie dadurch den Anschluss an die Führungsgruppe verloren. Noch wissen wir nicht, wen es genau erwischt hat, aber das werden wir in den nächsten Minuten alles für Sie auflösen.« Taras Stimme brachte richtiges Mitgefühl für die gestürzten Messenger an. Schon blendete die Kamera auf die Führungsgruppe über. Tara ging in das Stakkato über, mit dem sie Rennszenen typischerweise kommentierte. »

Eines ist sicher, Kylie Gammon ist heil durch die Kurve gekommen und an ihrem Hinterrad haben sich Langley, Stern und Geisler festgebissen. Außerdem müssten das noch Nauko und Unterfeld sein. Das sind die sechs Glücklichen, die mit dem Sturz nichts am Hut hatten.

Dann kommt eine kleine Lücke und danach eine Gruppe von fünf Messenger. Das sind Cancello, Hinteregger, Framer, Quisero und Itawa, also die Messenger, die in der letzten Reihe gestartet sind und dem Unheil ausweichen konnten. Die dritte Gruppe bestehend aus Embala, Zucc und Goodel. Das sind die, die zwar im Sturz festhingen, sich aber schnell wieder aufraffen konnten.« Es erschien kurz das Logo des Senders, ehe eine Wiederholung eingeblendet wurde.

»Schauen wir uns den Sturz nochmal in der Zeitlupe an. Wer war der Verursacher? Oh, das sieht eindeutig nach Clèment Loric aus, der von außen etwas zu weit in die Kurve reinzieht und dabei an Vlaars Hinterrad hängen bleibt. Der East-Oil-Messenger, der so große Hoffnungen auf dieses Rennen gesetzt hatte, verliert die Kontrolle und stürzt genau in die Fahrspur von Loric und Joris Avormaat. Sie hatten gar keine Chance, auszuweichen.« Plötzlich sprang Ian Calcacy ihr ins Wort.

»Hast du das am Rand gesehen? Unterfeld hätte es eigentlich auch legen müssen.«

Die Regie spulte das Bild nochmal zurück und ging auf eine andere Kameraperspektive, bei der Timo besser zu erkennen war. Eigentlich war auch er direkt in der Fahrspur des Unglücks unterwegs. Mit einer Blitzreaktion zwängte er das Rad an den Stürzenden vorbei, ohne selbst getroffen zu werden. »Der Junge ist der Hammer und er fasziniert mich von Tag zu Tag mehr.« Calcacys Begeisterung für Timo schien ehrlich zu sein. Doch Tara holte die Zuschauer wieder zurück in die Liveübertragung.

»Jetzt gehört er aber zu den dreien aus dem Topfeld, die

das Tempo von Gammon nicht mitgehen können. Die Spitzengruppe ist auf drei Messenger geschrumpft, die da heißen: Gammon, Langley und Stern.

Geisler, Unterfeld und Nauko haben jetzt etwa ein Loch von 10-20 Metern reißen lassen. Dafür haben sich schon Cancello und Zucc an sie rangesaugt.

Itawa gibt alles, um auch die dritte Gruppe wieder vorne dran zu führen, was ihm aber sichtlich schwerfällt.

Ian, ist es jetzt nicht an der Zeit, dass Nauko sich fallen lässt und seinem Captain hilft?«

»Als könntest du hellsehen Tara!«

In diesem Moment, als Cancello und Zucc auf die zweite Gruppe aufschlossen und Nauko feststellte, dass sein Captain nicht dabei war, ließ er sich zurückfallen, um ihn nach vorne zu führen.

»Was Kylie Gammon hier heute abliefert, ist stark! Mit umsichtiger Fahrweise und dennoch immer voll auf dem Gas, hat sie die beiden Detroit-Dynamic-Messenger mittlerweile von ihrem Hinterrad abgehängt und einen kleinen, aber feinen Abstand von vielleicht drei bis vier Radlängen auf die Verfolger aufgebaut. Wenn sie so weiterfährt, sollte das heute ihr erster World Tour-Sieg werden.« Tara schien Gefallen an der Situation zu bekommen.

»Hinten dran schiebt es sich hingegen wieder ein wenig zusammen. Es gibt eine größere Verfolgergruppe, angeführt von Stern, Langley und Zucc. Den dreien folgen Unterfeld, Geisler und Cancello. Auch Nauko schaffte es, seinen Chef Itawa an diese Truppe heranzuführen.

Ian, wenn du dir diese Verfolgergruppe so anschaust, wer hat für dich die größten Chancen, im Zielsprint den Sprung auf das Treppchen zu packen?« Calcacy räusperte sich, ehe er die Frage beantwortete.

»Wenn man sich die Gruppe anschaut, muss man klar Vince nennen. Allerdings musste er sich im ersten Rennen im Duell direkt mal Timo Unterfeld geschlagen geben. Es stellt sich die Frage, wie stark ist der Amerikaner dieses Jahr wirklich?

Den stärksten Eindruck am heutigen Tag, macht ganz klar Dawin Zucc, der sich in beeindruckender Geschwindigkeit nach vorne gearbeitet hat. Die Frage ist jetzt nur, wie viele Körner er für die Aufholjagd verbraten hat?« Plötzlich unterbrach ihn Tara mit einem lauten Schrei.

»Oh ich höre gerade, dass es weiter hinten ordentlich gekracht hat! Marcel Framer ist beim Überholen von einem Virtual Traffic geschrammt worden.«

Es wurde eine Zeitlupe eingeblendet, wie Marcel aus dem Windschatten von Embala herauszog. Dabei übersah er einen, von hinten anrauschenden LKW und konnte gerade noch zur Seite. Dennoch war der Kontakt nicht zu vermeiden und er wurde auf die andere Straßenseite geschleudert. Dort lag er jetzt. Sofort kamen zwei Medibots und kümmerten sich um ihn.

»Das sah übel aus. Aber so, wie ich es sehe, scheint er bei Bewusstsein zu sein. Ja, da winkt er in die Kamera. Jetzt müssen wir uns aber auf die Spitze konzentrieren. Dort geht es gleich auf die Zielgerade.« Tara Muffet hatte kein Erbarmen und war sofort wieder voll im Renngeschehen.

»Kylie Gammon ist schon angekommen und schaut sich zum ersten Mal um. Die 30-jährige Amerikanerin braucht nicht mehr zum Zielsprint ansetzen und wird das Rennen hier als Siegerin beenden.

Jetzt biegt aber die Verfolgergruppe um die Ecke.

Angeführt von Ference Geisler, der Tempo macht für den bestens aufgelegten Dawin Zucc. Nauko versucht hingegen, einen zweiten Sprintzug aufzumachen, doch Itawa gelingt es nicht, das Hinterrad seines Teamkollegen zu bekommen, an das sich stattdessen Cancello geklammert hat.« Taras Stimme wurde immer schneller.

»Jetzt eröffnet Langley den Sprint, Timo Unterfeld konnte sich das Hinterrad sichern. Auch Zucc geht aus dem Windschatten heraus und versucht, die Höhe von Langley zu halten.

Unterfeld wird es wohl nicht mehr an Langley vorbei schaffen, es entscheidet sich zwischen Langley, Cancello und Zucc.« Die Kamera war frontal hinter dem Ziel auf die einfahrenden Messenger gerichtet. Die drei Messenger sprinteten nebeneinander auf die Kamera zu und drückten im letzten Moment das Rad mit ihrem Körper nach vorne. Dies gelang dabei Langley am Besten. Sein Rad berührte als erstes die Linie.

»Dawin Zucc komplettiert das Treppchen und Cancello muss sich mit dem undankbaren vierten Platz begnügen. Unterfeld zeigt abermals eine beeindruckende Leistung und kommt als fünfter vor Daiki Itawa ins Ziel. Stern, der es nur als siebter über die Linie schafft, hat diesen Sprint eindeutig verschlafen.« Man sah, wie die Messenger im Zielbereich bei Kylie Gammon vorbei rollten und ihr anerkennend auf den Rücken klopften, ehe es einen Schnitt gab und die Kamera wieder auf die Ziellinie gerichtet war. Nun war es Ian Calcacy, der den Kommentar übernahm.

»Tara, da kommt auch schon die dritte Gruppe. Hinteregger, Piston, Embala, Quisero und Sue Goodel belauern sich. Keiner von ihnen gilt als der große Sprinter, doch es ist dann Samy Embala, die anzieht. Piston, Hinteregger, Goodel und Quisero folgen.« Die letzte Gruppe fuhr nicht mehr um die Platzierungen, sondern rollte einfach über die Ziellinie, so wie sie auf die Zielgerade eingefahren waren.

Zum Abschluss kommen die Gebeutelten ins Ziel. Loric, Vlaard, Avormaat, Hatanula und Rehm waren diejenigen, die es beim ersten Sturz am heftigsten erwischt hatte. Dennoch haben es alle wieder aufs Rad geschafft, das ist erfreulich. Einer, der wohl nicht mehr ins Ziel kommt, ist Marcel Framer.

Der Deutsche wurde von den Medibots von der Strecke begleitet. Dafür wird es keine Punkte geben. Hoffen wir nur, dass er schnell wieder zurückkommt.«

Das Bild wurde mit einer Überblendung von der Strecke zurück ins Studio geschaltet. Wo Tara Muffet und Ian Calcacy hinter einem Pult aus glänzendem Metall saßen und sich anblickten.

»Ian, es war doch genau das Rennen, was wir in Washington erwartet hatten. Es war brutal, schnell und am Ende gewinnt die Messengerin, die die höchste Wattzahl tritt. Ist das nicht auch ein bisschen langweilig?«

»Ich weiß, worauf du hinauswillst, Washington ist keine Strecke, die die Dinge mitbringt, weshalb wir alle Citytrack so lieben. Enge Fahrspuren, halsbrecherische Ausweichmanöver, intelligent ausgesuchte Routen. Aber ich glaube, gerade weil diese Strecke so ganz anders ist, bringt sie nochmal die gewisse Würze in den Allen-Clay-Cup. Dieses Rennen gibt auch anderen eine Chance. Es gibt jedes Jahr Messenger, die sich gegen Washington aussprechen, doch wenn wir mit Kylie sprechen, wird sie sagen, es braucht die Strecke unbedingt.« Tara lauschte ihrem Kollegen gespannt und nickte dabei immer wieder, ehe sie den Blick in die Kamera richtete, um das erste Interview anzukündigen.

»Da fragen wir sie doch direkt mal. Einer unserer Bots ist jetzt bei Kylie.« Die Amerikanerin tauchte zwischen den beiden Experten auf dem Bildschirm auf. Schwer atmend zog sie sich eine Trainingsjacke und eine Mütze an, die ihr ein Teammitglied reichten.

»Herzlichen Glückwunsch zu diesem fantastischen Sieg, wie fühlst du dich?«

»Vor allem fix und fertig, Washington fordert sämtliche Körner. Ich wollte unbedingt gewinnen. Wir haben die ganze Vorbereitung darauf ausgerichtet und das hat heute geklappt.« Tara fuhr mit den Fragen fort.

»Kylie, Ian meinte gerade, wenn man viele Messenger fragt, sind sie dafür, dieses Rennen aus dem Kalender zu streichen. Wenn man dich fragt, bekommt man dazu bestimmt eine andere Meinung?« Langsam kam die Messengerin zu Atem. Sie hob ihren Kopf in die Kamera.

»Ganz klar, Washington liegt mir, ich brauche mich auch keiner Illusion hingeben, mal über den Sieg beim Allen-Clay-Cup nachzudenken. Dazu muss ich mich im technischen Bereich einfach noch mehr verbessern. Dennoch, Washington ist das Rennen, auf welches ich dieses Jahr hingefiebert habe. Die gesamte Vorbereitung war darauf ausgelegt, heute ganz oben zu stehen. Daher bin ich umso glücklicher, dass das geklappt hat und ja, ich liebe diese Strecke. Sie ist wie auf mich zugeschnitten.« Mit hochrotem Kopf lächelte sie in die Kamera, ehe Tara sich wieder an die Zuschauer richtete.

»Schauen wir doch mal gemeinsam auf den aktuellen Stand der Gesamtwertung. Da hast du dich ganz schön vorgeschoben und bist durchaus im erweiterten Kreis derer, die den Allen-Clay-Cup gewinnen können!« Auf dem Hologramm neben Kylie Gammon wurde nun die Tabelle eingeblendet und Tara begann vorzulesen. »Auf Platz Sieben mit sechs Punkten Rückstand, da ist doch noch alles drin?« Das Lächeln von Kylie wurde etwas schiefer und sie wackelte mit dem Kopf hin und her.

»Na ja, da oben stehen halt Langley und Itawa. Wenn das andere Namen wären, würde ich dir vielleicht recht geben. Aber so sieht das für mich schon nach zwei Rennen aus. Die Favoriten machen das unter sich aus.«

»Vielen Dank Kylie, für deine Einordnung und nochmal Gratulation zum Sieg.«

Gammon winkte in die Kamera, dann war auf dem Hologramm nur noch die Tabelle zu sehen.

»Ian, was ist deine Einschätzung zum aktuellen Stand? Langley und Itawa auf eins und zwei, wir haben das große Duell der beiden Giganten.« Natürlich hatte Ian Calcacy auch dazu eine Meinung, die er gerne kundtat.

»Itawa 34 Punkte, Samy Embala 34 Punkte, sowie Jannik Stern und Dawin Zucc direkt hinten dran. Ich glaube nicht, dass wir jetzt schon von einem Zweikampf sprechen können. Die beiden haben bisher nicht alles gezeigt und wenn sie das doch gemacht haben, dann glaube ich eher, dass da noch andere mitmischen.« Tara ließ nicht locker.

»Du traust also Samy Embala zu, dass sie den beiden nach ihrem phänomenalen Sieg in New York in der Gesamtwertung in die Suppe spucken kann?« Calcacy presste die Lippen zusammen und nickte resolut in die Kamera.

»Definitiv. Die Frau macht einen großartigen Job. Ich glaube, sie kann den beiden mächtig Ärger machen. Aber ich glaube auch, Jannik Stern gibt sich noch nicht auf und wird ein Wörtchen mitsprechen wollen.«

Timo hing fertig auf seinem Lenker und atmete schwer. Christoph war sofort bei ihm und hielte ihn fest. »Wo ist Marcel?« Er hatte ihn nirgends im Zielbereich gesehen.

»Komm erstmal wieder zu dir und trink.«

»Was ist denn los?« Timo spürte, dass etwas nicht stimmte. Die Gedanken über sein eigenes Rennen waren wie weggeblasen. »Was ist mit ihm, ist etwas passiert?«

»Er hatte Kontakt mit dem Traffic und ist gestürzt. Er ist aber bei Bewusstsein. Mehr weiß ich auch nicht. Verena ist bei ihm.« Timo versuchte, ihm das Smartphone aus der Hand zu nehmen.

»Zeig es mir. Ich will wissen, was geschehen ist!«

Christoph zögerte und wich dem Versuch aus. »Du solltest jetzt erstmal etwas anziehen. Am Gleiter kannst du dir die Szene anschauen.«

»Zeig es mir sofort!« Timo wurde regelrecht wütend, als der Mechaniker ihn abwies. Widerwillig öffnete der Techniker sein Smartphone. Auf dem Hologramm erschien die Szene, wie Marcel aus dem Windschatten zog und an Embala vorbei wollte, sich plötzlich umblickte und nochmal zur Seite zog. Von hinten kam ein großer, gesichtsloser Blechkasten des Virtual Traffics angerauscht. Zum Glück traf er Marcel nicht voll, doch er schrammte an ihm entlang, dass es Marcel von der Spur riss und über die Straße an den Bordstein schleuderte.

Timo hielte den Atem an und beobachtet, wie die Medidrohnen sich sofort um ihn kümmerten. Er nahm die Bewegungen von Marcel wahr und war erleichtert, als er nach ein paar Minuten von den Drohnen gestützt aufstand und zu einer fliegenden Trage ging, die ihn davon brachte. Christoph beendete das Video und steckte es wieder in die Tasche. Timo war klar, was zu tun ist. »Wir müssen ins Krankenhaus!«

»Ich glaube nicht, dass wir ihm da helfen können.«

»Christoph, hör auf! Ruf einen Flyseg. Ich muss zu Marcel.«

Marcel war nicht ins Krankenhaus gebracht worden, sondern in die mobile Medi-Station direkt in der Nähe des Zielbereichs. Ein Bot, der den Eingang bewachte, wollte ihn zuerst nicht rein lassen, doch als ein Arzt herauskam, machte er Timo Platz.

Marcel lag in einer der drei Zellen auf einem Bett und unterhielt sich mit Verena.

»Was machst du hier?«, fragte Verena verwundert. Timo ignorierte ihre Frage und blickte besorgt auf seinen Kumpel. »Wie geht es dir?«

»Als wäre ich von einem Bus überfahren worden.« Marcel versuchte ein verzerrtes Lächeln über seine Lippen zu bringen. Sein linker Arm war bandagiert und sein Gesicht an einzelnen Stellen angeschwollen. »Der Airbag hat seinen Job gemacht. Hätte mich schlimmer erwischen können.«

»Zwei seiner Rippen sind angebrochen, Prellungen am linken Arm. Nichts, was nicht verheilen kann«, erklärte Verena, die sich vorhin länger mit der Ärztin unterhalten hatte.

»Hätte mir wohl doch die blöden Spiegel an den Lenker schrauben lassen sollen. Na ja, nächstes Jahr dann. Aber sag, wie lief es bei dir? Die haben hier nicht mal einen Holobeamer.« Erst jetzt fiel Timo auf, dass er keinen Plan hatte, wievielter er geworden ist. Er schaute Verena fragend an. Diese warf ein Blick auf ihre Smartwatch.

»Guter Fünfter, also wieder eine Top Platzierung.«

»Glückwunsch, mein Freund, nächste Woche müsst ihr dann ohne meine Unterstützung durchkommen.« Das wollte Timo nicht gelten lassen.

»Jetzt warte mal ab, die Bots hier schrauben dich schnell wieder zusammen.«

»Du hast recht. Unkraut vergeht nicht. Aber musst du nicht langsam los? Du hast doch heute Abend ein Date mit der Präsidentin.« Auch Verena drängte Timo darauf, wieder zurückzufliegen.

»Timo, Marcel hat recht, du solltest zum Gleiter gehen und dich fertig machen.«

»Und wie geht es ihm?« Martin saß auf seinem Bett, als Timo den Gleiter betrat.

»Er sieht nicht wirklich gut aus, aber es scheint zumindest nichts Ernsthaftes passiert zu sein.«

»Er kann nächste Woche wieder mitfahren?«

Timo stellte die Gegenfrage, während er sein Shirt auszog.

»Ich weiß nicht, wie schnell heilen angebrochene Rippen?«

Christoph erschien im Durchgang zur Werkstatt und wischte sich die Hände mit einem Lappen ab. »Die können mit Nanobots stabilisiert werden. Ich bin mir aber nicht sicher, ob das das Regelwerk erlaubt«, auch Martin zuckte mit den Schultern. »Das werden sie ihm im Medicenter sicher sagen.«

»Was ist denn das?« Timo hob die schwarze Hülle, die sorgfältig auf seinem Bett abgelegt worden war, nach oben. Christoph nahm sie ihm sofort aus der Hand und legte sie behutsam zurück.

»Leg das wieder hin und mach es nicht dreckig! Du gehst jetzt erstmal duschen, darin befindet sich dein Smoking. Den haben wir während des Rennens entgegengenommen.«

Eine knappe Stunde später trat er frisch geduscht in seinem Galaoutfit in die Werkstatt, wo Martin und Christoph saßen und versuchten, das Rad von Marcel wieder herzurichten.

»Wow, du bist ja ein richtig hübscher Junge, wenn du mal keinen Trainingsanzug trägst.«

Sofort bekam Martin einen alten Lappen ins Gesicht geworfen, der kurz davor auf der Werkbank neben der Tür gelegen hatte. »Ja ich denke, so können wir dich zur Präsidentin lassen! Aber du musst jetzt zügig los. In einer halben Stunde beginnt der Empfang und du willst ja nicht erst hineinplatzen, wenn sie ihre Rede hält«, ergänzte Christoph mit Blick auf die alte Kuckucksuhr, die er an der Innenwand des Transportgleiters befestigt hatte.

»Ihr habt recht. Danke, dass ihr den Smoking organisiert habt. Ich wünsche euch einen schönen Abend.«

Vor dem Weißen Haus landete ein Flugtaxi nach dem anderen. Eine Hand voll Fans, die ihren Promi in Abendkleidung erblicken wollten, vermischten sich mit den Touristen, die vor dem Regierungssitz Fotos schossen. Von außen hatte sich das Gebäude die letzten hundert Jahre nicht mehr verändert. Einzig auf dem Dach waren ein paar Systeme installiert worden, die das Gelände vor Drohnen schützten.

Timo hatte sich eine Kreuzung weiter vorne absetzen lassen und lief auf den Südeingang des Gebäudes zu. Während direkt vor dem Eingang Vince Langley und Jannik

Stern aus einem Flugtaxi stiegen und sofort von der Gruppe Fans umringt wurden, kam Timo recht unbemerkt zur Sicherheitskontrolle. Der erste Officer wollte seine Einladung und seinen Ausweis sehen, der Zweite überwachte die Sicherheitsschleuse, in der Timo auf Waffen, Drogen und Sprengstoff kontrolliert wurde. Anschließend gab ihm der erste seine Dokumente wieder.

»Einen schönen Abend, Herr Unterfeld. Gehen Sie auf dem Weg zum Haupteingang. Dort werden Sie empfangen.«

Als er den Haupteingang des beeindruckenden Gebäudes betrat, waren die beiden Detroit Dynamics Messenger noch immer mit den Fans vor dem Zaun beschäftigt.

Präsidentin Connor begrüßte gerade einen älteren Herrn freundlich, Timo war als Nächstes an der Reihe. Die Gäste waren, wie an einer Perlenkette geschnürt, vor dem Eingang aufgestellt und warteten, bis sie von der Gastgeberin Empfangen wurden. Langsam ging er auf die Präsidentin und ihre Assistentin zu.

Timo war überrascht, wie fit sie wirkte. Obwohl sie erst heute von einem Kongress in Japan zurückgekommen war, empfing sie jeden ihrer Gäste mit einem erfrischenden Lächeln. Keine Spur von Müdigkeit oder Jetlag.

Als sie mit der Begrüßung des älteren Herrn fertig war, konnte Timo an sie herantreten. Er musste schmunzeln als die Präsidentin einen Blick auf ihre Assistentin warf und diese ihr etwas zuflüsterte. Timo war sich sicher, dass es sich um seinen Namen handelte.

»Guten Tag Herr Unterfeld, es freut mich sehr, dass Sie heute hier bei uns sind.«

»Guten Abend Madam President, vielen Dank für die Einladung!«

»Sie wissen, warum ich Sie eingeladen habe?«

Timo wusste nicht so recht, was er darauf antworten sollte. »Weil Ihnen jemand meinen Namen genannt hatte?«

Die Präsidentin lachte herzlich, dabei wippten ihre schwarzen lockigen Haare neben ihrem Gesicht auf und ab. »Nein, ich habe mir meine Gäste für heute schon selbst ausgesucht. Ihr Weg, Herr Unterfeld, Ihr Weg von einem Amateur in den Profisport - von null auf hundert - hat mich fasziniert. Das ist eine Geschichte, wie wir Amerikaner sie lieben! Es würde mich freuen, wenn wir am heutigen Abend mal ein paar Minuten für ein Gespräch haben. Dann können Sie mir verraten, wie sich das als normaler Mensch in diesem Zirkus anfühlt.«

Timo schmunzelte verschmitzt. »Sehr gerne.«

»Gehen Sie hoch in die Eingangshalle zu den anderen Gästen. Dort wird ein kleiner Aperitif gereicht. Ich komme nach, sobald ich alle willkommen heißen konnte.«

Timo bedankte sich nochmal für die Einladung, lächelte der Assistentin zu und folgte dann der Beschilderung.

Einige Herren im Smoking und Damen in edlen Abendkleidern standen an Stehtischen mit weißen Tischdecken und unterhielten sich in ruhigem Ton. Der Marmor und das gedämpfte Licht gaben dem Ganzen ein besonderes Ambiente. Eine Holoprojektion wies auf das Dinner hin.

Timo ließ sich ein Glas Champagner reichen und ging zwischen den Tischen umher. Er kannte niemanden der Gäste, viele Messenger waren noch nicht da.

Plötzlich berührte ihn eine ältere Dame vorsichtig an der Schulter. »Herr Unterfeld? Möchten Sie sich zu uns gesellen?« Sie zeigte auf einen Stehtisch, an dem zwei Herren in Smoking standen und ihm mit einem Sektglas zu prosteten.

Timo musste sie wohl etwas komisch angeschaut haben, sie begann sich zu erklären. »Ach entschuldigen Sie, mein Name ist Jeanny Florence. Ich bin CEO von Netsport.«

Timo errötete leicht und nahm die Einladung dankend an.

Reget Kupp war College Football Coach der University of Michigan, die diese Saison sensationell gespielt hatten.

Jeanny erwähnte so etwas bei ihrer Vorstellung. Timo interessierte sich nur am Rande für Football, aber von der University of Michigan hatte er schon gehört.

Glen Maphew war ein Jazz Trompeter, eine Legende der Moderne. Timo kannte den Namen und einige seiner Stücke, doch er hätte den schwarzen Musiker nicht erkannt. Er hatte zu der Musik noch nie ein Gesicht gesehen.

»Es ist mir eine Ehre, Sie kennen zu lernen! Ihre Musik läuft bei mir immer an Weihnachten.«

Glen Maphew hob die Augenbrauen. »Dann müsst ihr jedes Jahr ein großartiges Weihnachtsfest haben.«

Die anderen am Tisch lachten. Sie unterhielten sich oberflächlich ein wenig über Football und die Schwierigkeit, ein solch großes Team in den Griff zu bekommen, als Präsident Conner den Saal betrat und mit einer kleinen Glocke ihre Aufmerksamkeit gewann.

»Hallo liebe Freunde aus Politik, Wirtschaft, Sport und Kultur. Es freut mich sehr, Sie hier zum diesjährigen Frühjahrsempfang begrüßen zu dürfen. Ich hoffe, wir werden gemeinsam einen tollen Abend erleben und Sie können die Chance nutzen, viele neue Kontakte zu knüpfen. Nun darf ich Sie hinüber in den großen Saal bitten. Das Essen ist vorbereitet. Unser Chefkoch Lou und sein Team haben heute wieder fantastische Speisen für Sie zubereitet.«

Die Gesellschaft bewegte sich langsam und in gedämpften Gesprächston in den großen Speisesaal. Die Tafel hatte eine weiße Tischdecke und darauf edles Silbergeschirr. Die Servietten waren zu einem aufwendigen Kunstwerk gefaltet und an jedem Platz stand ein Namensschild.

Er ging die Reihe entlang, sah das Schild von Vince Langley und vier Plätze weiter seins neben Eli Batting, dem Nachfolger von Elon Musk bei Tesla, dem größten amerikanischen Flugautohersteller.

Auf der anderen Seite saß eine junge Frau, vielleicht gerade 18. Timo hatte ihr Gesicht schon mal irgendwo gesehen, aber er war sich nicht sicher wo. Sie hatte langes, blondes Haar und trug ein dunkelrotes Abendkleid. Man sah ihr allerdings an, dass sie diese Art von Kleidung nicht allzu oft anzog.

Timo setzte sich neben sie und stellte sich vor. Sie reichte ihm die Hand. »Ich bin Tessa Hayfield.«

Jetzt wusste er, woher er sie kannte. Hayfield war die Hauptdarstellerin einer beliebten Highschool-Serie, die weltweit hoch und runter gestreamt wurde. Er hatte schon mal eine Folge auf einem Flug angeschaut.

»Hi Tessa, kennst du hier jemanden?« Er blickte die Reihen hoch und runter.

»Vom Sehen her einige, aber persönlich nicht. Ich bin heute vermutlich die Einzige aus meiner Branche. Du bist der Deutsche, der Citytrack fährt, oder?« Timo war sichtbar überrascht, dass ihn die junge Schauspielerin kannte.

»Ja, genau. Schaust du die Rennen an?«

»Nein, aber mein Freund ist ein großer Vince Langley-Fan. Ich muss nachher ein Foto mit ihm machen. Vielleicht können wir eines zu dritt machen, dann kannst du mich ihm vorstellen.« Wenn sie sprach, ging ihre Stimme immer wieder auf und ab.

»Ich habe ehrlich gesagt noch nie direkt mit ihm gesprochen. Das ist eine andere Liga.«

Nun gesellte sich Eli Betting neben sie. »Da habe ich ja wirklich zwei Berühmtheiten in meiner Nähe«, stellte der charismatische Geschäftsmann fest.

»Ich glaube, da hast du mit mir noch den unbekanntesten Sitznachbarn erwischt«, erwiderte Timo.

Während der Vorspeise tratschten sie leise über die Gäste. Es war beeindruckend, wie Eli Betting jeden der Gäste kannte. Er hatte zu fast jedem eine kurze Geschichte. Über die ein oder andere mussten sie herzlich lachen, wofür sie von ihren Nebensitzern schon mal den ein oder anderen strengen Blick kassierten.

Timo war froh über seine angenehme Gesellschaft, und das Essen war hervorragend. Sie unterhielten sich über ihre Kindheit und die Unterschiede in Deutschland und den USA.

Dabei entdeckte Timo eine weitere Messengerin. Samy Embala saß zwischen zwei älteren Männern und sprach angeregt mit ihnen.

Vor dem Nachtisch erhob sich die Präsidentin. »Liebe Freunde, ich hoffe, es hat euch allen gemundet? Heute gibt es keine klassische Nachspeise für euch. Wir haben draußen eine Lounge aufgebaut. Es gibt eine Bar mit guten Drinks und ein Buffet mit süßen Snacks.«

Die Gäste applaudieren höflich, während sich die Tür zur Eingangshalle erneut öffnete. Man hörte lockere, elektronische Musik. »Genießt den Abend! Ich hoffe, wir haben noch einige tolle Stunden zusammen.«

Das Licht in der Eingangshalle war gedimmt. Es waren

Stehtische und kleine Sofaecken aufgebaut worden, in denen immer vier bis sechs Personen Platz hatten. An der Wand stand eine meterlange Candy Bar, es gab Popcorn, Zuckerwatte, Schokofrüchte, Gummibärchen und viele andere Leckereien.

Tessa hakte sich bei Timo ein. »Komm, wir holen uns einen Drink und dann gehen wir ein Foto mit Vince Langley machen.«

Timo zog eine Augenbraue nach oben. »Darfst du überhaupt schon Alkohol trinken?«

Tessa verdrehte die Augen. »Na gut, dann für mich eine Coke.« Sie holten sich etwas und gingen auf Vince Langley zu, der mit Jannik Stern an einem der Stehtische stand.

»Da kommt der Mann, der uns dieses Jahr zweimal überrascht hat.« Sie drehten sich zu den beiden Neuankömmlingen um und Vince reichte ihnen die Hand.

»Freut mich, euch kennen zu lernen.« Tessa hing regelrecht an Timos Arm, der lässig beide Hände in der Hosentasche hatte und die freie nur für eine Fistbump mit den Messengern herausholte.

»Oh, das ist so super«, flüsterte Tessa Timo ins Ohr. Dann richtete sie ihre Worte mit ihrer quietschenden Stimme an Langley. »Können wir ein Foto zusammen machen?

Mein Freund ist ein riesen Citytrack Fan und besonders von dir.« Für Vince schien dies eine alltägliche Situation zu sein. Er fuhr sich lässig durch die langen blonden Haare, als prüfe er, ob alles perfekt saß »Klar.« Sie stellten sich nebeneinander, eine der umherschwirrenden Fotodrohnen machte ein Foto von ihnen und schickte es direkt auf ihre Handys.

»Tessa, willst du mit deinem Freund nicht bei einem Rennen als Gast unseres Teams auf der Strecke vorbeischauen?« Begeistert klatschte sie in ihre Hände.

»Au ja, das wäre gigantisch!«

Timo amüsierte sich herrlich über die kindische Freude von Tessa. Vince hielte seine Smartwatch an ihre und schob eine Datei rüber.

»Das ist die Nummer meiner Agentin. Ruf sie an und lass einen Termin ausmachen, an welchem Wochenende es bei euch am besten passt.«

»Oh man, das ist so super. Ich muss das Bild gleich posten. Wir sehen uns später.«

Sie winkte in die Runde und verschwand in eine ruhige Ecke. Timo konnte so schnell nicht reagieren und stand nun alleine mit den beiden Detroit Dynamic Messengern am Stehtisch.

»Ganz schön beeindruckend, was du zurzeit ablieferst!«

Irgendwie wurde Timo das Gefühl nicht los, dass die Worte die Vince sprach, nicht ehrlich waren. Vielleicht lag es an dem Funkeln in seinen Augen.

»Danke, danke, das Lob ehrt mich«, erwiderte Timo, ohne mit der Wimper zu zucken. Jannik unterbrach die eisige Stimmung, indem er damit begann, Timo über die Bikes des Schwarzwald-Bräu-Teams auszufragen, als sich plötzlich die Präsidentin zu ihnen gesellte.

»Da sind ja meine Jungs mit den beeindruckenden Waden. Es freut mich, dass Sie gekommen sind. Vince, wird es dieses Jahr was mit dem Titel oder macht Ihnen Timo diesen streitig?«

Timo senkte den Kopf, um nicht loslachen zu müssen. Auch Vince musste erst schlucken, bevor er ihr antwortete.

»Timo fährt gut, aber bei allem Respekt, glaube ich nicht, dass er mein Konkurrent um den Titel wird.«

Was für ein Penner, dachte Timo, wollte vor der Präsidentin aber keinen Streit vom Zaun brechen und lächelte den Kommentar mit einem eisigen Blick zu Vince weg. Auch die Präsidentin schien nicht weiter in die Kerbe schlagen zu wollen und fuhr daher in ihrem Standardprogramm fort.

»Lasst uns ein Foto zusammen machen, um diesen besonderen Moment festzuhalten.«

Sie stellte sich zwischen die Messenger und die Drohne, die sie zuvor mit Tessa abgelichtet hatte, durfte nochmal ihren Dienst erledigen. Anschließend wünschte die Präsidentin einen schönen Abend, ehe sie weiterzog.

Auch Timo nickte den beiden zum Abschied zu und schlenderte zwischen den Tischen hindurch davon. Er entdeckte, dass eine Tür zu einem der Nebenräume offenstand und daneben einer der Servicemitarbeiter wartete. Neugierig ging er darauf zu und schaute hinein.

»Sir, Sie dürfen den Blue-Room gerne betreten. Sie kommen dadurch auf den Balkon.«

Das ließ sich Timo nicht zweimal sagen. Er betrat den ehrwürdigen Raum mit den blauen Wänden, in dem die Präsidentin kleinere Gruppen zum Dinner empfing oder Ehrungen vornahm.

Das Mobiliar schien seit 150 Jahren nicht verändert worden zu sein. Er bestaunte die Bilder von Banksy, die so gar nicht in das Ambiente passten. Jede Präsidentin konnte die Kunst, die ihr gefiel, aussuchen und somit dem Raum einen eigenen Charme verleihen.

Neben der Tür zum Balkon stand ein weiterer Servicemitarbeiter, der Timo die Tür öffnete, als er näher kam.

Er bot ihm ein Mantel an. Timo nahm ihn dankbar an und legte ihn sich über die Schultern. Das Letzte, was er mitten in der Saison gebrauchen konnte, war eine Erkältung.

Die kühle Luft auf seinem Gesicht tat gut und er schloss für einen Moment die Augen. Er trat vor an die Balustrade, stellte sein Weinglas ab und blickte auf den weitläufigen Garten, den dahinter beginnenden Zaun und die Straße, auf der noch immer ein paar Touristen herumschlichen.

»Auch auf der Flucht vor dem Trubel da drinnen?«

Timo erschrak, als jemand neben ihn trat. Der ruhige Blick aus den großen dunklen Augen von Samy Embala ruhten auf ihm. Sie lächelte ihn leicht, fast schon schüchtern, an und Timo war eine Sekunde sprachlos.

Dass Samy eine beeindruckende Frau war, war ihm klar geworden, als sie letztes Jahr in der World Tour auftauchte. Aber als er sie zum ersten Mal ohne Rennanzug oder Trainingsklamotten sah, wurde ihm nochmal bewusst, wie wunderschön sie war.

Auch Embala trug einen der schwarzen Mäntel, den sie bis zum Hals zugezogen hatte. Nur ihr Gesicht und ihre schwarzen, kleingelockten Haare waren zu sehen. Die edlen Ohrringe mit den weißen Steinen funkelten in dem wenigen Licht, das aus dem Inneren des Hauses auf die Veranda schimmerte.

Ihr Blick ruhte auf ihm und Timo zuckte, als er registrierte, wie er sie gerade anstarren musste. Er räusperte sich, bevor er ihre Frage antwortete.

»Oh, äh, nein, also nicht direkt, eigentlich mag ich den Trubel ganz gerne. Ich liebe es, Leute zu beobachten, aber es war mir da drin zu warm. Hier draußen ist es angenehm.«

Ihr Lächeln wurde etwas offener. »Ich glaube, ich habe

mich noch nie richtig vorgestellt, ich bin. Timo« Sie gab ihm die Hand. »Die ganzen Leute da drin, das ist mir einfach zu viel. Ich wollte eigentlich nicht kommen. Ich habe auch gar nicht verstanden, warum ich eingeladen wurde. Aber vermutlich haben sie eine Schwarze gebraucht.« Sie zuckte mit den Schultern. »Die Neugierde, das Weiße Haus mal von innen zu sehen, war doch zu verlockend.« Dieses Argument konnte Timo nur bestätigen.

»Ja, ich würde gerne noch mehr von diesem Gebäude sehen. Meinst du, wir können uns umschauen?«

Sie zog ihre Augenbrauen und den rechten Mundwinkel nach oben. »Ich vermute, wenn wir uns hier umschauen, werden wir erschossen, weil sie denken, wir sind ausländische Spione.«

Timo versuchte es mit seiner James Bond-Stimme, ohne eine Miene zu verziehen. »Vielleicht bin ich das ja? Ich hab das Citytrack-Ding nur begonnen, um eine Einladung ins Weiße Haus zu bekommen und in den Privatgemächern der Präsidentin herum zu schnüffeln. Das ganze Team ist fake.« Einen Moment schaute sie ihn mit zusammengezogenen Augen an, dann mussten beide lachen.

»Vielleicht können wir jemanden vom Service fragen, ob er uns was zeigt?«, schlug Timo vor.

»Oder wir stehen einfach ein bisschen hier draußen und schauen auf die Stadt.«

Timo nickte. Sie wandten sich beide in Richtung des Geländers und blickten in die Ferne. Nach einer Weile drehte sich Samy zu ihm. »Glaubst du, wir werden beobachtet und belauscht?« Timo zog die Schultern nach oben und die Mundwinkel nach unten.

»Ich gehe davon aus, dass in diesem Gebäude die Wände

Augen und Ohren haben. Wir sollten also nicht über die Rennstrategie für das nächste Rennen diskutieren, ansonsten verrät die NSA das den amerikanischen Teams.« Wieder brachte er Samy zum Lächeln, was ihm sehr gefiel.

»Ich würde mit dir nicht über unsere Rennstrategie sprechen. Dafür macht ihr zurzeit einen viel zu guten Job.«

Timo bedankte sich. »Du machst das im Moment auch nicht schlecht. Was du in New York abgeliefert hast, war der Hammer.«

»Dafür war es dieses Wochenende nicht so stark, du warst sogar vor mir.«

Timo sah ihr an, dass sie diesen Diss nicht ernst meinte. »Glaubst du, dass du den Titel holen kannst?«

Samy zuckte leicht mit den Schultern und schlang ihre Arme um ihren Oberkörper. »Ich bin Leistungssportlerin. Sollte ich da nicht immer an meine Chance glauben?«

Timo spürte, dass sie keine unmittelbare Antwort auf die Frage erwartete.

»Als ich als Juniorin mal bei einem Meet and Greet Paul Hinteregger kennen lernen durfte, sagte er zu uns: Wenn du nicht glaubst, das Rennen gewinnen zu können, brauchst du gar nicht erst aufs Rad steigen.« Timo nickte, als er über diese Aussage nachdachte.

»Paul ist ein kluger Mann und noch dazu verdammt cool!«

»Oh ja, er ist einer meiner Vorbilder. Seit diesem Meet and Greet, war es mein Traum mit ihm im Team zu starten. Aber ich glaube, die Chance bekomme ich leider nicht mehr.«

Sie zuckte mit den Achseln. Timo erwiderte: »Der fährt doch noch, bis er 50 ist.«

Samy lächelte, lehnte sich gegen das Gelände und schaute

in den Nachthimmel zu den Sternen. »So schön es wäre, aber er hatte angekündigt, dass es seine letzte Saison werden wird.«

»Er hat uns gleich beim ersten Treffen zum Grillen bei seinem Team auf dem Dach eingeladen.« Erinnerte sich Timo an seine Begegnung mit dem Österreicher.

»Ich wurde letzte Saison dazu geholt. Oh ja, das sind tolle Events. Solange Langley nicht dabei ist.«

Timo stellte sich neben sie, doch sein Blick blieb nicht am Himmel kleben. Stattdessen beobachtete er sie. »Er macht nicht den sympathischsten Eindruck, aber ich habe noch nicht viel mit ihm zu tun gehabt.«

Samy nahm ihren Blick von den Sternen und schaute zu Timo, der wiederum schnell in die Ferne sah und hoffte, dass sie nicht bemerkte, wie er sie angestarrt hatte. Sie fuhr mit dem Gespräch fort, als wäre nichts gewesen.

»Ach, lass uns nicht über den reden. Auf welche Stadt freust du dich am meisten?« Timo drehte sich um und lehnte sich mit dem Rücken an das Geländer, so dass er ihr in die Augen sehen konnte.

»Mhh, gute Frage. Ich habe die Rennen bisher nur vor dem Fernseher begleitet, aber ich glaube, ich freue mich auf New Orleans.« Sie schüttelte heftig den Kopf und lachte dabei.

»New Orleans hat die besten Bars! Ich würde dort lieber zum Feiern als zum Radfahren hin. Der Straßenbelag ist echt schlecht.« Jetzt war Timo neugierig.

»Was ist mit dir? Was ist deine Lieblingsstrecke?«

»Beim Allen-Clay-Cup oder der World Tour?«, fragte sie Timo.

»Auf der gesamten Tour? Es muss toll sein so viele verschiedene Städte zu erkunden.« Timo konnte nur erahnen, wie aufregend es sein musste mit einem World Tour Team durch die ganze Welt zu reisen und beneidete Samy ein bisschen dafür.

»Rom. Ich liebe diese Stadt. Ich freue mich jedes Jahr, eine Woche dort zu verbringen. Die alten Gebäude, das Essen. Vielleicht können wir mal zusammen eine Pizza essen, wenn euer Team weiter dabeibleibt.« Timo war sich nicht sicher, ob er sich verhört hatte. Samy Embala wollte mit ihm Pizza essen gehen? Für einen Moment war er sprachlos, ehe er leicht stammelnd antwortete.

»Das ist ein Deal!« Sie schlugen ein, dann standen sie noch zehn Minuten in der Dunkelheit und blickten in den Garten, in dem Securitydrohnen umherflogen.

»Geht es für euch jetzt direkt weiter in den Süden?«, fragte Samy nach einer Weile.

»Ein befreundeter Unternehmer unserer Chefin hat in der Nähe von New York einen größeren Standort, an dem wir wohnen und trainieren können. Da waren wir schon nach dem ersten Rennen. Wir kehren dorthin zurück und fliegen am Donnerstag runter. Ihr fliegt direkt nach New Orleans?«

Samy schüttelte mit dem Kopf. »Nicht direkt. Wir gehen nach Chicago. Dort gibt es eine Anlage, in der wir uns bei allen Nordamerika-Rennen aufhalten.« Sie zupfte ihre Jacke zurecht. »Ich glaube, ich gehe jetzt. So langsam wird es mir kalt. Danke Timo, es hat mich gefreut, dich kennenzulernen.«

»Das Vergnügen ist ganz auf meiner Seite. Ich schaue mal, ob ich noch einen Wein bekomme.« Wie zur Verdeutlichung seiner Worte, zeigte er auf sein leeres Glas. Sie bedankten sich bei dem Mann an der Balkontüre für die Mäntel und gingen ihrer Wege. Während Samy Richtung Ausgang schlenderte, holte sich Timo den angekündigten Wein und setzte sich dann zu Eli und Tessa, die gemeinsam mit einem Senator in einer der Couch-Ecken saßen und laut über dessen Witze lachten.

New Orleans

Das Schwarzwald-Bräu-Team verbrachte vier Tag in der Nähe New Yorks. Neben täglichem Training standen 3D-Scans an. Verena hatte mehrere Anfragen für Werbespots mit den Jungs erhalten.

Die Avatare waren eine günstige und entspannte Möglichkeit kleinere Spots herzustellen. Aufwendige Drehs, bei denen die Stars selbst vor der Kamera standen, waren nicht der Standard.

Die Werbeanfragen sorgten dafür, dass sie sich keine Sorgen mehr um das Budget machen mussten. Dank der Erfolge auf der Strecke, aber vor allem auf Social Media, generierte man genug Einnahmen.

Am Mittwochabend, bevor der Flug nach New Orleans anstand, rief Martin das Team im Aufenthaltsraum zusammen.

Marcel und Timo lagen auf dem Sofa und schauten einen Film, während Verena an ihrem Laptop arbeitete. Sie klappte diesen zu, als Martin an den Türrahmen gelehnt zu sprechen begann.

Auch Timo beendete den Film mit einem Handwischen und richtete sich auf.

»Ihr erinnert euch an die Frau, die wir in New York getroffen haben?«

Timo nickte. »Seit der Begegnung mit ihr hast du dich verändert«, stellte Timo zähneknirschend fest.

»Die Frau heißt Amanda Petric und ist das Phantom hinter der FastSports Agentur.«

»Von der habe ich schon gehört, aber der Name Petric ist mir unbekannt«, erklärte Timo.

Martin seufzte. »Genau das ist ihr Ziel. Die Frau zieht ihre Fäden im internationalen Sportbusiness seit mehr als zwanzig Jahren. Ihr Partner Patrick Hague ist derjenige, der als Gesicht der Agentur fungiert.«

Der Name sagte Timo auch etwas, weshalb er nickte.

»Amanda Petric wollte mich damals für die Agentur gewinnen. Sie machte mir Geschenke, lud mich und meine Freunde auf die angesagtesten Partys ein und organisierte einen Segelturn. Es war quasi klar, dass ich nach dem ersten Rennen bei FastSports unterschreiben würde.«

Martin schluckte und schaute verlegen zu Boden, während er an seinen Fingern herumspielte. »Zwei Tage vor dem Rennen besorgte sie mir eine Spritze mit Nano-Bots. Damals steckte die Technologie in den Kinderschuhen, die CtC hatte noch keine Möglichkeiten gefunden, die Bots nachzuweisen. Diejenigen, die drankamen, hatten eine Chance zu Dopen, ohne der Gefahr ausgesetzt zu sein, erwischt zu werden.« Er machte nochmal eine kurze Pause und holte tief Luft. Er war sich nicht sicher, ob seine Teamkollegen seine Beweggründe verstehen würden. Er verstand sie ja selbst nicht. »Ich war mir nicht sicher, ob ich dem Zeug trauen sollte. Deshalb schrieb ich ihr eine Mail und fragte bezüglich der Nebenwirkungen nach. Einen Teil dieser Mail habt ihr gesehen.« Für einen Augenblick konnte man im Raum eine Stecknadel fallen hören. Während Timo Martin ausdruckslos anblickte, fuhr Verena sich mit den Händen über das Gesicht. Marcel schaute ihn fragend an.

»Die Nachricht, die von diesem anonymen Account getwittert wurde?«

Martin nickte. »Ich habe das Zeug damals nicht genommen, weil ich mir unsicher war. Vor dem Rennen hatte ich es dann schlicht und einfach vergessen. Ich habe es behalten und ich entschied, es einzusetzen, wenn ich es benötigte. Versteht ihr? Ich habe es nicht gemeldet und ich wollte es nutzen.«

Martin stand da wie ein begossener Pudel. Seine Freunde schwiegen. Sie wussten nicht, was sie sagen sollten.

Timo war der Erste, der verstand, dass die Geschichte noch nicht zu Ende ist. »Was wollte sie jetzt von dir?«

»Das Green Drink Team versucht, seine Nachwuchs-Messenger von FastSports fernzuhalten, weil sie wissen, dass die Truppe nicht ganz sauber ist. Daher hegt Amanda einen Groll gegen das Team. Mit mir dachte sie, sie hätte jetzt die Schachfigur in der Hand, um dem Team weh zu tun. Ich soll im kommenden Rennen einen Sturz mit einem Green Drink Messenger provozieren. Ich vermute mal, sie hat eine hohe Summe Geld auf einen Ausfall im Green Drink Team gewettet. Dabei geht es ihr weniger um den Gewinn, sondern um die Aufmerksamkeit, die das verursachen würde.« Er zuckte mit den Schultern und hob seinen Kopf, um in die enttäuschten Gesichter seines Teams zu schauen. »Ich habe beschlossen, ihr diesen Gefallen nicht zu tun. Ich werde morgen meinen Rückzug von der Tour bekannt geben. Sobald ich wieder zuhause in Kuba bin, werde ich mit der ganzen Geschichte ein für alle ...«

»Stopp, stopp, stopp, nur nicht so schnell.« Verena war aufgestanden und packte ihren Messenger an den Schultern. Erst dachten alle, sie würde ihn schütteln, doch stattdessen begleitete sie ihn zum Tisch und bat ihm einen Platz an. »Erst einmal Danke. Danke, dass du uns mit einbezogen hast. Wir sind dein Team und als Team finden wir gemeinsam eine Lösung. Es muss einen anderen Weg geben, als dass du gleich

alles hinschmeißt. Lass uns erst einmal in Ruhe überlegen.«
Marcel entwich ein abfälliges Lachen, bevor er aufstand und
den Raum verließ. Martin konnte es ihm nicht übelnehmen.
Das ganze Unterfangen stand wegen ihm auf der Kippe.

»Nein. Es war eine scheiß Idee wieder zurückzukommen.
Als du in meiner Bar warst, hätte ich mein Ego zäumen
müssen und dein Angebot dankend ablehnen sollen. Aber ich
wollte es unbedingt allen beweisen und jetzt kocht die alte
Scheiße wieder hoch.« Verena packte ihn an den Schultern.

»Martin, gib mir bitte etwas Zeit. Ich bin sicher, wir finden
eine Lösung ohne, dass du alles wegschmeißt. Dich, deine
Zukunft, das ganze Team.«

»Es gibt keine Lösung«, er wich zurück und löste sich von
ihren Händen.

»Eine Nacht, gib mir eine Nacht! Morgen früh sprechen
wir darüber. Timo, nimm ihn mit in die Schlafräume. Ich muss
ein paar Telefonate erledigen.« Zur Verdeutlichung hob
Verena ihren Zeigefinger.

»Ich finde den Weg allein.« Martin stand auf und ging
davon.

»Was machen wir jetzt?«, fragte Timo.

»Du kümmerst dich um Martin. Pass auf, dass er nichts
Unüberlegtes macht.« Sie scheuchte ihn davon und wartete,
bis er draußen war. Eigentlich müsste sie eine gewisse
Verzweiflung spüren, oder Wut. Alles, was sie mühevoll
aufgebaut hatte, konnte in sich zusammenbrechen, wenn sie
die falschen Entscheidungen traf. Doch sie war die Ruhe
selbst. Ohne Hast klappte Sie den Laptop auf und öffnete ihr
Mail-Programm. Vor ihrem geistigen Auge hatte sie eine Art
Checkliste, die sie nun Punkt für Punkt abarbeiten würde und

wenn sie dafür die ganze Nacht bräuchte. Auch in der Arbeit mit der Brauerei lief sie dann zur Höchstform, wenn es brenzlig wurde und der Druck anstieg.

Es war noch nicht mal sieben Uhr am Morgen, als Verena in den Schlafraum der Jungs trat. »Auf gehts, die Herren. Packt euer Zeug zusammen. In einer dreiviertel Stunde holt uns ein Flugtaxi ab und bringt uns nach New Orleans.«

Obwohl sie sich die halbe Nacht mit Telefonaten um die Ohren geschlagen hatte, war sie schon wieder fit und munter.

Auch die drei Messenger schienen nicht viel mehr geschlafen zu haben. Während Marcel mit Cap und Sonnenbrille auf seinem Bett saß und mit versteinerter Miene in sein Handy schaute, packten die anderen beiden die auf dem Boden liegende Kleidung in ihre großen Sporttaschen.

Verena hatte von einem Servicebot Kaffee, Tee und ein Frühstück auf die Hand besorgen lassen, so dass sie pünktlich gegen halb acht mit dem Flugtaxi das Firmengelände der Schneider Maschinen GmbH verließen.

Sobald das Flugzeug in der Luft war, machte Verena ihren Messengern deutlich, dass sie ihre Mobilgeräte weglegen sollten. Als auch Marcel sein Handy in die Hosentasche gesteckt hatte und ihr seine Aufmerksamkeit schenkte, begann sie zu erklären.

»Wir fliegen etwa drei Stunden bis New Orleans. Dort werden Martin und ich gemeinsam mit Luuk Kronewegen und einem Anwalt für Sportrecht eine Pressekonferenz halten. Martin, wir werden die ganze Geschichte auf den Tisch packen. Du wirst alles erzählen müssen. Hast du die Mail noch?«

»Weiß ich nicht« Martin klang nicht begeistert von diesem

Plan. »Muss ich schauen.«

»Ich habe die ganze Nacht mit Kronewegen, dem Teamchef des Green Drink Teams und dem Anwalt gesprochen. Die Annahme der Nanobots ist ein strafbares Vergehen im Sportrecht. Egal, ob du die Bots nachher konsumiert hast oder nicht.

Aber das Ganze ist schon länger als fünf Jahre her. Daher kannst du nicht mehr belangt werden. Auch den Sieg von damals kann man dir nicht aberkennen. Dafür müsste man nachweisen, dass du gedopt warst. Aber das warst du ja nicht, oder?« Martin schüttelte den Kopf. »Gut. Wir haben nur diese eine Chance. Du musst wirklich reinen Tisch machen!«

Sie schaute ihn eindringlich an. Martin zog seine Cap tief ins Gesicht und starrte auf den Boden des Flugtaxis.

»Ich werde in New Orleans ein Flugtaxi nach Kuba nehmen, dann bin ich in zwei Stunden weg von der Bildfläche und euer Problem hat sich erledigt.«

Verena drückte ihn mit einem Arm nach hinten, so dass er aufrecht saß. »Eben nicht! So wird es nicht laufen! Die Geschichte wird an die Oberfläche kommen und die Reporter werden dich suchen, egal wo du dich versteckst. Außerdem wird das Green Drink Team heftig unter Druck geraten. Sie werden beweisen müssen, dass sie nichts von der ganzen Sache wussten.« Sie hielt ihm ihren Zeigefinger direkt vor das Gesicht.

»Nein, wir müssen jetzt das Heft in die Hand nehmen, bevor diese Petric irgendetwas veröffentlichen kann.«

Martin nickte, hielt den Kopf aber weiterhin gesenkt.

»Gibt es sonst etwas, das wir wissen müssen? Irgendwas, was du bisher nicht erzählt hast?«

Martin schüttelte den Kopf und brummte. »Nein, gibt es

nicht.«

Dann räusperte er sich und nahm etwas mehr Haltung an. »Ok, wir machen das so, aber ich habe eine Bedingung.«

Verena runzelte die Stirn, bevor sie ihm zunickte.

»Nell, wird die einzige Journalistin sein, mit der ich auf der Pressekonferenz spreche.«

»Das ist die Kleine von Netsport? Gut, schreib ihr, damit sie anwesend ist.«

Das Garden Inn lag am Meer in der Nähe des Interkontinental Hafens. Kronewegen hatte das Hotel vorgeschlagen und organisiert.

Als das Flugtaxi landete, war eine große Traube an Journalisten anwesend, die sich sofort auf das Team stürzten und versuchten, vorab an Informationen zu kommen. Verena und die Schwarzwald-Bräu-Messenger gaben ihnen keine Chance und betraten das Hotel, während die Journalisten von Security Bots daran gehindert wurden.

Es war ein Businesshotel. Einfache, aber hochwertige Möblierung, in den Sesseln saßen Männer und Frauen in Anzügen, die telefonierten oder auf Bildschirme starrten und das Licht kam von einer LED-Decke, die den Himmel über der Stadt spiegelte. Hinter der Rezeption war ein Empfangs-Bot mit menschlichen Zügen, der einen neuen Gast eincheckte.

Luuk Kronewegen war ein großer, dürrer Mann ohne Haare. Sein Anzug hing schlaff an ihm herunter. Auch er schien die Nacht nicht viel geschlafen zu haben. Tiefe Ringe bildeten sich unter seinen Augen ab. Verena ging ohne Umschweife auf ihn zu und reichte ihm die Hand.

»Guten Morgen Luuk, wir sind da.«

»Gut, dass ihr es so schnell möglich gemacht habt. Die Gerüchte im Internet werden immer wilder. Es wird höchste Zeit, dass wir Licht ins Dunkel bringen. Wir lassen jetzt die Journalisten in den Saal und dann können wir nach dem Briefing in 20 Minuten starten.« Er blickte zu den drei Messengern. »Timo, Marcel, wir haben für Sie ein Zimmer gebucht. Sie können die Pressekonferenz gerne von dort ungestört verfolgen.«

Es war für alle unmissverständlich, dass Kronewegen das nicht als Angebot, sondern als eine Aufforderung meinte. Es machte durchaus Sinn, den Journalisten so wenig wie möglich Gesprächspartner zu bieten. Timo nickte und schleppte Marcel mit an die Rezeption.

Der große Konferenzsaal des Garden Inn war bis auf den letzten Platz gefüllt. An der Decke schwirrten Drohnen herum, die sich auf das Podest mit den vier Stühlen fokussierten. Die Wand dahinter zeigte keine Logos oder Hinweise, um was es bei dieser Pressekonferenz ging. Sie war einfach nur weiß. Die Journalisten unterhielten sich angeregt und man spürte die Spannung, die im Raum herrschte. Auf die Minute pünktlich betraten Luuk Kronewegen, Verena Marghäuser, Martin Gaum und Haily Bernstein das Podest.

Bernstein, eine eloquent wirkende Frau Ende dreißig mit einer blonden Bob-Frisur und einem schwarzen Anzug, war eine der besten Sportrechtlerinnen der USA und arbeitete für die Kanzlei Wagner and Partner. In der Reihenfolge, in der die vier das Podium betraten, nahmen sie auch auf den Stühlen Platz. Langsam verstummte das Gebrabbel der Journalisten und es kehrte eine gespannte Ruhe ein. Wie zuvor vereinbart eröffnete Kronewegen die Pressekonferenz.

»Liebe Journalistinnen und Journalisten, vielen Dank, dass Sie zu unserer kurzfristig einberufenen Sonderpressekonferenz heute Morgen hier erschienen sind. In den letzten Tagen gab es einiges an Unruhen bezüglich der Mail-Schnipsel, die von einem anonymen Account auf Twitter geteilt wurden. Wir möchten heute Licht ins Dunkel bringen und auf die Vorwürfe eingehen.«

Er warf einen kurzen Blick zu seinem Sitznachbarn, dann fuhr er fort. »Martin wird Ihnen gleich die Details erzählen, anschließend wird Nell Van Geel von Netsport die Möglichkeit erhalten, Fragen an Martin Gaum zu stellen. Er wird ansonsten für keine weiteren Fragen zur Verfügung stehen. Stattdessen werden Frau Bernstein, Frau Marghäuser und ich antworten. Ich bitte sie, dieses Vorgehen zu respektieren.«

Er schloss seine Einführung ab und nickte Martin zu. Dieser rückte etwas näher an den Tisch, legte seine Arme darauf und faltete die Hände. Ein Räuspern tönte durch die Lautsprecher. Martin atmete tief ein. »Der ein oder andere unter Ihnen war 2065 dabei, als ich vom Green Drink Team die Chance bekam, ein World Tour Rennen zu bestreiten.«

Er stockte kurz und Verena rutschte nervös auf ihrem Stuhl hin und her. Doch Martin fuhr fort. »Ich war damals ein Idiot, ein pubertärer Idiot. Ich wurde in diese grandiose Jugendakademie aufgenommen und bekam die beste Förderung, die möglich war. Die Green Drink Academy war zum damaligen Zeitpunkt das Beste vom Besten, was Nachwuchsentwicklung anging. Doch ich scherte mich nicht um das Team. Es ging mir zu dieser Zeit einzig und alleine um mich und mein Ego.« Die Worte sprudelten nur so aus ihm heraus.

»Ich hatte das Gefühl, niemand könne mich schlagen, egal ob auf oder neben der Strecke. So benahm ich mich auch. Das Team gab mir eine Chance, weil sie an mich glaubten und mir eine große Karriere zutrauten. Mit dem Ruhm kamen auch die Menschen, die von meiner Zukunft profitieren wollten.« Noch einmal holte Martin tief Luft, dann begann er zu erzählen. Von dem Kontakt zu Petric, den Partys und der Spritze mit den Nanobots. Als er mit seinen Ausführungen bei der Mail angekommen war, ging ein Raunen durch die Menge und das Tuscheln unter ihnen begann.

Martin senkte den Kopf, sein Vortrag war beendet. Nun war Nell an der Reihe. Sie saß direkt vor den Tischen und trug heute ein gelbes Top.

»Martin, danke, dass du uns diese Geschichte erzählst. Habe ich das richtig verstanden, du hast die Nanobots erhalten, aber sie nicht konsumiert?«

Martin schaute Nell mit traurigen Augen an. »Das ist korrekt. Ich wollte Sie noch nicht nutzen. Oder ich hatte vergessen, sie zu nutzen, das weiß ich nicht mehr so genau. Aber ja, ich habe die Bots nicht genutzt.«

»Gibt es dafür Beweise?«

»Ich glaube nicht. Nach dem Rennen endete meine Karriere ziemlich abrupt und ich ging nach Kanada nur mit einer Tasche und den wichtigsten Dingen, die ich hatte. Die Bots gehörten da nicht dazu. Ich weiß also nicht genau, was mit der Spritze geschehen ist, nachdem ich das Team verließ.«

»Wusste das Team von den Bots?«

»Nein, Petric gab mir diese im Vertrauen. Ich sah keinen

Grund, es mit dem Team zu teilen. Ich wusste, dass sie es nie zugelassen hätten.«

»Hast du heute noch Kontakt zu Amanda Petric oder der FastSports Agentur?« Martin blickte zu Bernstein hinüber. Diese nickte ihm kaum merklich zu.

»Amanda Petric kontaktierte mich nach dem Rennen in New York vor zwei Wochen zum ersten Mal seit sie mir vor mehr als zehn Jahren die Nanobots zugesteckt hatte.«

»Um was ging es bei dem Kontakt?«

»Sie drohte die Geschichte von damals an die Öffentlichkeit zu bringen, wenn ich ihr nicht einen Gefallen tat.«

Bevor Nell die unweigerlich logische Frage stellen konnte, fuhr Martin direkt fort. »Sie wollte von mir, dass ich im kommenden Rennen einen Green Drink Messenger rausnehme.«

Das Gemurmel unter den Journalisten wurde lauter, doch Kronewegen unterbrach die Unruhe.

»Vielen Dank Martin, für deine Offenheit und, dass du hier und heute Licht ins Dunkel bringst. Sie haben nun die Möglichkeit, noch weitere Fragen an Frau Bernstein, Frau Marghäuser und mich zu stellen.«

Martin stand von der Bühne auf und verließ den Saal durch eine Tür direkt neben dem Podium. Ein paar Journalisten wollten ihm folgen, wurden jedoch von den Security Bots davon abgehalten.

Martin schlich den Flur entlang zu der Zimmernummer, die ihm die Jungs genannt hatten. Er klopfte und Marcel öffnete ihm die Tür. Timo saß auf dem Bett und starrte auf die Holowand. Bernstein sprach gerade.

»...die Prüfung ergab, dass schon alleine die Annahme

von Dopingmittel strafbar ist und bei einem Ersttäter eine Sperre von bis zu zwei Jahren drohen kann, jedoch verjährt dieser Tatbestand nach fünf Jahren.«

»Wird Herrn Gaum der Sieg von 2065 aberkannt?«, fragte eine weibliche, gesichtslose Stimme.

»Nein, dies ist nicht möglich. Dafür müsste Herrn Gaum nachgewiesen werden, dass er zum Zeitpunkt des Rennens gedopt war. Da wir unserem Mandanten Glauben schenken und er beteuert, weder die Nano-Bots noch weitere verbotene Substanzen zu sich genommen zu haben, gehen wir davon aus, dass ihm der Sieg nicht aberkannt werden kann.«

»Komm, setz dich erstmal hin.« Timo packte Martin am Arm und zog ihn zu sich aufs Bett, während Marcel ihm wortlos eine Flasche Wasser reichte. »Oder brauchst du ein Bier? Wir haben noch welches.« Martin lehnte dankend ab.

Blitzgewitter auf dem Hologramm. »Welche Konsequenzen wird dieses Vergehen für Martin haben? Schmeißen Sie ihn aus dem Team?« Die Frage war an Verena Marghäuser gerichtet.

»Nein, wir haben weiterhin vollstes Vertrauen in Martin. Er hat großen Mut bewiesen und eine Jugendsünde gebeichtet. Zugegeben eine sehr ernsthafte Jugendsünde. Heute ist er sauber. Martin ist ein anderer Mensch als vor zwölf Jahren. Er hat mit dem Kapitel abgeschlossen. Die Leistungsdaten und Body-Scans unserer Jungs sind auf der CtC-Seite abrufbar. Dort sehen sie, dass Martin absolut sauber ist. Wir werden mit ihm diese Woche an den Start gehen und den Allen-Clay-Cup zu Ende fahren.«

»Befürchten Sie keinen Protest durch die anderen Teams?«

»Wenn ich hier kurz einspringen darf.«, sagte Kronewegen und nahm die Frage an sich. »Wir haben alle

Teams über die Situation informiert. Keines der Teams sieht eine Grundlage, Protest gegen einen Start von Martin Gaum einzulegen.«

»Wie wird mit der FastSports Agentur umgegangen?«

»Das ist jetzt die entscheidende Frage. Frau Bernstein hat von uns das Mandat erhalten, die Vorgänge rund um die Agentur zu untersuchen. Es soll festgestellt werden, inwieweit FastSports in der Vergangenheit Einfluss auf unseren Sport genommen hat und ob es Messenger gab, die die Unterstützung durch Frau Petric und die Agentur angenommen haben. Hierzu werden wir nach dem Allen-Clay-Cup einen Bericht veröffentlichen.«

Timo schaltet den Holobeamer aus. »Da hast du ganz schön was ins Rollen gebracht! Würde mich nicht überraschen, wenn diese Petric noch weitere Messenger manipuliert hat. Wie geht es dir jetzt?«

»Besser, trotzdem kann ich mir nicht vorstellen, morgen wieder auf dem Rad zu sitzen als wäre nichts gewesen.«

»Klar ist das schwierig, aber du musst eine Trotzreaktion zeigen. Der Ballast ist weg, du kannst jetzt befreit aufdrehen und dir die Wut von der Seele strampeln. Außerdem brauchen wir dich! Wer verrät uns sonst die ganzen Tipps und Tricks der Strecke.«

»Gutes Stichwort«, unterbrach Marcel Timos Ansprache. »Lasst uns raus gehen und ne Runde biken. Alle sprechen immer davon, dass diese Strecke in New Orleans so besonders ist. Ich will sie jetzt endlich mal sehen.«

Im Laufe des Tages verbreitete sich die Story wie ein Lauffeuer und quasi jeder Sender berichtete von der

Pressekonferenz und der Untersuchung von Bernstein.

FastSports hatte noch keinen offiziellen Kommentar zu den Vorkommnissen abgegeben und weder Petric noch der sonst so gesprächige Geschäftsführer Patrick Hague waren zu einer Stellungnahme bereit. Das New Yorker Headquarter der Agentur wurde von Journalisten belagert und jeder, der in Kontakt stand, wurde vor die Kamera gezogen.

Es tauchten auf Insta und Twitter Listen mit den Messengern auf, die von der Agentur vertreten wurden. Darunter war auch Dawin Zucc von Green Drink. Doch Kronewegen hatte in der Pressekonferenz bekannt gegeben, dass die Zusammenarbeit zwischen Zucc und FastSports ruhen würde, solange die Ermittlungen liefen. Auch Hassan Ardal, Clèment Loric und Sue Goodel, die allesamt bei der Agentur unter Vertrag standen, gaben im Laufe des Tages das Aussetzen der Partnerschaft bekannt.

»Das sorgt für ganz schön Unruhe bei FastSports«, stellte Christoph fest, als er mit Verena in der Werkstatt saß und der Holobeamer lief.

Christoph schraubte an einem neuen Getriebe für Marcel, während Verena auf der Arbeitsplatte Platz genommen hatte und ihn dabei beobachtete.

»Ja, sie geraten mächtig unter Druck. Meine einzige Hoffnung ist, dass die Aufmerksamkeit auf die Agentur dafür sorgt, dass Martin ein wenig aus der Schusslinie rutscht.«

»Ist er das überhaupt?«

Verena zuckte mit den Schultern und klopfte neben sich auf die Platte. »Ich weiß nicht. Ich glaube, sein Geständnis wurde ihm abgenommen. Die Medien sehen ihn eher als Kronzeugen, dennoch verursacht es Aufmerksamkeit und rückt das Sportliche so ein wenig in den Hintergrund. Das ist schade.«

Timo war froh, dass sie für das Rennen im Garden Inn abgestiegen waren und nicht im Transportgleiter im Fahrerlager übernachten mussten. Hier im Hotel war es einfacher, sich von den ganzen Journalisten und Schaulustigen abzugrenzen.

Er saß im T-Shirt und Badehose am Pool und beobachtete die Kids, die im Wasser mit einem Ball spielten, als seine Smartwatch ihm eine Nachricht auf Instagram anzeigte. Er öffnete die Videomessage von Fari.

»Hey Timo, ich hoffe doch, du hast mich nicht vergessen bei dem ganzen Trubel. Ich warte noch auf deine Einladung für das kommende Wochenende!«

Timo war froh, dass es in der Nachricht mal nicht um die Sache um Martin ging und rief ihn sofort an. »Hey Fari, freut mich, dich kennenzulernen.«

»Jo Bro, dachte, du hättest mich schon vergessen.«

»Nein, natürlich nicht.« Das war knallhart gelogen. Hätte Fari die Videomessage nicht geschickt, hätte er ihm wahrscheinlich nicht mehr geschrieben. »Wir sind ab morgen an der Strecke für die ersten Trainingseinheiten. Du kannst aber auch Samstag zum Qualifying kommen oder am Sonntag zum Rennen, wie es dir am liebsten ist.«

»Hey Bro, natürlich will ich zum Rennen kommen, ist doch klar. Wie läuft das ab?«

»Na ja, ich besorge dir die Tickets für das Fahrerlager und für die Tribüne. Du kommst am Morgen vorbei, wir drehen zusammen ein kleines Video mit der Trikotübergabe und dann kannst du im Fahrerlager abhängen und dir alles anschauen.«

»Chillig, das klingt nach 'nem Plan.«

»Ich schicke dir die Koordinaten.« Timo verabschiedete sich von dem Influencer und machte sich auf die Suche nach Martin und Marcel, die eigentlich ins Gym gehen wollten.

Nachdem es am Donnerstag noch angenehm bewölkt gewesen war, stieg die Temperatur am Freitag zum letzten Trainingstag nochmal. Das hieß für alle Messenger auf den Flüssigkeitshaushalt zu achten.

Marcel, Timo und Martin standen um eine Holografik im Zielbereich herum, hielten Flaschen mit Wasser in den Händen und begutachteten das Streckenprofil im Detail.

Die Strecke schlängelte sich vom Kanal, der das Turning Basin mit dem Mississippi verband, im Zickzack durch die Häuserschluchten bis zur Bourbon Street, auf der dann das Finale stattfand. Die Route war so spektakulär, weil es quasi nach jedem Block einen Richtungswechsel gab und die Bourbon Street das einzige Stück war, in dem es mal für mehr als 80 Meter geradeaus ging. Nach dem Vollgasrennen in Washington war eine Strecke angesagt, auf der man nur beim Zielsprint auf die volle Geschwindigkeit beschleunigen konnte. Auch der Traffic war hier anders.

Da es am Ende durch das ehemalige Vergnügungsviertel der Stadt ging, hatte man es die letzten zwei Kilometer kaum noch mit Autos zu tun, aber dafür mit virtuellen Menschenmassen, die in Form von Bots die Straßen verstopften.

Seit Martin sich von seinem Geheimnis befreit hatte, war er wieder der Alte. Mit einer Hingabe und Liebe zum Detail erklärte er den beiden Rookies die Strecke.

»St. Claude, typisches ehemaliges Arbeiterviertel. Die

gesichtslosen Hochhäuser, die hier in den letzten 20 Jahren entstanden sind, dienten nur dem Zweck, so viele Menschen wie möglich darin einzupferchen.

An den Straßen hingegen wurde nichts gemacht. Jederzeit kann es mal ein medizinballgroßes Schlagloch geben. Ihr müsst höllisch aufpassen.« Martin zog mit seinem Finger einen Kreis um eine Stelle auf der Grafik.

»Wenn ihr dann Richtung Bourbon Street kommt, seid ihr in dem New Orleans, wie ihr es aus Filmen kennt. Das Viertel wurde zum Weltkulturerbe ernannt und ist daher seit mehr als hundert Jahren unverändert geblieben. Also keine Hochhausschluchten, sondern zwei- bis maximal vierstöckige Gebäude zum Teil noch aus der Zeit der Kolonialisierung. Hier sind die Straßen nicht besser, aber ihr erlebt dort etwas Einzigartiges beim Allen-Clay-Cup: die Zuschauer sitzen nicht auf Tribünen, sondern stehen am Straßenrand. Dazwischen dann der Virtual Traffic aus Bots, die kreuz und quer über die Wege laufen. Und bei dem gnadenlosen Durcheinander heißt es, den Durchblick zu behalten. Zusammengefasst: Dieses Rennen ist crazy.« Er lachte. »Beim Qualifying müsst ihr nur auf die Schlaglöcher achten und schauen, dass ihr euch beim Rausbeschleunigen nicht verschätzt.«

Martin hatte den ersten Trainingslauf und legte eine ordentliche Fahrt hin. Marcel hingegen waren die Spuren seines Unfalls noch anzumerken. Mit der schlechtesten Zeit im Freitagstraining kehrte er ins Hotel zurück. Timo holte sich beim ersten Versuch bei einem gefährlichen Schlagloch einen Platten und musste abbrechen. Beim Zweiten blieb er kurz vor der Bourbon Street an einer Straßenlaterne hängen und stürzte, so dass er am Ende keine gezeitete Runde vorweisen konnte.

Erschöpft saß er im Zielbereich, kippte sich kaltes Wasser über den Kopf und blickte auf die eintreffenden Messenger.

Samy kam nach ihrem Lauf vor ihm zum Stehen und begutachtete ihn von oben bis unten.

»Oh, das sieht aber nicht gut aus! Sturz? Was Ernsthaftes?« Timo schüttelte den Kopf. Während er selbst nach der Belastung in der Hitze aus dem letzten Loch pfiff, stand Samy vor ihm und wirkte, als hätte sie eine leichte Laufeinheit hinter sich. »Bist du nur die halbe Strecke gefahren?«

Sie lachte. »Wie kommst du jetzt da drauf?«

»Du schwitzt ja überhaupt nicht.«

»Doch, doch, war schon anstrengend. Die Vorbereitung in Australien hilft, sich an die Temperaturen frühzeitig zu gewöhnen.« Sie verabschiedete sich von ihm und ließ Timo im Zielbereich sitzen.

Am Abend vor dem Qualifying saß das ganze Schwarzwald-Bräu-Team im Speisesaal des Hotels und sprach über das Training.

»Timo, merkst du noch was von deinem Sturz?«, fragte Verena ihren aktuellen Top-Messenger.

»Kaum. Die Schürfwunden dürften für wenig Schlaf heute Nacht sorgen, aber die Knochen sind so weit heil. Ich glaube nicht, dass mich das groß beeinflusst.«

»Marcel, wie sieht's bei dir aus?«

»Na ja, die Rippen schmerzen noch, wenn ich tief einatme. Irgendwie wird es schon gehen.«

»Das ganze Team ein einziger ramponierter Haufen«, stellte Christoph lachend fest und bekam von den drei Messengern böse Blicke zugeworfen.

»Hey, was soll das heißen? Ich habe noch nichts abbekommen und bin morgen top fit.« Martin verstellte seine Stimme, als wäre er wirklich entrüstet.

Sein Gemütszustand hatte sich deutlich gebessert. Er unterhielt sich mit den Fans, stand für Selfies bereit, machte Witze mit Crewmitgliedern anderer Teams und wirkte auf dem Rad dynamischer. Selbst die einzelnen Hater, die ihn vom Rand der Strecke Beleidigungen und Vorwürfen zu riefen, lächelte er einfach weg.

Verena war aufgestanden und klatschte in die Hände, um ihr Team aufzuscheuchen. »Leute, ihr braucht die Erholung, es wird Zeit, dass ihr jetzt ins Bett kommt.«

Martin zog seine Cap auf und verabschiedete sich. »Ich muss nochmal los. Ich bin noch verabredet.«

Er rief sich ein Flyseg, dass ihn an einer Straßenkreuzung im Vergnügungsviertel der Stadt absetzte. Überall waren junge Menschen, die sich ausgelassen unterhielten und von einer Bar in die nächste stolperten. New Orleans war eine der wenigen Großstädte der USA, in denen alle Bevölkerungsschichten auf den Straßen unterwegs waren. Zumindest hier im Viertel rund um die Bourbon Street. Das hatte natürlich viel mit dem Aufbau der Stadt zu tun aber auch mit der liberalen und positiven Einstellung der Menschen. Martin war dennoch froh, dass ihn niemand erkannte und ansprach, während er im Schatten eine Flyseg-Ladestation auf seine Verabredung wartete. Es war Nell, die in einem kurzen gelben Rock, den sie mit einem dunkelblauen Top kombiniert hatte, auf ihn zu gehüpft kam. Zu Martins Überraschung war nirgends eine Drohne zu sehen. Nach der Pressekonferenz hatte sie ihm einige Nachrichten geschickt und nachdem er die ersten ignoriert hatte, erinnerte er sich daran, dass er nicht wieder die gleichen Fehler wie vor zwölf Jahren machen wollte. Er ging auf ihr Angebot, sich zu treffen ein.

Sie sprang ihm an den Hals und drückte ihn ein wenig länger als bei einer normalen Begrüßung üblich.

»Ohne Gelb geht bei dir nicht?«

Sie drehte sich im Kreis und präsentierte dabei ihren im Wind wehenden Rock. »Geht schon, muss aber nicht sein. Komm, da drüben ist eine Bar, die eine Veranda haben. Vielleicht bekommen wir da einen Platz.«

Sie nahm ihn an der Hand und zog ihn zu einer der gut besuchten Lokale in der Straße. Tatsächlich hatten sie Glück. Gerade, als sie die Veranda im ersten Stock betraten, stand ein Paar von einem kleinen Tisch im Eck auf und sie konnten sich setzen. Nell saß ihm gegenüber und schaute ihn eine ganze Weile an, bevor sie etwas sagte. »Wie geht es dir jetzt?«

»Besser.«

Sie nickte. »Ja, das sieht man dir an! Ich habe einen Vorschlag. Wir sprechen heute nicht über Citytrack und das Geschehene. Lass uns einfach einen guten Abend verbringen.«

»Nell, ich bin wirklich froh, dass du mich nicht fallengelassen hast.« Ein Bot brachte ihnen die Getränke, damit sie gemeinsam anstoßen konnten. Es waren ein paar Stunden Leichtigkeit, die sich für Martin anfühlten, als säße er mit Nell auf der wackeligen Holzveranda vor seiner Bar auf Cuba.

Am Samstag war es ähnlich warm wie am Freitag. Timo blinzelte in die Sonne, als er gemeinsam mit Christoph das Hotel verließ, um mit einem Flugtaxi zur Strecke zu fliegen.

Jedes Mal aufs Neue kribbelte Timos Körper, wenn er durch das Fahrerlager lief. Diese Mischung aus Vorfreude und Anspannung merkte man jedem an, dem man begegnete. Viele Messenger waren auf der Strecke unterwegs, um sich nochmal ein bisschen einzufahren.

Auch Martin und Marcel waren schon los. Timo hatte sich beim Aufwärmprogramm auf ausgiebiges Stretching fokussiert, da sein Körper die Folgen des Sturzes noch nicht ganz verdaut hatte.

Um mit seinem Rad an den Start zu kommen, nahm er sich eines der Shuttle-Taxen. Kurz bevor es abhob, sprang Cancello in das Sammeltaxi und platzierte sein Rad an einem der Halterungen. Er grinste Timo breit an und ließ seinen Blick nicht von ihm ab, auch als das Taxi abhob.

»Gibt's was?«, fragte Timo leicht genervt. Er hatte wenig Lust, sich mit dem aufschneiderischen Italiener zu unterhalten.

»Wie ist es so, mit einem Betrüger und einem Hinterwäldler im Team zu fahren?«

»Frag lieber deine Teamkollegen, wie es ist, einen Idioten im Team zu haben.«

»Ich meine, ihr seid Amateure. Wenn das so weitergeht, darf bald jeder bei einem City-Track-Rennen mitfahren. Ihr solltet das Feld den Profis überlassen.«

Timo lehnte sich nach vorne, so dass sein Gesicht nur wenige Zentimeter von dem des Flux-Jeans-Messengers entfernt war.

»Der Amateur vor dir steht momentan bei 29 Punkten in der Gesamtwertung und du?« Timo wusste genau, dass Cancello bisher nur zwanzig geholt hatte, und grinste ihn daher frech an. Das war der Moment, an dem Toni Cancello sein Gesicht abwandte, bis das Taxi auf der Landeplattform aufsetzte.

»Ich wünsche dir später viel Erfolg!«, rief Timo hinterher, als Cancello es eilig hatte, aus dem Taxi zu kommen.

Der Startbereich war extrem weitläufig. Er befand sich auf dem Parkplatz eines alten Supermarktes. Christoph hatte einen neuen Pavillon für das Schwarzwald-Bräu-Team besorgt. Es hatte zwar noch nicht das Logo darauf drucken lassen, aber immerhin war er schwarz.

Martin und Marcel saßen auf den Rädern zum Einrollen. Martin musste schon in zehn Minuten starten, weshalb er in der heißen Phase war und ihm Schweißtropfen die Stirn runterliefen.

Christoph schaute auf die Uhr. »Du musst so langsam los. Ich mache mich jetzt auf den Weg in den Zielbereich, um euch wieder von der Straße zu kratzen. Passt auf die Schlaglöcher auf!«

Er klatschte mit Marcel und Martin auf den Rädern ab und nahm Timo nochmal kurz in den Arm.

»Hallo Ian, schön, dass du heute dabei bist! New Orleans, ich liebe diese Stadt und ich freue mich jedes Jahr wieder, hier her kommen zu dürfen.«

»Hi Tara, New Orleans ist eine tolle Stadt und ein spektakuläres Rennen. Ich freue mich schon riesig auf morgen.« Die beiden Kommentatoren waren wie immer bestens aufgelegt und Tara begann mit ihren Analysen.

»Schauen wir erstmal auf das Qualifying. Wer hat die besten Chancen?«

»New Orleans ist eine Strecke für die technisch starken Messenger. Man muss unglaublich viel beachten. Es ist eine

Strecke, die Itawa mehr entgegenkommt als die in Washington.«

»Mein Favorit heute ist aber Jannik Stern. Er ist diese Saison blendend in Form. Wenn er an seine bisherigen Leistungen anknüpfen kann, dann könnte er sich ein wenig weiter nach vorne schieben.« Bei dieser Aussage von Ian zog Tara die Augenbrauen hoch, doch sie hatte keine Möglichkeit darauf zu reagieren, da die Startzeiten für das Qualifying eingeblendet wurden.

»Schauen wir mal auf die Messenger, die jetzt an den Start rollen. Einer von ihnen hat vorgestern eine richtige Bombe platzen lassen. Was ist deine Einschätzung zu der Geschichte um Green Snake und die Nanobots? Hätte er deiner Meinung nach überhaupt an den Start gehen dürfen?« Martin wurde direkt groß eingeblendet, wie er sich den Helm zurechtrückte.

»Schwierige Frage. Die Regeln sind klar, und nach dem Reglement ist es korrekt, dass er heute am Start ist. Wenn man aber mal auf die Geschichte der CtC schaut und was diese Organisation ausmacht, dann sollten wir uns fragen, ob wir einen Betrüger mit dabei haben wollen.«

Ian Calcacy ging mit Martin hart ins Gericht. Es entstand eine kurze Pause, dann räusperte er sich. »Aber er hat nicht betrogen und solange es keinen Beweis gibt, gilt die Unschuldsvermutung.«

»Na ja, aber er wäre bereit gewesen, sich einen Vorteil zu verschaffen, das hat er offen zugegeben. Es ist kriminelle Energie vorhanden. Wenn er ein aufrichtiger Sportsmann wäre, dann hätte er sich aus dem Wettkampf zurückgezogen, das ist zumindest meine Meinung dazu!« Ian nahm beide Arme nach oben, bevor das Bild wieder Martin zeigte.

»Wie gesagt: die Regeln geben ihm Recht und darum ist er

220

heute mit dabei.«

»Und steht jetzt oben in der Startbox. Ardal und McGeady, der bisher enttäuschte, sind schon gefahren. Martin Gaum ist der dritte Messenger, der heute an den Start geht.« Der Auftritt vom Australier schien Calcacy hingegen gefallen zu haben. Er wurde plötzlich laut und es entwich ihm ein Jauchzen.

»Und wie McGeady gefahren ist! Nachdem der Allen-Clay-Cup bis jetzt eine einzige Enttäuschung für ihn war, hat er hier einen rausgehauen. Mit 40 Minuten und 54 Sekunden war er ganze drei Minuten und zwölf Sekunden schneller als Hassan Ardal. Drei bis vier Minuten ist im Qualifying normalerweise die Spanne zwischen dem Ersten und dem Letzten!«

Tara Muffet nickte ihrem Experten zu und ergänzte: »Aber wir haben auf dieser Strecke eine deutlich niedrigere Durchschnittsgeschwindigkeit. Das eröffnet Chancen für alle, die wie McGeady nicht mehr die hohen Wattzahlen treten können.« Ian war nach wie vor begeistert von jemanden, gegen den er sogar selbst noch gefahren war.

»Und ich glaube, hier ist ihm ein Husarenritt gelungen. Ich könnte mir vorstellen, dass unter 41 Minuten für die Qualifikation heute reichen könnte.«

Tara schaute auf den Holoscreen hinter sich und richtete ihren Fokus auf das Livebild.

»Schauen wir uns Green Snakes aktuellen Lauf an. Die Livedaten zeigen, dass er nur drei Sekunden hinter McGeady hängt und diese am Start verloren hatte. Das heißt, nach gut einem Drittel ist er gleichauf unterwegs.«

»Er macht das sehr gut. Es scheint, als hätte er sich die Strecke perfekt angeschaut, so dass er schon frühzeitig auf die großen Schlaglöcher reagiert.«

Die Kamera wechselte das Bild zum Start, wo Peter Burgis sich bereit machte. Burgis war, wie McGeady, Ardal, Martin und drei weitere Messenger, noch ohne Punkte. Darauf ging Tara nun ein.

»Ian, es gibt am Ende des Allen-Clay-Cups immer zwei bis drei Messenger, die den Wettkampf verlassen, ohne ein einziges Rennen mitgefahren zu haben. Was glaubst du, wen erwischt es in diesem Jahr?«

»McGeady ist zu erfahren. Ich bin mir sicher, dass er es schaffen wird, sich für ein Rennen zu qualifizieren. Auch Rasheed Frazier ist zu gut, um ohne Punkte aus dem Wettkampf zu gehen. New Orleans ist vielleicht nicht seine Strecke, aber er wird es noch packen.

Bei Hassan Ardal sehe ich hingegen schwarz. So hart es klingt, aber Hassan fehlt einiges, um mit den anderen mithalten zu können. Ich wünsche es ihm, aber wenn man seine Zeiten der ersten beiden Qualifyings und heute anschaut, wird das eng.« Tara lenkte das Gespräch wieder auf den Messenger, der aktuell aus der Vogelperspektive von einer Drohne verfolgt wurde.

»Was ist mit Martin Gaum? Packt er es?«

»Lass uns nochmal auf seinen Lauf schauen, dann gebe ich eine Prognose«, erwiderte Ian Calcacy schmunzelnd.

Martin bog in eine Straße, auf deren Gehsteig auf beiden Seiten Menschen in Zweier- und Dreierreihen standen und ihn lauthals anfeuerten.

»Er ist genau die drei Sekunden hinter McGeady, die er schon zu Beginn des Rennens hatte. Wenn er jetzt richtig reinhauen kann, erwischt er ihn sogar. Die Zuschauer peitschen ihn auf jeden Fall nach vorne. Es scheint, dass sie nicht so kritisch mit seiner Geschichte umgehen wie wir, Ian«

»Er bekommt den gleichen Support, wie die anderen Messenger auch und das bringt ihm eine super Zeit ein!«

In diesem Moment rollte Martin über die Linie und die Anzeige stoppte.

»Damit ist Martin Gaum zwei Sekunden schneller als McGeady und holt sich die zwischenzeitliche Führung nach drei Messengern.«, stellte Tara fest.

Als Marcel als Nummer elf von der Rampe rollte, lag Martin noch immer vorne. »Schauen wir, ob der zweite Schwarzwald-Bräu-Messenger die Zeit seines Teamkollegen schlagen kann. Aktuell liegt er nach der Hälfte der Strecke gute 15 Sekunden zurück.« Calcacy bewertete seinen Lauf jedoch negativ.

»Er hatte im Gegensatz zum sauberen Lauf von Gaum einige kurzfristige Ausweichmanöver drin, die Tempo und dementsprechend Zeit kosten. Ich glaube nicht, dass er es schafft, die Sekunden aufzuholen.« Tara stieg in das Stakkato ein, mit dem sie so oft spannende Situationen kommentierte.

»Sauber nimmt er die Kurve von der Marigny Street auf die Chartres Street, muss aber auch dort wieder einen Schlenker fahren, um einem tiefen Riss in der Straße auszuweichen.

Eines muss man Marcel Framer lassen, er hat eine unglaubliche Beherrschung auf dem Rad. Wie er kurz vor dem Riss den Hintern rum reißt und dabei kaum Zeit verliert, ist beeindruckend.

Jetzt hat er es nicht mehr weit bis er auf die Bourbon Street abbiegt und dann auf die Esplanada Avenue.

Ich bin gespannt, welche Spur er versuchen wird.« Sie holte einen Augenblick Luft, ehe es für Marcel auf die entscheidenden letzten Meter ging.

»Wie die meisten, nimmt er die Geschwindigkeit und lässt sich auf die äußere tragen. Das heißt, er muss bei der Kreuzung auf die Bourbon etwas rausnehmen. Aber ich glaube, es war die richtige Entscheidung.

Jetzt geht er nochmal aus dem Sattel und holt alles raus. Man sieht, wie er am Limit fährt und kämpft, damit er in New Orleans teilnehmen kann.« Tara beschrieb die letzten Meter von Marcel.

»Sauberes Anbremsen am äußeren Rand der Spur. Auf der Bourbon kann man sich nicht bis an den Bordstein tragen lassen, da dort die Zuschauer stehen werden. Wenn man diese berührt, kann es schon mal zu einem Sturz kommen.«

Calcacy ergänzte: »Und er macht das gut und nimmt genügend Speed raus, um nicht zu nah an die Zuschauer zu kommen. Mal schauen, was er im Endspurt reißen kann.«

»Es sind jetzt schon 18 Sekunden, die er hinter Gaum liegt. Er legt alles rein, zieht nochmal an! Und jetzt bleibt die Zeit bei +16 stehen, damit reiht sich Framer hinter Gaum, McGeady und Rasheed Frazier ein, von dem ich etwas mehr erwartet hatte.«

Marcel blickte auf seine Zeit und war irritiert. Der Lauf fühlte sich gut an und er war sich sicher, dass es reichte. Im Moment war es »nur« Platz vier. Das bedeutete, er müsste weitere vier Messenger hinter sich lassen, damit er teilnehmen durfte.

Den ersten Gefallen tat ihm Ron Vlaar, der einen verkorksten Lauf hatte. Marcel nahm sich eine Wasserflasche und fragte einen der Servicebots nach einer Cap und einem Handtuch. Der Bot nickte und schwirrte ab.

Sein Rad lehnte er an die Absperrung und setzte sich in den Schatten eines Hauses mit Blick auf die Holowand.

Es dauerte nicht lange, bis der Servicebot wieder zurückkam und ihm eine weiße Cap mit der Aufschrift eines Telekommunikationsunternehmens brachte, welches den Allen-Clay-Cup sponserte, sowie ein weißes Handtuch mit demselben Logo.

Marcel bedankte sich, wischte sich den Schweiß aus dem Gesicht und richtete seinen Blick auf das Bild von Fenja Rehm, die auf die Bourbon Street einbog. Sie hatte nur drei Sekunden Rückstand auf Martin, was für Marcel bedeutete, dass sie vermutlich vor ihm bleiben würde. Sie unterbot am Ende Martins Zeit und legte damit eine neue Bestzeit hin.

Marcel erwischte sich, wie er an seinen Fingernägeln knabberte, als Patricio Huerez ins Ziel kam und sich zwei Plätze hinter ihm einordnete. Damit fehlte ihm nur ein Messenger und ein Ausrutscher konnte immer geschehen. Daher war er positiv gestimmt.

Schon der Nächste, der ins Ziel kam, sorgte für Freude bei Marcel. Ihm entstieg ein kleines Jauchzen. Kylie Gammon machte keinen sauberen Lauf und lag weit hinter ihm, so dass er mindestens auf Position zwanzig stand und damit dabei war. Er musste über sich selbst schmunzeln.

Als Timo mit dieser Schnapsidee einer Cup-Teilnahme auf ihn zugekommen war, war er davon ausgegangen, am Ende des Feldes zu fahren. Jetzt hatte er zwei Rennen bestritten und erwischte sich dabei, wie er sich nicht mehr damit zufriedengab, wenn es in der Quali eng wurde. Auf dem Bildschirm erschienen wieder die beiden Moderatoren.

»Ian, darum bist du unser Experte. Jannik Stern holt sich den Sieg im Qualifying, wie du vorausgesagt hattest. Es folgen unsere alten Bekannten, Itawa und Langley. Danach Altmeister Paul Hinteregger. Wie schätzt du dieses Qualifying ein?« Der Experte strahlte in die Kamera, er war sichtlich zufrieden mit dem Ergebnis.

»Für Paul freut es mich, ihn mal wieder so weit vorne zu sehen. Hoffentlich kann er dieses Ergebnis im Rennen bestätigen. Was aber schon beeindruckend ist, ist die geschlossene Teamleistung des Detroit Dynamic Teams. Nachdem wir der Truppe zu Beginn des Allen-Clay-Cups schlechte Vorbereitung durch die wenigen Rennen vorgeworfen haben, stehen sie jetzt mit allen drei Messengern unter den Top vier. Nur Itawa stört das perfekte Gruppenfoto.«

»Jetzt wird es spannend sein zu sehen, was sie daraus machen.«

»Tara, du hast recht, jetzt gilt es für das Team, diese starke Ausgangssituation in etwas zählbares umzumünzen. In einem Rennen mit so vielen Richtungswechseln ist die Startposition wichtiger als zum Beispiel in Washington. Ich kann mir schon vorstellen, dass Detroit Dynamic das nutzt.«

Tara wandte sich von ihrem Experten ab und blickte in die Kamera. »Schauen wir uns zum Abschluss nochmal das Ergebnis an, damit wir wissen, wer morgen alles an den Start gehen kann.«

Auf dem Bildschirm erschien die Tabelle mit den Platzierungen der Messenger.

Verena konnte mehr als zufrieden sein. Sie hatte zum ersten Mal drei glückliche Messenger im Transportgleiter sitzen, die Burger futterten. Diese ungesunde Belohnung hatte

Christoph zur Feier des Tages organisiert.

Marcel klatschte freudig in die Hände. »So könnte das immer laufen. Massage direkt nach dem Qualifying, Burger zum Abendessen, fehlt nur ne Sauna oder so.« Verena schüttelte lachend den Kopf.

»Gewöhne dich nur nicht daran. Wir haben die letzte Woche Großartiges geleistet. Wir haben einen Sturm überstanden, uns als Team weiterentwickelt und jetzt diese tolle Qualifikation. Ich bin gespannt, was wir morgen leisten können.«

»Können wir bei solch einem Ergebnis mannschaftstaktisch was reißen?« Timos Frage ging eher an Martin als an Verena, aber auch sie zuckte mit den Schultern und blickte zu ihrem erfahrensten Messenger.

Martin legte den Burger auf die Seite, schaltete den Holobeamer an und zoomte mit ein paar geschickten Fingerbewegungen den Startbereich heran. »Wenn wir als Team agieren möchten, müssen wir uns über das Ziel einig sein.

Sagen wir, wir wollen ein möglichst gutes Ergebnis für Timo erzielen. Das heißt für Marcel und mich, wir sollten schauen, dass wir so schnell wie möglich zu Timo kommen.« Er zeichnete drei Kreuze an der Startlinie eng zusammen.

»Bei dieser Strecke ist Windschatten nicht so entscheidend, dafür sind die geraden Abschnitte zu kurz. Aber wir können ihn schützen.

Das heißt, einer platziert sich vor Timo und einer schräg hinter ihm. Tatsächlich ist die Position schräg hinter Timo die wichtigere. Wenn es nur einer von uns zu ihm schafft, dann ist es besser, die Position dahinter einzunehmen, um ihn vor angreifenden Messengern zu schützen.

Der Vorteil vom Zusammenfahren ist vor allem im Traffic die richtige Entscheidung zu treffen. Vier beziehungsweise sechs Augen sehen mehr als zwei. Man kann miteinander kommunizieren.«

Er schaute in nickende Gesichter. Besonders Timo war immer wieder begeistert, wenn Martin sein Wissen teilte. »Wenn wir die Strategie verfolgen, dass einer durchkommen muss, dann schauen wir, dass wir uns gleich zu Beginn so weit wie möglich voneinander entfernen.« Er nahm die Kreuze und schob sie im Startbereich auseinander.

»Am besten sucht sich jeder ein anderes Hinterrad auf unterschiedlichen Linien. Immer, wenn die Linien dann im Laufe des Rennens zusammenkommen, muss man schnell schauen, dass man sich wieder verteilt. Es dürfen nie zwei Messenger auf der gleichen Linie unterwegs sein. Das erhöht die Chance, dass wenigstens einer von uns die richtige Entscheidung trifft und wir einen von uns möglichst weit nach vorne bringen.«

Er blickte in die Runde, als erwartete er eine Ansage von Verena oder den anderen.

»Wir sollten uns aufteilen. Ich meine, es geht uns ja darum, dass wir uns als Team möglichst gut verkaufen.« Timo hatte keine Lust, sich in den Mittelpunkt zu stellen.

»Das ist doch Quatsch. Deine Erfolge bescheren uns diese Aufmerksamkeit. Wir sollten schauen, dass wir dich weit vorne platzieren!« Marcel bekam sofort zustimmendes Nicken von Martin.

Verena hatte sich zurückgehalten, da sie ihren Messengern in dieser Hinsicht keine Vorgaben machen wollte, doch jetzt mischte sie sich in die Diskussion ein. »Ich verstehe eure Gedanken. Ihr solltet euch nur einig sein.« Martin nahm den anderen die Entscheidung ab.

»Wir machen das so. Marcel und ich werden versuchen, so schnell wie möglich zu dir aufzuschließen, damit wir die Strecke gemeinsam fahren können.« Timo nickte.

»Martin, du solltest vorausfahren. Du kennst die Hindernisse der Strecke am besten.« Der Kommentar von Marcel wurde einstimmig angenommen.

Am Sonntag hatte sich Timo schon früh am Morgen mit Fari verabredet. Der Influencer hatte neben drei Kameradrohnen auch einen Regieassistenten dabei, der, wie ein Dirigent, damit beschäftigt war, die Drohnen optimal auszurichten.

Timo empfing Fari direkt am Eingang des Fahrerlagers und die beiden begrüßten sich, als seien sie alte Kumpels. Der Influencer trug ein übergroßes Schwarzwald-Bräu T-Shirt mit dem Totenkopf auf der Brust.

»Jo Timo, es ist mir eine Ehre, dich hier zu treffen. Wie geht es dir? Bist du bereit fürs Rennen?«

»Die Nacht war nicht sonderlich erholsam, aber das wird schon.« Er zeigte auf die Schürfwunden an seinem Arm.

»Ja, das habe ich gestern gesehen! Das macht dich nur stärker, Bra.«

Sie unterhielten sich eine Weile, während Timo, Fari durch das Fahrerlager führte, alles begleitet von den Drohnen, die möglichst viele Blickwinkel zu erfassen versuchten. Als sie vor dem Transportgleiter des Schwarzwald-Bräu-Teams standen, ließ Timo ihn allein.

»Warte hier, ich hole schnell meinen Wetteinsatz.« Kurze Zeit später kam er mit einem seiner Renntrikots aus dem Gleiter zurück.

»Hier für dich, das hast du dir verdient!«

»Nein, das habt ihr euch verdient!« Fari richtete seine Ansprache an eine der Kameras. »Ich habe es euch versprochen! Ab jetzt könnt ihr dieses original Raceshirt von Timo Unterfeld gewinnen. Folgt mir auf Frienzly und Instagram und schreibt und teilt unter diesem Post einen Screenshot von eurer Spende an Viva con Aqua. Ich werde nach dem Rennen die glückliche Gewinnerin oder den glücklichen Gewinner bekannt geben. So, Timo, was steht jetzt an?«

»Ich muss gleich zum Einschreiben. Du kannst dir das Ganze von vorne an der Bühne anschauen oder ein bisschen das Fahrerlager erkunden. Wenn du magst, sehen wir uns nochmal nach dem Rennen.«

Die beiden umarmten sich, während eine der Drohnen nach oben wegflog, um einen Shot des gesamten Gebiets einzufangen.

Nach dem Einschreiben saß Timo hinter der Bühne, hatte Kopfhörer auf und starrte auf den Boden. Heute war er aus unbegreiflichen Gründen extrem nervös. Mit der Musik versuchte er, runterzukommen.

Seine Gedanken kreisten um das Rennen. Würde er die Großen weiter ärgern können? Hatte er die Chance, mal ein Rennen zu gewinnen, jetzt, wo das ganze Team qualifiziert war?

Er musste schmunzeln. Solche Überlegungen waren Quatsch. Sie waren weiterhin die krassen Außenseiter und es ging nur darum, Punkte zu machen.

Timo richtete sich auf und erschrak, als er rechts neben sich eine weitere Gestalt sitzen sah. Es war Samy, die den

Schatten der Bühne nutzte.

Sie musste loslachen, als Timo einen Satz zur Seite machte.

»Ganz ruhig Großer, ich beiße nicht.«

»Ich hatte dich nicht bemerkt.« Die Kopfhörer hatte er mittlerweile abgenommen.

»Bist du etwa nervös?«, fragte sie und musterte ihn genau.

»Ach, geht. Wir haben schon alles erreicht. Alles, was jetzt kommt, ist Bonus.«

»Aber du willst mehr, oder?«

Sie zupfte an dem Ärmel ihres Trikots und drehte sich so, dass ihre Front zu ihm gerichtet war. »Ich meine, bis jetzt lief es echt gut bei euch, da musst du doch Bock haben noch mehr zu holen.«

»Was ist mit dir?«, versuchte Timo das Gespräch von sich weg zu lenken. »Du könntest dir ja sogar den Titel holen, wenn du so weiterfährst.«

Samy stand auf und stützte die Hände in den Seiten ab. »Klar. Ich werde es so lange versuchen, bis es nicht mehr möglich ist. Glaubst du, ich habe eine Chance gegen Itawa und Langley?«

»Klar, du bist super. Dir traue ich alles zu!«

Das Kompliment schien ihr zu gefallen. Samy fuhr sich durchs Haar, schmunzelte, setzte ihre Kopfhörer auf und nahm, an die Bühne gelehnt, wieder Platz. Das war für Timo das klare Zeichen, dass das Gespräch beendet war.

Timo ging Richtung Aufwärmbereich. Samy war für ihn ein seltsames, aber auch faszinierendes Wesen. Sie tauchte immer plötzlich auf, ebenso schnell verschwand sie wieder.

Marcel riss ihn aus seinen Gedanken. »Hey Träumer, wo warst du?« Er saß neben Martin auf dem Bike. Sie rollten sich ein.

»Meint ihr, Samy würde mit mir mal was trinken gehen?«

Martin schaute ihn entgeistert an. »Samy Embala? Meinst du nicht, das ist eine Liga zu groß für dich?«

»Ist sie nicht mit so einem Schauspieler liiert?«, fragte Marcel. Timo und Martin waren erstaunt. Seit wann interessierte er sich für die Klatschpresse?

»Sorry. Ich hatte letzte Woche mal kurz über sie recherchiert.«

»Und was ergab die Recherche?« Timo versuchte, so zu wirken, als wäre es ihm egal, doch er war schon neugierig.

»Weiß nicht mehr genau. Glaube, sie hat irgendwie eine On-Off-Beziehung mit dem Typen, der den letzten Superman gespielt hat.«

»Ihr sollt euch nicht um Superman kümmern, sondern auf das Rennen vorbereiten. Von Superman seid ihr noch weit entfernt.« Verena kam mit ihrem Tablet unter dem Arm um die Ecke. Timo warf Marcel mit dem Handtuch ab und setzte sein Rad auf die Rolle.

.

Timo hatte es geschafft, bei der Wahl der Startplätze direkt den hinter Martin zu ergattern. Zwar musste er dafür in die dritte Startreihe wechseln, was für einen Top Ten Qualifikanten eher untypisch war, doch es ermöglichte ihm, sich auf das perfekte Streckenverständnis von Martin zu verlassen. Sein Eigenes war stark ausbaufähig, das hatte die Videoanalyse des Qualifyings klar zum Vorschein gebracht.

Während er im ersten Moment dachte, es wäre ein guter Lauf gewesen, sah er in der Nachbetrachtung, wie oft er einem Schlagloch ausweichen musste, oder er eine der Kurven nicht optimal angefahren war.

Martin hingegen hatte die Strecke scheinbar in seinem Hirn abgespeichert und konnte sie jederzeit abrufen. Dieses Wissen wollten sie sich zu Nutze machen, auch wenn er dazu weiter hinten starten musste.

Marcel war auf der anderen Seite der Startaufstellung und konnte so nicht bei ihrem Plan unterstützen. Dennoch würde er versuchen, schnellstmöglich zu ihnen aufzuschließen.

Toni Cancello hatte die erste Startreihe direkt vor Martin und war somit das logische Ziel.

Timo gefiel der Gedanke, den Italiener auf einer der ersten Geraden zu überholen und am Besten nicht mehr vorbei zu lassen.

»Start in 90 Sekunden.« Die Ansage kam über den offiziellen Funk, den die Messenger im Ohr hatten. Die Menge wurde vom Streckensprecher angepeitscht.

Es lief der epische Startsong des Allen-Clay-Cups, die Fans klatschten dazu im Takt und der Sprecher verkündete, dass es in weniger als einer Minute, losging.

Einen Moment später hatte er die Bestätigung auf dem Ohr.

»Noch 60 Sekunden.«

Er schaute nach links und rechts. Dort standen Rasheed Frazier und Joaquin Quisero. Beide hatten den Blick konzentriert auf die Startampel gerichtet.

Als das »Noch 30 Sekunden.« in seinem Ohr erklang, fixierte Timo seinen Griff am Lenker, richtete die Pedale aus und blickte auf die Startampel.

Die Musik um ihn herum wurde leiser und die Rufe der Fans verschwammen zu einem Rauschen. Dann gingen die roten Startleuchten an. Sobald diese erloschen, würden sich die Startklappen öffnen und das Rennen war eröffnet.

Timo nahm Martins Reifen in den Fokus seines Blicks. Es brachte ihm nichts, auf die Ampel zu reagieren, wenn er dann auf ein Hinterrad krachte. Nein, er wartete wie immer auf das eindeutige Zucken in der Wade seines Vordermanns.

Es kam das unvergleichliche Durchstrecken der Wadenmuskulatur, während Martin versuchte, seine ganze Kraft in den ersten Tritt zu legen. Timo machte es ihm nach.

Schon nach wenigen Metern kam die erste Kurve. Es wurde ziemlich eng auf den hinteren Startplätzen, so dass Timo nahezu seine komplette Geschwindigkeit verlor, während er sich Schulter an Schulter mit einem Green Drink Messenger durch die Kurve zwängte.

Erst jetzt entzerrte es sich. Da auf der zweiten Straße der Traffic hinzukam, mussten sich die Sportler für eine Linie entscheiden.

Martins Wahl schien dabei nicht die Schlechteste gewesen zu sein. Zwei Straßen weiter erkannte Timo den ersten Detroit Dynamic Messenger.

Er vermutete, dass es Paul Hinteregger war. Martin zog mit einem sauberen Manöver in der nächsten Kurve an ihm vorbei, so dass sie sich in einer der vorderen Gruppen befanden.

Timo erkannte neben Hinteregger noch Langley und Geisler in dem kleinen Pulk, der gemeinsam zwischen dem Virtual Traffic hindurch auf die nächste Kreuzung zusteuerte.

Laut Tacho hatten sie zwei Drittel der Strecke zurückgelegt, als Martin, Timo mit einer Handbewegung an sich vorbei winkte. Das war das vereinbarte Zeichen, dass Martin alles gegeben hatte und Timo auf seine eigene Chance lauern sollte. Eine Kreuzung später war sein Teamkollege schon zurückgefallen.

Das gleiche Schicksal ereilte auch Geisler, so dass Timo mit den beiden Detroit Dynamic Messenger Hinteregger und Langley alleine war. Fast erwischte es Langley, als er aus einer Kurve in die Rückwand eines Busses beschleunigte. Im letzten Moment konnte er einen Schlenker rechts daran vorbei machen. Dabei streifte er Timo, der die Kurve etwas weiter Außen angefahren war, und brachte ihn beinahe zu Sturz.

Artistisch hielte sich Timo auf dem Rad, verlor jedoch fast den gesamten Schwung und so ein paar Meter auf Hinteregger und Langley, die er mit Mühe erst wieder schließen musste.

Bei der vorletzten Kreuzung erhöhte Langley das Tempo und Hinteregger war sichtlich am Kämpfen, um am Hinterrad seines Teamkollegen zu bleiben.

Rechts neben ihnen tauchte eine zweite Gruppe aus vier Messenger auf. Timo erkannte einen weiteren Detroit Dynamic Messenger sowie einen von Denwa Technologies, Remo und Tolero Soler.

Es schienen Stern, Itawa und Embala zu sein. Wer der vierte Messenger war, erschloss sich ihm nicht.

Vince Langley erwischte an der Spitze der Gruppe einen tiefen Riss in der Straße, so dass er die Kontrolle über sein Rad verlor und seitlich gegen ein Auto des virtual Traffic krachte. Timo gelang das Ausweichmanöver und hatte auf einmal eine freie Strecke vor sich.

Das ganze Rennen hatte er bisher auf den Hinterreifen eines anderen Messengers gestarrt, nun, eine Kreuzung vor der Bourbon Street, führte er eine Gruppe an.

Er blickte sich um und sah, dass Langley die Verfolgung aufnahm, konzentrierte sich dann aber auf die Anfahrt der letzten Kurve.

Bloß nicht zu nah an den Rand kommen. Auf den Bordsteinen würden sich die Menschenmassen drängen und man konnte sich nie sicher sein, ob nicht einer seinen Arm über die Absperrung hielt, um nach seinen Lieblingssportler zu greifen.

Da er auf der Innenspur fuhr, war es ein schmaler Grat zwischen Nicht-zu-hart-Cutten und Genug-Platz-auf-der-Außenbahn-lassen.

Von hinten über den weiteren Bogen schoss die zweite Gruppe auf die Bourbon Street. Itawa zog in dem Moment an ihm vorbei und hatte etwas Vorsprung vor den Rest geschaffen.

Mit seiner unglaublichen Eleganz sah es unwirklich aus. Er schlängelte sich zwischen den menschenähnlichen Bots auf der Zielgeraden hindurch.

Jeder Messenger war auf sich alleine gestellt und Samy Embala schien eine bessere Linie als Timo gewählt zu haben, denn nur wenige Meter vor der Ziellinie zog sie an ihm vorbei.

Das war es. Im Ziel steuerte er das Bike an die Bande am linken Rand und stützte sich daran ab, bis Christoph angerannt kam und ihn fest drückte.

»Dritter Platz«, schrie er ihm ins Ohr. »Du bist auf dem Podest!«

Timo wurde schwarz vor Augen. Als er wieder zu Bewusstsein kam, hielt Christoph ihn noch immer auf dem Rad fest.

»Da bist du ja«, scherzte er, doch seine Stimme klang besorgt. »Stark, mein Lieber. Komm, ich helfe dir vom Rad.«

Ein Servicebot kam Christoph zur Hilfe und hielte das

Rad fest. Timo setzte sich auf den Boden und griff nach einer Cola-Dose, die ihm ein anderer Bot reichte. Mindestens vier Kameradrohnen surrten um seinen Kopf und filmten ihn, wie er die Cola in einem Zug austrank.

Mit einem kühlen Handtuch wischte er sich den Schweiß aus dem Gesicht und Christoph half ihm langsam zurück auf die Beine.

»Du musst zur Siegerehrung. Dieser Servicebot bringt dich hin.«

Er zeigte auf einen, der einen goldenen Kopf besaß. Der Bot gab Timo die Teamcap und deutete ihm den Weg zu einer Plattform, auf der bereits Samy und Itawa warteten.

Als Timo darauf stand, erhob sich die Platte und brachte die Drei zu der Bühne, die ein paar Meter über der Zielgerade schwebte, so dass die Fans die Siegerehrung perfekt verfolgen konnten.

Timo gratulierte Daiki mit einer tiefen Verbeugung und grinste Samy an, ehe er die überraschte Messengerin in den Arm nahm.

»Glückwunsch! Hätte nicht gedacht, dass wir zwei irgendwann zusammen hier oben stehen.«

Ehe Samy etwas sagen konnte, wurde Timo schon von Steve Hatty auf die Bühne gerufen. »Begrüßt mit mir einen Podest-Debütanten. Hier ist er, der Top-Messenger des Schwarzwald-Bräu-Teams: Timo Unterfeld!«

Er zog seinen Vornamen unendlich lang. Timo schritt auf das Podest und nahm auf dem Stockerl mit der Nummer drei Platz. Einer der goldglänzenden Bots flog herbei und überreichte ihm eine kleine Version des Allen-Clay-Cups, eine Luftpumpe auf bronzenen Sockel in der Größe einer Cola-Dose. Er grinste über beide Ohren und erinnerte sich an das letzte Mal, als er auf einem Podest gestanden hatte. Vor 150 Leuten bei einem Amateurrennen in Villingen-Schwenningen.

Timo hob den Pokal mit einer Hand nach oben, während er mit der anderen ins Publikum winkte. Er wurde jedoch jäh aus den Gedanken gerissen als Steve Hatty zu ihm trat, um ihm eine Frage zu stellen.

»Wer hätte gedacht, dass wir beide uns bei deiner ersten World Tour hier oben treffen?«

Timo war noch nicht auf der Höhe und antwortete genau, was ihm durch den Kopf ging. »Du auf jeden Fall nicht.«

Die Antwort brachte den erfahrenen Moderator sichtlich aus dem Konzept und er lachte künstlich in sein Mikro.

»Ha, da hast du wahrscheinlich Recht. Aber du hast es dir auf jeden Fall verdient. Wie war das Rennen für dich?«

»Eigentlich weiß ich das noch gar nicht so genau. Während des Rennens bist du voll im Tunnel. Ich muss erst einmal klarkommen, dann kann ich dir sicher etwas mehr dazu sagen. Jetzt freue ich mich erstmal auf die Dusche.«

»Ja, dann wollen wir mal dafür sorgen, dass du schnell unter die Dusche kommst.«

Er wandte sich von Timo ab, blickte ins Publikum und kündigte die zweitplatzierte Samy Embala an. Auch ihr stellte er ein paar Fragen, die sie etwas souveräner beantwortete. Dann gab es das gleiche Spiel mit Itawa, ein kurzes Foto mit den Dreien und sie wurden entlassen. Auf dem Weg zum Fahrerlager wurde ihm vom goldköpfigen Servicebot erklärt, wann er zur Pressekonferenz zu erscheinen hatte.

Vor dem Lager des Schwarzwald-Bräu-Teams herrschte reges Treiben. Neben einigen Journalisten, die versuchten Verena ans Mikrofon zu bekommen, stand eine ganze Traube

Teens um den Gleiter. In ihrer Mitte befand sich Fari Fazekias, der geduldig mit seinen Fans ein Selfie nach dem anderen schoss.

Timo klatschte mit dem Youtuber ab und ließ die Prozedur über sich ergehen. Erst abklatschen, dann eine Umarmung und anschließend der gemeinsame Blick und Gruß zu einer der Kameradrohnen.

»Krasses Rennen, Bro. Da hast du es ihnen echt gezeigt! Du hast ja noch Chancen, Champion zu werden, man! Die Story flashed einfach komplett.«

Er wandte sich an seine Drohne. »Leute, das ist the man! Der Typ mischt die Citytrack-Szene gerade richtig auf und ihr seid live dabei!«

Timo musste wegen der kindlichen Begeisterung von Fari schmunzeln.

»Denkt dran! Ihr habt bis heute Abend Zeit zu spenden und mit einem Screenshot an der Verlosung teilzunehmen!« Er nahm Timo kurz in Arm und winkte in die Kamera, dann verabschiedete er sich von Timo.

Als sich die Menschen Menge ausdünnte, kam Verena aus der Traube Journalisten heraus und drückte ihn fest. Timo sah ihre glasigen Augen und erwiderte die Umarmung.

»Das ist einfach unglaublich. Du bist unglaublich.«, flüsterte sie ihm zu. Sie standen eine ganze Weile so da, während die Kameradrohnen um sie herumschwirrten.

Schnell wurde Verena wieder zur seriösen Teammanagerin. Sie ließ Timo los, streifte sich ihr Top glatt und meinte: »Du musst dich etwas beeilen mit dem Duschen. In zwanzig Minuten beginnt die Pressekonferenz der Top Drei im Four Seasons Hotel.«

Das Hotel lag unweit der Bourbon Street am Mississippi. Der Zugang zu dem erst vor einem Jahr komplett modernisierten Hotelkomplex lag auf einer oberen Landeplattform. Timo bekam ein spezielles Flugtaxi gestellt, welches ihn im abgesperrten Bereich ablud. Der goldköpfige Servicebot vom Zielbereich erwartete ihn.

»Mr. Unterfeld, die Bodyscans haben keine positiven Ergebnisse auf leistungssteigernde Mittel oder Technologien ergeben. Damit ist ihr dritter Platz rechtmäßig. Ich gratuliere.«

»Vielen Dank, das freut mich.«

»Folgen Sie mir jetzt bitte! Ich bringe sie in den Wartebereich.« Er wurde, durch eine Absperrung geschützt, zwischen den Fans und Journalisten hindurchgeführt. Ein paar Mal blieb er stehen, um mit dem ein oder anderen Fan ein Selfie zu machen, ehe er durch einen Seiteneingang das Hotel betrat.

Zwei Mitarbeiter begrüßten ihn und überreichten ihm eine kleine Präsenttüte, ehe der Bot ihn in einen Raum führte. Auf einem Tisch waren ein paar Getränke und Snacks bereitgestellt worden und auf der anderen Seite stand ein gemütliches Sofa, auf dem breit grinsend Samy Embala saß.

»Hey Champ, du steigerst dich von Rennen zu Rennen. Ich bin beeindruckt!«

»Warst du nicht schon immer von mir beeindruckt?« Er nahm sich eine Coke vom Tisch und setzte sich neben sie.

»Jetzt übertreibe mal nicht gleich, nur weil du mit den Großen zusammen im Hotel abhängen darfst.«

Timo ging nicht weiter darauf ein. Stattdessen wechselte er das Thema. »Gratulation zum zweiten Platz, wo stehst du in der Gesamtwertung?«

»Gute Frage! Habe ich noch nicht drauf geschaut. Die Journalisten werden es uns aber gleich sagen.« Sie saßen schweigend nebeneinander, bis Timo sich ein Herz fasste.

»Ab wann seid ihr eigentlich in San Francisco? Hättest du Lust, dass wir mal gemeinsam eine Runde biken?«

Samy zog die Augenbrauen hoch und schaute ihn an. »Fragst du mich gerade nach 'nem Date?«

Timo wurde rot und zuckte mit den Schultern.

»Such es dir aus. Date, Trainingseinheit oder eine Ausfahrt.«

»Mhh, interessant.« Sie musterte ihn von oben nach unten und kratzte sich dabei am Kinn.

»Was heißt interessant?« Er schaute sie irritiert an. Sie schien es zu genießen, ihn ein wenig baumeln zu lassen.

»Ok, machen wir das. Date, Trainingseinheit oder wie auch immer wir es nennen. Wir fahren von hier direkt nach San Francisco, ich hätte also gleich am Dienstag Zeit.«

»Dienstag klingt gut.«

In diesem Moment kam Daiki herein und Timo war froh, dass die komische Situation unterbrochen wurde. Samy und er standen auf und gratulierten dem Sieger. Daiki erwiderte die Gratulation mit einem freundlichen Nicken, nahm sich dann ein Wasser vom Tisch und stellte sich neben die Tür, die ins Hotelfoyer führte, wo die Pressekonferenz stattfinden würde.

Es dauerte keine Minute und sie wurden von einem der goldköpfigen Servicebots auf die Bühne gerufen.

Fast alle Stühle im Saal waren besetzt. Die meisten der Gesichter hatte Timo mittlerweile schon mal gesehen. In der ersten Reihe saßen die Journalisten der großen Streamingplattformen. Auch Nell war da. Sie saß in der zweiten Reihe hinter ihrem Kollegen von Netsport und winkte Timo freudig zu, als sich ihre Blicke trafen.

Sie nahmen an der langen Tafel vor den Mikros Platz. Daiki in der Mitte, Samy rechts von ihm, Timo links. Ein Schwarm Kameradrohnen surrte über ihren Köpfen.

Dann betrat Steve Hatty in einem grauen Anzug und einem knallroten Hemd die Bühne und begrüßte die Journalisten.

»Hallo liebe Kollegen, herzlich willkommen zur dritten Sieger-Pressekonferenz bei der diesjährigen US Citytrack Tour. Wir haben heute wieder einen Premierengast auf dem Podium, das freut mich ganz besonders. Bevor wir aber zu Ihren Fragen kommen, werfen wir einen kurzen Blick auf das Gesamtklassement.«

Vor den Messengern erschien eine halbtransparente Holografik auf dem Tisch, die die ersten fünf mit einem Bild, Namen und Punkte aufzeigte.

»Mit diesem Sieg schiebt sich Daiki nach vorne und hat vier Punkte Vorsprung vor Samy Embala. Punktgleich auf den Plätzen drei und vier folgen Vince Langley und Timo Unterfeld und unsere Top Five wird komplettiert durch Jannik Stern. Wir haben noch zwei Rennen und es ist eng. Wir dürfen gespannt sein, wer in zwei Wochen den Allen-Clay-Cup in die Höhe stemmen kann. Wird es vielleicht sogar einer dieser drei sein?«

Hatty machte eine künstlerische Pause und gab dann die Konferenz für die Journalisten frei. Nach einigen Fragen an Daiki, kam auch die erste an Timo.

»Herr Unterfeld, Sie stehen jetzt punktgleich mit Vince Langley. Was macht das mit Ihnen?«

»Verrückt, oder? Ich meine Mr. Langley ist eine

Lichtgestalt dieses Sports. Als wir vor zwei Wochen zum ersten Mal in das Fahrerlager gelaufen sind, war das für uns wie eine Fan-Tour. All diese großen Messenger live zu sehen, war für mich schon ein absolutes Highlight.

Dass wir uns als Team regelmäßig für die Rennen qualifizieren und auch noch Punkte mit nach Hause nehmen, ist einfach unwirklich.«

Ein anderer Journalist aus der dritten Reihe hob seine Hand, um die nächste Frage zu stellen. Timo konnte nicht genau erkennen, von welchem Sender oder welcher Zeitung er kam.

»Timo, Sie fahren für ein Team, welches eine Wildcard für den Allen-Clay-Cup hat. Das heißt, den Rest der Saison wird man Sie nicht mehr auf der World Tour sehen. Gibt es die Chance, dass sich daran in Zukunft etwas ändert? Also gibt es konkrete Angebote, um für eines der etablierten Teams zu fahren? Nächste Saison oder vielleicht sogar schon diese?«

»Interessante Frage, ich habe ehrlich gesagt noch nicht eine Sekunde in diese Richtung gedacht. Wir sind fokussiert auf den Allen-Clay-Cup und ich verbrauche meine gesamte Rechenleistung …« Er tippte sich zur Verdeutlichung seiner Worte mit dem Finger an die Cap auf seinem Kopf. »… um die aktuellen Geschehnisse rund um das Team und die ganzen Eindrücke verarbeiten zu können. Das Thema, wie es nach dem Allen-Clay-Cup weiter geht, ist überhaupt nicht in unserem Fokus.«

Der Journalist blieb hartnäckig. »Aber wenn es die Option für Sie geben sollte, einen Platz in einem der Teams zu bekommen, wäre das eine Option für Sie?«

»Ich habe mir für dieses Abenteuer fünf Wochen Urlaub genommen. Das heißt, mein Jahresurlaub ist damit aufgebraucht. Selbst, wenn ich wollte, würde das nicht klappen.«

Der ganze Saal musste lachen und selbst Daiki Itawa konnte sich ein Grinsen nicht verkneifen. Die Pressekonferenz endete mit Fragen an Samy und ihren Chancen, im Titelkampf dieses Jahr ein Wörtchen mitzusprechen. Steve Hatty bedankte sich bei den anwesenden Journalisten und den drei Messengern und informierte über den Ablauf des nächsten Rennwochenendes, während Timo, Samy und Daiki das Podium verließen.

Am Transportgleiter traf Timo auf Martin und Marcel, die unter dem neuen Pavillon im Schatten saßen und Pasta aßen.

»Da kommt ja unser Titelkandidat!«, rief Marcel. Er sprang auf und klopfte Timo beherzt auf den Rücken. »Und? Wie fühlt es sich an?«

»Gut, ich habe am Dienstag sowas wie ein Date mit Samy.«

»Whoooo! Nice!« Marcel klopfte ihm direkt nochmal auf die Schulter und Martin gab ihm eine Fistbump, als Timo sich zu ihnen an den Campingtisch setzte. »Erzähl, wie hast du das geschafft?«

Später gesellten sich Christoph und Verena zu den drei Messengern und sie saßen gemeinsam in den Campingstühlen und beobachteten, wie die Teams um sie herum hektisch das Fahrerlager räumten, um schnellstmöglich nach San Francisco zu kommen.

San Francisco

In San Francisco organisierte Verena eine Unterkunft für das Team. Sie hatte über AirBnB ein tolles Strandhaus am Ocean Beach gebucht., vom Balkon aus hatte man einen direkten Blick auf den Pazifik. Ein paar alte Containerschiffe, die nicht mehr genutzt wurden, lagen vor der Küste als künstliche Biotope. Die komplett begrünten Ungetüme waren Touristenhighlights, die schon am frühen Morgen von Massen an Flysegs angeflogen wurden.

Während Marcel und Martin sich am Montag Surfbretter besorgten, um die Wellen zu bezwingen, hatte Verena ein paar Termine mit größeren Restaurants, um für die Brauerei hoffentlich den ein oder anderen lukrativen Partner-Vertrag abzuschließen. Die Aufmerksamkeit, die sie in den USA durch ihr Engagement in der World Tour bekamen, schlug langsam direkt auf die Brauerei durch und sie erhielt vielzählige Anfragen für ihr Bier.

Timo erkundete mit einem Flyseg die Stadt und suchte nach coolen Spots, zu denen er mit Samy radeln konnte. Er stellte fest, dass die Gegend nördlich der Golden Gate Bridge ein wahres Mountainbiker-Paradies war. Die Stadt hatte die Hügel schon im zwanzigsten Jahrhundert zum Nationalpark erklärt und so dafür gesorgt, dass diese weitestgehend unberührt von Baumaßnahmen blieben.

Selbst mit Flysegs und Flugtaxen war es verboten, das Areal zu überfliegen, so dass es nötig war, das Gelände ausschließlich auf dem Boden zu erkunden. San Francisco hatte sich in den letzten 15 Jahren zu einer Green City entwickelt. Keine andere Stadt auf der Welt schaffte es, mit ihrer Begrünung und den ganzen modernen

Schadstoffbindungsanlagen auf solch eine positive CO_2 Bilanz zu kommen. Besonders eindrücklich war die Einbindung von Vogelschwärmen in das Verkehrsleitsystem. Immer wenn ein Schwarm durch die Stadt flog, hatte dieser Vorfahrt und die anderen Verkehrsteilnehmer mussten warten. Ganze dreimal passierte dies auf Timos Erkundungstour.

Schließlich stellte er das Flyseg an einer Landeplattform am oberen Ende der Golden Gate Bridge ab.

Von dort konnte er beobachten, wie Constructionbots damit beschäftigt waren erste Elemente der Zieleinfahrt aufzubauen. Es war optisch eine der eindrücklichsten Zielgeraden der World Tour. Gerade und leicht abfallend, ging es 2,5 Kilometer über die Golden Gate Bridge und, sobald man das Festland wieder erreichte, über die Ziellinie.

Timo beobachtet das Treiben, suchte dann aber nach dem eigentlichen Grund, weshalb er hier war: ein kleiner Holzverschlag neben der Landeplattform. Auf dem Dach der Hütte prangte das Schild, welches er online gefunden hatte. ›Wolfis-Bike-Rent‹. Daneben stand ein großer Käfig, in dem jede Menge Fahrräder eingeschlossen waren.

Er näherte sich der Theke, hinter der ein älterer Herr mit Basecap in einem Magazin blätterte. Das ganze Szenario war herrlich aus der Zeit gefallen und wirkte wie in einem Museum.

Als Timo am Tresen stand, schaute der Mann auf. Er hatte einen grauen Vollbart und trug ein buntes Hawaiihemd, Bermudas und eine Sonnenbrille, die er langsam vom Gesicht nahm. Er musterte Timo genau.

»Du bist doch der Deutsche vom Citytrack.« Es war weniger eine Frage als eine Feststellung.

»Ich bin Timo.«

»Ich mag die Entwicklung von diesem Sport nicht. Hat nichts mehr zu tun mit den Messenger-Rennen von früher. Aber euch finde ich ganz cool. Hast du mir eine Flasche von eurem Bier mitgebracht? Ich mag deutsches Bier!«

»Leider nein, aber ich wollte morgen nochmal vorbeikommen, dann bringe ich Ihnen eins mit.«

»Du kannst den alten Harry ruhig beim Namen nennen. Harry Lakman.« Er streckte ihm eine von kettenfettgeschwärzte Hand entgegen, die Timo freudig schüttelte.

»Und wer ist dann Wolfi?« Timo zeigte auf das Schild über dem Laden.

»Gute Frage! Mein Großvater. Wir betreiben diesen Fahrradverleih in dritter Generation. Läuft aber nicht mehr so gut. Den Leuten ist Fahrradfahren in der Natur zu anstrengend geworden. Und überhaupt, finden sie mal einen Amerikaner, der noch Radfahren kann. Wenn ich hier Gäste habe, sind es europäische Touristen, Belgier, Franzosen, Italiener oder Deutsche. Du bist der lebende Beweis.

Aber ich frage mich, warum du von mir ein Rad leihen willst. Du hast doch sicher genug dabei?«

»Wir sind ein kleines Team, jeder von uns hat zwei Räder. Eins wird für das Wochenende vorbereitet und eins ist für das Training. Ich wollte morgen mit einer Freundin eine Radtour machen und dafür bei Ihnen zwei Räder reservieren. Ich habe leider online keine Reservierungsmöglichkeit oder eine Telefonnummer gefunden.«

Harry lachte herzlich. Dabei kamen seine krummen Zähne zum Vorschein. »Mein Junge, hier brauchst du keine Räder reservieren. Das letzte Mal, dass hier jemand ein Rad reservieren musste, war 2024. Aber, wenn du mir verrätst, wie groß deine Freundin ist, dann bereite ich euch zwei schöne Bikes vor und ihr könnt morgen direkt los radeln.«

»Das wär spitze. Sie ist in etwa so groß wie ich. Ich denke, wir sind gegen 18 Uhr hier.«

»Alles klar, ich bereite euch die Räder vor, aber denk an das Bier.«

Timo lachte, nickte und verabschiedete sich von Harry, bevor er sich auf den Weg zurück zum Strandhaus machte.

Christoph hatte auf dem Hof vor dem Transportgleiter eine Werkstatt aufgebaut und schraubte an den Bikes herum. Ein paar Kids saßen auf dem Gehweg und schauten ihm dabei zu. Als Timo zurückkam, sprangen sie auf und fragten ihn nach Selfies, die er gerne mit der Gruppe machte.

»Und wie ist San Francisco?«

»Außerhalb des Zentrums sehr schön, besonders nördlich der Golden Gate Bridge. Im Zentrum ist sie wie fast jede amerikanische Stadt. Viel zu hohe Häuser. Allerdings mit einem entscheidenden Unterschied! Es ist alles herrlich grün.« Dabei hob Timo den Finger.

»Warst du am Hafen?«

»Nein, da fahre ich diese Woche noch oft genug entlang.«

Christoph stand vom Boden auf und wischte sich mit einem Lumpen den gröbsten Schmutz von den Händen.

»Da soll es einen hervorragenden Italiener geben. Den werde ich gleich suchen gehen, wenn ich die Räder verstaut habe. Soll ich euch was mitbringen?« Timo tätschelte den Sattel von Marcels Rad.

»Komm, lass die Räder. Ich räume sie weg. Wenn du mir eine Quattro Formaggi servierst, bin ich happy.«

»Das ist ein Deal.« Christoph verstaute das Werkzeug in

seinen Rollwagen und ging ins Haus, um die Hände zu waschen. Timo nahm die Bikes vom Ständer und brachte sie zurück in den Gleiter.

Am Dienstag starteten die drei Schwarzwald-Bräu-Messenger schon früh mit der ersten Trainingssession. Sie hatten sich dafür eine intensive Ausdauereinheit an der Bay ausgesucht. Tief über den Lenker gebeugt, kreiselten die drei die kaum befahrene Straße entlang der Küste. Jede Pause, die sie einlegten, nutzten Martin und Marcel die Gelegenheit, Timo bezüglich seines Dates mit Samy zu necken.

»Du musst aufpassen, dass du jetzt nicht zu viel Körner verbrauchst. Nicht, dass du nachher von Samy abgehängt wirst, wenn ihr durch den Nationalpark radelt«, riet ihm Marcel, während er unter eine Palme sitzend eine Dose Cola trank. Martin hing im Schatten derselben Pflanze über seinem Lenker und prustete schwer. »Oder hast du dir ein E-Bike reserviert? Ich vermute, bei den Touristenstationen gibt's die in Massen. Hast du ein Picknick oder so was geplant?«

»Ein Picknick?« Timo schaute Martin fragend an.

»Klar, du musst doch eine kleine Überraschung parat haben. Flasche Sekt, und ein paar feine Snacks.«

»Ich glaube, die Flasche Sekt kannst du weglassen. Ich bezweifle, dass Samy unter der Saison Alkohol trinkt. Im Gegensatz zu uns, ist sie ein Profi.«

»Ok, ich notiere: Picknick, Snacks, was zu trinken, aber kein Alkohol? Ihr scheint ja Profis zu sein, dafür, dass ihr beide noch Singles seid«, resümierte Timo. Auch er hatte sich auf den Boden gesetzt und trank eine kühle Coke.

»Wir haben doch uns«, stellte Martin fest und klopfte Marcel freundschaftlich auf den Kopf, was der mit einem angedeuteten Schlag in Richtung seines Kollegen quittierte. Timo seufzte, während er sich vom Boden hochdrückte. »Also, dann lasst uns mal weiterfahren. Wenn ich noch einkaufen muss, sollten wir uns sputen.«

Nach guten fünf Stunden auf dem Rad kamen sie am frühen Nachmittag wieder am Haus an. Verena war unterwegs um weitere Vertriebspartner für die Brauerei zu akquirieren. Dafür hatte Christoph einen großen Topf Pasta gekocht, den sie gemeinsam auf der Veranda mit Blick auf den Pazifik verspeisen konnten.

Timo hatte sich mit Samy auf der Landeplattform an der Golden Gate Bridge verabredet. Er war etwas früher da und hatte den Rat seiner Kollegen befolgt. In einem Rucksack hatte er ein paar Snacks und zwei selbstkühlende Flaschen mit Zitronenlimo dabei. Außerdem trug er noch drei verschiedene Flaschen Schwarzwald-Bräu mit sich, die er Verena aus ihrem Vertriebspaket abgeschwatzt hatte.

Samy landete pünktlich mit einem Flugtaxi. Sie trug Basketballshorts und ein T-Shirt aus der Mode-Linie der Equipe Remo Automobile.

Sie hatte die Hände in den Hosentaschen und kam grinsend auf Timo zu. An ihrem Arm baumelte ihr Fahrradhelm, den sie auch im Rennen trug. Es war ihm nie aufgefallen, dass Samy einen Ticken größer als er war.

»Da bin ich ja mal gespannt, auf was ich mich da eingelassen habe.«

»Warst du schon mal im Golden Gate National Park?«

Sie schüttelte den Kopf und zeigte auf das Ende der Golden Gate Bridge, wo noch immer für das Rennen aufgebaut wurde. »Nein. Da unten war ich schon mal, müsste etwa letztes Jahr um dieselbe Zeit gewesen sein, aber hier hoch habe ich es nicht geschafft.«

»Perfekt, dann haben wir jetzt gute dreieinhalb Stunden Zeit, bis es dunkel wird. Wir können uns ein bisschen den Nationalpark anschauen.«

Sie liefen zu dem Holzverschlag von Wolfis-Bike-Rent. Als Harry seine Gäste erkannte, winkte er freudig.

»Da ist ja mein Messenger-Freund. Ich dachte schon, du kommst nicht mehr.« Erst jetzt musterte er Samy, wobei seine Augen immer größer wurden. »Oh und seine Freundin ist auch eine Messenger.«

Er streckte ihr die kettenfettverschmierte Hand entgegen, wie er es gestern bei Timo getan hatte. »Ich bin Harry. Freut mich, dich kennenzulernen.«

»Hallo Harry, ich bin Samy.«

»Ich weiß, ich weiß.« Er kicherte kindlich in seinen Bart hinein. »Ich habe euch meine zwei besten Bikes vorbereitet. Ich bin jetzt mal davon ausgegangen, dass ihr ohne E fahrt. Aber ich habe auch zwei E-Bikes, falls euch das lieber ist.«

Timo musste schmunzelnd an die Konversation mit den Jungs denken, schaute aber fragend zu Samy. Er wollte ihr die Entscheidung überlassen.

»Hey, lass uns doch wirklich die E-Bikes nehmen und entspannt durch die Berge cruisen. Dann brauchst du keine Angst haben, dass ich dir davon fahre. Die Räder sind abgeregelt.«

»Wie ihr möchtet. Wartet kurz! Ich hole sie eben.«

Timo stellte seinen Rucksack ab, nahm die drei Flaschen Bier raus und reihte sie auf die Theke auf. Anschließend griff er nach seinem Helm, den er an einer Schlaufe gehängt hatte.

»Oh, du hast an unsere Abmachung gedacht! Das ist ja

toll, vielen Dank Timo, du bist echt korrekt!« Harry freute sich, als er mit den zwei Rädern wieder zurückkam. »Also, der Tresen ist bis Sonnenuntergang besetzt. Solltet ihr erst danach zurückkommen, kein Problem. Klopft einfach an die Tür. Es ist Fluch und Segen, wenn der Arbeitsplatz auch dein Zuhause ist«, erklärte er, während er den Sattel auf Samys Höhe einstellte. »Viel Spaß euch!«

Samy schwang sich auf das Rad und düste eine Schotterpiste neben Harrys Hütte in die Marin Headlands hinab.

Unter ihnen drängte das Wasser des Pazifiks, durch die Abendsonne Gold gefärbt, in die San Francisco Bay. Als Timo zu Samy aufgeholt hatte und neben ihr fuhr, war ihre erste Frage: »Wer zum Teufel ist Wolfi, wenn der Kerl Harry heißt und warum seid ihr so dicke Buddys?«

»Wolfi ist der Großvater von Harry, die Familie betreibt den Fahrradverleih in der dritten Generation. Ist ein richtiger Traditionsbetrieb.«

»Die zweite Frage willst du mir nicht beantworten?«

»Harry und ich sind alte Freunde.« Dabei beließ er es mit der Erklärung. Sie fuhren auf dem hügeligen Weg entlang der Küste den Berg hinauf, bis sie oben auf dem Hawk Hill ankamen. Auf der ganzen Fahrt trafen sie keine einzige Person. Auch am Aussichtspunkt waren sie alleine.

Von hier hatte man eine bombastische Sicht auf die Bay und die in der Sonne glitzernde Stadt. Samy und Timo legten die Bikes auf die Seite und setzten sich in das niedrige Gras.

»Ich hatte selten ein Date mit solch einer grandiosen Aussicht.«

Timo packte die Limoflaschen aus, reichte ihr eine und legte die Tüten mit Nüssen und getrockneten Himbeeren vor ihnen ins Gras.

»Timo Unterfeld, ich bin wirklich beeindruckt. Du scheinst ein Profi zu sein. Die Mädels im Schwarzwald müssen dir zu Füßen liegen.«

»Du hast recht. Vielleicht sollte ich das in mein Standardrepertoire aufnehmen. Im Schwarzwald gibt es ähnliche Flecken mit einer tollen Aussicht. Aber ich habe noch nicht so viele Frauen gefunden, die mit mir eine Radtour machen.« Samy nahm eine der getrockneten Himbeeren, warf sie in die Luft und fing sie mit dem Mund auf.

»Dann suchst du vermutlich an den falschen Stellen.«

»Vermutlich.«

Sie nahmen einen Schluck ihrer Limo und blickten schweigend in die Ferne. So saßen sie eine ganze Weile, bis Timo die Stille unterbrach.

»Wie bist du eigentlich zum Citytrack gekommen?«

»Ich war früher viel mit meiner Mum in der Welt unterwegs. Sie ist lange Jahre Formula E gefahren. Immer, wenn wir auf den Rennstrecken waren, bin ich mit den anderen Kindern Fahrradrennen auf den Strecken gefahren. Ich glaube, ich war elf oder zwölf, als im Rahmen des Rennwochenendes in Melbourne auf einem Kurs ein Citytrack-Rennen veranstaltet wurde. Ab da war ich hin und weg von dem Sport. Es gab sogar Wochenenden, da saß ich im Fahrerlager vor dem Holobeamer und habe Citytrack-Rennen geschaut, während meine Mum draußen auf der Strecke in einem Formula E-Auto saß.

Na ja, ich war das Leben unterwegs von Anfang an gewohnt. Mit 18 ging es in die USA auf ein College bei Jacksonville. Ich wählte die Uni, weil sie zu dem Zeitpunkt eines der wenigen Citytracksportprogramme hatten.

Als ich letztes Jahr meinen Abschluss machte, kam Pierré Lagard auf mich zu und verpflichtete mich für Remo Automobile. War also alles in allem ein straighter Weg. Ich liebe das Leben unterwegs und würde nie was anderes machen wollen.« Timo hatte sich in den Schneidersitz gesetzt und die Limo an seine Beine angelehnt.

»Was hättest du gemacht, wenn das Talent nicht gereicht hätte?«

Sie warf einen kleinen Stein vor sich den grasbewachsenen Abhang runter. »Ich wäre auf jeden Fall im Sportbereich gelandet. Vielleicht hätte ich eine Mechanikerausbildung gemacht und dann bei einem der Teams angeheuert. Oder ich wäre im Formula-E-Team meiner Mutter im Marketing gelandet. So was vielleicht?

Was ist mit dir? In zwei Wochen ist die World Tour vorbei. Kehrst du dann an den Schreibtisch bei deiner Lokalzeitung zurück und schreibst Berichte über den Sommerhock der Freiwilligen Feuerwehr Kirchzarten?«

Sie spielte auf einen Artikel an, den er vergangen Herbst geschrieben hatte und Timo musste lachen. »Da hat aber jemand gut recherchiert!«

»Klar, ich will wissen, mit wem ich ausgehe. Nicht, dass ich an einen Psychopathen gerate.« Timo verzog seinen Mund zu einer schiefen Grimasse.

»Wahrscheinlich werde ich das machen. Ich habe nicht gekündigt oder so, sondern nur Urlaub genommen. Man erwartet mich in zwei Wochen wieder zurück am Schreibtisch.«

Samy nuschelte irgendwas vor sich hin.

»Was?« Timo schaute sie an und versuchte, zu interpretieren, was sie gesagt hatte.

»Ich habe gesagt: Das ist doch verrückt! Ich meine, du machst einen riesen Job, bist besser, als zwei Drittel des Feldes und willst jetzt wieder Berichte über irgendwelche Feuerwehrfeste schreiben?«

Timo überlegte, ob er ihr erklären sollte, dass diese Art von Artikeln eher die Ausnahme waren, wenn er seine Kollegen in der Lokalredaktion unterstützte. Normalerweise berichtete er über Sportveranstaltungen. Er merkte jedoch, dass das jetzt nicht passte.

»Ich bin zu alt, um in den Sport einzusteigen. Ich meine, als Jugendlicher habe ich es wirklich versucht, aber die Teams wollten mich nicht.«

»Das Alter spielt erstmal keine Rolle, wenn du ablieferst, und das machst du offensichtlich. Außerdem bist du noch nicht 30. Hat sich kein Team nach dir erkundet?«

Timo schüttelte den Kopf. »Bei mir nicht.«

»Vielleicht sollte ich das meinem Chef mal stecken.« Die Bemerkung richtete sich eher an sie selbst.

»Das ist riskant. Ich meine, nicht dass er dich dann ersetzt.«

Für die freche Antwort bekam er eine Faust gegen die Schulter. »Mein Lieber, ich glaub, du kennst die Gesamtwertung nicht. Ich habe acht Punkte Vorsprung.« Timo wechselte das Thema mit einem Blick auf die untergehende Sonne.

»Hey, es wird langsam dunkel, wir sollten uns wieder auf den Weg machen. Wir können ja noch eine Runde in Richtung Norden fahren und dann an der Küste zurück.«

Samy sprang aus dem Sitzen in den Stand und reichte Timo eine Hand, um ihn hochzuziehen. Er packte die leeren Snacks zusammen und nahm das Angebot dankend an.

Harry brachte den Verschluss vor dem Tresen an, als Samy gefolgt von Timo den Schotterweg runterkam. Die Bikes wirbelten ordentlich Staub auf, als sie vor dem Radverleih zum Stehen kamen.

»Ach da seid ihr ja. Ihr habt es gerade noch vor Ladenschluss geschafft. Ihr könnt die Bikes direkt in den Käfig stellen.« Er zeigte auf den eingegitterten Bereich, in dem die ganzen Fahrräder hingen. Die Tür stand offen. »Ich kümmere mich dann morgen um eure Räder. Ich hoffe, ihr hattet Spaß.«

»Es war super. Der Nationalpark ist echt Top in Schuss!« Timo bezahlte über seine Uhr die Miete der Bikes. Sie bedankten sich bei Harry und nahmen gemeinsam ein Flugtaxi. Es sollte zuerst Samy zu ihrem Hotel in der Innenstadt bringen.

Als sie so über die Stadt flogen und deren Lichter so langsam zu erwachen begannen, räusperte sich Sammy »Timo, das war echt ein schöner Abend und auch du bist gar nicht so übel. Ich glaube, wir können das wiederholen.« Sie blickte dabei auf die Stadt raus, wodurch sie Timo nicht anschauen musste.

»Würde mich sehr freuen! Vielleicht kommst du nach der Saison im Schwarzwald vorbei und ich zeige dir die schönsten Ecken. Ist ja von Nizza mit einem Interschallshuttle nicht mehr als eine Stunde.«

Sie drehte den Kopf zu ihm. Ihr Blick hing nachdenklich in der Ferne, dann begann sie zu lächeln. Als das Taxi auf der Landeplattform vor dem Hotel im 45. Stock landete, stand sie auf, drückte Timo fest und flüsterte ihm ins Ohr: »Vielen Dank, Timo Unterfeld. Ich komme gerne in den Schwarzwald und freue mich, deine Heimat kennenzulernen.«

Sie verließ das Taxi und verschwand im Hotel. Timo ließ sich zurück zum Ferienhaus fliegen, wo die ganze Crew auf dem Balkon saß und auf ihn wartete.

»Auf geht's. Erzähl, wie war es?«, begann Martin ihn auszufragen, bevor er sich in einen der Sitzsäcke niederließ.

»Es war cool. Wir sind eine Runde durch den Nationalpark gebiked und haben uns den Sonnenuntergang über dem Meer angeschaut.«

»Das klingt ja richtig romantisch. Hätte nicht gedacht, dass du auch so eine Seite hast.« Für diesen Kommentar fing Martin sich einen Eiswürfel aus Timos O-Saft.

»Seht ihr euch wieder oder war das eine einmalige Sache?« Verenas Frage klang nach echter Neugier.

»Ich glaube schon. Sie ist wirklich toll und es schien, als hätte der Abend ihr auch gefallen.«

Mittwoch stand Ausdauer- und Techniktraining an, am Donnerstag ging es für eine Streckenbesichtigung auf den Kurs.

Sie hatten sich für die Begehung Flysegs genommen. So konnten sie einzelne Stellen aus der Luft besichtigen. Wie immer war Martin derjenige, der den anderen beiden die Besonderheiten der Strecke erklärte:

»Man gewinnt dieses Rennen nicht auf den ersten fünf bis sechs Kilometern, aber man verliert es. Hier vorne sind zwei fiese Anstiege. Einer mit 71, einer mit 75 Höhenmetern. Ich glaube, das sollte euch entgegenkommen.

Es gibt kaum einen Messenger im Feld, der so viele Jahreshöhenmeter sammelt, wie du Marcel. Das ist auch eher ein untypisches Profil.« Ohne zu landen, überquerten sie die beiden Erhebungen.

»Entschieden werden könnte das Rennen hingegen zwischen Kilometer 15 und Kilometer 16. Der Anstieg hat zwar nur 67 Höhenmeter, ist aber dafür richtig knackig.«

Sie flogen zu einem typischen Innenstadthügel San Franciscos, über die früher die Cabel Cars fuhren und die man aus den Filmklassikern kannte. Martin stieg vom Flyseg und zeigte auf die Schienen, die noch immer in der Straße eingelassen waren.

Da die Cable Cars als Kulturdenkmäler galten, wurde eine der Strecken weiterhin in Betrieb gehalten und ab und an fuhr eine der alten Bahnen.

»Mit den Schienen müsst ihr höllisch aufpassen. Wenn ihr da mit dem Vorderrad reinkommt, habt ihr im Prinzip verloren. Auch im Virtual Traffic gibt es Cable Cars, die sollten aber kein Problem darstellen. Sie sind langsam unterwegs.«

Ihr Gespräch wurde unterbrochen durch ein Detroit Dynamic Messenger, der auf einem E-Mountainbike mit dicken Reifen den Hügel rauffuhr und neben ihnen stehen blieb. Er zog den Helm ab und gab sich als Paul Hinteregger zu erkennen.

»Ah, das Bier-Team ist auch bei der Streckenbesichtigung. Hier hoch habt ihr keine Chance gegen mich. Ich bin ein Bergfloh.«

Wenn man in den Alpen von Österreich aufwuchs, war es vermutlich unumgänglich, ein ausgezeichneter Bergfahrer zu werden. Dass ihm für den kurzen Anstieg in seinem Alter mittlerweile die Spritzigkeit fehlte, sagte Timo lieber nicht.

»Ich hatte euch eine Einladung versprochen. Am Sonntag nach dem Rennen gibt es eine kleine BBQ-Party auf der Dachterrasse bei uns. Wenn ihr wollt, schreibe ich euch auf die

Gästeliste. Bringt eure Teamchefin und euren Mechanic Guy mit.«

Martin schaute zu den anderen und da die keine Einwände hatte, nickte er Paul zu. »Klar. Wir kommen gerne. Bin gespannt auf Langleys Gesicht, wenn die direkte Konkurrenz auf seiner Party auftaucht.«

Pauls Lachen klang wie das Bellen eines Hundes. »Zu einem ist das meine Party und nicht die von Vince, und zweitens ist das völlig normal. Letztes Jahr war Itawa da. Zwar nur für eine halbe Stunde, und mehr als ein Wasser hat er nicht getrunken, aber er war da.«

Er hob zum Abschied die Hand und cruiste auf seinem E-Bike davon.

Die drei Schwarzwald-Bräu-Messenger konnten also mit ihrer Streckenbesichtigung weiter machen.

»Lasst uns zur Golden Gate Bridge fliegen. Letzte Schlüsselstelle.« Martin landete das Flyseg. Es war eine zweispurige Auffahrt, die in einer weiten Kurve von der Hauptstraße unterhalb der Brücke hinaufführte. Timo fiel sofort die niedrige Fahrbahnbegrenzung auf. Er war gespannt, was Martin dazu zu sagen hatte. »Wenn ihr an dieser Stelle schon alle Körner verbraucht habt, dann verliert ihr das Ding. Lasst uns erstmal in langsamer Geschwindigkeit über die Brücke fliegen, dann wisst ihr, was ich meine.«

Sie blieben auf der Höhe der Fahrbahn und flogen in gemächlichem Tempo die Brücke entlang. Timo wusste sofort, was Martin meinte: Er musste sich regelrecht am Flyseg festklammern, um nicht durch den Wind herunter gerissen zu werden.

»Die Brise kommt immer vom Meer. Jeder wird versuchen, einen anderen Messenger auf seine linke Seite zu bekommen, um vor dem Wind geschützt zu sein. Ihr werdet sehen, wie die Messenger weit rechts an der Balustrade fahren werden. Das Fiese ist, dass die CtC den Virtual Traffic auf dem letzten Teil der Bridge deaktiviert, so dass es hier keinen Windschatten gibt.

Wenn ihr als Führender einer Gruppe auf die Bridge fahrt, habt ihr so gut wie verloren.«

»Was ist denn die beste Taktik?«, fragte Marcel, eher sich selbst.

Timo versuchte es mit einer Antwort. »An der Auffahrt schauen, dass man etwas zurückfällt, um sich irgendwo hinten dranzuhängen?« Er schaute zu Martin, ob dieser seinen Ansatz bestätigen würde.

»Grundsätzlich der logische Gedanke, aber da es hier um einen Seitenwind geht, eher schwierig. Ihr müsst unten vor der Auffahrt schauen, dass ihr Erster seid, damit ihr ganz nach rechts an die Balustrade kommt. Dann auf dem Weg nach oben etwas Tempo rausnehmen, denn irgendjemand aus der Gruppe wird ungeduldig werden und versuchen vorbeizuziehen. Darauf müsst ihr gefasst sein und denjenigen, dann nicht mehr von eurer Seite lassen. Sobald ihr mal jemanden links von euch habt, kämpft dafür, die Position zu halten.

Dieses Spiel betreiben logischerweise alle. Schaut, dass ihr es nicht verliert! Sonst verliert ihr den Kampf in eurer Gruppe.«

»Und beim Qualifying?«, fragte Marcel. Martin nickte. »Dort verhält es sich etwas anders. Fahrt am besten ganz links auf der Fahrspur. Dann seid ihr durch die rechte Fahrbahnbegrenzung wenigstens etwas vom Wind geschützt.«

Sie schauten sich noch den Zielbereich direkt hinter der Brücke an, der jedoch keine Besonderheiten mehr bereit hielt, dann gingen sie wieder zurück zu ihrem AirBnB.

Beim offiziellen Trainingslauf erlebte Timo auf die harte Tour, was Martin ihnen am Donnerstag erklärt hatte. Er wollte einen gezeiteten Lauf fahren, startete mit einer Top Zeit über die ersten beiden Kuppeln und holte bei der dritten alles raus. So kam er an der Auffahrt der Golden Gate Bridge an. Sein Energiehaushalt entsprach dem Wert, welcher normal für einen letzten Kilometer war. Auf der Hälfte der Brücke war er komplett im roten Bereich und verlor auf dem zweiten Stück massiv an Zeit, da er - trotz Martins Hinweise - den Seitenwind unterschätzt hatte.

Die Fahrt durch die Stadt wog einen in Sicherheit, dass es heute recht windstill sei. Auf der Brücke kam die Brise der See auf und überrollte Timo.

Im Zielbereich saß er kopfschüttelnd auf einem Hocker und trank einen Iso-Drink. Samy kam vorbei und klopfte ihm auf die Schulter. »Na, ein paar Stehversuche da auf der Brücke gemacht? Nimms dir nicht zu Herzen. Da lernst du nur draus. Bin letztes Jahr beim Freitagstraining, glaube ich, sogar mal abgestiegen, weil nichts mehr ging.«

Timo schaut sie erstaunt an. »Wow, du kannst ja freundlich sein. Aber nicht, dass das Date was zwischen uns verändert hat!«

»Nur im positiven, mein kleiner Kämpfer.« Sie zwinkerte ihm zu, klopfte auf seinen Helm und ging davon. Martin hatte sich die Energiereserven etwas besser eingeteilt und überstand die Zieleinfahrt ohne größere Einbrüche.

Marcel nutzte das Training, um zu schauen, wie schnell er

die drei Hügel hochkam, ohne zu übersäuern. Auf der Zielgerade ließ er ausrollen.

Am Abend hatte Verena für die Teambesprechung vor dem Qualifying einen Holobeamer im Wohnzimmer des Strandhauses aufgebaut. Timo und Martin saßen auf den Sitzsäcken und futterten Nüsse, Christoph saß auf einem der Barhocker am Tresen zur Küche und Marcel lag quer auf dem Sofa. Verena hatte eine Präsentation mit den Leistungsdaten aus dem Training erstellt.

»Also, an den Hügeln sah es bei euch allen recht gut aus. Keiner ist in den roten Bereich gekommen und Marcel und Timo waren trotzdem unter den Top fünf an diesen Passagen. Schauen wir uns aber mal eure Energielevel kurz vor der Bridge an.« Sie öffnete ein neues Fenster, auf dem rote und grüne Balken erschienen und eine blaue Linie im Zickzack darüber führte. Für einen Laien war das Bild überfordernd, doch Verena erkannte genau, was darauf zu sehen war.

»Timo, du musst auf jeden Fall Geschwindigkeit rausnehmen. Der Computer hat errechnet, dass du im Schnitt etwa 0,7 km/h langsamer fahren musst, um ein Energielevel zu halten, das reicht, um über die Brücke zu gelangen.

Wenn du es im Rennen schaffst, in ein optimales Windschattenfenster zu kommen, könnte die Durchschnittsgeschwindigkeit sogar passen.«

Sie ging einen Slide weiter und sprach nun Marcel an.

»Bei dir sah es gut aus. Wenn es dir gelingt, die Hügel so zu nehmen, wie du den Zweiten hochgefahren bist, dann könntest du tatsächlich ganz weit vorne landen. Übertreibe es aber nicht. Da ist bei dir ein schmales Fenster.« Sie wechselte mit einer Wischbewegung in der Luft zum letzten Slide des

Dashboards.

»Martin bei dir mache ich mir keine Sorgen. Gute Steuerung des Energiehaushaltes. Du solltest damit locker beim Rennen dabei sein. Die meisten Messenger haben wesentlich mehr Probleme mit den Hügeln. Man merkt, dass ihr nicht in der Großstadt aufgewachsen seid.«

Am Tag des Qualifyings wachte Timo mit einem unguten Gefühl auf. Bis jetzt waren auf den Strecken nie besondere Herausforderungen, die ihn beschäftigten, doch die Stehversuche beim Training sorgten für eben dieses ungute Gefühl, dass ihn aus dem Schlaf fahren ließ.

Es kam selten vor, dass er sich bei seinem Energielevel so verschätzte wie beim ersten Lauf. Bisher hatte er sich dabei immer auf seinen Instinkt verlassen, doch dieser hatte ihn grandios im Stich gelassen. Musste er jetzt während des Rennens die ganze Zeit auf die Watt-Anzeige schauen, um nicht zu überpacen?

Und was, wenn er doch mal darüber lag? Die Gedanken machten ihn ganz verrückt und er fragte sich, wie das die Profis schafften. Er könnte Samy um Rat fragen oder lieber Paul Hinteregger, der ihnen seine Hilfe angeboten hatte.

Martin riss ihn aus seinen Gedanken, als er neben ihm auf das Rad zum Einrollen stieg. Da sein Qualilauf erst in einer Stunde ging, saß Timo noch im Sitzsack unter dem Pavillon im Startbereich. Martin war in etwa 40 Minuten an der Reihe.

»Martin. Gut, dass du da bist. Wie machen das die anderen Messenger?«

»Was meinst du?« Martin schaute Timo fragend an.

»Die Steuerung des Energielevels. Ich meine, fahren die alle ganz genau nach dem Wattmesser?«

»Mhh, das ist, glaube ich, stark unterschiedlich. Wir hatten in der Green Academy extra Trainings dafür, um zu ermitteln, wo unsere idealen Performanceräume liegen. Es gibt Messenger wie Itawa, Geisler und Jannik Stern, die für die einzelnen Rennabschnitte Durchschnittswerte definieren und in diesen Fenstern dann auch fahren.

Aber ein Langley zum Beispiel ist ein absoluter Instinktfahrer. Der weiß genau, was seine Wattgrenze ist und wie lange er in den Abschnitten unterwegs sein kann. Das wird dann während des Qualifyings kontrolliert und, wenn er nicht völlig außerhalb des Fensters ist, fährt er nach seinem Gefühl.« Martin drückte auf seinem Fahrradcomputer herum. »So habe ich das immer gehandhabt, auch wenn die Trainer versuchen, einen auf die Leistungsfenster hinzuweisen und diese bis zum Maximum optimieren.

Das hat Konzentrationsleistung gefordert. Darum haben wir das schnell wieder verworfen. Ich glaube, du bist so ein Instinktfahrer, auch wenn es sicher nicht schadet, wenn wir deine Belastungsgrenzen mal ermitteln.« Seine Worte beruhigten Timo nicht wirklich. Das schien auch sein Gegenüber zu erkennen. »Mache dir keinen Kopf. Du musst einfach so fahren, als wäre die Strecke doppelt so lang und die Golden Gate Bridge die zweite Hälfte. Dann kannst du alles raus ballern, sobald du auf der Brücke bist.«

Marcel legte mit einer großartigen Zeit eine Duftmarke und schob sich auf Rang eins. Als 13ter Starter war Martin direkt nach ihm dran, erreichte die Marke seines Teamkollegen nicht ganz und landete auf Platz zwei.

Die Freude über die Doppelführung wähnte nicht lange. Bereits Joaquin Quisero, der direkt nach Martin gestartet war, legte nochmal einen drauf. Der Kolumbianer war mit Abstand der Schnellste an den Hügeln, verlor ordentlich auf der Bridge und brachte dennoch einen Drei-Sekunden-Vorsprung ins Ziel.

Diese Konstellation an der Spitze hielte bis zum Tolero Sole Messenger Patricio Huerez. Der Mexikaner hatte zwei Tour der France Etappensiege in den Alpen erlangt, bevor er auf das populärere Citytrack umgestiegen war. Die Stärke in den Bergen ließ ihn die kleinen Hügelchen auf der Strecke hochfliegen und dank seiner kleinen Körpergröße konnte er auf der Bridge den Windschatten der Fahrbahnbeschränkung optimal nutzen, so dass er am Ende fast eine halbe Minute auf den Zweiten Quisero herausgefahren hatte.

Joki Nauko und Daiki Itawa schoben sich auf die Plätze zwei und drei und sorgten für ein starkes Teamergebnis des Denwa-Technologies-Team. Der große Verlierer war sicher Joris Avormaat, um dessen Vertragsverlängerung beim Green Drink Team schon vor dem Rennen große Gerüchte kursierten. Eines dieser Gerüchte beinhaltete, dass Timo den Platz angeboten bekommen hätte.

Zum ersten Mal wurde er dazu direkt nach dem Qualifying von Nell van Geel angesprochen. Sie lauerte den Schwarzwald-Bräu-Messengern an ihrem Transportgleiter im Fahrerlager auf, als die drei aus dem Zielbereich kamen.

»Hey Nell, wie geht es dir? Willst du ein Interview mit mir? Erste Top Ten Platzierung und sogar Vince Langley geschlagen.« Martin drückte seine Freundin kurz.

»Ich gratuliere. Das war ein richtig starker Move, aber ich muss mit Timo sprechen. Über die Gerüchte.«

Dieser war gerade an Nell vorbeigelaufen, um Christoph das Rad zu geben, drehte sich aber neugierig um. Direkt nahm

Nells Videodrohne ihn in den Fokus. »Gerüchte? Jetzt bin ich aber gespannt!« Er rieb sich die Hände und stellte sich vor Nell.

Auch Martin und Marcel blieben stehen und wollten hören, was sie aufgeschnappt hatte. »Timo, nachdem damit gerechnet wird, dass Joris Avormaat seinen Startplatz im Team nach der US Citytrack Tour verliert, werden verschiedene Namen für seine Nachfolge gehandelt. Neben zwei Kandidaten aus der Green Acadamy kamst auch du ins Spiel. Es gibt Gerüchte, dass eine Anfrage für dich vom Green Drink Team vorliegt. Kannst du dazu etwas sagen?« Timo zog den Kopf ein, blickte links und rechts zu seinen Teamkollegen und dann wieder zu Nell.

»Verrücktes Gerücht. Aber irgendwie cool.« Er kratzte sich an der Nase und grinste Nell schief an. »Also, ich meine, ich fühle mich geehrt. Das Green Drink Team ist eines der absoluten Traditionsteams. Ich glaube, jeder Messenger träumt davon, einmal für dieses Team zu fahren. Ob da aber etwas dran ist, kann ich nicht beurteilen. Mich hat niemand gefragt.« Er hatte die letzten Tage immer wieder solche Gerüchte über sich in den gängigen Citytrack-Foren gelesen. Es aber bis jetzt versucht, zu verdrängen, um sich auf das Rennen zu konzentrieren. Nell ließ nicht nach.

»Wäre es eine Option für dich in die Fußstapfen von Joris Avormaat zu treten?« Timo blickte in den Himmel und sammelte seine Worte aus der Luft.

»Anfang der Woche hatte ich kurz mit Samy Embala über sowas Ähnliches geredet. Prinzipiell wäre es eine coole Sache auch über die US Citytrack Tour hinaus Rennen zu fahren, aber ich glaube nicht, dass ich die Qualität habe, in einem professionellen Team mithalten zu können. Da gibt es talentiertere Mädels und Jungs.«

»Wenn du der Manager eines Teams wie dem Green Drink Team wärst, würdest du dich verpflichten?«

Timo zog die Augenbrauen nach oben. Nell war eine harte Nuss und fragte, was er an ihrer Stelle auch in Erfahrung bringen wollen würde. »Jetzt wird es ja sehr hypothetisch. Aber lass uns das Spiel mal spielen.« Wieder blickte er in den Himmel, als hoffte er, einer der Flugtaxifahrenden könnte ihm bei der Beantwortung der Frage helfen. »Würde ich mich verpflichten? Wahrscheinlich nein. Erstens ist da mein Potenzial. Ich bin 27 Jahre alt, müsste also jetzt in meinen besten Jahren sein, was den Leistungssport angeht. Mit 28/29 geht es schon wieder Berg ab. Ich bin kein Messenger für die Zukunft. Das ist aber genau das, was das Green Drink Team braucht. Ich meine, schaut euch die Konkurrenz an. Denwa mit Daiki. Der Typ wird mindestens die nächsten zehn Jahre diesen Sport prägen. Und Detroit Dynamics hat mit Langley einen Mann, der aktuell das Maß aller Dinge ist und das Niveau noch bestimmt zwei-drei Jahre hält.

Mit Jannik Stern steht der nächste Ausnahmemessenger in den Startlöchern. Für die kommenden Jahre sind die Amis top aufgestellt. Was das Green Drink Team braucht, ist ein Top-Talent, dass sie jetzt aufbauen können und das Chancen hat, den Titel zu holen. Ich wäre da nur ein günstiger Kompromiss.«

Nell beendete die Aufnahme, konnte sich einen Kommentar zu dem Gesagten aber nicht verkneifen. »Man merkt, dass man mit einem spricht, der bei solchen Interviews normalerweise auf der anderen Seite steht. Klare Meinung, was Green Drink braucht. Hoffentlich fällt dir der Kommentar mal nicht auf die Füße.«

Sie drehte sich um, winkte Martin zum Abschied und hüpfte davon, während Timo ihr eine Frage zu rief. »Warum soll mir das auf die Füße fallen?«

»Na ja, nicht dass das Green Drink Team seine Idee, dich zu verpflichten, aufgrund deiner knallharten Analyse wieder verwirft.« Mit diesem Gedanken ließ sie Timo und die anderen beiden Messenger zurück.

Auch am Sonntag wachte Timo mit einem mulmigen Gefühl im Bauch auf. Solch eine Nervosität hatte er nicht mal vor seinem ersten Citytrack Rennen verspürt. Die ganze Nacht träumte er, wie er auf die Bridge fuhr und absteigen musste, weil er keine Kraft mehr hatte. Unter dem Gelächter der Fans und anderen Messengern schob er sein Rad in Richtung Ziel. Beim Erreichen der Ziellinie schreckte Timo aus dem Albtraum auf.

Er blickte auf die Uhr. Es war erst kurz nach fünf. Dennoch raffte er sich auf, zog sich einen Hoodie an, ging in die Küche und holte sich eine Flasche Wasser. Er setzte sich auf den Balkon, von wo aus er beobachtete wie die ersten Jogger auf dem Gehweg am Strand entlang unterwegs waren. Es dauerte nicht lange, da öffnete sich die Balkontür ein zweites Mal und Martin trat heraus.

Er ließ sich in den Sitzsack neben Timo fallen. »Du kannst auch nicht schlafen?«

»Das Rennen macht mich furchtbar nervös. Ich verstehe es nicht. Bis jetzt war da einfach nur Freude am Biken. Aber seit dem Freitagstraining verspüre ich Druck.«

»Durch Verena?«, fragte Martin, obwohl er die Antwort

wusste. Timo schüttelte den Kopf.

»Die Fans?«

Wieder Kopfschütteln. »Nein, natürlich nicht. Der Druck kommt von mir selbst.«

»Versuche, es zu ergründen. Was genau bedrückt dich?«

»Ich habe Angst zu versagen… Ich mein, es ist die Strecke. Ich habe nicht das richtige Gefühl für den Kurs. Ich kann meine Krafteinteilung nicht einschätzen. Bisher war das nie ein Problem, das ist völlig neu.«

»Ok, aber spielen wir den Worst Case doch mal durch.« Martin holte tief Luft. »Keine Ahnung, du verpulverst deine ganze Energie am ersten Hügel und merkst schon bei den Cable Cars, dass es eng wird. Du kommst auf die Bridge und platzt. Es geht gar nichts mehr und du wirst letzter. Was dann?«

»Na ja ich habe keine Chance mehr, den Allen-Clay-Cup zu gewinnen.«

»Wirklich? Das macht dir Angst?«

Timo musste nicht lange überlegen. Mit dem Blick auf die Jogger, schüttelte er den Kopf. »Nein, eigentlich nicht. Ich hatte nie damit gerechnet, so weit vorne dabei zu sein. Ich glaube, es ist der Status, um den ich Angst habe. Im Moment sind wir die Überraschung schlechthin und wenn wir mit diesem Ergebnis die US Citytrack Tour beenden, wird man noch Jahre über uns sprechen. Wenn ich einbreche, werden wir eines von vielen Teams bleiben, die mal eine Wild Card in einem World Tour-Rennen hatten.«

»Man, du bist so ein Esel!« Timo blickte erstaunt zu seinem Teamkollegen, der ihn seine Aussage mit einem Faustschlag gegen seine Schulter quittierte. »Das ist völliger Quatsch, den du da laberst. Schon jetzt ist die ganze Nummer ein gigantischer Erfolg! Ich meine, für die Brauerei ist es ein gigantischer Erfolg. Verena ist täglich unterwegs, um neue Kundenverträge zu unterschreiben. Die machen sich jetzt Gedanken, ob sie einen Vertriebsstandort in den USA brauchen. Und warst du in letzter Zeit mal wieder auf deinem Insta-Profil? Du hast mittlerweile 1,5 Millionen Follower. Wenn du jetzt anfängst, irgendwelche komischen Produkte zu verkaufen, musst du wahrscheinlich nie wieder arbeiten. Außerdem wartet die Hälfte aller World Tour Teams nur darauf, dich unter Vertrag zu nehmen.

Und zu gut und letzt vergiss nicht uns! Ihr habt mich aus meinem Trott befreit. Ich habe mein Leben wieder im Griff. Also hör verdammt nochmal auf, den Fokus so sehr auf dich zu setzen. Das ganze Unterfangen ist ein einziger Erfolg. Scheiß egal, was jetzt noch passiert.«

Martin atmete nach seinem Appell schwer und Timo saß nur da, nahm einen Schluck aus seiner Wasserflasche und schwieg. Es vergingen mindestens drei Minuten, bis eine Reaktion von ihm kam. »Du hast recht«, murmelte er.

»Was hast du gesagt?«, fragte Martin nach.

»Du hast recht, man! Ich verstehe es doch auch nicht. Es ist so dämlich, aber es ist der Ehrgeiz. Wir haben jetzt schon so viel erreicht, ich will das durchziehen.«

»Der Ehrgeiz sollte dich bei Samy packen. Sie ist immerhin mit dir ausgegangen. Du solltest lieber schauen, dass ihr bald ein zweites Date habt.«

Timo schmunzelte zum ersten Mal wieder und spritzte Martin mit einem Schluck Wasser aus seiner Flasche ab. »Du bist ein Idiot.«

»Nein, man, sag an. Gibt es ein zweites Date?«

Timo zuckte mit den Schultern. »Habe sie noch nicht

gefragt.« »Dann solltest du deinen Fokus eher da drauf legen, als dir davor in die Hose zu scheißen, ob du es heute Mittag als Erstes oder als Letztes über die Bridge schaffst.«

Martins Worte hingen Timo den ganzen Vormittag nach. Langsam wurde sein mulmiges Gefühl besser. Er hatte Recht. Wirklich viel schief gehen konnte jetzt nicht mehr. Es ging nur darum, die Zeit auf dem Rad zu genießen und am Ende zu schauen, was dabei rauskam.

Martin hatte noch etwas anderes angesprochen: Timos Social Media Profil. Und tatsächlich hatte er das Ganze, seit dem Trubel mit Fari, komplett vernachlässigt. Das letzte Mal hatte er die App geöffnet, als er das Video mit der Trikotübergabe repostete.

Seitdem hatte sich einiges getan und seine Followerschaft war massiv angestiegen. Also nahm er seine Drohne zum Einfahren mit und postete davon ein kurzes Video.

»Hey Leute, habe mich schon lange nicht mehr bei euch gemeldet. Das tut mir leid. Zurzeit geht es wirklich krass ab, ich fokussiere mich voll auf die letzten beiden Rennen und ihr wisst ja, meine Kanäle betreue ich im Moment noch komplett alleine. Daher die Frage an euch: Wollt ihr lieber regelmäßigen Content? Dafür hole ich mir Unterstützung. Oder findet ihr es gut, wenn der Content weiterhin nur von mir kommt? Dafür kann ich euch aber keine regelmäßigen Videos garantieren? Stimmt ab.«

Er beendete den Dreh, gab der Drohne die Anweisung, eine Abstimmung hinzuzufügen, und ließ sie dann wieder in seiner Drohnentasche auf dem Rücken verschwinden.

Marcel saß auf einem Poller vor der Bühne, auf der das

Einschreiben für das Rennen stattgefunden hatte und beobachtete, wie Steve Hatty ein Interview mit Vince Langley führte, als sich Verena plötzlich neben ihn setzte. Marcel rempelte sie freundschaftlich an.

»Boss, dachte, du bist im Transportgleiter und bereitest das Rennen vor.« Verenas Füße baumelten in der Luft und sie hatte sich mit den Armen nach hinten abgestützt. »Nein, wenn alle meine Jungs heute unter den Top Ten sind, muss ich mir das Einschreiben anschauen. Wirst du es vermissen?«

»Was? Das Einschreiben? Das Citytrack fahren?« Marcel schaut hoch zur Bühne. »Ich weiß nicht. Ich glaube aber nicht. Ich mein, diese fünf Wochen sind jetzt eine coole Ablenkung, ich bin aber froh, wenn ich wieder in meiner Werkstatt stehe. Ich bin nicht gemacht für die große Bühne.«

»Dafür hast du dich grandios geschlagen!«

»Was ist mit dir und deinem Bruder? Bleibt es bei einer einmaligen Aktion oder bewerbt ihr euch jetzt für einen festen Startplatz nächste Saison? Ich glaube, nach der Performance, die das Team abgeliefert hat, besteht durchaus die Chance, dass ihr einen ständigen Startplatz bekommt.« Verena zögerte kurz, beugte sich nach vorne und verschränkte die Hände, als würde sie gleich beten.

»Ich weiß nicht so recht. Es ist ein riesiger Aufwand, der sich sicher auch auszahlt. Aber es ist halt ein Risiko. Im Moment machen wir das Ganze mit minimalem Budget. Wenn wir ein richtiges Team aufstellen wollen, müssen wir ordentlich Geld in die Hand nehmen. Es braucht einen Trainer, einen Teammanager. Ich kann das nicht nochmal nebenher machen. Das sind alles Belastungen, die durch das Engagement getragen werden müssen. Wir sind dann nicht mehr das Underdog-Team, sondern eins, wie jedes andere auch.« Marcel konnte sie verstehen, spürte aber, das die Entscheidung noch nicht in Stein gemeißelt schien.

»Ihr zieht euch wieder in den Schwarzwald zurück und geht eurem eigentlichen Geschäft nach?«

Verena blickte zu Boden und schüttelte den Kopf.

»Ich werde es nach dem Allen-Clay-Cup nochmal in Ruhe durchrechnen, aber sehr wahrscheinlich war das ein One-Hit-Wonder.«

»Aber was für eines!« Marcel hob seine Hand und Verena schlug lächelnd ein.

»Es ist das vorletzte Rennen der US Citytrack Tour 2077 und der Titelkampf spitzt sich zu. Vince Langley muss heute abliefern, um im Finale eine ernsthafte Chance zu haben. Embala und Itawa sind ihm schon davongeeilt. Ian, glaubst du, er kann den Abstand nochmal reduzieren?« Tara Muffet und Ian Calcacy saßen wieder in ihrem fliegenden Studio, welches dieses Mal direkt vor der Golden Gate Bridge schwebte, so dass man im Hintergrund die roten Pfeiler der Brücke erkennen konnte. Passend dazu trug Calcacy ein rostrotes Sakko.

»Ja, auf jeden Fall. San Francisco ist Langley City. Er kommt hier aus der Gegend und kennt den Kurs in- und auswendig. Er hat die letzten zwei Jahre auf dieser Strecke dominiert. Ich bin mir sicher, dass Vince zurückschlagen wird.«

»Welche Rolle spielt Jannik Stern?«, wollte Tara wissen.

»Auf den ist Vince natürlich so ein bisschen angewiesen, denn jeder Messenger, der sich zwischen ihn, Itawa und Embala drängt, bringt ihn näher an die beiden Führenden. In einer idealen Welt holt sich Vince heute den Sieg und neben ihm steht Jannik Stern auf dem Podest.«

»Und vielleicht hilft der alte Hinteregger seinem Team auch noch. Er fuhr ein solides Qualifying«, ergänzte Tara Muffet.

»Na ja, so sehr ich Paul gerne hab, ich glaube nicht, dass er heute nochmal ein Faktor sein wird.« Zwischen den beiden erschien eine Grafik, die die Köpfe der Messenger in drei Reihen verteilt auf der Startlinie zeigte. Die Kamera fokussierte sich darauf, ehe Tara zu erklären begann.

»Werfen wir einen Blick auf die Startaufstellung. Langley hat es in der Qualifikation langsam angehen lassen und konnte sich keinen der beliebten Plätze in der zweiten Reihe schnappen, sondern startet vorne. Er hat damit seinen größten Konkurrenten im Rücken.« Der Kopf von Langley wurde mit einem roten Kreis markiert und Ian ergänzte.

»Im Qualifying hat sich Detroit Dynamics tatsächlich etwas verpokert. Ich habe mit Olivia Vence, der Sportdirektorin, gesprochen und sie hat mir gegenüber zugegeben, dass sie ein bisschen was ausprobiert haben. Hoffen wir für sie, dass die Experimente nicht nach hinten losgehen.«

»Ist da etwa jemand parteiisch?« Tara Muffet lachte gekünstelt in die Kamera. Mittlerweile wusste jeder, der regelmäßig Citytrack auf Netport schaute, dass Ian Calcacy nicht unbedingt ein neutraler TV-Experte war, sondern immer eine gewisse Sympathie für seine Landsleute offenbarte.

Marcel war der Einzige der Schwarzwald-Bräu-Messenger, der einen Startplatz in der zweiten Reihe ergattert hatte. Martin musste in die Startreihe eins direkt neben Langley starten, allerdings auf der anderen Seite als Marcel. So konnte er sich nicht in den Windschatten seines Teamkollegen hängen. Dafür hatte Marcel Toni Cancello direkt vor sich und das ließ er den Italiener deutlich spüren, indem er, schon bevor die Startanlage eingeschalten wurde, das ein oder andere Mal sein Hinterrad touchierte. Noch reagierte Cancello nicht auf die Provokation. Erst, als die ersten Lichter der Ampel angingen, drehte sich Cancello um und zischte. »Das wird das letzte Mal gewesen sein, dass du mein Hinterrad berühren kannst.«

»Schauen wir mal«, erwiderte Marcel mit einem schiefen Grinsen. In dem Moment, als die Lichter der Ampel aus gingen, gab er Vollgas, ohne darauf zu achten, was sein Vordermann tat. Natürlich bretterte er auf den Hinterreifen des Flux Jeans Messengers. Toni Cancello machte einen Satz nach vorne und verriss dabei sein Lenkrad, so dass er Ference Geisler am Unterarm schrammte. Es kam beinahe zum Sturz. Die ganze Situation führte zu einem kleinen Tumult, der dafür sorgte, dass einige Messenger beim Start beeinträchtigt wurden und so ins Hintertreffen gerieten.

»Oh Ian, hast du das gesehen? Geisler wäre nach einem Kontakt mit Cancello fast gestürzt. Hat da etwa jemand beim Start gepennt?«

»Da ist eine Gruppe deutlich verzögert gestartet. Wir müssen uns gleich nochmal in der Zeitlupe anschauen, was da passiert ist. Schauen wir aber erstmal auf die, bei denen der Start geklappt hat.« Das Bild schwenkte auf die vorderste Gruppe und nahm dabei einen Detroit Dynamic Messenger besonders in den Fokus. Tara kommentierte die Szene.

»Bei Vince Langley, der sucht sein Glück in der Flucht nach vorne und hat sich direkt an die Spitze gesetzt, gefolgt von einer kleinen Gruppe bestehend aus: Itawa, Nauko, Loric und Stern.« Tara legte ihre Kommentatorenstimme auf und fasste die aktuelle Situation nochmal zusammen.

»Es geht von Kilometer eins an um alles. Daiki Itawa und Vince Langley im direkten Duell. Beide haben eine Teamkollegin beziehungsweise einen Teamkollegen bei sich.«

»Und auch Samy Embala hat mit Clément Loric einen in der Gruppe, der das Zusammenspiel ein wenig stören kann.«

»Stimmt Ian, du hast recht. Samy dürfen wir im Kampf um den Titel nicht mehr außen vor lassen. Wo ist sie eigentlich?« Tara stellte die Frage und sofort zoomte die Kamera der Übertragung raus, so dass das gesamte Renngeschehen im Bild war. Ian Calcacy entdeckte Samy als Erstes.

»Da auf der anderen Straßenseite, etwa 15 Meter dahinter.«

Samy Embala war zusammen mit Patricio Huerez und Joaquin Quisero in einer Gruppe, die eine andere Linie suchte. Im Aufstieg zum ersten Hügel begann sich die Spreu vom Weizen zu trennen. Cancello und Marcel, die beide exzellente Bergfahrer waren, schlossen zu Timo auf, der dabei war, sich in die Top Ten zu fahren.

Es gab also drei größere Gruppen. Die Erste bestand aus Langley, Itawa, Nauko, Stern und Loric, der sich geschickt im Hintergrund hielt.

Die zweite umfasste Embala, Quisero und Huerez, der an der Spitze den Vorsprung auf die Führenden deutlich verkürzte.

Die dritte waren Fenja Rehm, Ference Geisler, Timo und Cancello und Marcel. Dahinter fuhren die restlichen Messenger, die sich einzeln den Hügel hinauf kämpften. Bei der schnurgeraden Abfahrt über die Castro Street musste man auf den üppigen Verkehr aufpassen. Beide Straßenseiten waren mit parkendem Virtual Traffic blockiert. Es war nur schwer möglich, kurz nach außen einem entgegenkommenden Trafficbot auszuweichen.

Eine solche Situation wurde Daiki fast zum Verhängnis. Vince zog kurz vor einem Motorradfahrer auf die rechte Fahrspur zurück. Itawa und Nauko konnten dem Ausweichmanöver nicht folgen, da dort Jannik Stern neben ihnen fuhr. So mussten sie in eine freie Parklücke ausweichen und fast eine Vollbremsung vollziehen, um nicht auf den nächsten parkenden Bot zu krachen.

Nur mit Mühe und Fahrgeschick schafften sie es auf den Gehweg, auf dem einige Fußgängerbots unterwegs waren.

»Wow, hast du das gesehen? Da hätte es fast einen ordentlichen Crash gegeben. Meinst du, die Situation war von den Detroit Dynamic Messengern so geplant?« Tara hatte die Aktion direkt auf einem der Bildschirme entdeckt und schreckte auf. Ian hatte es auch bemerkt und zollte dem Detroit Dynamic Team Respekt.

»Wenn sie geplant war, war es das perfekte Manöver, denn jetzt gehen die beiden mit einem guten Vorsprung in den nächsten Anstieg, während die Huerez/Embala-Gruppe die ersten Verfolger sind.« Das Bild fokussierte sich auf die Verfolgergruppe.

»Patricio Huerez gibt wirklich alles. Der möchte es heute wissen.« Ian Calcacy konnte hier mit seinem Insiderwissen punkten. Das machte ihn als Experten so wertvoll.

»Wie man gehört hat, möchte Patricio sich für neue Aufgaben empfehlen und hofft, einen Sprung in die Riege der

Top-Messenger zu machen. Bei solchen Rennen wie heute, kann er beweisen, dass er auch um Siege mitfahren kann.«

»Jetzt, im zweiten Anstieg des Tages, schließt er auf die beiden Detroit Dynamic Messenger auf, so dass wir eine Dreierspitze haben.«

»Tara, es ist spannend zu sehen, dass Embala und Quisero ihm am Berg nicht mehr folgen konnten oder wollten. Sind wir gespannt, wie sich das Rennen entwickelt, wenn es am Hafen entlang geht, wo man schon erste Einflüsse durch den Wind erleben wird.«

Marcel hatte einige Mühen dem Tempo von Timo zu folgen, nachdem er seinen Teamkollegen die beiden Hügel hinauf und wieder sicher runtergebracht hatte, übernahm nun Timo entlang der Bay das Ruder. Cancello, Geisler und Rehm hatten eine andere Route gewählt und fuhren daher auf etwa gleicher Höhe.

»Passt das Tempo?«, schrie Timo nach hinten.

»Klar, auf mich brauchst nicht achten«, antwortete Marcel und so fuhren die beiden gemeinsam in Richtung der Schlüsselstelle auf die Golden Gate Bridge.

Taras Stimme wurde wieder schneller. »Kommen wir zu einem hoch spannenden Finale auf den letzten zwei Kilometern auf der Brücke. Als Führender fährt Patricio Huerez, hat also die Außenbahn und nimmt, wie zu erwarten, sofort raus, um sich in den Windschatten von Langley und Stern fallen zu lassen.«

Erstaunlicherweise waren sich die beiden Detroit Dynamic Messenger nicht einig, wer das Tempo machen sollte. Auch Stern nahm, kurz, nachdem er sich vor Huerez an die Fahrbahnbegrenzung gesetzt hatte, Geschwindigkeit raus und schaute, was Langley trieb. Der sichtlich irritierte Superstar hing vor den beiden im Wind und konnte nicht anders als das Tempo von vorne zu fahren.

»Schauen wir mal, wer die ersten Verfolger sind. Mit knapp 17 Sekunden ist es eine größere Gruppe bestehend aus Embala, Quisero, Cancello, Geisler, Unterfeld, Framer und Itawa die gemeinsam auf die Brücke fahren.«

Timo beobachtet die Situation, als die Brückenauffahrt näher rückte. Jetzt kam der Moment, der ihn die letzten zwei Nächte wachgehalten hatte. Samy zuckte zuerst und gab kurz vor der Auffahrt nochmal Tempo, um den ersten Spot zu bekommen. Itawa musste damit gerechnet haben, denn er war direkt an ihrem Hinterrad und hatte auf Position zwei den besten Platz. Die anderen reihten sich hinter ihr ein.

Timo wollte nicht zum Schluss fahren und sich neben Cancello in den Wind setzte. Auf der Brücke passierte dann, was zu erwarten war: Samy nahm etwas raus und Itawa und Cancelleo machten keinen Anstand, sie zu überholen. Ohne, dass er was für die Situation konnte, war Timo plötzlich vorne.

Samy ließ ihm nicht den Platz, um mit seinem Hinterrad vor sie zu kommen, sondern blieb so eng dran, dass er den perfekten Windschild für Samy und Itawa bot.

Er musste sich entscheiden. Es war genau das eingetroffen, wovor Martin sie gewarnt hatte. Er hatte aber auch erklärt, was man dagegen tun konnte. Timo blickte sich um und suchte nach einer Lücke im Virtual Traffic. Als er hinter einem etwas größeren Bot eine entdeckte, zog er auf die Innenspur, um sich dort den Schutz der deutlich niedrigeren mittleren Fahrbahnbegrenzung zu suchen. Als er sich umblickte und erkannte, dass keiner mit ihm die Spur gewechselt hatte, wusste er, dass es hart werden würde.

»Was macht denn Unterfeld da?«, rief Tara überrascht.

»Ich weiß es nicht. Klar, er hatte die deutlich schlechteste Position in der Gruppe. Ob er sich mit diesem Seitenwechsel einen Gefallen tut? Denn das bedeutet, die letzten zwei Kilometer alleine im Wind zu stehen.«

»Nicht mal sein Teamkollege Framer folgte ihm auf die andere Seite«, ergänzte Tara, während Ian Calcacy versuchte, die Situation zu analysieren.

»Ich glaube, der hat nicht mit dem Move gerechnet und den Anschluss verpasst. Auf der anderen Seite steht aber Samy im Wind und muss durchziehen. Denn eines ist klar, sie muss vor Itawa landen, wenn sie im Titelkampf an ihm vorbei will.« Das Bild wechselte wieder auf die Spitzengruppe und Tara begann mit ihrem Stakkato.

»Vorne hingegen spielen sich merkwürdige Szenen ab. Langley immer noch an der Spitze, gibt jetzt alles, bekommt die anderen beiden aber nicht los und Stern lauert. Der will doch nicht etwa seinen Captain angreifen?«

»Na ja, Langley war diese Tour nicht so dominant wie in den letzten beiden Jahren und es ist wie in einem Löwenrudel. Zeigt der ältere Löwe eine Schwäche, nutzt der junge Herausforderer dies aus. So scheint es beim Detroit Dynamic Team zu sein. Ich bin gespannt, ob der Angriff kommt. Wir sind jetzt auf dem letzten Kilometer.« Tara, versuchte mit dem Tempo der Kamerawechsel Schritt zu halten.

»Und dahinter zieht Samy die Verfolgergruppe, die noch immer sieben Sekunden Rückstand hat. Es unterstützt sie auch niemand. Der Wille, das Rennen aus der Verfolgergruppe zu gewinnen, scheint nicht so groß. Ah, jetzt ist es Cancello, der den Sprint früh eröffnet, hinter Embala ausschert und sich zwischen die Fahrspuren setzt. Hier auf dem letzten Kilometer haben wir auch keinen Virtual Traffic mehr.« Ian stimmte nun in die gleiche Tonlage wie Tara ein und seine Worte wurden immer schneller.

»Da geht Framer jetzt aber hinterher. Dass die beiden sich nicht grüne sind, ist hinlänglich bekannt.«

»Ja Ian, wir haben es vorhin auch bei der Startsequenz gesehen. Die Provokation für den Tumult ging dort von Framer gegen Cancello und jetzt treffen die beiden sich wieder auf der Mittelspur zum Schlusssprint.«

Das Livebild schwenkte um und fokussierte das Führungstrio von vorne. Taras Stimme überschlug sich beim Kommentieren des Zielsprints »Jetzt wird es ernst, noch 400 Meter und tatsächlich kommt der Antritt von Stern aus dem Windschatten heraus, Huerez kann dem Punch des jungen Amerikaners nicht folgen, aber auch Langley schafft es nicht dranzubleiben oder sogar zu kontern.« Auf dem Bild sah man die Messenger, die bereits im Ziel waren.

»Stern als erster über die Linie, gefolgt von Langley und Huerez.« Nun übernahm Ian das Kommentieren.

»Dahinter gibt es den Angriff von Itawa. Samy Embala hält von vorne dagegen und auf der Mittelspur parallel das Duell zwischen Cancello und Framer. Die vier überqueren quasi Zeitgleich die Linie, gefolgt von Geisler und Quisero, die nicht mehr in den Sprint eingreifen konnten. Der Verlierer scheint aber Timo Unterfeld zu sein, der auf der anderen Seite der Fahrbahn als Zehnter die Linie überquert. Tara, hast du uns schon das Zielfoto im Kampf um Platz vier?«

»Ja Ian, hier kommt es.«

Auf dem Bildschirm erschien eine 3D-animierte Grafik von dem Moment, in dem jeder der vier jeweils die Linie berührte. Auseinandergezogen ließ das die Platzierung erkennen. »Das gibt es doch nicht! Framer holt sich den vierten Platz vor Embala und Itawa. Cancello ist tatsächlich der große Verlierer des Zielsprints. Drei wertvolle Punkte weniger aufgrund von 7,5 Zentimetern. Das wird ihn ärgern!« Nun waren die beiden Kommentatoren zu sehen und Ian Calcacy lockerte seine Krawatte und atmete tief ein.

»Puh, ich bin komplett durch Tara, wir werden erstmal etwas Zeit benötigen, dieses aufregende Finale sauber zu analysieren. Jetzt, da die restlichen Messenger nach und nach ins Ziel eintrudeln, lass uns mal auf das Gesamtergebnis des Rennens schauen.« Die Regie blendete das Endergebnis in einer Tabelle ein und Tara versuchte sich sofort an einer Einordnung.

»Die großen Gewinner kommen sicher aus dem Detroit Dynamic Team. Wir haben es vor dem Rennen angesprochen, die beiden müssen heute abliefern damit sie die Titelverteidigung selbst in der Hand haben.«

»Tara, und das haben sie beeindruckend geschafft! Mit dem Doppelsieg müssten sie jetzt wieder an Itawa dran sein. Oder sind sie sogar vorbei?«

»Komm wir schauen es uns mal an.« Auf Taras Wunsch wurde eine zweite Tabelle mit der Gesamtwertung eingeblendet.

»Vorbei sind sie nicht gekommen, denn es führt noch immer Daiki Itawa vor Samy Embala. Auf den ersten Plätzen gab es keine Veränderung, aber Jannik Stern schob sich mit dem Sieg von fünf auf drei und Langley fiel von drei auf vier.

Dennoch dürften die beiden Detroit Dynamic Messenger damit mehr als zufrieden sein.«

»Tara, wenn ich das richtig sehe, haben jetzt sogar die ersten vier den Sieg bei der US-Citytrack-Tour in der eigenen Hand! Der Erste bekommt 25 Punkte, der zweite 21 Punkte macht eine Differenz von vier Punkten, genau die vier Punkte liegen zwischen Itawa und Langley.

Also kann auch Langley sich den Allen-Clay-Cup aus eigener Kraft sichern. Das ist ja ein unglaublicher Wettkampf.« Der Blick ging auf der Tabelle etwas weiter nach unten und Tara markierte Timos Namen mit einem roten Strich.

»Der große Verlierer des Tages dürfte auch feststehen, denn Timo Unterfeld hat keine Chance mehr auf den Titel. Seine Entscheidung, die Straßenseite zu wechseln, hat ihm diese gekostet.«

»Na ja, Tara, ich weiß jetzt nicht, ob wir bei Unterfeld vom großen Verlierer sprechen können. Es ist noch immer sensationell, was dieses Team und dieser Messenger hier geleistet haben. Im schlimmsten Fall könnte er in Las Vegas Richtung zehnten Platz zurückfallen. Ich denke, selbst das ist ein Erfolg für dieses Team.«

Timo blieb im Zielbereich gar nicht erst stehen, sondern radelte am Tumult vorbei hoch zur Landeplattform beim Fahrradverleih. Harry saß dort mit den Füßen baumelnd an der Kante und beobachtete das Geschehen. Neben sich hatte er ein historisches Fernglas liegen und eine Flasche des Bieres, das Timo ihm mitgebracht hatte.

Als Timo das Fahrrad ablegte und sich neben ihm auf die Kante setzte, fing Harry an zu applaudieren. »Hast du super gemacht, Junge! Hat aber nicht gereicht, oder?«

»Na ja, nee, war heute irgendwie nicht so mein Rennen.«

»Du wirkst unzufrieden? Du musst doch eigentlich sehr glücklich sein. Also, ich wäre sehr glücklich, wenn ich mit all diesen Profis zusammen Rad fahren dürfte!« Timo stützte sich mit den Händen ab und beobachtete seine in der Luft baumelnden Füße.

»Du hast recht, Harry. Aber es fühlt sich wie eine Niederlage an.«

»Warum?«

Die Frage war so einfach wie logisch. Harry hatte Recht. Timo hatte sich in etwas reingesteigert, hatte wirklich gehofft ein Wörtchen um den Titel mitzusprechen. Er erinnerte sich noch genau, wie sie sich in der ersten Woche als Team gefreut hatten, dass sie sich mit gleich zwei Messengern für das Rennen qualifiziert hatten. Es war in diesem Moment das größte Gefühl für jeden von ihnen gewesen.

Und jetzt saß er hier, hatte alles gegeben, war Zehnter geworden, lag in der Gesamtwertung unter den Top fünf und ließ dennoch den Kopf hängen. »Ja warum eigentlich? Das ist kompletter Quatsch. Hast du zufällig noch so ein Bierchen?«

Harry zeigte auf die leeren Flaschen neben sich »So ein Gutes leider nicht, aber ich habe anderes Bier im Kühlschrank, kann man auch trinken.« Er machte Anstalten sich zu erheben.

»Bleib sitzen, ich hole es.« Timo raffte sich auf und ging zu Harrys kleiner Hütte. Da der Laden der Theke geschlossen war, kam kaum Licht in den Holzverschlag und es dauerte ein paar Sekunden, ehe sich Timos Augen an die Dunkelheit angepasst hatte und er das Waschbecken im hinteren Eck entdeckte. Er öffnete den quietschenden Hahn, ließ Wasser über seine Finger rinnen und als es kalt genug war, hob er den gesamten Kopf darunter um den Schweiß, aber auch all die düsteren Gedanken der letzten Tage fortzuspülen. Sie hatten Recht. Was das Team bis jetzt leistete, war noch immer ein riesiger Erfolg. Erst als das Wasser ihn leicht im Nacken fröstelte, hob er den Kopf und ging zum Kühlschrank. Wenig später trat er mit zwei Bier aus der Hütte. Sie öffneten die Dose und stießen schweigend an, während unten die Konstruktions-Bots damit begannen, die Werbebanden am Rand zu entfernen.

Timo blieb eine Weile sitzen, ehe er sich von Harry verabschiedete. Er nahm ein Flugtaxi zurück ins Fahrerlager, wo sich ihm ein neues Bild bot. Marcel, umringt von Journalisten, musste zu seinem Erfolg Rede und Antwort stehen. Timo sah es seinem Kumpel an, dass er darauf keine Lust hatte.

Er ging zu ihm rüber, quetschte sich durch die Leute hindurch und nahm ihn in den Arm. »Geiler Scheiß Mann! Da hast du was abgeliefert.«

Er packte Marcel und schob ihn in den Gleiter, ohne, dass die Journalisten eine Chance hatten, etwas zu sagen. Drinnen bedankte sich Marcel für die Erlösung und verabschiedete sich dann in die Dusche.

»Meint ihr, wir müssen da ein Gastgeschenk mitbringen?« Martin stellte die Frage in die Runde, als sie wieder zurück am Haus waren und sich für das BBQ auf dem Motohome des Detroit Dynamic Teams fertig machten.

»Ihr könnt ein 20-Liter-Fass Bier mitnehmen. Ich habe welche übrig. Es müsste sogar im Transportgleiter sein. Ihr müsst es nachher nur rüber tragen.« Verena saß an ihrem Tablet und arbeitete an einer Tabelle.

»Kommst du nicht mit?«, fragte Martin.

»Nein, nein, geht ihr nur mal zu dritt.«

Wirklich Lust, das Fass zu schleppen, hatte keiner von ihnen, also riefen sie einen Servicebot, der es hinter ihnen her zum Detroit Dynamics Motohome brachte. Am Eingang wurden sie von einem Empfangsbot begrüßt. »Guten Tag Schwarzwald-Bräu-Team. Ich habe Ihren Gastgeber, Herrn Hinteregger, bereits gerufen. Er wird sie gleich in Empfang nehmen. Warten Sie bitte kurz hier.«

Die drei stellten sich mit ihrem Bier schleppenden Servicebot in den Eingangsbereich.

Die Wände waren in dunklem Rot mit schwarzen Elementen gehalten. Die hochglänzenden Oberflächen strahlten, als wären sie nagelneu. Marcel berührte mit dem Finger eine der Wände und hinterließ sofort einen leichten Abdruck.

»Zum Glück haben die hier so viele Bots. Das muss eine Heidenarbeit sein, dass Ganze immer sauber zu halten.«

Neugierig warfen sie einen Blick in den ersten Raum. Überall standen Tische und Sofaecken in schwarzen und grauen Tönen. An der rechten Seite befand sich eine große, lange Bar, auf der zwei aufwendige Blumengestecke für Farbe sorgten.

»Das ist die Media-Lounge, hier empfangen wir während der Rennen Journalisten und Sponsoren.« Paul tauchte hinter ihnen in einer leichten Stoffhose, weißem Leinenhemd und einer Detroit Dynamic Team Cap auf. Er hatte die Hände in die Hosentaschen gesteckt und nahm nur seine Rechte raus, um die Drei zu begrüßen.

»Kommt, ich zeige euch den Rest des Motohomes und dann gehen wir hoch zur Party.«

»Wir haben euch was mitgebracht.« Martin zeigte auf den

Bot hinter sich.

»Ist das was von eurem Bier? Das ist super, das können wir direkt an die Zapfanlage hängen. Vielen Dank!«

Er gab dem Bot die Anweisung das Fass nach oben zu bringen und führte die drei Messenger den Gang entlang zum Aufzug.

»Der untere Teil ist während der Rennwochenenden für Gäste. Ich zeige euch die Bereiche, in die normalerweise nur Teammitglieder kommen.«

Sie fuhren ein Stockwerk nach oben. Auch hier hatte das Motohome einen langen Gang. Links und rechts gingen Türen ab. Er öffnete die erste und sie traten in eine riesige Werkstatt, in der auf mehreren Ständern verschiedene Fahrräder in der Lackierung des Teams hingen.

»Unser Werkstattbereich. Hier bereiten unsere Techniker die Räder für die Rennen vor.«

Ein Raum weiter war eine hochmoderne Kommandozentrale, die aussah wie die Brücke in einem Raumschiff. Überall an den Wänden Bildschirme und Armaturen. Davor standen Bürostühle, an denen Headsets hingen.

»Das ist das Strategycenter. Hier sitzen die Trainer und Analysten.«

Dem Gegenüber lag ein Kraftraum, in dem verschiedene Fitnessgeräte standen. Alles modern von den besten Marken.

»Und hier die Folterkammer. Ich bin nicht so gerne drin, aber Vince kann hier Stunden verbringen. Er ist ein absoluter Fitness-Freak. Da hinten befinden sich noch ein Besprechungsraum und ein Ruhebereich, in dem die Massageliegen stehen. Lasst uns jetzt aber hoch zur Party gehen, sonst gibt es keine Steaks mehr.«

Auf der Dachterrasse herrschte ein geschäftiges Treiben. Rund die Hälfte der Personen trug Detroit Dynamic-Kleidung, gehörte also zum Team. Die anderen waren Gäste. Timo erkannte einzelne Messenger und Promis.

»Fühlt euch wie zuhause, da vorne ist die Bar und dort der Grill. Bedient euch einfach.« Paul gab ihnen nochmal die Hand und ging dann zu einer anderen Gruppe Personen, die gerade angekommen war.

Auf dem Weg zum Grill hörten sie ein Kreischen und kurz darauf wurde Timo von einer jungen Frau angesprungen.

»Ich hatte gehofft, dass du da bist! Wie geht es dir? Komm, ich muss dir meinen Freund vorstellen.«

Das Mädchen in dem leichten, schwarzen Kleid zog Timo hinter sich her, ohne dass er sich wehren konnte und die anderen beiden folgten ihnen irritiert.

»Das ist Fox, mein Freund. Fox, das ist Timo Unterfeld. Ich hab dir erzählt, dass wir zusammen bei der Präsidentin waren.«

Timo gab dem jungen Mann die Hand, Fox war ihm kein Unbekannter. Auch er war Schauspieler. Timo hatte ihn schon in diversen Rollen gesehen. »Freut mich, dich kennen zu lernen. Tessa hat viel von dir erzählt.« Er wandte sich zu Marcel und Martin. »Das ist Tessa. Sie war meine Sitznachbarin beim Bankett der Präsidentin und die Rettung des Abends. Wir hatten viel Spaß. Tessa, Fox das sind …«

»… Marcel Framer und Martin Gaum. Ich verfolge jedes Citytrack-Rennen. Glückwunsch zu deinem vierten Platz!«

Er gab den beiden anderen Messengern freudig die Hand.

»Timo, stell dir vor, ich durfte das Rennen heute von hier oben verfolgen, und wir konnten während dessen sogar mal in die Strategiezentrale.«

Tessa wirkte aufgedreht und ihre Stimme überschlug sich beim Erzählen fast. Dann kam sie nochmal näher an Timo und flüsterte: »Ich hab trotzdem dir die Daumen gedrückt. Schade, dass es nicht gereicht hat.«

Timo musste schmunzeln. »Habt ihr schon was gegessen? Wir wollen uns gerade was holen.«

»Gute Idee, da kommen wir mit.«

Die fünf gingen an den Grill und ließen sich von den Bots an der Theke einen Grillteller zusammenstellen. Anschließend suchten sie sich einen Platz in einer der Sitzlaunches, von der sie die Party beobachten konnten.

Irgendwann schaute Vince Langley vorbei und grüßte seine Konkurrenten etwas unterkühlt. Dennoch machten sie gemeinsam mit Tessa, Fox und Langley ein Gruppenfoto, welches Tessa und Timo sofort auf ihren Kanälen posteten.

Zusammen machte sich die kleine Truppe einen schönen Abend. Tessa und Fox erzählten Geschichten von Filmdrehs und anderen Schauspielern, die die Schwarzwald-Bräu-Gang nur aus Filmen kannte. Gleichzeitig hörten die beiden Stars aber auch gespannt Marcel zu, wenn er von seinem Job als Schreiner und dem Schwarzwald erzählte. Erst, als gegen halb drei nachts die meisten Gäste gegangen waren und die Bots mit aufräumen begannen, schlug auch Martin vor, dass sie sich so langsam auf den Heimweg machen sollten. Sie gingen nochmal bei Paul Hinteregger vorbei, der auf einer Fläche vor dem DJ mit anderen Gästen tanzte, und bedankten sich bei ihm für die Einladung.

Las Vegas

In der Sin City war alles anders. Das merkte man schon bei der Ankunft. Die ganze Stadt lebte und atmete in dieser Woche nur für das Finale der US Citytrack Tour. Die 100 bis 150 Meter hohen Bildschirme an den Hotels, die normalerweise die Live-Auftritte irgendwelcher Stars bewarben, zeigten die Top Vier Messenger, wie sie sich grimmig von einer Straßenseite auf die andere anschauten.

Auf den Flugtaxen leuchtete ebenfalls das Logo der CtC und jeder Souvenirstand auf den Landeplattformen vor den Hotels und Casinos verkaufte Kopien des Allen-Clay-Cups in unterschiedlichen Größen.

»Von den 750.000 Hotelbetten sind kommendes Wochenende 740.000 belegt. Das letzte Mal, dass die Auslastung bei über 90% lag, war 2031, als die Las Vegas Raiders im Super Bowl gegen die Dallas Cowboys spielten. Damals hatte es in der Stadt nur rund 200.000 Betten. Die flippen hier komplett aus.« Timo teilte das morgens angelesene Wissen mit Verena, Marcel und Martin, die zusammen mit ihm in einem Flugtaxi auf dem Weg zum Media Day waren.

In der Woche vor dem letzten Rennen fand diese Veranstaltung immer im Las Vegas Convention Center statt. Die Teams hatten aufwendige Pressebühnen und die Messenger stellten sich einen halben Tag lang ausgiebig den Fragen der Journalisten aus aller Welt. Sogar Verena hatte investiert und ihnen einen kleinen Stand mit zwei Holobeamern, sowie dem Brauerei- und dem Teamlogo auf großen Plakaten organisiert.

Im Eingangsbereich, zu dem auch Fans Zutritt hatten, war der weit größere Stand von Lilly Peter, der Designerin der

Brauerei-Team-Marke und Marketingexpertin platziert. Dort verkaufte sie gemeinsam mit zwei weiteren Helfern den Original Schwarzwald-Bräu-Bike-Teammerch, der noch immer den absoluten Hype auf Frienzly und Instagram verursachte.

Die Top-Teams hatten natürlich mehr aufgefahren. Die Pressebühne von Detroit Dynamics hatte etwa 150 qm und vor der großen Pressekonferenz mit allen drei Messengern spielte dort die dreifache Grammy-Gewinnerin Zoe Gable.

Denwa Technologies bot auf ihrem Stand eine virtuelle Welt, in der die Pressevertreter und Sponsoren die Möglichkeit hatten, die ersten vier Rennen der Citytrack Tour aus den Augen von Daiki Itawa und den anderen beiden Messengern nachzufahren.

Das ganze Event war wie ein gigantischer Rummel, um Sponsoren und Journalisten zu bespaßen. Es gab Essens und Getränkestände. Man konnte bei Verlosungen und Gewinnspielen mitmachen und dazwischen die Pressebühnen der Teams besuchen.

Martin und Timo schlenderten mit tief ins Gesicht gezogenen Caps durch die Hallen, während Marcel versuchte, inkognito auf dem Denwa Technologies Stand die New-Orleans-Runde von Itawa aus dessen Augen zu erleben.

Verena hatte ihre Pressekonferenz spät angesetzt, da die Jungs die Hoffnung hatten, dass dann nicht mehr so viele Pressevertreter vor Ort sein würden. Die Info über die große Party am Abend machte diese allerdings zunichte.

Timo hatte sich den Termin von Samys Pressekonferenz rausgesucht und saß in der letzten Reihe zwischen einem Journalisten des Austin Herolds und einer Vloggerin aus Tokyo.

Der Texaner erkannte ihn und fing ein kurzes Gespräch an. Die Vloggerin war zu beschäftigt gemeinsam mit ihrer Kameradrohne den besten Winkel für die PK zu finden, ohne dass unzählige andere ihr durch das Bild flogen.

Als Samy die Bühne betrat, brandete wilder Applaus auf, so dass man denken konnte, es hätten sich ein paar Fans unter die Journalisten geschlichen. Der Pressesprecher des Teams erklärte das Prozedere und übergab das Mikro an eine Journalistin in der zweiten Reihe.

»Beatrix Toussard, Paris News: Vince Langley, Jannik Stern, Daiki Itawa, das ist die absolute Crème de la Crème des Citytracks, wie fühlt es sich an mit diesen Superstars ernsthaft um den Titel zu fahren?« »Das ist das, worauf ich und jeder andere Messenger hinarbeitet. Ich wollte als Kind diesen Sport ausüben, um einmal den Allen-Clay-Cup in die Höhe zu stemmen. Jetzt habe ich eine realistische Chance. Das ist unglaublich toll.«

»Wenn Sie schon das Wort ›Chance‹ in den Mund nehmen, wie groß schätzen Sie die Chance realistisch ein?«

»25%.«

Die Journalistin runzelte die Stirn und verzog das Gesicht zu einer Schnute. Eine genaue Erklärung blieb Samy ihr schuldig.

»Jürgen Reiß von Deutschland Aktuell: Samy, es gibt Gerüchte wonach Sie und Jack Gilling nicht mehr länger ein Paar sind. Können sie uns verraten, an was die Beziehung gescheitert ist?«

»Nein, denn ich bin heute hier, um über Citytrack zu sprechen.« Sofort sprang der Pressesprecher zur Seite. »Ich bitte Sie, Ihre Fragen auf das sportliche Geschehen zu fokussieren, sonst müssen wir die PK abbrechen.«

»Urig Gislason von Iceland News: Morgen ist das letzte Rennen der US-Citytrack Tour. Bekommen wir Sie dieses Jahr in Europa zu sehen?«

»Die Saison geht noch eine Weile und ich hatte vor, das ein oder andere Event in Europa zu fahren. Das Around-Iceland steht dieses Jahr leider nicht auf meiner Bucketlist. Aber ich sollte das mal in meinen Kalender mit aufnehmen.«

»Wir würden uns sehr freuen!«, ergänzte der isländische Journalist laut, da das Mikro weiter gereicht wurde. Dafür erhielte er ein paar Lacher.

Timo stand auf und schlenderte zum nächsten Stand. Bei Detroit Dynamic war eine riesige Hall of Fame aufgebaut mit den Pokalen, die das Team sein Eigen nennen durfte. So auch zwei Exemplare der goldenen Luftpumpe, die den Namen Allen Clays trug und die Vince Langley in den vergangenen beiden Jahren gewonnen hatte. Sie waren durch ein Energiefeld geschützt, so dass man sie ohne Probleme anschauen konnte.

Griff man danach, wurde man wie durch eine unsichtbare Hand zurückgehalten. Es war die gleiche Technologie, die einen davor schützte, von den Flysegs zu fallen. Timo ging um das Exemplar vom vergangenen Jahr herum und begutachtete es.

»Prominenz an unserem Stand. Freut mich, sie endlich mal persönlich kennen zu lernen, Herr Unterfeld.«

Timo kannte die Frau im beigen Hosenanzug. Sie trug einen Anstecker des Detroit Dynamic Teams am Revers und auf ihrem weißen Top war das Teamlogo in leichtem Grau zu erkennen.

Olivia Vence, die Teammanagerin des Detroit Dynamic Teams wirkte in den schwarzen Sneaker und mit dem kurzen schwarzen Haar jung geblieben, auch wenn sich an ihren Mundwinkeln bereits dünne Falten abzeichneten. Vence war das Hirn hinter den Erfolgen der letzten drei Jahre. Viele hielten sie für eine gnadenlose Geschäftsfrau.

»Miss Vence, die Freude ist ganz auf meiner Seite.«

»Schade, dass Sie im Kampf um den Titel nicht mehr dabei sind. Ich liebe diese Underdog-Storys und es wertet unseren Sport noch einmal auf. Gerade der deutsche Markt ist spannend. Sehr lukrativ!«

»Für eine Underdog-Liebhaberin sind Sie aber für das falsche Team tätig.«

»Das stimmt, vielleicht gründe ich irgendwann mal mein eigenes und versuch es an die Spitze zu führen.«

»Ich bin mir sicher, das würde nicht lange dauern.«

»Timo, wie sieht Ihre Zukunft aus? Ich meine, hätten Sie Lust mit mir mal darüber zu plaudern? Dann würde ich in den nächsten Wochen nach Deutschland kommen und wir können reden.«

»Die Anfrage schmeichelt mir, aber ich muss mir erst selbst im Klaren sein, ob es weiter geht.«

»Melden Sie sich, wenn Sie Lust haben, in diesem Zirkus zu bleiben.«

Sie machte erst eine ausladende Bewegung um sich herum und dann fuhr sie mit ihrem Finger über ihre Smartwatch, so dass ihre Nummer auf Timos Uhr erschien und er sie speichern konnte.

Auch die folgenden Tage waren verrückt. Die Messenger konnten sich keinen Meter durch die Stadt bewegen, ohne von Fans belagert zu werden. Selbst Marcel, Martin und Timo hatten damit zu kämpfen, unbemerkt zu bleiben.

Als sie in einem Steakhouse abseits des Strips zu Mittag aßen, wurden sie von einer Gruppe Studierender erkannt, die sich sofort um ihren Tisch versammelten und Fotos und Videos mit ihnen machen wollten. Einige der Studentinnen steckten Timo und Marcel ihre Nummern zu, was die beiden jedoch abzuwimmeln versuchten.

Irgendwann verließen sie den Laden fluchtartig und nahmen ein Flugtaxi zurück ins Bellagio. Die Teams waren hier im Hotel in zwei extra für sie abgeriegelten Stockwerken untergebracht. Die Bellagio Gruppe war eine der Sponsoren der CtC. Das ließen sie ihre Gäste auch wissen. In den Aufzügen, auf den Landeplattformen an der Außenseite des Gebäudes und selbst in den Fluren waren Hologramme, die das Logo der US Citytrack Tour zeigten und darunter immer der Claim „Powered by Bellagio Group".

Martin war komplett überrumpelt von der Aktion. »Wie machen das Langley und Co., wenn sie selbst uns schon die Mützen vom Kopf reißen?«

Timo lächelte.

»Soviel ich weiß, verlässt Vince das Hotel einfach nicht. Der hat die Präsidenten-Suite bekommen, sitzt da drin und hält sich auf dem Simulator fit.«

»Das ist ja wie in einem Gefängnis. So ein Leben wollte ich nicht führen. Ich glaube, ich bin gar nicht so unglücklich, dass das unser letztes Rennen ist und ich danach wieder zurück in meine Werkstatt kann«, stellte Marcel nüchtern fest.

»Glaubst du, du gehst einfach in dein altes Leben und alles wird wieder, wie es war?«, fragte Martin und schaute Marcel dabei tief in die Augen.

Marcel zuckte mit den Schultern und wich dem Blick eher aus. »Ich weiß nicht. Vielleicht brauche ich kein Geld mehr für

Werbung ausgeben, weil ich mit mir selbst werben kann. Ansonsten sollte da oben alles beim Alten bleiben. Was ist mit dir? Willst du nicht wieder zurück in deine Bar?«

»Nein, das war ein Versteck. Ich bin geflohen. Aber jetzt fliehe ich nicht mehr.« Martin blickte nachdenklich zum Fenster. »Ich weiß noch nicht, was ich mache. Vielleicht bleibe ich in den USA, baue mir etwas auf. Ich könnte mir vorstellen, irgendwas rund um Citytrack zu machen.«

Timo nickte wie ein Wackeldackel auf dem Armaturenbrett eines Flugtaxis bei Sturm. »Klar, das könnte ich mir gut vorstellen. Du könntest als Trainer im Nachwuchsbereich arbeiten oder als Analyst. Ich glaube, darin wärst du spitze! Vielleicht solltest du mal mit den Teams sprechen, bestimmt gibt es da Interessenten!« Ihm gefiel, dass Martin durch dieses Abenteuer wieder die Energie verspürte, etwas aus sich zu machen.

Es war der Donnerstagabend vor dem Rennwochenende. Verena hatte ein kleines italienisches Restaurant angemietet, das von einem älteren Ehepaar geführt wurde. Es war etwas außerhalb des Zentrums und alle waren gekommen. Auch Johann, ihr Bruder, war angereist. Sogar einige Sponsoren waren dabei.

Es gab riesige Pizzen und dazwischen feine italienische Antipasti. Die Gäste unterhielten sich laut und es war eine ausgelassene Stimmung. Timo hatte fast 30 Personen gezählt, was bei dem holprigen Start, den sie gehabt hatten, beeindruckend war. Noch vor rund einem halben Jahr hatten alle Verena und Johann mit ihrer Idee für verrückt gehalten, ihn miteingeschlossen. Und dennoch hatten sich die Leute mit ihnen auf dieses Abenteuer gewagt.

Als die Pizzen aufgegessen waren, erhob sich Verena und klopfte mit einer Gabel an ihr Glas, um die Aufmerksamkeit der Gäste zu erhalten.

»Liebe Sponsoren, liebe Kollegen, liebe Lilly, lieber Christoph, meine Messenger Timo, Martin und Marcel und natürlich mein lieber Bruder Johann. Es ist so toll, euch alle heute hier zu haben. Es ist, als wäre es gestern gewesen, als Johann und ich beim Abendessen die Idee hatten, uns für eine Wildcard zu bewerben. Das letzte halbe Jahr war wie ein Rausch. Wir fanden diese drei unglaublichen Messenger, die aus dem Nichts heraus konkurrenzfähig Citytrack fuhren. Lilly hatte diesen wahnsinnigen Einfall mit dem Team Design, das uns viel Aufmerksamkeit bescherte. Und dann kamt ihr, liebe Sponsoren, und machtet es möglich, die US Citytrack Tour bis zum Ende zu bestreiten. Ich will euch dafür Danke sagen!« Sie hatte noch immer das Sektglas in der Hand und ließ ihren Blick über die Gäste schweifen.

»Ich bekomme immer wieder die Frage, wie es denn jetzt weitergeht. Johann und ich haben gestern Abend intensiv darüber gesprochen. Für uns ist aber klar, dass dies in der Form eine einmalige Angelegenheit war. Wir werden zukünftig kein eigenes Team mehr stellen, da der Aufwand für solch ein Engagement immens ist und dauerhaft nicht nebenher betrieben werden kann. Sollte unser Einsatz aber dazu führen, dass es ein in Deutschland ansässiges World Tour Team geben würde, wären wir nicht abgeneigt, uns als Sponsor zu engagieren. Vielleicht kann so etwas Großes entstehen. Bevor ich mich jetzt aber um Kopf und Kragen rede, freue ich mich auf den Nachtisch. Pepe, ihr könnt das Tiramisu bringen!« Es wurde gelacht und laut applaudiert.

Die Feier mit den Sponsoren ging den ganzen Abend. Gegen Mitternacht zogen sich Martin, Marcel und Timo zurück. Verena nahm Timo nochmal zur Seite, als er sich verabschieden wollte.

Sie gingen gemeinsam auf den Hinterhof. »Ich wollte dir sagen, dass es die letzten Tage einige Anfragen gab. Es gibt ein paar Teams, die Interesse an dir haben. Ich habe allen gesagt, dass wir einen Vertrag bis Sonntag nach dem Rennen haben und du ab dann theoretisch frei zur Verfügung stehst. Ich hoffe, dass ist so in deinem Interesse.«

Timo stand an die Wand der Pizzeria gelehnt und schmunzelte. »Ja, ich wurde am Dienstag von Oliva Vence angesprochen, wie es bei mir weitergeht. Ich weiß aber nicht, ob ich das machen möchte.«

»Detroit Dynamic also auch! Damit sind wir schon bei fünf Teams!«

»Die hast du gar nicht mitgezählt? Wer war es dann?« Natürlich war er neugierig. Dafür war er doch zu stolz, als dass es ihn nicht juckte, wenn die ganzen Teams nach ihm fragten.

»Das Green Drink Team würde dich gerne ab nächste Saison in ihr sechsköpfiges Profiteam aufnehmen. Auch Sunny Oz hat nachgefragt und das Smitzek Meble Team, wobei Rolf Smitzek schon sehr enttäuscht war, als ich ihm erzählte, dass er nicht der Erste war, der nachfragte. Auch ein CtC 2 Team aus Italien hat mir eine Mail geschickt. Die wollen sich dieses Jahr eine Protour-Lizenz einfahren und Nächstes auf der World Tour angreifen.«

»Schon verrückt, oder?« Timo kratzte sich am Kopf und steckte die Hand sofort wieder in die Hosentasche. Doch Verena ließ nicht locker.

»Was meinst du?«

Er zuckte mit den Schultern, zog die Augenbrauen nach oben und suchte nach einer Erklärung, warum er der ganzen Sache noch nicht so wirklich traute.

»Na ja dass alle diese Teams jemanden verpflichten wollen, der bis vor wenigen Wochen irgendwelche Amateur-Rennen gefahren ist und das nicht übertrieben dominant. Ich frage mich, wie viele gute Messenger da draußen unterwegs sind, die nur mal eine Chance bekommen müssten. Das war ja im Prinzip kompletter Zufall, dass es mich getroffen hat.« Verena blickte ihn von unten herauf mit schiefem Kopf an.

»Spannender Gedanke, aber vielleicht solltest du gerade dann diese Chance nutzen, bevor die anderen Teams dahinterkommen, dass es jede Menge guter Messenger da draußen gibt.«

»Mein Gedanke war eher ein anderer, aber vielleicht hast du recht. Ich muss mir das Ganze nochmal gut überlegen.« Er drückte sie zum Abschied und folgte dann Marcel und Martin zum Flugtaxi.

Die Trainingsläufe am Freitag ließen alle entspannt angehen. Sowohl keiner der Top Vier, als auch keiner der Schwarzwald-Bräu-Messenger fuhren einen ernsthaften Lauf. Jeder wollte seinen Gegner im Ungewissen lassen. Martin studierte gemeinsam mit Marcel die Ergebnisse.

»Langley war langsamer als Hassan Ardal. Scheint, wir sind nicht die Einzigen, die heute nicht Vollgas geben.«

»Völlig normal am letzten Wochenende einer Tour. Würde mich nicht wundern, wenn einer von denen sogar morgen tanked«, erklärte Martin.

»Tanken?«, fragte Marcel.

»Ja, dass der ein oder andere beim Qualifying nicht alles gibt, um die anderen im Unklaren zu lassen.«

»Das ist aber riskant. Wenn du dich dann nicht qualifizierst, hast du gelitten.«

»Ja gut, aber ich glaube, von denen können das alle so gut steuern, dass sie da nicht Gefahr laufen, sich nicht zu qualifizieren.« Marcel drehte sich von dem Hologramm mit den Ergebnissen weg.

»Da bin ich ja mal gespannt. Also ich werde wieder alles geben.«

»Ist wahrscheinlich besser so!«, konterte Martin, wobei er seinen Teamkollegen mit wippenden Augenbrauen angrinste.

Der Samstagmorgen begann mit einem heftigen Gewitter. Die Messenger aller Teams saßen im Speisesaal und beobachteten das Treiben vor dem Fenster mit Unbehagen.

Auch Marcel gefiel die Vorstellung nicht, bei diesem Wetter fahren zu müssen. »So kann man uns doch nicht auf die Strecke lassen!«

»Da braucht ihr euch keine Sorgen zu machen. So lange Gefahr für Leib und Leben herrscht, lassen sie uns nicht drauf. Es wurden schon Rennen wegen des Wetters komplett abgebrochen. Glaube aber nicht, dass das heute der Fall ist. Wird sich bestimmt beruhigen.« Martin hatte als Einziger seinen Blick nicht vom Frühstück gehoben und löffelte ruhig sein Müsli.

»Was passiert, wenn heute kein Qualifying mehr möglich ist?«

Martin zuckte mit den Schultern. Zu dieser Frage konnte er nichts Genaueres sagen, stattdessen antwortete Timo. »Es gibt unterschiedliche Herangehensweisen. Es könnte passieren, dass das Qualifying morgen früh nachgeholt wird, oder das es überhaupt keines gibt. Dann wird es eng auf der Strecke, weil alle 30 Teilnehmer starten würden.«

»Was, das geht?«, hakte Marcel nach und machte große Augen.

Timo nickte, während er sich ein Marmeladenbrot in den Mund schob. »Ja, ich habe das mal beim Nippon-Cup vor zwei Jahren gesehen.«

Samy kam zu ihnen an den Tisch, setzte sich mit der Lehne nach vorne auf einen Stuhl und grinste in die Runde. »Na, habt ihr die Regenjacken und die Reifen mit dem tiefen Profil dabei?«

»Ich fahre ein Hardtail, klar habe ich die Reifen dabei!« Marcel fuhr, wenn es trocken war, zwar mit Slicks, dennoch war die Standardbereifung seines Rades eher ein gröberes Profil.

»Hey ... ähm Samy, wann reist du ab?« Timo wollte die Frage möglichst locker rüberbringen, doch er bemerkte, wie er leicht stotterte.

»Na ja, das kommt drauf an. Sollte ich den Allen-Clay-Cup gewinnen, werde ich wohl noch ein oder zwei Tage hierbleiben für die ganzen Pressetermine. Aber normalerweise reisen wir direkt am Montag ab. Warum?«

»Ich dachte, wir könnten nochmal zusammen was Essen gehen.«

»Entweder feiern mit einer Allen-Clay-Cup Siegerin oder um sie zu trösten.«, warf Marcel dazwischen. Dafür bekam er von Timo die Stoffserviette ins Gesicht geworfen.

»Wenn du es schaffst, mich aus den Krallen der Reporter und Sponsoren zu entreißen, warum nicht. Und Marcel, vielleicht solltest du dir schon mal jemanden suchen, der dich tröstet, wenn es heute nicht mal für die Qualifikation reicht.«

Mit diesen Worten stand sie auf und ließ die Drei am Tisch zurück. Martin und Timo konnten sich kaum zurückhalten vor Lachen. Dafür bekamen sie nun ebenfalls Stoffservietten ab, die Marcel im Überfluss hatte.

Tatsächlich besserte sich das Wetter den ganzen Tag nicht, so dass verkündet wurde, dass das Qualifying am Sonntag früh statt dem offiziellen Einschreiben stattfinden sollte. Damit die Fans heute dennoch etwas zu sehen bekamen, wurde unter allen Kartenbesitzern für das Qualifying ein Meet-and-Greet in der Hotellobby ausgerufen. »Ein Meet-and-Greet?« Marcel konnte sich das Event nicht so richtig vorstellen.

»Ja, es sollen 100 Fans die Chance bekommen, mit den Messengern eine Runde Poker an den Tischen in der Lobby zu spielen. Dafür soll jedes Team einen Messenger stellen. Es ist keine Pflicht, aber ein nachdrücklicher Wunsch der CtC.«, erklärte Verena, da sie das Memo erhalten hatte. Die Jungs saßen seit gut zwei Stunden auf der Rolle und rollten sich locker ein, da keiner so genau wusste, wann und ob es bald losgegangen wäre. Mit dieser Info brachen sie das Aufwärmprogramm ab.

»Ziehen wir ein Streichholz, wer von uns hingehen muss?«, fragte Timo, der die Hoffnung hatte, nicht derjenige zu sein. Er hatte keinen großen Spaß am Glücksspiel und für Poker fehlte ihm die Geduld.

Martin schien da anderer Meinung. »Ich kann gehen. War schon ewig nicht mehr pokern und schadet nicht, sein Pokerface mal wieder zu trainieren.«

Auch Marcel machte Martin den Job nicht streitig und so verabschiedete sich Green Snake zum Duschen. Timo und

Marcel verabredeten sich hingegen zu einem Saunagang im gigantischen Wellnessbereich des Hotels.

Martin hatte bis spät in die Nacht mit ein paar Fans und Josh McGeady um den Jackpot gegambelt, verlor das Heads up aber gegen einen 70-jährigen Portugiesen. Dadurch war er jedoch nicht fit, als Verena um 7:00 Uhr an die Zimmertür klopfte, um ihn zu wecken.

»Komm Martin, das Qualifying ist auf 10 Uhr angesetzt, du hast also etwa eine Stunde Zeit, um ein bisschen was zu essen. Timo und Marcel sitzen schon im Speisesaal.« Als Martin in kurzer Hose, Badelatschen und einem Team-shirt an den Esstisch trat, saß dort das ganze Team. Selbst Christoph wirkte gelassen, obwohl er an einem Renntag normalerweise nicht ruhig sitzen konnte und am liebsten jede Minute an den Rädern verbrachte.

»Ihr seht alle so entspannt aus. Habe ich was verpasst? Sind wir automatisch qualifiziert?«

»Sind wir tatsächlich. Da die Strecke noch nass ist, hat die CtC beschlossen, dass das Qualifying zwar stattfindet, aber dabei nur die Startpositionen ermittelt werden. Alle Messenger dürfen heute Abend starten.«

»Mhh, das klingt gut. Dann kann ich ja nochmal für ein Stündchen ins Nest.«

»Ich weiß nicht, ob das die optimale Vorbereitung ist. Du kannst dich ja nach dem Qualifying hinlegen.«

Auch der Kurs in Las Vegas hatte einige Besonderheiten. Mit dem Start vor dem Interkontinentalhafen, der mitten in der Stadt lag, führte die Strecke einmal um das Gelände, auf dem die gigantischen Interkontinentalschiffe anlegten, bevor es nach etwa 14 km auf den Strip abbog.

Hier begann die erste, 1,5 km lange, schnurgerade Passage auf Las Vegas Prachtmeile, ehe es im Zickzack zwischen der Pyramide des Luxor Hotels, dem Excalibur Hotel und dem MGM Hotel hindurch ging. Etwa einen Kilometer vor dem Ziel führte die Strecke wieder auf den Strip. Das letzte Stück endete direkt vor dem Bellagio, in dem sie untergebracht waren. Martin, Timo und Marcel saßen im Fitnessraum auf den Rollen und blickten hinunter auf die Zielgerade, in der sich schon jede Menge Fans auf den fliegenden Tribünen tummelten.

»In zehn Minuten geht das Qualifying los. Sollten wir nicht langsam Richtung Start?« Marcel schaute seine Kumpels fragend an.

»Nein, wir machen uns hier warm und fliegen dann direkt mit einem der Shuttle-Taxen rüber. Da der Betrieb des Interkontinentalhafens nicht beeinträchtigt werden soll, ist der Startbereich relativ klein. Machen alle Messenger so.«

Und tatsächlich, als Marcel sich umblickte, erkannte er, ein paar der Messenger, die sogar vor ihnen starten würden. Außerdem war es das erste Mal, dass er Vince Langley sah, seit sie in Vegas angekommen waren.

Der sonst so lockere Amerikaner wirkte erstaunlich angespannt, als er mit seinen Teammitgliedern am anderen Ende des Fitnessbereiches sprach. Marcel nickte zu ihm rüber. »Das erste Mal, dass man ihm wirklich anmerkt, dass es hier um was geht.«

Martin wischte sich mit dem Handrücken über die Stirn, wo sich schon leichte Schweißperlen bildeten.

»Er hat sich die ganze Tour bestimmt etwas einfacher vorgestellt und gedacht, er kommt hierher, duelliert sich mit

Itawa und nimmt die Goldene Luftpumpe entspannt wieder mit nach Hause. Das jetzt Samy und sein eigener Teamkollege mitmischen, macht die Sache nicht einfacher.«

Timo nickte und schaltete einen Gang hoch.

»Klar, Itawa hat zwei Messenger, die alles für seinen Sieg geben werden und auch bei Equipe wird die Taktik voll auf Samy ausgelegt sein.«

»Glaubst du, Jannik Stern wird auf eigene Rechnung fahren dürfen?«, hakte Marcel nach.

Timo zuckte mit den Schultern »Ob er darf, weiß ich nicht, aber er weiß selbst nicht, ob die Chance nochmal so groß für ihn sein wird, den Titel zu holen. Ich glaube nicht, dass er da die Motivation verspürt, alles für Langley zu geben. Der Altersunterschied zwischen den beiden ist jetzt nicht so groß. Eine Erbfolge zwischen ihnen ist da in den nächsten Jahren nicht abzusehen.«

Martin seufzte.

»Ich glaube nicht, dass die beiden im nächsten Jahr im gleichen Team fahren werden. Zwei Messenger auf diesem Niveau zusammen in einem Team ist eine Verschwendung für den Wettbewerb. Und wie du sagst, Timo, Jannik wird wohl kaum Lust haben, sich noch weiter ihm unterzuordnen, um dann in drei, vier oder sogar erst fünf Jahren der Teamkapitän zu werden. Nein, dafür gibt es genügend Teams die sich nach einem Top-Messenger wie Stern sehnen.«

Christoph tauchte neben ihnen auf und unterbrach das Gespräch. »Marcel, Martin, ihr müsst langsam los. Die ersten beiden Messenger sind gestartet. Ich begleite euch.«

Sie nahmen ihre Räder von der Rolle und folgten Christoph Richtung der provisorisch angebrachten Landeplattform direkt am Fitnessbereich.

»Viel Erfolg«, rief Timo ihnen hinterher und steckte sich die Kopfhörer ein, um sich nochmal in den Tunnel zu bringen, bevor er selbst los musste.

Marcel merkte auf der Strecke recht schnell die mangelnden Trainingskilometer. In den engen Kurven des Sunset Parks verbremste er sich und die zweite Anfahrt auf den Strip verpasste er grandios, so dass er im Ziel mit keiner guten Zeit rechnete. Er war nicht überrascht, dass er nach der Hälfte aller Messenger nur auf dem siebten Platz lag.

Martin hatte sich hingegen etwas besser geschlagen. Durch den technisch anspruchsvollen ersten Teil war er gut durchgekommen und lag zwischenzeitlich auf Platz eins, ehe ihm auf dem Strip ein wenig die Puste ausging. Die Eins leuchtete zwar auf, als er im Ziel war, aber als Timo an den Start ging, war er bereits auf den elften Platz zurückgefallen.

Auch Timo fühlte sich auf der Strecke aufgrund der wenigen Trainingsläufe nicht sicher, dennoch reichte es für einen Top Ten Platz.

Die Einzige der Top Vier, die bis zum Ende voll durchzog, war Samy Embala, doch auch sie musste sich Ferenz Geisler knapp geschlagen geben.

Jannik Stern, Vince Langley und Daiki Itawa waren hingegen alle mit spitzen Zeiten auf die Zielgerade eingebogen, nahmen aber dann das Tempo etwas raus. Das führte zu der kuriosen Situation, dass sowohl Langley als auch Stern aus der ersten Reihe starteten, während Samy sich den Platz direkt am Hinterrad von Vince Langley aussuchen konnte. Daiki Itawa hatte eine Position in der beliebten zweiten Reihe ergattern können. Er wurde jedoch recht weit außen platziert, so dass er auf den ersten 200 Metern aus dem

Interkontinentalhafen-Terminal heraus Arbeit leisten musste, um im technisch anspruchsvollen Teil eine gute Position zu bekommen.

»Das hat sich nicht gut angefühlt«, stellte Timo fest, als er neben Martin und Marcel an der Balustrade zum riesigen Brunnen vor dem Bellagio saß und sich mit Elektrolytgetränken aufpäppelte.

Ein Servicebot brachte ihnen einen Satz feuchte Handtücher, deren kühlende Wirkung jetzt genau das Richtige waren.

»Na ja, Startplatz 10 ist für ›das war nichts‹ aber doch relativ gut.«

»Klar, das Ergebnis passt schon, aber kennst du das nicht? Du machst etwas und es fühlt sich einfach nicht richtig an und dennoch kommt ein gutes Ergebnis raus.«

»Wie beim Dart?«, fragte Marcel und beide mussten lachen.

»Ja genau, wie beim Dart! Wenn man das Triple Feld einer Zahl trifft, auf die man gar nicht gezielt hat.«

»Ihr solltet die Zeit jetzt auf jeden Fall nutzen, euch die kritischen Stellen nochmal anzuschauen.« Verena spielte wieder das Gewissen und baute sich vor ihnen auf. »Wir haben es hier mit einer besonderen Situation zu tun. Zwei Belastungseinheiten an einem Tag. Es ist wichtig, dass ihr aktiv regeneriert und wir eure Speicher möglichst schnell wieder voll bekommen. Der Start ist um 20 Uhr. Wir werden euch um 16 Uhr nochmal ordentlich mit Kohlenhydraten verpflegen, dann solltet ihr bis zum Rennstart entsprechend verdaut haben.«

»Gut, dann würde ich sagen, wir schwingen uns gleich auf die Räder und schauen uns die entscheidenden Stellen an, damit das Gefühl heute Abend besser ist und ihr die Triple-Felder trefft, die ihr treffen wollt.« Martin klatschte in die Hände, schwang sich auf und zog seine beiden Messengerkollegen vom Boden hoch.

Als sie die Räder in ein Shuttle beförderten, welches sie zum Start brachte, kam Samy um die Ecke.

»Hey, macht ihr eine Streckenbesichtigung? Nehmt ihr mich mit? Wir stehen ja jetzt nicht mehr in direkter Konkurrenz zueinander.« Ohne auf eine Antwort zu warten, lud sie das Bike zu den anderen und setzte sich neben Timo in das Shuttle.

»Was war deine schwächste Stelle?« Martin versuchte auf der kurzen Fahrt ein Gespräch anzustimmen.

»Ganz klar: Sunset Park. In diesen engen Kurven kann man unglaublich viel Zeit verlieren. Habt ihr gesehen, wie geschmeidig Daiki da durchgerutscht ist? Genau so muss man das machen.«

Sie betätigte die Holobeamerfunktion an ihrer Uhr und rief die Fahrt von Itawa auf. Es wirkte spielend leicht, wie er mit hoher Geschwindigkeit die engen Kurven nahm, fast als würde er mit seinem Rad tanzen.

»Sein Fahrstil ist wirklich einzigartig. Ich glaube nicht, dass ich da jemals rankommen werde«, stellte Timo mit einer Mischung aus Ehrfurcht und Neid fest.

Die vier Messenger fuhren direkt zu dem kleinen Park und probierten dort verschiedene Fahrlinien aus. Dadurch, dass es sich um eine zweispurige Straße mit begrüntem Mittelstreifen handelte, gab es einige Möglichkeiten, die Route zu optimieren.

Der Sunset Park hatte den Bewohnern des Viertels lange als Erholungsoase gedient und wurde dementsprechend intensiv gewässert, damit zumindest etwas grün zu sehen war. In den letzten Jahren hatten jedoch immer weniger Menschen die Wiesen genutzt, um auf ihnen zu entspannen, so dass der Park langsam verkommen war und auch nicht mehr regelmäßig gepflegt wurde.

Die zweite Schlüsselstelle war das Labyrinth um die großen Hotels. Besonders auf den Rückseiten der riesigen Anlagen gab es viele Zufahrten, die früher für die Versorgung der Gebäude genutzt wurden. Timo kannte die Aufnahmen von den Rennen der letzten Jahre. Auf diesen Passagen wurde durch den Virtual Traffic einiges an Action geboten. Der Rest der Strecke war nicht schwer und erforderte eigentlich nur, dass man richtig Tempo machte.

Als sie zurück am Bellagio waren, lauerte dort eine Meute an Journalisten, die sich sofort auf Samy stürzten. Sie hatten nicht mal die Möglichkeit, um sich von der Top-Messengerin zu verabschieden. Dennoch war ihnen die Aufmerksamkeit auf Samy nicht unrecht. So konnten die drei Schwarzwald-Bräu-Messenger ohne Umweg in Richtung Hotel verschwinden.

Sie hatten die Rechnung ohne Nell gemacht. Die Netsport Vloggerin fing sie auf der Landeplattform vor dem Haupteingang ab, in dem sie mit einem Flyseg vor ihrem Shuttle zum Stehen kam.

»Dachtet ihr, ihr könnt euch so schnell wegschleichen? Vergesst es!« Sie gab ihrer Drohne das Kommando zu filmen und baute sich direkt vor ihnen auf.

»Nell, wir wollen jetzt unter die Dusche und müssen uns vorbereiten. Aber du kannst mit hochkommen.«

»Unter die Dusche?« Sie schaute Martin an und zog dabei

eine Augenbraue kritisch nach oben.

»Nicht unter die Dusche, aber mit auf unser Zimmer. Du kannst Timo und Marcel interviewen, während ich mich erfrische.«

»Super, wie du das einfach so für uns festlegst!«, erwiderte Timo. »Aber klar, Nell, kannst mitkommen.«

Sie gingen in das große Zimmer von Timo und Marcel, während Martin sich kurz verabschiedete. Timo gewann das Schere-Stein-Papier-Duell mit seinem Kumpel, was bedeutete, dass Marcel sich als erstes den Fragen der wuseligen Reporterin stellen musste. Neugierig schaute sie sich um, inspizierte alles, was da auf dem Boden lag, ganz genau und warf zum Schluss einen Blick aus dem Fenster.

»Ihr hättet es schlechter erwischen können«, stellte sie anerkennend fest und nahm dankend das Glas Wasser an, welches Marcel ihr reichte. »Erzähl: Wirst du das alles hier vermissen?«

»Es ist ja nicht so, dass wir jedes Rennwochenende in solch einem Luxus verbracht haben, und mit den anderen Jungs im Transportgleiter in einer 60 cm Koje zu schlafen, werde ich sicher nicht vermissen. Also nein, ich freue mich schon, wieder in meinem eigenen Bett zu liegen.«

»Die Frage, die sich ja jeder stellt, ist: Wie geht es mit euch jetzt weiter? Das Team hat gezeigt, dass es mithalten kann.«

»Wie Verena verkündet hat, wird es das Schwarzwald-Bräu-Team in dieser Form in Zukunft nicht mehr geben.«

»Und was ist mit euch? Ich meine, ihr seid echt gute Messenger?« »Vielen Dank, ich kann nur für mich sprechen. Ich brauche den ganzen Zirkus nicht. Es war ein Abenteuer. Auf das habe ich mich eingelassen und es hat Spaß gemacht.

Nach dem Rennen geht es aber wieder zurück in meine Schreinerei. Ich habe Kundenaufträge, die darauf warten, fertig gestellt zu werden.«

»Und was ist mit Martin und Timo?«

»Das frägst du sie am besten selbst.«

In diesem Moment kam Timo mit einem Handtuch um die Hüften aus dem Badezimmer und nahm sich ebenfalls direkt ein Glas Wasser.

»Timo, wie geht es weiter?« Nell ging ohne Umschweife zu ihrem nächsten Gesprächspartner über. Timo wusste nicht einmal, über was sich die beiden zuvor unterhalten hatten.

»Die wahrscheinlich meistgestellte Frage der letzten Tage«, stellte Timo amüsiert fest.

»Klar, ein Top Five Messenger steht nach der US-Citytrack-Tour ohne Team da. Da ist doch klar, dass sich diese Frage aufdrängt!«

»Und ich kann sie dir, wie die Tage zuvor, nicht beantworten. Ja, es gab ein paar lose Anfragen, aber konkret ist niemand auf mich zugekommen. Ich bin, ehrlich gesagt, auch ganz froh. So kann ich mich auf das letzte Rennen konzentrieren und wenn wir dann am Ende gemeinsam auf dieses Abenteuer schauen, können wir sicher besser bewerten, was das ganze wert ist.«

Auch Martin kam nach dem Duschen wieder ins Zimmer der anderen beiden Messenger. Er hatte sich immerhin eine Hose und ein T-Shirt übergezogen.

»Was ist mit dir Martin? Wie geht es bei dir weiter?«

»Hast du mich das nicht schon am Dienstag beim Mediaday gefragt?«

»Und keine Antwort bekommen!«

»Die wirst du heute auch nicht bekommen!«

»Man, das macht kein Spaß mit euch! Dann eine andere Frage: Martin, wer gewinnt den Allen-Clay-Cup?«

»Ähnlich schwer zu beantworten. Ich würde es Samy wünschen. Ich meine, keiner hatte sie auf der Rechnung und jetzt sorgt sie für jede Menge Unruhe. Das ist cool. Aber mein Tipp ist Jannik Stern. Irgendwie ist das Momentum ein bisschen auf seiner Seite. Ich gönne es aber allen.«

Sie unterhielten sich noch etwas über ihre jeweiligen Ergebnisse, ehe es kurz vor 16 Uhr war und die drei Messenger von Verena zum Essen gerufen wurden.

»Hallo liebe Freunde des wohl rasantesten Sports auf unserem Planeten, schön, dass ihr wieder eingeschaltet habt, Mein Name ist Tara Muffet und gemeinsam mit unserem bekannten Experten Ian Calcacy begleite ich euch durch die letzte Etappe dieses Wahnsinns Rekordwochenende. Ian, wie hast du die Stimmung in der Stadt erlebt?«

»Hallo auch von meiner Seite. Was hier in Las Vegas los ist, das haben wir so noch nicht gesehen. Die Hotels sind fast restlos ausverkauft und an den Strecken wurden zusätzliche Tribünen platziert, so dass heute Abend fast 250.000 Menschen das Rennen live verfolgen können. Es ist der absolute Wahnsinn.«

»Solch einen Vierkampf hat die Citytrack-Welt noch nicht erlebt. Zwei Amerikaner, eine Europäerin mit afrikanischen Wurzeln und ein Asiate. Jeder Mensch auf der Welt hat heute seinen ganz persönlichen Favoriten. So bestimmt auch du, Ian?«

»Als Experte sollte ich eigentlich neutral sein, aber wenn

zwei unserer Jungs im Rennen um den Allen-Clay-Cup sind, fällt mir das schwer. Ich würde es allen vieren natürlich gönnen, freue mich aber, wenn Vince oder Jannik das Rennen machen.« Tara ließ ihren Experten aber noch nicht von der Leine.

»Dann stelle ich die Frage mal anders und so dass sie einem Experten eher entgegenkommt: Wer, glaubst du, hat von den vieren die besten Karten?«

»Dazu gebe ich dir gerne meine Einschätzung. Das Qualifying können wir nicht als Maßstab nehmen. Alle vier werden da keine 100% gegeben haben, auch wenn Samy Embala am nächsten an ihre Leistungsgrenze gegangen ist. Wir müssen eine Gesamtbetrachtung der bisherigen Tour machen.« Er zupfte die grüne Krawatte zurecht und faltete seine Hände auf dem Tisch, an dem die beiden saßen.

»Am konstantesten waren der führende Itawa und Jannik. Samy Embala hatte einen Ausreißer nach unten drin, als sie in Washington nur Zehnte wurde. Vince ist in der Hinsicht überraschend, dass er der Einzige der Top Vier ist, der bisher kein Rennen gewinnen konnte. Ich glaube, von der Form lässt sich nicht klar ablesen, ob sich einer der vier auf einem Abwärtstrend bewegt, auch wenn Itawa im letzten Rennen der Schwächste war.« Es schien, als hätte sich der Experte diesen Vortrag genau zurechtgelegt. In bester Dozentenmanier fuhr er fort.

»Schauen wir uns die Strecke an: technisch anspruchsvoller Teil zu Beginn und in der zweiten Hälfte zwischen den Hotels. Gerade da könnte Itawa sich mit seiner herausragenden Technik einen Vorsprung erarbeiten. Nein, ich glaube sogar, er muss sich Vorsprung erarbeiten! Denn die beiden langen Geraden auf dem Strip spielen eindeutig Vince in die Karten. Wobei man sagen muss, auch Samy Embala hat mich in den Power-Passagen echt positiv überrascht. Also, auch die Strecke gibt keinen klaren Favoriten her. Welche Faktoren haben wir also noch?«

»Das Wetter?« Ian nickte und machte mit seinem Referat weiter.

»Es soll bis heute Abend nicht mehr stürmen. Die Strecke wird vom Sand befreit werden. Das Wetter in der Wüste ist immer warm und trocken. Heute plötzlich das ganze Wasser. Könnte sein, dass Itawa damit am ehesten Probleme bekommt. Aber für mich ist das kein entscheidender Faktor.«

Tara durfte die nächste Frage einwerfen. »Das Team?« Nun begann Ian Calcacy über beide Ohren zu strahlen und er setzte zum Finale seines Vortrags an.

»Ja, jetzt wird es spannend! Da haben wir eine besondere Situation. Alle 30 Messenger auf der Strecke, das heißt, auch Samy Embala und Daiki Itawa, können aus den Vollen schöpfen! Itawas Team wurde genau auf ihn abgestimmt. Wenn Nauko und Chen nach dem technisch anspruchsvollen Teil in Itawas Nähe sind, hat er einen klaren Vorteil. Dann hat er zwei Messenger, die sich auf der Geraden voll für ihn aufopfern können und werden.« Calcacy war in seinem Element und ließ sich nicht mehr stoppen.

»Samy hat mit Clément Loric sicher den stärksten Helfer und hier können wir wirklich von einem Helfer sprechen. Der eigentliche Teamkapitän der Equipe Remo Automobile hat schon angekündigt, alles dafür zu tun, dass Samy heute den Titel einfährt. Beim Qualifying hat er das mit einem tollen Ausgangsplatz auf Position drei gemacht. So konnte er sich direkt an der Seite von Samy hinter den beiden Detroit Dynamic Messenger platzieren. Er könnte tatsächlich das

Zünglein an der Waage sein. Eines ist klar: Die Situation bei Detroit, mit den beiden Top Messenger, macht es nicht einfacher.« Seine Mundwinkel gingen nach unten und die Tonlage wurde ernst.

»Wenn beide die Chance haben, um den Titel zu fahren, werden sie dies tun. Das Team ist darum bemüht klarzumachen, dass Vince ihr uneingeschränktes Vertrauen als Kapitän genießt. Genau so klar hat Jannik Stern aber auch gesagt, dass er heute um den Sieg fahren möchte. Ein gespaltenes Team ist definitiv der größte Nachteil.« Tara hing ihrem Experten an den Lippen.

»Werden sie irgendwie unterstützen? Denn dann müssten sie die besten Chancen haben.« Ian schüttelte resolut den Kopf.

»Eine gleichberechtigte Zusammenarbeit kann es nicht geben. Einer von beiden wird den anderen schützen müssen und das kostet Kraft. Damit verliert man die Chance, im Endspurt die entscheidenden Körner zu haben. Jannik hat heute nochmal klar gemacht, dass er um den Titel fahren möchte, und Vince wird sich schon per Definition nicht in den Dienst seines Teamkollegen stellen. Also nein, ich glaube nicht daran, dass die beiden zusammenarbeiten werden.«

»Wer bekommt dann die Unterstützung von Paul Hinteregger?«

»Paul wird versuchen, für Vince da zu sein, so wie es vereinbart ist. Die Frage ist aber, ob Paul überhaupt die Chance bekommt, Vince zu helfen. Der steht in Startreihe drei, mittendrin. Wenn da das Rennen losgeht, sind Langley und Stern schon in der ersten Kurve. Ich glaube nicht, dass Vince heute auf Paul zählen kann.«

»Wenn wir das so sehen, wird es schwer für unsere Jungs

und die besten Karten liegen bei Itawa?«

»Auf dem Papier würde ich dir zustimmen, aber lass uns einfach das Rennen genießen und schauen, was am Ende dabei rauskommt!« Tara drehte sich von Ian weg in Richtung Kamera und auch der Experte grinste zufrieden die Zuschauer an.

»Vielen Dank Ian für deine Analyse. Das machen wir auf jeden Fall. Nach der Werbeunterbrechung schauen wir, ob wir noch Olivia Vence an das Mikrofon bekommen, um von der Teamchefin des Detroit Dynamic Teams zu hören, was heute auf der Strecke passieren wird.«

Mit diesen Worten gaben sie in die Werbung.

Timo blickte vom Bildschirm weg, hinüber zur linken Seite. Dort rollten sich die Detroit Dynamic Messenger ein. Langley ganz links, Stern in der Mitte und Hinteregger als Nächstes zu ihnen.

War das alles nur Show oder war da wirklich ein Graben innerhalb des Teams? Langley war die ganze Woche schon kaum zu sehen, aber Jannik Stern war regelmäßig im allgemeinen Fitness-Raum aufgetaucht, wo sich alle Messenger warm machten. Die Spannung war förmlich zu spüren. Er fühlte sich im Moment eher wie der kleine Fan, der das ganze Event vor dem Holobeamer verfolgt und nicht wie ein Teil des Wettkampfes. Itawa hatte wie immer eine Gruppe an Teammitglieder um sich herumstehen, so dass er wenigstens ein wenig Privatsphäre hatte.

Samy hingegen saß zwischen ihren beiden Teamkollegen und scherzte mit ihnen. Trotz dem, dass sich eine einmalige Chance für sie auftat und sie die erste weibliche Allen-Clay-Cup Siegerin werden könnte, wirkte sie erstaunlich entspannt.

Timo richtete seinen Fokus auf das Hologramm, als eine Großaufnahme von Olivia Vence erschien, die zwischen Calcacy und Muffet stand.

»Vielen Dank Olivia, dass Sie zu uns gekommen sind. Ian erklärte uns vorhin, dass der Zwist in ihrem Team das größte Hindernis dafür sein könnte, dass ein Detroit Dynamic Messenger in diesem Jahr den Titel holt. Wie ordnen sie die Situation ein?« Natürlich konnte Olivia Vence diese Behauptung nicht im Raum stehen lassen.

»Nein, ich glaube nicht, dass uns das in irgendeiner Form hindert. Im Gegenteil, wir haben im Prinzip die doppelte Chance das Rennen zu gewinnen. Wir haben die Möglichkeit, zwei komplett unterschiedliche Strategien zu fahren. Das minimiert das Risiko und macht uns unberechenbar.« Doch Tara zeigte sich von ihrer besten Seite und blieb hartnäckig dran.

»Aber sowohl Samy Embala, als auch Daiki Itawa haben jeweils zwei Messenger, die sich voll in ihren Dienst stellen werden. Sie haben mit Paul Hinteregger eine Unterstützung für zwei.«

»Klar, aber am Ende muss jeder sein eigenes Rennen fahren und wir haben diese Tour sowohl bei Vince, als auch bei Jannik gesehen, dass sie in der Lage sind, solch ein Rennen für sich alleine zu gestalten.« Dabei beließ es Tara und versuchte stattdessen, andere News aus der Detroit Dynamic Teamchefin herauszubekommen.

»Wie wird die Zukunft des Detroit Dynamic Teams aussehen? Wir können nicht davon ausgehen, dass Jannik sich nach diesen Leistungen noch gerne als die Nummer zwei ansehen lässt. Bei den prestigeträchtigen Rennen werden sie vermutlich immer eine Entscheidung treffen müssen, ob Sie auf Vince Langley oder Jannik Stern setzen?« Als hätte sie eine Fliege vor sich die sie verjagen wollen, wedelte Olivia mit ihrer Hand vor dem Gesicht die aufkommenden Spekulationen zur Seite.

»Es ist spannend, wie die Medien selbst aus einer solch tollen Situation ein Problem zaubern möchten. Wir haben zwei der besten Messenger im Citytrack-Zirkus. Das ist für unser Team ein absoluter Segen. Darum fokussieren wir uns darauf den maximalen Erfolg für uns als Team herauszuholen. Was dann morgen kommt, werden wir sehen.«

»Vielen Dank Olivia, wir wünschen Ihnen und Ihren Messengern viel Erfolg.«

»Meinst du die schauen das auch an?« Marcel, der mit einem Auge mit auf Timos Hologramm blickte, schien die Situation zu amüsieren.

»Dürfen sie wahrscheinlich nicht. Keine Ablenkung mehr vor dem Rennen.«

Verena unterbrach das Gespräch und reichte ihren Messenger nochmal ein paar energiehaltige Getränke. »Das wäre für euch auch besser! Macht euch fertig! Die ersten Messenger werden an den Start gebracht. Ich habe für euch Plätze im dritten Shuttle reserviert.«

Timo, Marcel und Martin teilten sich das Shuttle mit Quaisero, Balkov und Ardal vom Smitzec Team. Hassan Ardal, für den sein erster Einsatz im Rennen bevorstand, merkte man die Nervosität an. Immer wieder prüfte er, ob sein Outfit richtig saß, und spielte an den Verschlüssen seines Helmes herum. Quaisero hatte die Augen geschlossen und den Kopf nach hinten gelehnt, als wäre er eingeschlafen und Balkov blickte durch Martin, der ihm gegenüber saß, hindurch.

»Es ist angerichtet, liebe Freunde des Citytracks. Alles ist bereit für ein grandioses Finale! Wir haben vier Messenger, die um den Titel kämpfen und neun weitere, die sich Hoffnung machen, die US Citytrack Tour unter den Top Ten zu beenden.

Ich freue mich darauf. Ich weiß nicht, wie es dir geht, Ian.«

»Oh ja, ich bin absolut heiß! So ein spannendes Finale hatten wir schon lange nicht mehr! Schafft es einer der beiden Favoriten, Vince Langley oder Daiki Itawa? Oder schnappt sich einer der beiden unerschrockenen Herausforderer die goldene Luftpumpe?

Jannik Stern und Samy Embala haben eine geniale Tour gezeigt und es auf jeden Fall verdient.« Die beiden Experten verschwanden aus dem Bild und nach einer kurzen Überblendung erschien eine Grafik für die Zuschauer.

»Schauen wir mal auf die Startaufstellung: Itawa ganz auf der Außenseite in Reihe zwei. Vince Langley entschied sich bewusst für die unbeliebte erste Startreihe. Er ist aber dafür näher an der ersten Innenkurve.«

»Genau. So wie Jannik Stern, der neben ihm steht.«

»Samy Embala hingegen kommt jetzt zugute, dass sie in der Quali nicht so sehr abbremste. Sie wählte das Hinterrad von Stern und hat links und rechts von sich den Sieger der Quali, Ference Geisler, und ihren Teamkollegen Clément Loric. Ian, glaubst du, das ist ein Vorteil für sie?« Das Bild zeigte wieder die Kommentatoren und man konnte beobachten, wie Tara Muffet ihren Kollegen mit ernster Miene anblickte. Ian nickte seiner Kollegin zu und schaute dann in die Kamera, um den Zuschauern die Ausgangssituation zu erklären.

»Klar Tara, auf jeden Fall. Clément schützt sie vor den ganzen Messenger die möglichst schnell nach innen ziehen wollen und gleichzeitig hat sie das Hinterrad von Jannik Stern und kann so einem ihrer direkten Konkurrenten folgen.« Plötzlich fiel ihm Tara ins Wort.

»Die Ampel zeigt es an. In wenigen Sekunden geht es los! Die Messenger sind bereit und heiß auf den Start.« Auf dem Holoscreen war das Live-Bild zu sehen.

Erst leuchtete das Signal Orange, was bedeutete das die letzte Minute vor dem Start anbrach. Dann ging es aus, nur um einen Moment später wieder aufzuflackern. Dieses Mal in Rot.

»Wenn die Lichter ausgehen, dann wird das letzte Rennen starten.«

Tara erklärte den Zuschauern das Geschehen auf den Bildschirmen besonders genau. Gerade das letzte Rennen des Allen-Clay-Cups brachte neues Publikum mit sich, das die Rennen normalerweise nicht verfolgte.

Der spannende Vierkampf tat sein Übriges und beschenkte den Sender mit Rekord Streamingquoten.

Dann leuchteten alle sechs Ampeln, die über den Startern schwebten und gingen gleich danach aus. In diesem Moment brach die Hölle los.

Die Zuschauer begannen zu grölen, die Starttore sprangen auf und die Messenger katapultierten sich aus ihrer Position.

»Es geht los!«, schrie auch Tara in das Micro. »Was für ein Start von Jannik Stern, der sich sofort vor seinen Teamkollegen bewegt und so die erste Kurve innen anfährt. Da will einer von Beginn an klarmachen, dass er nicht angetreten ist, um zu verlieren.« Ian Calcacy war bemüht, die unübersichtliche Situation für die Zuschauer zu entwirren.

»Relativ schnell haben sich da mehrere Grüppchen gebildet. Das liegt vermutlich am starken Virtual Traffic, der heute auf der Strecke ist. Auf der Innenbahn: Geisler, Stern, Langley, Embala, Loric, Frazier und Framer aus den hinteren Startreihen.

Auf der Spur zwischen den beiden Fahrspuren eine Gruppe mit Cancello, Unterfeld, Rehm und Hinteregger.

Und außen an der Gegenfahrbahn Chen vor seinem Teamkapitän Itawa, gefolgt von Gammon, McGeady und Nauko.« Tara Muffet war heute besonders aufgeregt, immer wieder verhaspelte sie sich.

»Itawa hat es geschafft, seine beiden Teamkollegen um sich zu scharren. Auch Embala hat Loric dabei. Ist das jetzt genau das Thema, über das wir gesprochen haben?«

»Tara, du sagst es. Stern und Langley sind zwar in einer Gruppe, die beiden werden aber ein Teufel tun, sich zu unterstützen. Das hat man jetzt schon wieder gesehen, als Stern Langley an der Kreuzung geschnitten hat.«

»Gleich geht es in die erste Schlüsselstelle: den Sunset Park mit seinen engen Kurven und dem simulierten Fußgänger Verkehr. Und die Itawa Gruppe fährt trotz der äußeren Linie als Erster ein.«

Ian ergänzte die Situation bei den anderen Messengern.

»Chen und Nauko haben sich da gut abgewechselt und einen Vorsprung herausgefahren, um ihren Captain durch das Gewusel zu leiten. Hier ist es aber fast unmöglich, als Gruppe geschlossen durchzukommen.«

Tara stimmte ihm zu.

»Du sagst es. Hier fährt jeder für sich selbst und am Ende werden sich neue Gruppen bilden.«

Im Sunset Park herrschte zu dieser Zeit Hochbetrieb.

Überall waren die Bots unterwegs, die den Virtual Traffic bildeten und die reale Verkehrssituation aus dem Jahr 2006 simulieren sollten. Einige der Messenger blieben an ihnen hängen oder touchierten sie, sodass sie ein paar blaue Flecken davontragen würden.

Dass dieser Abschnitt für Itawa wie gemacht war, war kein Geheimnis. Der wendige Japaner manövrierte sein Rad ruhig und konzentriert durch die Phalanx an Bots. Doch auch Samy Embala schlug sich beachtlich. Taras Anspannung war für die Zuschauer greifbar.

»Da wird der erste Messenger aus dem Park ausgespuckt!« Ian bemühte sich, die Person zu identifizieren.

»Aber das ist doch ein Schwarzwald-Bräu-Trikot. Wo kommt denn Unterfeld plötzlich her?«

»Nein, Ian, das ist nicht Timo Unterfeld. Das ist Marcel Framer. Das erkennst du am Hardtail.« Nun erkannte auch Ian Calcacy ihn.

»Stimmt, du hast recht! Nur wenige Meter dahinter ist es Daiki Itawa und am oberen Rand: Samy Embala, die nahezu zeitgleich aus dem Park fahren. Sie werden natürlich versuchen, schnellstmöglich in den Windschatten von Framer zu kommen. Fünf Sekunden hinter der Spitze bildet sich eine starke Truppe.

Toni Cancello, Paul Hinteregger, Vince Langley und Jannik Stern kommen gemeinsam aus der ersten Schlüsselstelle heraus.« Tara war bemüht wieder in Ihre Rolle zu schlüpfen und dem Experten nicht das Kommentieren zu überlassen.

»Und Hinteregger bekommt so die Chance, zumindest auf diesem Überbrückungsstück etwas für seine Teamkollegen zu machen. Er setzt sich an die Spitze der Gruppe und nimmt sofort die Verfolgung auf.«

»Jannik Stern sieht nicht gut aus. Tara, schau dir sein Trikot an. Es scheint, als hätte er einen Crash gehabt?«

Janniks Trikot war an der Seite aufgerissen und an seinem Arm lief Blut herunter. »Uh, das sieht wirklich übel aus. Wir werden die Wiederholung hoffentlich gleich bekommen.«

Die Regie tat Tara Muffet den Gefallen. Es wurde ein Bild eingeblendet, in dem von oben zu sehen war, wie Stern zwischen zwei Bots hindurch wollte, die sich schnell aufeinander zubewegten. Das reichte gerade so, doch er übersah dahinter Eli Chen, die in einem Ausweichmanöver in seine Spur hineinfuhr. Er blieb an ihrer Schulter hängen, so dass es ihn auf den Boden schleuderte. Sofort sprang er wieder auf, schnappte sich sein Rad und machte weiter. Tara stellte bewundernd fest:

»Wow, für diesen Crash befindet er sich aber noch ordentlich weit vorne.«

Ian konzentrierte sich schon auf die nächste Szene im Bild.

»Allerdings kommt die Verfolgergruppe nicht an die drei Führenden heran. Framer macht da ein unglaubliches Tempo.«

»Wenn er das am Ende der Etappe nicht bereuen wird.«, mahnte Tara und ihr Experte versuchte, den Zuschauern wieder etwas mehr Klarheit zu verschaffen.

»Hinter den ersten beiden Gruppen sind mehrere Messenger alleine unterwegs, die sich ihren Weg durch den Verkehr schlängeln. Loric, Unterfeld, Geisler, Nauko, sie alle haben ihre Gruppe im Gewusel verloren und versuchen jetzt, auf der Zickzackroute im Süden des Flughafens Anschluss zu gewinnen. Am besten scheint dies Loric zu gelingen.« Taras Stimme beruhigte sich etwas. Sie war versucht die

Gesamtsituation auf der Strecke einzuordnen.

»Das Führungstrio hingegen kommt jetzt gleich auf den Strip. Dort ist etwas weniger Verkehr und es wird auf die Zeitfahrqualitäten der einzelnen Messenger ankommen. Ist das dann eher ein Nachteil für Hardtail-Biker wie Framer?« Nun war wieder Ians Expertise gefragt.

»Definitiv, zwei bis drei Millimeter mehr Reifenbreite spürst du auf einer geraden Strecke, wo es nur um das Tempobolzen geht, schon sehr stark. Framer kann nicht mehr nachlegen, der Vorsprung zur Verfolgergruppe schmilzt. Ich bin gespannt, ob Embala oder Itawa versuchen werden, den Vorsprung zu halten.«

Plötzlich ein Aufschrei von Tara.

»Da! Jetzt schert Samy Embala aus, springt zwischen den Betonabsperrungen auf der Mittelspur hindurch und ist im Gegenverkehr. Was hat sie gesehen?«

»Ich sag es dir, Tara, die nächste Kurve geht nach links und sie verschafft sich durch den Wechsel eine bessere Ausgangslage. Es ist natürlich ein Risiko im Gegenverkehr zu fahren, aber wenn das aufgeht, muss Itawa nachsetzen.« Wie eine Radioreporterin beschrieb Tara genau, was auf dem Bildschirm geschah.

»Er bleibt konstant am Hinterrad von Framer. Die Verfolgergruppe hat sich mittlerweile aufgesplittet in ein Duo bestehend aus Hinteregger und Stern und drei Messenger bestehend aus Cancello, Langley und Loric, der jetzt wieder voll dabei ist.«

Die Messenger schlängelten sich auf die großen Hotelbauten zu. Die Stimmung auf dem Strip war ähnlich bombastisch wie beim Start. Normalerweise konnte Marcel sich auf sein Gehör verlassen und den heranrauschenden Traffic lokalisieren, aber die Fans waren so laut, dass sie das Surren und Quietschen der Bots überlagerten.

Schon zweimal musste er einen Überholversuch kurzfristig abbrechen, weil er den Bot nicht hörte, der hinter ihm die Spur wechselte und in die gleiche freie Lücke vorstoßen wollte, wie er selbst. Beim zweiten Mal rempelte er an einen Bot in Form eines Taxis, welches plötzlich neben ihm abbremste.

Die Lichter, das Geschrei, alles war eine einzige Reizüberflutung und es war ungemein schwer, damit zurechtzukommen.

Ohne eine Pause zwischen den Worten zu lassen kommentierte Tara Muffet das Geschehen.

»Itawa ist der Erste, der vor der Luxor Pyramide auf die Mandalay Bay Road kommt. Seine Route kurz vor der Kreuzung abzubiegen, hat sich gelohnt. Samy musste einige kurzfristige Ausweichmanöver einlegen.«

Mit Freude sah Ian Calcacy die Leistung seines alten Konkurrenten.

»Aber den besten Job auf dem Strip hat eindeutig Paul Hinteregger abgeliefert, denn Jannik Stern ist als Viertes auf die Mandalay Bay Road abgebogen. Dahinter jener Hinteregger, welcher ihn über den Strip an die Spitze gezogen hat.«

Tara ergänzte das Bild.

»Auf Position sechs und sieben folgen Langley und Cancello, die noch immer zusammen unterwegs sind. Da haben sich wohl zwei gefunden.«

Der Luxor Drive, der parallel zum Strip hinter dem Luxor

Hotel durch ging, war früher eine Zufahrtsstraße für Lieferverkehr gewesen. Darum musste man heute vor allem auf die aus den Ein- und Ausfahren kommenden, großen Bots achten, die LKWs simulierten. Das war besonders tückisch, da ansonsten nicht viel Verkehr auf der Straße herrschte. Als Erstes erwischte es Itawa, der hart abbremsen musste, als ein Traffic-Bot aus einem Parkplatz herausschoss und ihm die Fahrlinie blockierte.

Marcel rettete sich mit einem beherzten Satz auf den Bordstein, kurz bevor er von einem von der Seite kommenden Bot zerquetscht wurde.

Auch Samy kämpfte mit dem ein oder anderen Bot in ihrer Spur, so dass das Duo Cancello und Langley bei der Querung des Strips oberhalb der Luxor Pyramide führte.

Die Freude war nur von kurzer Dauer. Auf dem Strip übersah Cancello eine Gruppe Fußgängerbots und krachte mit der Schulter in einen dieser Blechkisten, mit der er gemeinsam zu Boden ging.

»Wow! Das war knapp! Fast wäre Langley auf Cancello drauf gefahren, dann würden beide am Boden liegen.« Erst kam der Aufschrei von Tara. Nachdem sie sich wieder gefasst hatte, bemühte sie sich, die Situation den Zuschauern möglichst nüchtern zu erklären.

»Aber die Vollbremsung kostete seine kurze Führung. Die hat sich Itawa geholt. Er ist jetzt als Erstes unterwegs zur Rückseite des Tropicana und kommt gleich wieder am Intercontinentalhafen vorbei.

Diese Umfahrung des zweiten Hotelblocks ist tückisch, da sie auf dem Weg zurück zum Strip ein Stück die Nutzung der Tropicana Avenue erfordert. Diese Straße hatte den Charakter einer Interstate oder eines Highways. Das heißt, die Bots sind dort deutlich schneller unterwegs als die Messenger.«

»Das stimmt, Tara. Die Mädels und Jungs müssen genau aufpassen, was sie auf dem Stück Strecke machen, sonst werden sie von hinten überrollt. Oder von vorne. Zumindest besteht diese Gefahr jetzt bei Daiki Itawa, denn er hat sich für die Gegenfahrbahn entschieden.

Da es hier schwer ist, aufgrund der hohen Straßenbegrenzung in die Mitte die Straße zu wechseln, wird er auf der Spur bleiben müssen.«

Tara beobachtete, was die weibliche Favoritin auf der Strecke ablieferte.

»Interessant! Embala nimmt ebenfalls die Gegenfahrbahn. Erst Framer und Stern holen so weit aus, dass sie auf die Spur kommen, die in ihrer Fahrtrichtung liegt.«

»Genau, sie hatten das Glück, dass die Ampel bei ihnen auf Grün schaltete und sie so keinen querenden Verkehr hatten.«

Ian erkannte sofort, weshalb ihre Verfolger die Entscheidung getroffen hatten.

»Auch Geisler und Langley schaffen es in der Ampelphase auf die richtige Spur. Das dürfte sie deutlich näher an die Führenden ranbringen. Oh man, das wird jetzt gleich ein grandioser Endspurt auf dem Strip.«

»Du sagst es, Ian. Ein grandioser, ein Kilometer langer Endspurt, mal schauen, wer noch die besten Beine dafür hat.

Geisler biegt als Erster auf den Strip. An seinem Hinterrad ist Langley, aber der touchiert Geisler und verliert kurz die Kontrolle über sein Rad, fast hätte es ihm den Lenker verdreht. Und schon rauschen Itawa, Embala und Framer an ihm vorbei. Und Stern, der einen weiteren Bogen genommen hat, rutscht noch durch. War das die Entscheidung?« Ian Calcacy ließ die Frage unbeantwortet und konzentrierte sich ebenfalls auf den Schlussspurt.

»Geisler versucht die Flucht nach vorne, hat aber Itawa, Embala, Framer direkt hinter sich und Stern zwei Spuren weiter auf der linken Seite.«

»Jannik ist schon im Sprint-Modus. Er ist außen allein unterwegs und sagt sich: alles oder nichts. Jetzt quetscht sich Itawa zwischen Geisler und dem Traffic hindurch und geht selbst in den Sprint über, uh, ganz enge Geschichte! Aber was macht Embala da? Die hat tatsächlich eine Lücke gefunden, ist auf eine Spur innen gegangen und gibt jetzt Vollgas.«

Tara Muffets Stimme wurde immer schneller und schriller. »Noch ist Stern ganz außen etwas weiter vorne. Es sind noch 300 Meter! Itawa kommt da nicht mehr dran, aber Samy Embala hat das große Ritzel aufgelegt und drückt jetzt voll durch, schiebt sich immer auf die Höhe von Stern. Embala oder Stern? Itawa ist schon zwei Radlängen dahinter und ihm fehlt die Endgeschwindigkeit in solch einem Sprint. Das wird knapp, noch 50 Meter. Noch 20. Noch zehn. Fünf. Und sie sind über der Ziellinie!«

Ian war sich nicht sicher, wer gewonnen hatte.

»Ich glaube, es war Embala. Aber wir werden es gleich sehen.«

Keine zwei Sekunden später, wurde das Finisherfoto eingeblendet, in dem Samy Embala zehn Zentimeter vor Stern die Linie überquerte. Tara war komplett aus dem Häusschen, sie sprang von ihrem Stuhl auf und jubelte.

»Ich glaube es nicht! Samy Embala gewinnt zum ersten Mal den Allen-Clay-Cup! Was für ein Finale! Jannik Stern knapp geschlagen, Daiki Itawa auf drei, Marcel Framer holt einen sensationellen vierten Platz, gefolgt von Geisler der nochmal zeigt, dass er zurecht in die Weltspitze der Messenger gehört. Auf Platz sechs der große Verlierer mit dem entscheidenden Fehler in der letzten Kurve Vince Langley!«

Ian Calcacy konnte seinen Unmut über die Langley Niederlage kaum verbergen.

»Ja, ein richtig bitteres Rennen für Vince. Da macht er es richtig stark um das Tropicana herum und kommt nochmal nach vorne, nur um etwas zu schnell in die letzte Kreuzung zu fahren. Das darf einem wie ihm nicht passieren. Aber ich gratuliere Samy zu diesem grandiosen Ergebnis.«

Marcel wusste gar nicht, was um ihn herum geschah. Überall goldene Papierschnipsel, die vom Himmel regneten und ein riesiger Pulk an Menschen, sowie ein Schwarm Drohnen, der sich auf die Person neben ihm stürzte.

Er hatte keine Ahnung, wer gewonnen hatte, und versuchte zu erspähen, wer in der Mitte des Pulks stand. Timo kam neben ihm mit einer Vollbremsung zu stehen und die beiden fielen sich in die Arme.

»Wir sind die US Citytrack Tour gefahren! Danke, Danke für alles, Danke!«

Timo war völlig außer Atem, aber unglaublich glücklich über das Geleistete. Kurze Zeit später hielt auch Martin neben ihnen. Er sah ebenso euphorisch aus und nahm die beiden anderen in den Arm. Sie standen eine Weile so da, während sich der Zielraum um sie immer mehr mit feiernden Crew-Mitgliedern der Equipe Remo Automobile füllte.

Zwei Mechaniker trugen Samy mittlerweile auf den Schultern, der Rest tanzte um sie herum und bespritzte sie mit

Wasser aus den Trinkflaschen.

Zwei andere Gestalten saßen hingegen wie Waschlappen zusammengesunken an eine Bande gelehnt am Rande des Zielbereichs nebeneinander. Vince Langley starrte auf das sich abspielende Szenario, doch sein Blick war leer. Es wirkte nicht, als würde er etwas von dem, was sich vor seinen Augen abspielte aufnehmen.

Jannik hatte den Kopf gesenkt und sich ein Handtuch übergeworfen, so dass man nur erahnen konnte, wer sich darunter befand. Neben ihnen kniete eine ihrer Physios und hielt ihnen Snacks und Getränke hin.

Daikin Itawa hingegen, war direkt zu Samy gegangen, hatte ihr mit einem Handschlag gratuliert und war dann sofort in einem Zelt verschwunden, welches Denwa Technologies am Ende des Zielbereichs aufgebaut hatte.

Verena und Christoph kamen angerannt, nachdem sie sich den Weg durch die feiernde Menge blau-weiß gekleideter Menschen gekämpft hatten.

»Wow, Marcel, was für ein Rennen. Du bist Vierter geworden! Ihr wart alle grandios! Die ganze Tour lang wart ihr grandios! Ich hätte das nie für möglich gehalten! Danke! Danke! Danke!« Verena hatte Tränen in den Augen, als sie jeden Einzelnen ihrer Messenger in den Arm nahm. Die drei saßen noch immer auf den Rädern.

»Soll ich euch die mal abnehmen?«, fragte Christoph, nach dem auch er ihnen gratuliert hatte.

»Wir können sie selbst mit zurücknehmen. Muss ja heute ausnahmsweise keiner zur Flowers Ceremony oder zur Pressekonferenz«, sagte Martin, während er das Rad anschob. »Das heißt, wir können jetzt direkt ordentlich einen bätschen!« Sie begann zu lachen, vor Freude und Adrenalin, als würden sich die letzten Tage endlich einen Weg nach außen bahnen.

»Das habt ihr euch verdient. Johann hat auch was mitgebracht. Extra für diesen Anlass hat er ein Citytrack Bier gebraut. Wir wollen das jetzt immer raus bringen zum Finale der US Citytrack Tour und ihr seid die Ersten, die es heute kosten dürfen.«

»Das werden wir, das werden wir!«, versprach Martin mit einem Glitzern in den Augen. Auf dem Weg zu einem der Flugtaxen trat Paul Hinteregger in ihren Weg. »Hey Schwarzwälder! Ich wollte euch sagen, wie viel Spaß es gemacht hat, mit euch Rennen zu fahren! Toll, dass ihr dabei wart. Ich hoffe doch, wir sehen euch wieder!«

Er gab den Messengern die Hand und ging weiter zu seinen beiden Kollegen, die am Rand kauerten und die Niederlage nicht richtig fassen konnten.

Nachdem die Messenger geduscht hatten, versammelte sich das ganze Team im Zimmer von Marcel und Timo zu einer kleinen Feier. Neben den Freunden, Verena und Christoph, waren auch Lilly und Johann da, sowie zwei weitere Mitarbeiter aus der Brauerei, die in ihrem Urlaub extra nach Las Vegas geflogen waren, um das Rennen zu schauen. Das Fass mit dem frisch gebrauten Citytrack Bier stand auf dem Wohnzimmertisch und das Soundsystem war aufgedreht.

Timo schenkte sich ein Glas ein und ging damit auf den Balkon, von dem aus man einen super Ausblick auf den Badebereich des Bellagio sowie den davor liegenden Strip hatte.

Er beobachtete, wie die Zuschauer langsam das Gelände um den Zielbereich verließen und die Bots begannen die

Streckenabsperrungen auf der Zielgerade zurückzubauen.

»Bei euch geht ja ne ordentliche Party ab!«

Timo schaute sich um. Er kannte die Stimme. Dann entdeckte er Samy, die zwei Balkone weiter schräg über ihm über die Balkonmauer hing.

»Bei euch doch sicher auch? Glückwunsch zum Sieg!«

»Danke, nein, bei uns nicht wirklich. Ich muss nachher zu so einem offiziellen Festbankett. Die CtC ist auch nicht mehr das, was sie mal war. Würde lieber jetzt auch eine Zimmerparty schmeißen.«

»Komm einfach runter! Bier haben wir genug.«

»In dein Hotelzimmer? Das machen wir ein andermal.« Sie lachte und verschwand wieder auf den Balkon. Timo hingegen setzte sich auf einen Balkonstuhl und schaute dem Rest des Teams beim ausgelassenen Feiern zu.

Wiki

Citytrack

Bei diesem Radsport treten die Fahrer auf einem Stadtkurs gegeneinander an. Neben den unterschiedlichen Gegebenheiten der Strecken trägt besonders der Virtual Traffic zur Komplexität des Sports bei. Durch Visualisierung und sogenannten Trafficbots wird der Straßenverkehr vergangener Jahre imitiert und stellen somit die Fahrer vor bewegliche und schwerkalkulierbare Hürden.

Geschichte

Anfänge

Citytrack hat seinen Ursprung unter den New-Yorker-Fahrradkurieren (Messenger). Während um die 2040er Jahre immer mehr Drohnen die Expresszustellungen innerhalb der Städte wesentlich schneller und zuverlässiger übernahmen, mussten sich die Messenger neue Aktivitäten suchen. Illegale Straßenrennen wurden schon seit Anbeginn ihrer Zeit veranstaltet, doch im Jahr 2048 organisierten die New Yorker Fahrradkuriere zum ersten Mal ein offizielles Citytrack-Rennen.

Zwei Mal jährlich verwirklichten die Kuriere dieses Sportevent und sorgten für reges Interesse in der New Yorker Bevölkerung.

Die Rennen durch den Verkehr bewirkten nervenaufreibende Action.

Bald sprangen andere Radsportler in amerikanischen Städten mit auf und veranstalteten eigene Messenger-Cups.

Aufgrund des gefährlichen Eingriffs in den Straßenverkehr wurden die Events allerdings offiziell verboten und fanden daher erneut als illegale Rennen statt, bevor sie durch die hohe Meinung in der Öffentlichkeit als Sport anerkannt wurden.

Gründung der CTC

2056 organisierten sich die Veranstalter der Rennen in den einzelnen Städten zur Citytrack-Crew, ein Verband, der gemeinsam die ersten nationalen Meisterschaften ins Leben riefen.

Mit Wettkämpfen in New York, Boston, Washington und San Francisco bestand diese zu Beginn aus vier Rennen. Bereits im nächsten Jahr fand die Meisterschaft in sieben Städten statt und wurde rege von Besuchern an den Strecken und im Stream verfolgt.

Internationalisierung

2059 fand das erste Rennen außerhalb der USA in Vancouver statt. Die Messenger waren keine Amateure mehr. Viele können ihren Lebensunterhalt durch die Events und die dadurch entstehenden Sponsorengelder und Werbeverträge bestreiten, Citytrack wurde zum Profisport. Tausende von Menschen säumen die Straßen bei den Rennen. Streamingdienste erhielten bei ihren weltweiten Übertragungen Rekordeinschaltquoten.

Restrukturierung der US Citytrack Tour

2062 starten in neun Ländern eigene lokale Meisterschaften, die von der CtC unterstützt werden. Auch die amerikanische Championship wird neu strukturiert. Dabei entsteht die aus fünf Rennen bestehende US Citytrack Tour als das Hauptevent, in dem um den Allen-Clay-Cup gefahren wird. Es entstehen drei weitere Mehrtagesrennen in den USA unter dem Dach der CtC.

Die Streamingrate der neuen US Citytrack Tour übersteigen

gleich im ersten Jahr die der Formula E und ist dadurch das beliebteste Rennsportereignis der Welt.

Beim Auftaktrennen in New York säumen 89.000 Menschen die Strecke und sorgen für einen Besucherrekord der Rennserie. Dieser hielte nur kurz. 117.000 Menschen kamen zum letzten Rennen in LA und pulverisierten die Marke von New York.

Rekordbrecher

2068 schauen 1,7 Mrd. Menschen weltweit das Finale der US-Citytrack-Tour in Los Angeles und machen damit den Wettbewerb zum größten Einzelsportereignis der Welt.

Heutiger Umfang

Die von der CtC organisierte World Tour besteht mittlerweile aus 27 Einzelsportereignissen. Das mit Abstand wichtigste Event ist dabei die US Citytrack Tour. Auch auf den anderen Kontinenten kristallisierte sich jeweils ein Top-Event heraus. Gemeinsam bilden sie die Pick Six. Bisher gelang es noch keinem Messenger, alle sechs Events innerhalb eines Jahres zu gewinnen.

US-Citytrack-Tour

Das größte Sportereignis der Welt ist der Höhepunkt der World Tour und findet jedes Jahr im Juni und Juli statt. Der Wettbewerb ist mittlerweile auf fünf Rennen fixiert. Den Auftakt macht traditionell New York. Das zweite findet immer in der Hauptstadt Washington D.C. statt. Anschließend kommt das Rennen in New Orleans. Das Vorletzte findet in San Francisco statt. Zum Abschluss kommt das Finale in LA. Neben dem Preisgeld von insgesamt 16 Millionen Dollar, geht es vor allem um den legendären Allen-Clay-Cup.

Allen-Clay-Cup

In den Anfängen bekam der Sieger des Rennens in New York eine mit Goldspray gefärbte Fahrradpumpe. In Anlehnung an diese Ursprungstrophäe wurde 2056 zum ersten Mal eine komplett aus Platin bestehende Luftpumpe auf einem Sockel aus Kirschholz vergeben. Auf diesem wurden ab 2057 der Sieger der Trophäe verewigt. Immer wenn ein Sockel voll ist, soll dieser erweitert werden, damit mehr Namen darauf Platz finden.

Der Titel hat eine eher tragische Geschichte. Allen Clay war der erste Messenger, der im Jahr 2054 bei einem Trainingslauf ums Leben kam, nachdem es ihn in einer Kurve aus dem Sattel warf und er auf einen Stromkasten am Straßenrad knallte. Erstaunlicherweise war dies bis heute der einzige tödliche Unfall bei dieser gefährlichen Sportart.

Nipon Cup

Der Nipon Cup ist der Wettbewerb mit den am stärksten ansteigenden Zuschauerzahlen. Mittlerweile ist der vier Rennen umfassende Wettkampf in Japan das zweitwichtigste Event der World Tour. Der Cup ist jedes Jahr der Auftakt im Februar. Drei der Rennen finden in Tokio statt, das vierte in Yokohoma.

Die Fans an der Strecke sprengen jedes Maß. 115.000 Zuschauer sind bei den Rennen in Tokio ganz normal. Selbst zu den Qualifyings kommen 80.000 Menschen.

Capitol-Triple

Das Capitol-Triple ist das zweite, große Event im World Tour Kalender im April und das Pick-Six-Event für Australien.

Neben den Bundesstaatshauptstädten Melbourne und Sydney findet das Auftaktrennen in Canberra statt. Da viele Messenger in der Vorbereitung auf den Allen-Clay-Cup das Capitol-Triple auslassen, ies es das Event mit der medial geringsten Aufmerksamkeit.

Nordic-Race

In Europa gab es lange keinen klaren Kandidaten für die Rolle des Top Events, da sowohl das British-Ocean-Race, die Copa de los Españoles, als auch das Nordic-Race aussichtsreiche Chancen hatten. Als die CtC den Mythos der Pick-Six schuf, ernannten sie das Nordic-Race zum europäischen Vertreter. Der Wettbewerb besteht aus fünf Rennen, wobei die Stationen zwei bis fünf immer in Kopenhagen, Oslo, Stockholm und Helsinki stattfinden. Die Austragung des Finales rotiert jährlich zwischen diesen vier.

Der Auftakt des Wettbewerbs findet in einer anderen europäischen Stadt statt. 2077 startete das Event in Basel.

Generell ist das Verhältnis der Europäer zum Citytrack noch verhalten, weshalb das Nordic-Race der unbedeutendste Wettkampf der Pick-Six ist. Das Rennen findet immer drei Wochen nach dem Allen-Clay-Cup Ende Juli, Anfang August statt.

Pan-South-America

Die drei Rennen in Südamerika finden jedes Jahr an anderen Orten statt. Die Städte bewerben sich jedes Jahr aufs Neue als Austragungsorte. Die meisten Starts (7x) fanden dabei in Montevideo statt.

Die Messenger hassen oder lieben die Pan-South-America aufgrund der emotionalen Fans. Es kommt durchaus vor, dass in den engen Straßen Rios ein Hindernis auftaucht, was von ein paar Fans auf die Strecke geworfen wird. Das Rennen findet jedes Jahr im Oktober statt.

North-Africa-Citytrack-Tour (NACT)

Den Saisonabschluss der World Tour bildet jedes Jahr das letzte der vier Rennen der NACT in Kairo am 20.Dezember. Die Besonderheit der NACT ist, dass sich die vier Rennen nicht auf Wochenenden verteilen, sondern innerhalb einer Woche stattfinden. Daher gibt es auch nur ein Qualifikationsrennen am Samstag vor der NACT-Woche.

Die Messenger, die sich dort qualifizieren, haben einen Startplatz bei den vier Rennen sicher. Das führt dazu, dass die Qualifikation ähnlich wichtig ist, wie die vier Hauptrennen. Ausgetragen werden die ersten beiden in Marrakesch und die letzten zwei in Kairo.

Regeln

Die CtC erarbeitete das Regelwerk über Jahre der Ausführung. Seit 2071 stehen die Regeln in dieser Form fest und werden bei fast allen offiziellen World Tour-Rennen so angewandt. Bei manchen Wettbewerben gibt es Sonderregeln.

Rennwochenende

Es besteht aus Training, Qualifying und Rennen.

Training

Donnerstag und Freitag können Messenger auf die Strecke und gezeitete Läufe fahren. Während des Trainings ist kein Virtual Traffic geschaltet.

Qualifying

Jeder Messenger hat am Samstag einen Versuch, einen

gezeiteten Lauf auf der Rennstrecke ohne Virtual Traffic zu absolvieren. Dabei starten die Teilnehmer in umgekehrter Reihenfolge der Meisterschaftswertung in zwei Minuten Abständen. Beim ersten des jeweiligen Wettkampfs wird nach der Platzierung der World Tour-Gesamtwertung gestartet.

Neue Messenger werden nach dem Zufallsprinzip zu Beginn eingeteilt.

Die besten 20 Messenger qualifizieren sich für das Rennen am Sonntag.

Der langsamste, der 20 qualifizierten Messenger, wählt zuerst einen Startplatz. Anschließend wählt der nächste und so weiter.

Wählt ein Messenger eine Position, auf der ein anderer Fahrer platziert ist, rutscht dieser eine Position nach hinten.

Rennen

Die Rennen am Sonntag starten in drei bis vier Reihen. Je nach Strecke passen so fünf bis acht Messenger nebeneinander. Die Strecken sind zwischen 18 und 26 Kilometer lang. Alle Messenger starten zusammen in der Reihenfolge wie im Qualifying definiert. Während des Rennens herrscht virtuell Traffic auf den Strecken. Es gewinnt derjenige, der als Erstes die Ziellinie überquert.

Körperkontakt ist während des Rennens erlaubt, solange dies in einem Zweikampf um Positionen geschieht. Dabei müssen jedoch immer alle Gliedmaßen das eigene Fahrrad berühren. Absichtliche Angriffe auf Messenger können mit Platzierungsverlust bis hin zur Disqualifikation des ganzen Teams führen. Die Entscheidung trägt eine dreiköpfige Jury der CtC.

Punkte

Jeder Messenger, der das Rennen beendet, erhält Punkte.

Schafft es ein Messenger nicht über die Ziellinie, erhält er auch keine Punkte.

Punkteverteilung nach Platzierung

Platz	20	19	18	17	16	15	14	13	12	11
Pkt	1	1	1	2	3	4	5	6	7	8

Platz	10	9	8	7	6	5	4	3	2	1
Pkt	9	10	11	12	13	14	15	18	21	25

Meisterschaft

Es gibt eine Weltrangliste der World Tour, jedoch ist diese nicht repräsentativ. Die Top-Messenger konzentrieren sich vor allem auf die Pick-Six und einzelne lukrative Rennen. Es gibt außer einem Geldpreis in Höhe von 10.000 Dollar keine weitere Anerkennung.

Das wichtigste Rennen ist die US Citytrack Tour. Der Sieger dieser wird als World-Champion bezeichnet.

Material

Prinzipiell ist jedes Fahrrad erlaubt. Es dürfen Reifengrößen bis maximal 29 Zoll verwendet werden. An den Rädern dürfen keine spitzen Gegenstände abstehen oder Teile, von denen eine erhöhte Verletzungsgefahr ausgeht. Außerdem besteht Helmpflicht.

Die meisten Messenger verwenden ein Cyclocross Bike mit Carbonrahmen und 28 Zoll Reifen unterschiedlicher Hersteller. Es gibt jedoch immer wieder ein paar Exoten, die mit 29 Zoll Mountainbikes oder reinen Rennrädern fahren. Die Materialabnahme findet vor jedem Rennen durch die CtC-Jury statt.

Virtual Traffic

Da der Personennahverkehr ab den 50er Jahren zunehmend in der Luft stattfand, konnten die Citytrack-Rennen zu Beginn auf den leeren Straßen der amerikanischen Großstädte stattfinden. Mitte der 40er wurden die Straßen hauptsächlich für Freizeitaktivitäten, Radfahrer, Motorradfahrer, Oldtimerfahrer oder Läufer genutzt.

Die Messenger vermissten aber das, was ihren ursprünglichen Job ausmachte: Sich auf der Suche nach dem schnellsten Weg mit halsbrecherischen Manövern durch dichten Verkehr zu schlängeln. So kamen ein paar Mitglieder der Bostoner Messengervereinigung auf die Idee, den Verkehr künstlich zu erzeugen, um etwas mehr Action in den Rennen zu haben.

Sie besorgten sich alte Autos auf den Schrottplätzen, machten sie fahrtüchtig und statteten sie mit einer KI aus, um auf den Strecken normalen Straßenverkehr zu simulieren.

Diese Technologie wurde über die Jahre weiterentwickelt und sorgt heute auf den Strecken für den Virtual Traffic. Es gibt Fußgänger-Bots, Auto-Bots und Bike-Bots, wodurch es möglich ist, in jeder Stadt realistische Verkehrsszenarien früherer Tage zu simulieren. Vor jedem Rennen wählt die Jury ein Verkehrsszenario für die Stadt aus.

Über den Virtual Traffic gibt es immer wieder kontroverse Diskussionen, da die Bots das Rennen oftmals entscheidend beeinflussen und die Verletzungsgefahr um ein Vielfaches erhöhen. Dennoch scheiterte bisher jeder Antrag auf das Ende des Virtual Traffics an einem deutlichen Votum der Messenger für den Verkehr auf der Strecke.

Citytrack Crew

Die CtC ist der Verband, der die Citytrack World Tour organisiert. Dieser wurde 2056 von New Yorker Messenger gegründet und ist ein demokratisch aufgebauter Sportverband. Die CtC besteht aus neun Mitglieder, die alle vier Jahre von den aktuellen Messenger gewählt werden. Die neun Mitglieder wählen wiederum zu Beginn jeder Saison ihren Vorsitzenden, wobei es gängig ist, dass dieser jährlich wechselt.

Der Verband hat eine strenge Charta, nach der der Verband maximal 10 % Gewinn pro Jahr machen darf. Dadurch können die Ticketpreise dauerhaft niedrig gehalten werden. Außerdem unterstützen sie mit Spenden und Sponsoring Skateparks und Streetart-Projekte auf der ganzen Welt.

Aktuelle Verbandsmitglieder

Mike Freeman (Vorsizender)	USA	43 Jahre/M
Timmothy Brown	USA	52 Jahre/M
Nabi Kalongo	Südafrika	36 Jahre/M
Toni Garmonio	Italien	41 Jahre/M
Zakari Vonley	USA	61 Jahre/M
Nadeki Usa	Japan	57 Jahre/W
Pan Tow Chi	Taiwan	47 Jahre/W
Camron Hessler	Irland	41 Jahre/W
Hana Makarin	Finnland	42 Jahre/W

Citytrack Legenden

Dewin Goldson
30.10.2020, M, USA

Goldson ist der Messenger, dem ein Sieg genügt, um in diese Liste aufgenommen zu werden. Goldson gewann 2048 das erste, offiziell als Citytrack-Race definierte, Rennen gegen seine Freunde in New York und ist damit der erste Gewinner der goldenen Fahrradpumpe. Goldson war 2056 eines der ersten Mitglieder der CtC und blieb zwei Wahlperioden Mitglied im Verbandsvorstand bis 2064.

Fenja Rehm

27.03.2044, W, Schweiz

Fenja Rehm ist bisher die jüngste Athletin, die ein Citytrack-Rennen gewinnen konnte. 2060 gewann sie mit 16 Jahren das zweite Saisonrennen in Boston. Es folgten in dieser Saison zwei weitere Siege für die junge Schweizerin. Zusammen mit ihrem sympathischen Lächeln war sie auf dem besten Weg eine der ersten Superstars der Szene zu werden. Doch sie kam mit dem Druck und dem Scheinwerferlicht nicht zurecht, weshalb sie nach nur einer Saison ihre Karriere beendete. Heute arbeitet Sie in der Region Haslital auf einem Bio-Bauernhof.

Ian Calcacy

02.02.2035, M, USA

Der Amerikaner Ian Calcacy kann als erster, wirklicher Superstar unter den Messengern gezählt werden. Der aus dem Süden Ohios stammende Ex-Bahnradfahrer gewann zwischen den Saisons 2062 und 2065, 26 World Tour-Rennen und damit zwei Mal den Allen-Clay-Cup (2063, 2065). Mit 30 Jahren beendete er nach seinem zweiten Titel seine Karriere und arbeitet seither als Experte bei einem amerikanischen Streaming-Anbieter.

Paul Hinteregger

03.10.2041, M, Österreich

Hinteregger gehört zu den Stars der jüngeren Vergangenheit. Der bullige Österreicher mit dem langen Haar wurde US-Citytrack-Tour Sieger in den Jahren 2072 und 2073 und landete in den beiden folgenden Jahren, unter den Top 5.

Hinteregger ist heute noch aktiv, jedoch reichte es in der letzten Saison nicht mehr zu einem Sieg.

Vince Langley

06.04.2050, M, USA

Der aktuelle Superstar der Messenger-Szene ist der 27-jährige Kalifornier Vince Langley. Er dominierte die letzten zwei Jahre, holte zweimal in Folge den Allen-Clay-Cup und stellte in der Saison 2076 mit 34 Siegen in einer Saison einen Rekord auf, von dem die Experten ausgehen, dass er so schnell nicht gebrochen werden kann.

Vermarktung und Medien

Die US-Citytrack-Tour wird in der aktuellen Saison in 214 Ländern gestreamt und ist damit gleichauf wie die Übertragung der Fußball Bundesliga. Mit durchschnittlich 900 Millionen Zuschauern pro Rennen gehört der Sport zu den beliebtesten weltweit.

Die Vermarktung rund um die Teams und die Rennen hat mittlerweile die etablierten Sportarten überholt. In der letzten Saison unterschrieb Vince Langley einen Werbevertrag mit einem Sportartikelhersteller, der im jährlich etwa 120 Millionen Dollar einbringt.

Die Kluft zwischen den einzelnen Teams ist erschreckend. Während ein Team wie Green Drink etwa 80 - 100 Millionen Euro pro Saison einnimmt, kommt ein Team wie Smitzek Meble mit geschätzt etwa 3 Millionen Werbeeinnahmen daher.

Die Teams und Messenger der US-Citytrack-Tour 2077

Detroit Dynamics

Der Drohnen- und Bot-Hersteller ist seit 2073 Besitzer eines eigenen Cycletrack-Teams. Seitdem pumpt das Unternehmen große Mengen Geld in die Top aufgestellte Mannschaft. Schätzungen zufolge liegt der Saison-Etat bei 80-100 Millionen Dollar. Das Team hat seinen Sitz in den Außenbezirken Detroits und baute dort eine der größten Messenger-Akademien der Welt auf.

Teamchefin: Olivia Vence (USA)
Teamfarben: Schwarz/Dunkelrot

Messenger

Vince Langley (06.04.2050, M, USA, 185cm, 82kg)
64 Rennen / 41 Siege / 2 Titel / Platzierung US-Citytrack-Tour Saison 2076: 1.

Der amtierende, zweifache World-Series-Champion geht als klarer Favorit in die neue Saison. Nachdem er die vergangene World-Series so dominierte, glauben nur wenige Experten, dass der Allen-Clay-Cup dieses Jahr nicht wieder an den kalifornischen Surfer-Boy mit dem breiten Grinsen und den langen blonden Haaren geht.

Jannik Stern (12.01.2054, M, USA, 176cm, 71kg)
16 Rennen / 0 Siege / 0 Titel / Platzierung US-Citytrack-Tour Saison 2076: 4.

Jannik Stern wird gerne für den kleinen Bruder von Vince Langley gehalten. Mindestens genauso fotogen wie sein Teamkollege, jedoch wesentlich kleiner und damit auch wendiger auf dem Rad. Stern konnte in seiner Debütsaison schon das ein oder andere Mal beweisen, dass er zukünftig nicht nur den Edelhelfer in diesem Team spielen möchte.

Paul Hinteregger (03.10.2041, M, Österreich, 185cm, 85kg)
198 Rennen / 37 Siege / 2 Titel / Platzierung US-Citytrack-Tour Saison 2076: 7.

Der Altmeister musste in der letzten Saison kämpfen, um nicht den Anschluss zu verlieren. Eine hartnäckige Zerrung während der Vorbereitung spricht nicht dafür, dass es für ihn in dieser Saison einfacher wird. Doch es gibt kaum einen zäheren Messenger im Feld. Mit seiner Kraft und der puren Erfahrung wird er 2077 alles geben, damit ihm seine beiden jüngeren Teamkollegen nicht davonfahren.

Team Green Drink

Mit Smoothies und Vitamindrinks baute der niederländische Getränkehersteller ein Weltimperium auf. Als eines der ältesten aktiven Teams, ist Green Drink seit 2058 in der World-Series aktiv. Mit acht Siegen in der Teamwertung der US-Citytrack-Tour ist das Team bis heute das erfolgreichste. Viele Fahrer der World-Series dürfen sich als Green-Boys bezeichnen: jene Messenger, die aus der ehrwürdigen Green Drink Academy stammen.
Teammanager: Luuk Kronewegen (NED)
Teamfarben: Giftgrün/Weiß

Messenger

Ference Geisler (27.08.2050, M, USA, 180cm, 81kg)
57 Rennen / 6 Siege / 0 Titel / Platzierung US-Citytrack-Tour Saison 2076: 5.

Ference ist ein ruhiger, vorausschauender Fahrer, der selten durch schnelle oder riskante Aktionen, auffällt. Durch seine geschmeidigen Bewegungen wird er eins mit dem Fluss der Straße. Bei Ference sieht ein Citytrack-Rennen spielend einfach aus, doch durch seine ruhige Art fehlt ihm auf den letzten Metern viel zu oft der richtige Biss, um sich einen Platz auf dem Podium zu erkämpfen. Seine Konstanz macht ihn auch in dieser Saison zu einem festen Mitglied in den Top-Ten.

Dawin Zucc (13.09.2051, M, USA, 174cm, 79kg)
47 Rennen / 6 Siege / 0 Titel / Platzierung US-Citytrack-Tour Saison 2076: 8.

Was Ference Geisler fehlt, hat Dawin Zucc definitiv zu viel. Das kleine Kraftpaket ist ein Energiebündel und ein Heißsporn. Seine Fahrweise ist am Limit und manchmal auch darüber hinaus, was ihm in der vergangenen Saison wieder zwei Disqualifikationen eingebracht hat. Die Rückkehr des Amerikaners, der als Teenager aus der Green Drink Acadamy exmatrikuliert wurde, ist der Versuch des Teams, weg von ihrem Saubermann-Image zu kommen, hin zu einer Truppe mit Ecken und Kanten. Wenn dieser Versuch mal nicht nach hinten losgeht.

Joris Avormaat (24.12.2047, M, Niederlande, 182, 76kg)
123 Rennen / 9 Siege / 0 Titel / Platzierung US-Citytrack-Tour Saison 2076: 8.

Traditionell gehört schon immer ein Niederländer in ein Green Drink Team und das ist seit 7 Jahren Joris Avormaat. In der letzten Saison verpasste der sympathische Holländer zum ersten Mal in diesen 7 Jahren die Top-Ten. Es darf also mit Spannung beobachtet werden, ob sich Avormaat nochmal steigern kann oder ob er in der nächsten Saison einem der jungen Niederländer aus der Academy Platz machen muss. Es geht in sein letztes Vertragsjahr. Alle sind gespannt, ob noch weitere Jahre für ihn dazu kommen.

Denwa Technologies

Der japanische Elektronikkonzern nutzte die enorme Beliebtheit der Sportart in Japan, um sich zu einer festen Größe in der Citytrack-Szene aufzuschwingen. Jeder asiatische Citytrack-Fan, hat eine gewisse Sympathie mit dem Team aus Sapporo. Vier Jahre dauerte es, bis sich das Team etablierte; mit einer Fanbase, die die der anderen Teams um weiten überflügelt. Vor allem bei den Rennen in China, Japan und Singapur haben die Messenger des Teams keine ruhige Minute. Mit der ehemaligen Teamchefin des Green Drink Teams hat das Team seit rund einem Jahr eine Managerin, die aus der Fanbasis auch Kapital schlagen kann.

Teamchefin: Anke Van der Ruut (NED)
Teamfarbe: Silber/Schwarz

Messenger

Daikin Itawa (14.10.2056, M, Japan, 178cm, 70kg)
26 Rennen / 4 Siege / 0 Titel / Platzierung US-Citytrack-Tour Saison 2076: 2.

Nach seiner starken Debütsaison ist der erste Messenger aus der eigenen Akademie gleich voll eingeschlagen. Der feine Techniker ist reaktionsschnell und besitzt ein Gespür für die richtige Lücke im Traffic, von der manch ein Routinier nur träumen kann. Itawa gilt in seiner zweiten Saison als der rechtmäßige Herausforderer von Vince Langley und jeder, der diesen Sport liebt, freut sich auf dieses Duell.

Joki Nauko (09.04.2049, M, Japan, 174cm, 68kg)
126 Rennen / 3 Siege / 0 Titel / Platzierung US-Citytrack-Tour
Saison 2076: 17.

Nauko ist einer der kleinsten und schmächtigsten Messenger im Feld. Es wirkt, als bestünde sein Körper nur aus sehnigen Muskeln. Die Richtlinie des Denawa Teams ist klar: Alle für Einen. So ordnete sich Nauko in der vergangenen Saison schnell dem Ziel unter, Itawa zu einem Champion zu machen. Nachdem in dieser Saison die Rollenverteilung von Beginn an klar ist, wird es in dieser Saison nicht anders laufen.

Eli Chen (30.06.2051, W, China, 175cm, 67kg)
31 Rennen /0 Siege /0 Titel / Platzierung US-Citytrack-Tour Saison 2076: 22.

Was für Nauko gilt, gilt auch für die sympathische Chinesin. Als Einzige in ihrem Team, tritt sie gerne vor die Presse und spielt ihre Show mit Fans und Medien. Doch sportlich fehlt ihr durch ihren schmächtigen Bau ab und an die nötige Power, um sich vorne zu etablieren.
Chen hat die Choreographie des Teams verinnerlicht und wird auch in dieser Saison alles Mögliche dafür geben, den Allen-Clay-Cup in ihr Lager zu holen. Sie ist ein absoluter Teamplayer.

Sunny Oz Team

Der australische Reiseanbieter ist eine feste Größe im Citytrack-Zirkus, auch wenn das Team der ehemaligen messengerlegende Todt Hucker in den letzten Jahren hinterhergehinkt hat. Mit zwei jungen, frischen Fahrern will man in dieser Saison wieder vorne angreifen und zu alter Stärke zurückfinden.

Teamchef: Todt Hucker (USA)
Teamfarbe: Braun/Orange

Messenger

Josh McGeady (30.06.2042, M, Australien, 183cm, 77kg)
207 Rennen / 26 Siege / 1 Titel / Platzierung US-Citytruck-Tour Saison 2076: 6.

Josh McGeady und Paul Hinteregger fuhren legendäre Rennen, die beiden prägten eine Ära. Doch vieles der damaligen Spritzigkeit hat McGeady mittlerweile eingebüßt. Dennoch ist unbestritten, dass er es an einem guten Tag aufgrund seiner beeindruckenden Leidensfähigkeit noch immer auf das Podest schaffen kann. Eigentlich wollte er vor der Saison seine Karriere beenden. Doch er ließ sich von Hucker breit schlagen noch ein Jahr dran zu hängen, um seine beiden jungen Kollegen bei ihrer ersten Saison zu unterstützen.

Loki Hatanula (03.03.2057, M, New Zeeland, 191cm 89kg)
Rookie

Eigentlich wollte der 1,91 Hüne es zu den All Blacks schaffen, doch dann gewann er in beeindruckender Manier ein Jedermann-Rennen und bekam einen Platz im Förderprogramm von Sunny Oz. Dass es für einen Platz in einem World-Series Team reicht, traute dem Neuseeländer, der erst mit 17 Jahren zum Citytrack fand, keiner zu. Nun muss er zeigen, dass er seine pure Kraft auf diesem Niveau einsetzen kann, um sich in der Weltspitze zu etablieren.

Equipe Remo Automobile

Seit fünf Jahren besitzt der Hersteller von Flugautos eine World-Series-Lizenz und versucht jede Saison aufs Neue mit Kreativität und Mut das Maximale aus den Möglichkeiten zu schaffen. Mal gelingt dem Team dies, manchmal geht es eher nach hinten los. Nachdem das Team zum ersten Mal seit mehreren Jahren zusammenblieb, darf man gespannt sein, was die Truppe abrufen kann.

Teamchef: Pierré Lagarde (FRA)
Teamfarben: Hellblau/ weiß

Messenger

Samy Embala (19.11.2053, W, FRA, 181cm, 70kg)
37 Rennen / 1 Sieg / 0 Titel / Platzierung US-Citytrack-Tour Saison 2076: 12.

Die Tochter eines marokkanischen Geschäftsmannes und einer französischen Rennfahrerin geht in ihre dritte Saison für das französische Team. Embala gehört zu den strategischen Messengern, die immer früh nach der richtigen Route suchen, um sich durch gute Streckenwahl einen Vorteil zu verschaffen. Das gelang ihr in der letzten Saison leider zu selten. In dieser Saison kann sie wieder zeigen, dass sie ihren Instinkt nicht verloren hat. Neben der Strecke ist die junge Französin ein gern gesehener Gast bei Medien und Fans. Mit ihren direkten und ehrlichen Analysen eckt sie manchmal an, doch meistens bekommt sie für ihre Aussagen Zustimmung.

Clément Loric (09.08.2047, M, FRA, 181cm, 76kg)
*89 Rennen / 4 Siege / 0 Titel / Platzierung US-Citytrack-Tour
Saison 2076: 3.*

Loric ist die einzige Konstante im Messenger Squad der Franzosen. Seit Existenz des Teams fährt er für den Automobilhersteller. In der letzten Saison beeindruckte Loric bei der US-Citytrack-Tour mit einem Platz auf dem Treppchen. Dass er nicht einmal einen Titel holte, ist bemerkenswert. Dennoch stört vor allem Loric selbst, dass er es nie ganz oben auf das Podest schaffte. Das soll sich dieses Jahr ändern.

Qaison Zulu (02.01.2056, M, SAF, 187cm, 82km)
*14 Rennen / 0 Siege / 0 Titel / Platzierung US-Citytrack-Tour
Saison 2076: 20.*

Für Zulu ist es die zweite Saison und er muss beweisen, dass er in diesem Team einen Platz verdient hat. Er ist über eine lange Distanz schnell und gilt daher als Long-Sprinter. Doch immer wieder wirkt es, als habe er nicht die richtige Motivation, um alles aus sich rauszuholen.

Team Flux Jeans

Mit Modeartikeln verdient das amerikanische Label überall auf der Welt sein Geld, doch der Name Flux ist mindestens genau so eng mit der Sportart verbunden. Seit 2054 unterstützt das Unternehmen Messenger als Sponsor und seit 2057 besitzen sie ein eigenes Team. In der neuen Saison wird dieses mit einem durchschnittlichen Messenger-Squad über sich hinauswachsen müssen, um mehr zu bringen, als bloß graues Mittelmaß.

Teamchefin: Karla Haywood (CAN)
Teamfarben: Hellblau/weiß

Messenger

Toni Cancello (16.02.2052, M, ITA, 178cm, 76kg)
59 Rennen / 3 Siege / 0 Titel / Platzierung US-Citytrack-Tour Saison 2076: 9.

Cancello ist ein Heißsporn. Seine große Klappe und sein freches Auftreten sorgen immer wieder für böse Blicke unter den anderen Messengern. Seine Klasse ist unbestreitbar, auch wenn er seine Leistung nicht konstant abrufen kann. Dennoch ist der Italiener mit der lässigwirkenden Haltung auf dem Rad, der stärkste Fahrer des amerikanischen Teams aus dem Süden Louisianas.

Rasheed Frazier (27.07.2053, M, USA, 201cm, 98kg)
23 Rennen / 0 Siege / 0 Titel / Platzierung US-Citytrack-Tour Saison 2076: 18

Auch Frazier ist ein ehemaliger Green Boy. Hartnäckige Verletzungen, die sich durch seine gesamte Jugendzeit zogen, verhinderten den Durchbruch beim Team Green Drink. Der Zwei-Meter Riese kann, dank seiner langen Beine, ein großes Blatt treten und kommt dadurch auf hohe Geschwindigkeiten. Doch immer wieder werfen ihn die benannten Verletzungen zurück. Bleibt der Amerikaner mal eine Saison fit, kann er einen großen Schritt nach vorne machen.

Peter Burgis (25.11.2057, M, BEL, 182cm, 69kg)
Rookie / 5 Rennen

Der junge Belgier ist ein gänzlich unbeschriebenes Blatt. Eigentlich weiß nichts über ihn, doch beim Capitol Triple konnte er ein erstes Ausrufezeichen setzen und einen dritten Platz in Sydney ergattern. Man darf gespannt sein, was er diese Saison mitbringt.

Smitzek meble Team

Es gibt ein Team, welches in jeder Saison am Existenzminimum kratzt. Das ist die Truppe des polnischen Möbelmagnaten Rolf Smitzek. Der Mann, der mehrere Möbelhäuser in Osteuropa besitzt, liebt Citytrack, dennoch kann er dem Team jede Saison nur einen Sockelbetrag zur Verfügung stellen. Das sorgt dafür, dass in den Reihen der Polen entweder alternde Messenger stehen, die ihre beste Zeit lange hinter sich hatten, oder junge Messenger, die ihren großen Traum Profi zu werden mit Papas Geld bezahlen können. Auch in diesem Jahr sieht die Besetzung ähnlich aus.

Teamchef: Rolf Smitzek (POL)
Teamfarben: Gelb/Grün

Messenger

Juri Baklov (30.05.2041, M, RUS, 182cm, 78kg)
156 Rennen / 4 Siege / 0 Titel / Platzierung US-Citytrack-Tour Saison 2076: 19.

Baklov war der erste Russe, der es in ein World-Series-Team schaffte, und ist bis heute der erfolgreichste. Doch seit drei Jahren kann er nicht mehr an die Zeiten anknüpfen, als er regelmäßig in den Punkten war.

Joaquin Quisero (24.02.2043, M, KOL, 174cm, 84kg)
183 Rennen / 7 Siege / 0 Titel / Platzierung US-Citytrack-Tour Saison 2076: 13.

Der kleine Kolumbianer ist ein Kraftpaket. Kaum ein Spieler ist so unangenehm, wenn man ihn direkt neben sich fahren hat. Er arbeitet mit dem Körper und kann gut sprinten. Doch auch an ihm hat die Zeit seine Spuren hinterlassen. Es wird behauptet, dass die 84kg nicht mehr ausschließlich aus purer Muskelmasse resultieren, sondern auch aus dem Bauchansatz, der sich mittlerweile unter seinem Trikot zeigt. Dennoch bleibt Quisero ein unangenehmer Gegner neben der Strecke.

Hassan Ardal (29.12.2052, M, ARE, 184cm, 77kg)
Rookie

Der Sohn eines Hoteliers aus Dubai erkaufte sich den Platz im Team für diese Saison. Doch Ardal ist nicht bloß ein verwöhntes Millionärssöhnchen. Als Mountainbiker hat er es zu den Olympischen Spielen geschafft. Er kann sich also auf dem Fahrrad bewegen. Ob es für eine Messengerkarriere reicht, darf zu bezweifeln sein. Dafür fehlt dem Jungen, der immer für einen Spaß zu haben ist, dann doch die nötige Tempohärte.

Team Tolero Sole

Aus der argentinischen Sonne kommt das Team eines südamerikanischen Agrarkonzerns. Auch die Toleros hatten in den letzten Jahren zu kämpfen, vor allem mit sich selbst. Vertragsstreitigkeiten mit den Messengern und Manipulationsvorwürfe beim Heimrennen in Buenos Aires, um dieses Team wird es nie ruhig. Umso erstaunlicher, dass es in dieser Saison wieder einen Platz in der World-Series gab.

Teamchef: Esteban Pateco (KOL)
Teamfarben: gelb/hellblau

Messenger

Kylie Gammon (01.09.2046, W, USA, 181cm, 72kg)
23 Rennen / 0 Siege / 0 Titel / Platzierung US-Citytrack-Tour Saison 2076: 15.

Kylie ist eine Legende des Bahnradsports. (Vier olympische Goldmedaillen bei zwei Olympischen Spielen, neun Weltmeistertitel bei vier Weltmeisterschaften.) Doch auf der Bahn lässt sich kein Geld verdienen, weshalb sie mit 28 Jahren den Sprung zum Cycletrack wagte. Nachdem sie im ersten Jahr erhebliche Probleme mit dem Traffic und der Streckenführung hatte, konnte sie sich im zweiten Jahr regelmäßig in den Punktelisten eintragen. Schafft sie in der dritten Saison einen weiteren Sprung?

Patricio Huerez (07.08.2048, M, MEX, 175cm, 69kg)

12 Rennen / 0 Siege / 0 Titel / Platzierung US-Citytrack-Tour Saison 2076: 16.

Auch Patricio hat das Radfahren in einer anderen Disziplin gelernt, nämlich auf der Straße. In jungen Jahren kann er auf zwei Tour-de-France-Teilnahmen zurückblicken, bei denen der kleine Bergfloh seine jeweiligen Kapitäne souverän über die Alpen geleitete. Ihn zog es vor allem wegen seines aggressiven Fahrstils, der besser zum Cycletrack passte, in die World-Series. In seinem zweiten Jahr möchte er stärker werden und mehr Punkte sammeln.

Zac Piston (30.01.2053, M, USA, 177cm, 74kg)

9 Rennen / 0 Siege / 0 Titel / Platzierung US-Citytrack-Tour Saison 2076: 24.

Zac gehört zu der Kategorie der Pay-Driver. Mit 17 veröffentlichte er als DJ sein erstes Album, mit dem er in 27 Ländern Platin-Status erlangte. Nach 4 weiteren Welthits hatte er mit 20 keine Lust mehr auf Musik und widmete sich seiner großen Leidenschaft. Dass er nicht konkurrenzfähig ist, weiß er selbst, doch dank seines Ehrgeizes, schaffte er es in der vergangenen Saison in die Startaufstellung.

East Oil Cycling

Eines der beiden Wildcard Teams ist East Oil Cycling. Das von einem kasachischen Öl-Konsortium verwaltete Team ist die große Unbekannte auf dem Markt. Es ist weder klar, wie viel Geld der Truppe genau zur Verfügung steht, noch weiß man etwas über den belgischen Teamchef Houd Farmel. Einzig eine Messengerposition hat die Truppe im Moment besetzt.
East Oil verdient sein Geld mittlerweile mit Solarfarmen in Nord Afrika.
Teamchef: Houd Farmel (BEL)
Teamfarben: Blau / Schwarz

Messenger

Cloude Vlaard (04.06.2051, M, BEL, 191cm, 72kg)
Rookie

Vlaard ist ein unbeschriebenes Blatt in der Messenger-Szene, jedoch durchaus eine etablierte Größe, wenn es um den Radsport geht. Der 1,91m-Mann ist zweimaliger Bahnrad Junioren-Weltmeister über die Langstrecke und konnte auch im Senioren-Bereich bereits drei Europameistertitel in unterschiedlichen Bahnraddisziplinen gewinnen. Dass der Mann Tempohärte und Power mitbringt, steht außer Frage, jedoch muss sich erst einmal zeigen, wie er mit den Bedingungen auf der Straße und natürlich dem Traffic zurechtkommt.

Schwarzwald-Bräu-Bike-Team

Teamchefin: Verena Marghäuser
Teamfarben: Schwarz/Gelb

Wenn ihr es bis hier geschafft habt, dann erstmal ein fettes **Dankeschön!**

2015 mussten wir in der Vorlesung Game Design als Abschlussprojekt eine virtuelle Welt für ein Computerspiel erschaffen. Da ich weder richtig programmieren kann, noch besonders schön zeichnen, blieb mir nur die Möglichkeit die Welt in Worte zu erfassen.

Diese Welt und diese Idee gingen mir danach nicht mehr aus dem Kopf und ich war mir sicher, dass ich Stunden an einem Computerspiel mit solch einem Setting verbringen würde. Das gabs ja nicht, also begann ich daraus eine Geschichte zu schreiben und verwarf das ganze wieder. Doch die Grundidee ließ mich einfach nicht los und so kam es dass ich wieder an die Tasten zurückkehrte und nach fast zehn Jahren im Sommer 2023 endlich fertig wurde.

Da mein erstes Buch handwerklich nicht wirklich gut war, ging ich dieses Mal einen Schritt weiter und fand die wunderbare Carolin von „Lektorat Wechselseitig", die sich mit viel Herzblut daran machte zumindest die gröbsten handwerklichen Unsauberkeiten auszumerzen.

Liebe Carolin, vielen Dank für dein Engagement! Ich durfte viel lernen und deine Kommentare haben mich das ein oder andere Mal zum Lachen gebracht.

Auch möchte ich den Jungs danken, die mich zu dem ein oder anderen Charakter des Schwarzwald-Bräu Teams inspiriert haben. Es ist toll mit euch Abenteuer zu erleben, in der Fiktion und der Realität.

Zum Schluss natürlich noch ein großes Danke an Mama, Papa

und Kira, die immer für mich da sind.

So, jetzt habt ihr es wirklich geschafft!

Ach so, wenn es euch gefallen hat, meldet euch doch gerne mal bei mir auf Insta: #finishline_a_citytrack_story

FINISHLINE_A_CITYTRACK_STORY